北京大學港澳研究叢書

吾曹其真

曹其真
博客文集

曹其真 — 著

饒戈平 — 主編

中華書局

斯世多偽，
吾曹其真

—— 梁披雲

1　曹其真唸大學時留影

2　曹其真的朋友在畫廊購買的一副
　　畫像，後經詢問畫廊員工，未能
　　得知畫家姓名

3　2016 年聖誕節留影

1 2020 年新年零點跟家人的合影

2 曹其真與父親曹光彪

3 1987 年，曹其真（前排右一）出席《中葡關於澳門問題的聯合聲明》的簽署儀式

4 1992 年，曹其真參加澳門立法會議員競選時的組合

5 1992 年，立法會議員競選的結果

6 1999 年 12 月 20 日凌晨留影，二排左五為曹其真

7 曹其真任澳門立法會主席時留影

3

歷史的見證人一出席簽署儀式的澳門各界人士觀禮團

4

G組 未來澳門建設聯盟

5

第五屆立法會直選議員

第五屆立法會間選議員

曾蔭權巡視北區有感

馬萬祺　何厚鏵　彭彼得　吳榮恪

劉焯華　劉馬桓　歐安利　林綺濤

6

7

1　曹其真與澳門第一、二任行政
　長官何厚鏵

2　曹其真（前排右七）與時任浙江省
　委書記習近平（前排右八）合影

3　曹其真和徐澤、楊俊文、顏延齡卸
　任全國政協常委，在政協常委會會
　場合影

2

3

1 曹其真獲得的八個勳章：葡萄牙工農業功績司令級勳章、葡萄牙殷皇子十字勳章、澳葡總督頒發的工業功績勳章、澳葡總督頒發的英勇勳章、澳門大蓮花榮譽勳章、法國國家騎士勳章、法國榮譽軍團騎士勳章、法國榮譽軍團軍官勳章

2 2007 年，法國駐港澳總領事將「法國榮譽軍團勳章（軍官級）」授予曹其真

3 曹其真在全國政協會議上發言

4 曹其真在北京與接受同濟慈善會資助的學生們一起參觀航天城

5 2018 年 2 月 28 日，曹其真與在葡萄牙學生的大合影

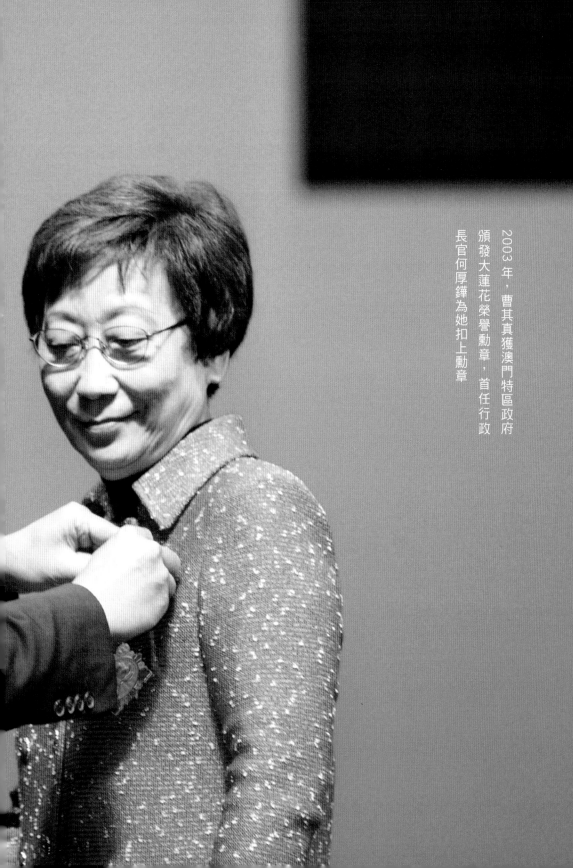

2003 年，曹其真獲澳門特區政府頒發大蓮花榮譽勳章，首任行政長官何厚鏵為她扣上勳章

1　2015 年，全國婦聯在常州向曹
　 其真（右四）和范徐麗泰頒發
　 「中國女性公益慈善事業特殊貢
　 獻獎」

2　曹其真與同濟長青會的長者共慶
　 新春

3　2020 年 1 月 25 日，曹其真與在
　 葡學生們的大合影

4

7

5

8

6

9

4 曹其真與已經工作的學生們

5 2020 年春節曹其真看望在葡學生時
與男生的合影

6 2020 年春節曹其真看望在葡學生時
與女生合影

7 2020 年春節，曹其真看望在葡學生
時的大合影

8 2020 年 1 月 26 日，曹其真看望在
葡的學生們

9 曹其真和同濟慈善會北京辦事處的
員工們

1　2019 年 9 月 18 日，北京大學法學院舉行「與北大學子談勵志——曹其真心路歷程三部曲」座談會

2　相關領域多位著名學者出席座談會，法學院近百名師生參加座談會

3　座談會結束後與北大港澳研究中心教授合影留念

4　曹其真在座談會上分享人生經驗，勉勵同學們不忘初心、接續奮鬥

1 2018 年習近平主席接見港澳人士（香港 TVB 鏡頭）

2 2019 年 12 月 20 日，曹其真在澳門回歸 20 年慶典上

3 2019 年 9 月 18 日，北京大學校務委員會主任邱水平在臨湖軒會見曹其真

4 2019 年，曹其真（中間）出席慶祝澳門回歸 20 周年大會

5 在慶祝澳門回歸 20 周年喜見郭東坡夫婦

6 曹其真探訪與內地合作援助項目中的受助人服刑人員未成年子女

目 錄

編者前言

十年前，北京大學港澳研究中心有幸聘請到剛剛離任澳門特區立法會主席的曹其真女士為高級顧問，由此開始了我們之間的密切往來。我們也從眾人習慣，尊稱她為曹主席。

曹主席是澳門社會家喻戶曉的傑出人士，她在商界、政界、慈善界的成功事跡廣被傳播，頗俱傳奇色彩。特別是數十年來她為一國兩制和基本法在澳門成功實施做出的重大貢獻，深得朝野各界敬重景仰。

曹主席經歷豐富，身跨數界，幹一行專一行，愈老彌彰。不過，她還有一項特殊經歷尚未被多數人知曉，那就是在古稀之年成為了一位博客高手。從 2009 年 11 月到 2019 年 9 月的十年間，她在從事慈善和教育事業的百忙當中，借助新浪博客的現代通訊方式，以年輕朋友為主要對象，寫下了情思並茂、充滿人生哲理的三百多篇博文，約一百四十萬字，在澳門和內地青年中爭相傳閱、收藏。一時間，寫博文儼然成為曹主席的另一種偏好和交往方式。

曹主席的博文融入了自己多姿多彩的人生歷練和睿智感悟，從一個側面折射出老一

代人經歷的時代風雨，如同一座熠熠發光的精神寶藏，閃耀着人性光輝和理性光輝，給人啟迪鼓勵，激發後人自強不息、奮勇向前。

曹主席博文感人至深之處在於她真實誠樸的情感、求真務實的本色。細讀那一篇篇看似拙樸的博文，一幕幕充滿傳奇色彩的人生壯劇在作者筆下娓娓道來，波瀾不驚；不假粉黛，如沐春風，浸透着一個「真」字：事真、話真、情真、理真，誠樸可信，力透紙背。講述的是人們熟知的生活場景，褒揚的是大千世界的真善美，始終抱持一份平常心。博文內容平實，文字淡雅，如話家常，如數家珍，看似尋常卻非等閒。平實裏蘊涵着哲理，樸素中滿懷着真情，全然沒有一些成功人士話語中的虛飾浮華，真正印證了曹主席堅守一生的座右銘：「講真話，做實事」，這或許也是曹主席閱人處事的底氣和力量所在吧。國學大師梁披雲先生曾為曹主席題聯：「斯世多偽，吾曹其真」，此言可謂精到。

曹主席博文濃縮了自己的傳奇人生，展示了一位生活強者的心路歷程和人格魅力。透過博文描述，人們能夠從中看到個人命運如何同國家、同社會水乳交融，看到一種深植血液的家國情懷，看到一個強者桀驁不屈的奮鬥精神，看到一位智者多謀善斷的辦事風格。曹主席融多重角色於一體，行行都居業內翹楚：求學，是無所畏懼、無師自通的跨學科學者；經商，是開拓進取、愈挫愈勇的成功企業家；從政，是敢於擔當、求真務實的愛國愛澳政界領袖；從善，是關愛長者、獎掖青年的無私慈善家。時代雖有不同，領域縱然迥異，但貫穿始終的是作者個人奮鬥、報效社會的強烈意願和堅強意志，是一個強大的內心世界。

曹主席博文更像是一本現身說法的勵志教科書，為成長期的新生

代指明人生航向。曹主席格外關注面臨人生選擇的青年學子，借助博客築起了連接後生代的心靈橋樑。她以自己豐厚的人生積澱，對話剛剛邁進社會、涉世未深的年輕人，傳遞着「自強不息，學習奮鬥，實現自我，奉獻社會」的個人體驗。三百多篇博文，大多是針對青年人的關切和詢問而寫，從為人、為學到為事，娓娓敍說，諄諄引導。期待他們既要志存高遠，又要腳踏實地；既要向書本學習，把握紮實的專業基礎，更要善於從實踐學習，「世事洞明皆學問，人情練達即文章」。曹主席的博文所以能風靡一時，流傳甚廣，正是因為有一批青年學子從中汲取到他們渴望的精神食糧，奉曹主席為關愛後輩的忠厚長者、循循善誘的人生導師。

2019 年 9 月，北京大學舉辦慶祝澳門回歸 20 周年的系列活動，我和陳端洪教授特地邀請曹主席來做專題演講。曹主席在座談中多次提及、引用她的博客文章，引起北大學子熱烈反響。這次活動使我們更加意識到曹主席博文的非凡價值，隨即萌生一個想法，如何能夠用一種便捷方式，在更大範圍內讓年輕人看到、讀到、學習到這些博文，廣為傳播？我們認為最佳辦法就是將曹主席的博文選編成冊，請中華書局（香港）出版，在港澳和內地同時發行。這樣，這本博客文選將不但是一部奉獻給年輕人的青春寄語，讓更多青年學子從中受益，而且也可為我們深入了解、研究澳門社會、澳門人物提供一個鮮活範例。

我們在征得曹主席的讚同和支持後，組織力量開展曹其真博文選編的籌備，特別聘請到陳端洪教授的碩士生洪穎同學協助整理、編輯。洪穎利用新冠疫情期間的空檔，全身心投入收集、選編和文摘編寫工

作，顯示了出色的編輯才能。她的聰慧勤勉得到曹主席高度嘉許，我和陳端洪教授在此也向她深致謝忱。

本文集從新浪博客公開的曹主席 323 篇博文中選取了 53 篇，其中，《我的 BLOG —— 序言》一文列為全書序言，主要點明曹主席寫作博文的起因。《給同濟慈善會、至善公司年輕小夥伴們的一封公開信》一文作為結語，薈萃了曹主席人生經歷中的精彩感悟。

另外 51 篇文章被分組為五編，每編約十篇，分別冠名為「成長」、「從商」、「從政」、「從善」和「閱讀」，標題均為編者所加。為便於讀者概要閱讀，每篇文章正文之前均附有編者撰寫的三四百字的內容提要，字體與正文有別。書末附錄了一篇由澳門當地人士撰寫、全面介紹曹主席經歷的文章。

關於編寫順序，第一編「成長」，主要敍述曹主席青少年時期的成長故事，採用先寫人後寫事的順序編輯整理，以最後一篇《挫折》指出了本編「成長中的挫折教育」的主題。第二編「從商」，主要敍述曹主席從商過程中的經驗和感悟，基本按照故事發生的時間順序整理，以故事和經歷佐證本編第一篇《創業》強調的創業理念。第三編「從政」，主要敍述曹主席擔任立法會議員和特區立法會首任主席的經歷。本編第一篇《民調》和最後一篇《承諾》首尾呼應，體現貫穿本編的「承諾」主題。第四編「從善」，主要敍述曹主席在慈善事業中的體驗和領悟，重點是透過慈善理念展現她對人生目標和人生價值的思考。第五編「閱讀」，從博文中選取了十篇有代表性的讀後感。其中第一篇《書中自有黃金屋》和最後一篇《活到老，學到老》着重闡明閱讀本身對於人生的

意義，其餘文章則從各個角度展開對人生經驗的討論。

我們很榮幸，北京大學港澳研究中心能夠獨家編輯曹主席的博客文集，藉以表達對曹主席的崇敬與感謝。我們非常感謝中華書局（香港），特別是侯明總編輯高品質的出版服務，是他們的努力促成了本書的順利問世。我們也很期待，這部文集能夠引起世人，特別是年輕人的關注，從中獲益。至於編輯過程中的疏漏之處概由本人承擔責任。

饒戈平

2020 年 5 月 1 日於燕園

代序

　　很多朋友希望我寫自傳。我認為寫自傳和小說不同，寫自傳必需真實反映自傳中主人公的一生經歷，不能像寫小說一樣任由作者憑想象虛構文章中的人與事。我從來沒有想過有朝一日會寫自傳，因此我從未將經歷過的事和遇見過的人，用文字詳細記載下來。

　　自從擔任澳門特別行政區立法會主席後，我已淡出商界，不再參與日常管理工作。今年 10 月 16 日起，我也已不再擔任立法會主席職務。我的願望是根據自己的經濟能力在澳門開展慈善工作，繼續為澳門市民作一些貢獻。

　　上個月，在我去浙江大學講學時，我的父親因得了肺炎而住了十二天醫院。在他一再要求下，醫生准許他出院。但由於他的肺炎並未完全痊癒，醫生囑咐他一定要在家中靜養休息。所以當我去他家看望他時，也正是他回家休養的一星期後。

　　那天的父親，比剛進醫院時明顯地消瘦並咳嗽得厲害。再加上本來已很差的視力和聽覺進一步惡化，因此他的情緒十分低落。那天，我第一次聽到堅強樂觀的父親説到「死」。

回家後，我久久未能入睡。到半夜一點，我在床上再也睡不下去，乾脆起來在電腦上一氣呵成地寫了《父親》一文。第二天一早送去給父親，並唸了兩次給他聽。父親聽後，笑得很開心。他把我寫的文章摺疊起來，放在睡衣口袋中。整整好幾天父親見到任何人都會將我的文章從口袋裏拿出來叫人唸給他聽。

這件事讓我意識到，如果我們能將心中有所思卻很難用語言表達的情感，用文字寫出來，是可以得到意想不到的效果的。

回想我少年時，曾經憧憬自己將來能成為一名作家。我中學的老師也曾說我在這方面有很大的發展潛力。但由於環境問題，四十多年來我一直沒有執筆寫文章，用中文書寫更是絕無僅有。不過，我想如果將生活中的那些難忘的點點滴滴寫下來，和大家分享，其效果可能比寫自傳更好。

這就是我決定在 BLOG 上寫文章的原因。

2009 年 11 月 25 日

第一編

成長

劉老師，我永遠懷念您

　　劉老師是我初二時的班主任。雖然我們相處的時間不長，但她卻對我的人生發展產生了極其深遠的影響。小時候的我頑皮而倔強，上初中後因父母不在身旁而愈發無所顧忌。一節歷史課上，劉老師發現我正在老師的眼皮底下看小說。當時的我不以為意，我想，違反校規的懲罰不過是充公我的小說。然而，劉老師卻嚴肅地告訴我，除了違反校規，我更大的錯誤在於不尊重他人。她在一張紙上寫下了「易位思考」四個字，並告訴我尊重是做人的基本道德。劉老師的一席話使我羞愧難當。這件事情之後，劉老師告訴母親，對於我的聰明和膽大，如果家庭和學校配合教育引導，我將會成為一個很好的人。劉老師的一席話堅定了我做一個「很好很好的人」的決心。在她的引導下，我樹立了正確的人生觀與價值觀，她的教育成為了我一生待人接物，積極人生的座右銘。她永遠活在我的心裏，我永遠懷念她。

　　1992 年是澳門立法會的選舉年。那年我參加了直選。在競選期間，我的照片經常出現在報章上，競選片段也經常出現在電視裏。在競選進入如火如荼的日子裏，我和我競選辦公室的同事們每天都有做不完的事情，每天都覺得一天二十四小時不夠用。每天來競選辦公室求見的市民源源不絕，想了解政綱的市民打來的電話鈴聲幾乎沒有片刻停頓。身為立法議員即使在平時也很重視市民的來電，在這非常時期當然更不敢待慢。

　　就在這期間的一個下午，我剛在街上派完我們的宣傳單章回到辦公

室，我的祕書告訴我有一位女士打電話來問：在 50 年代我是否就讀上海比樂中學，並且很希望得到我的回覆。我聽了以後，請我的祕書回覆：我知道上海有一所比樂中學，但我從未在那裏就讀。在那繁忙的競選活動中我不知道為什麼有人對這個問題感興趣，但我很快就將這件事忘了。

過了兩天，曾任職澳門管理學會祕書長的 Winnie 致電我的祕書問我是否曾經有一位老師姓劉名福寶。雖然我感到很突然，但這個名字對我來說卻完全不陌生。我清清楚楚地記得我在上海市第七女子中學初中二年級的班主任的名字就是叫劉福寶。劉老師是班主任也是語文老師，她只教了我一年就被調往其他學校。我在上高中時曾經打聽過她的消息，但沒能找到她。從她被調走那年到 1992 年雖然已相隔 38 年，但是她的音容在我的腦海中還是那麼清晰，她的名字在我的心目中還是那麼的熟悉和親切。

那一刻，我把緊張的競選活動全部拋到腦後。我搶過祕書手中的電話，問 Winnie：她怎麼會知道我有一位劉老師？她又是怎麼認識我的劉老師？我的劉老師現在在哪裏？

Winnie 被我一連串的問題給愣住了好幾秒鐘，然後她問我：

「你真的記得你有一個老師叫劉福寶？那麼為什麼兩天前劉老師打電話問你是否曾就讀上海比樂中學你卻否認了？」

我告訴 Winnie 我確實從未就讀比樂中學，但我在市七女中就讀時有一位語文老師的姓名是劉福寶。Winnie 聽後叫我稍候，幾秒鐘後她又拿起話筒告訴我說：可能因為時隔太久，且劉老師在市七女中任教時間太短，因此劉老師將我錯認是她在比樂中學任教時的學生。38 年前，我和她確實是師生。

我那一刻興奮的心情是難以用語言及文字來形容的。我像找到了失

散多年的親人，心中充滿溫暖。我要求 Winnie 立刻告訴我劉老師是否就在她身邊，我能不能和她說話。接着，我聽到電話另一端傳來有些陌生但依然熟悉的聲音，那是劉老師！

她問我：「曹其真你還記得我嗎？」

我回答：「劉老師我從來沒有忘記過您，而且我相信在我這輩子都不會忘記您！您在哪裏？您什麼時候來了澳門？我能來看您嗎？」

劉老師說：「我多年前就已退休，並舉家移居澳門。我曾在報章上看到你的名字，好幾次想找你問清楚你是不是我當年的學生。但因為事隔多年，不敢肯定，怕太冒昧。最近在電視上和報章中多次看到你，我確信我不可能認錯人。那天雖然我自己打了電話，知道你從未在比樂中學就讀，但我還是不相信你不是我的學生。今天 Winnie 來我家作客，我知道她認識你，所以請她致電你的祕書問個明白，我很高興我和你聯繫上了。我知道你正在競選很辛苦，所以你現在不用來看我，等競選過後我們再見面。」

我告訴劉老師雖然競選需要分秒必爭，但那天下午對我來說已經沒有什麼事情比見她更重要了。在我的堅持下劉老師給了我她的住址。我取消了當天所有的活動，買了一籃水果，直奔我的劉老師的家。

當我的司機發動了汽車，我覺得有些疲倦，乘機閉目養神，但是一閉上眼睛，我眼前出現的卻是 38 年前一堂歷史課的情景。

小時候的我十分頑皮，性格倔強且很不聽話，是一個天不怕地不怕，脾氣急躁的孩子。每個人都說我一點也不像個女孩子。父親長期忙於工作，對我們兄弟姊妹的日常管教的責任基本上是由我的母親肩負。我的母親對子女的管教很嚴格，但由於我倔強頑皮，整天闖禍，常常給母親帶來麻煩。幸虧學習成績較好，因此至少在這方面沒有令母親擔心。

在我唸初中及高中那時期，我的父母基本都在香港生活，留在上海的只有我和我的一個妹妹。我們由家中的兩位保姆負責照顧。保姆對我們的照顧是無微不至，但她們究竟不可能像母親那樣嚴厲管教。回想當年，我真可說是一個百分百被寵壞了的孩子。

1954 年，我是市七女子中學初中二年級學生。那天和往日一樣，在歷史堂上我全神貫注地看一本放在書桌子下的小說書，完全沒有理會老師的講解。當我看得特別入神時，坐在我旁邊的同學突然輕輕地在我的耳邊說，班主任劉老師在窗外看我們，讓我趕快把書收起來。

我向教室窗口方向望去，看到劉老師在窗外也正在向我的方向看。在這一刹那，我們師生倆有一瞬間的眼神接觸。我有些恐慌，但當時的我非但沒有將手中的小說收起來，反而將它放在桌面上堂而皇之地看。

這一堂課結束後，我等候劉老師叫我去她的辦公室，想象她將狠狠地批評我一頓，我的小說也會被充公以示懲罰。但這一切並沒有發生。第一天過去了，第二天也過去了，劉老師一直沒有傳召我，見到我也像平時一樣，就好像完全沒有發生過什麼。直到今天，我還清楚地記得，那兩天的我，坐立不安，心神不寧。我心想難道劉老師沒有看到我手中的小說書？

到了第三天的下午，劉老師讓我放學回家前去一次她的辦公室。哦，應該發生的事終於發生了。我手握着那本小說走進老師的辦公室，站在老師的前面，用雙手將書遞了過去，說：

「老師，我知道我不應該在上課時看小說，現在你充公吧！」

老師沒有伸手來接我手中的書。她示意讓我坐在她旁邊的凳子上，然後問我：「你知道你錯了麼？如果你知道你錯了，告訴我你錯在哪裏？」

我回答說：「我知道我錯了，因為校規上規定我們一定要專心聽老師

講課，不能看小説。」

劉老師説：「再想想還有哪裏錯了？」

我想了想，然後説：「除了犯校規外，我想不出有其他的錯了。」

劉老師説：「沒錯，你確實是犯了校規。國有國法，家有家法，學校有校規，所以我們做人必須要遵守各種法與規。這些法和規裏的條文是用文字寫出來的，是我們每個人行為言語的規範。我們只要不觸犯這些條文的規定我們就沒有犯法或犯規。但是今天我要告訴你，除了犯了校規，你還犯了另一個錯。那是不尊重別人的錯。我們做人和做每一件事時，必須考慮周圍的人的感受，要學會『易位思考』。」説到這裏，劉老師在桌子拿起一張紙，在紙上寫了這四個字。這是我第一次見到這個詞組）。

「你想一想老師看到你在上課時不聽課而做其他事，例如看小説，講話等等。老師能高興嗎？你現在還小，不知道將來會做什麼。但如果你長大後，也當了老師，你在講課時你的學生看小説，你的感覺會是怎樣？你會喜歡嗎？我相信你不會。也就是説你不想別人做你不喜歡的事情，更不會喜歡別人不尊重你。如果你能這樣去想的話，我相信你會知道你是不應該在老師講課時看小説的，對嗎？」

「我們每個人可有不同的思想，但每個人的感覺都一樣，都希望受到別人的尊重，人與人之間的這種尊重，在法與規中並沒有明確的條文，這是我們自己必須有的道德。所以我們每做一件事前必須要考慮周圍人的感受，也就是説要試着站在別人的角度去想問題。這就是『易位思考』。在這個世界上只有懂得尊重別人的人，才會得到別人的尊重。」

我在那一刻沒有説話。其實我根本無以對答。我感到羞愧，自責。我再次將手中的小説書遞上，要求老師充公，但劉老師拒絕了。她告訴我知錯能改就好，她知道充公我的書是對我的懲罰。但她要的不是對我

的懲罰，而是通過這件事讓我能明白事理，辨別是非，以後不再犯。我被老師的真誠和寬容打動了，我即時保證永遠不會在上課時看小說或做別的事情，我要儘量學會「易位思考」。

那天晚上，我想了很多很多。在我第一次對法與規及個人思想道德之間的不同作了思考。我在日記本上寫下了保證永遠不犯同樣的錯，並且要學會尊重別人。直到今天，幾十年過去了，我一直沒有忘記劉老師的話。而且一直督促自己：做任何事，說任何話，都應該站在別人的位置為別人設想。

那天，劉老師還詳細地問了我的家庭狀況。她讓我轉告我的母親，當我母親由香港回上海時，她想去做家訪。

大概過了一個月，我母親回上海小住。劉老師來家訪。我把劉老師帶到我家客廳坐下，等我母親和劉老師寒暄幾句後，我退出客廳。但是我並沒有離開，而躲在門背後聽她倆說話。由於客廳很大，我未能聽清楚她們說的每一句話，但是我印象很深的是劉老師希望我母親能格外重視對我的教導，因為她說我太聰明，所以膽子特別大，又由於性格強，所以用罵用罰的辦法來處理我的錯誤是行不通的。劉老師還說她認為如果家庭和學校配合，好好教導的話，我將會成為一個很好的人。但如果教育中出差錯的話，又有可能變得很壞很壞。

劉老師離開後，我又想了很多很多。我問了最疼我的保姆，什麼樣的人是很好的人，而什麼樣的人是很壞的人。我在我的日記本上寫了「我發誓我要做個很好很好的人。」

我的汽車很快到了劉老師的家。老師已是七十多歲的老人，我們已足足 38 年沒有見面了。我也由一個頑皮倔強的孩童成了一個奔 50 歲的中年人。我們師生倆既激動又興奮。好像兩個從來沒有分開過的親人，

沒有拘束，沒有客套地敍家常。

在相互問詢了家庭和生活情況後，我問劉老師是否還記得那堂歷史課？是否還記得那次家訪？劉老師說如果我沒有在上課時偷看小說的話，她可能早把我忘掉了。因為她做了幾十年的教師，教了數千個學生，她只能記住最聽話和最不聽話的學生。

我問劉老師，她是不是真的相信我會變得很壞？

老師笑着說：「我在那時候真的不知道。你當時是一個非常特別的孩子。我從來沒有見過一個孩子有你那麼大膽。在教室裏被老師當場抓住偷看小說，還若無其事地拿到桌面上看。我深信，如果當時我充公了你的書，你一定會看第二次，第三次，甚至更多次。因為你會覺得你已經得到了懲罰。對你來說最多是多一本小說被充公，沒有什麼大不了。但我很欣慰，你今天很有成就。對一個老師來說看到自己的學生成才是最高興不過的事。」

這時，劉老師笑得非常燦爛，非常慈祥。我看着老師心中充滿了溫暖和敬佩。感謝上天在我成長過程中，讓我遇上一位那麼有智慧的老師。她可能沒有意識到她的短短的幾句話成了我一生用之不盡的財富，是我待人接物，積極人生的座右銘。

從那天起，在繁忙的工作中，我常抽空去看望劉老師。到了周末，我們也常常一起吃飯聊天。直到有一天我去外地出差回到澳門，聽說劉老師得了急病去世了。我很難過沒能見她最後一面，但是我覺得劉老師並沒有離開我，她永遠活在我的心裏。我想告訴她：「劉老師，我永遠懷念您！」

2009 年 11 月 23 日

張老師

　　張老師是我高中的語文老師。自我高中開始，張老師就一直鼓勵我進行文學創作。在我被任命為澳門特區籌委會副主任時，她還特別為我賦詩三首。我那時才知道，張老師已是中國詩詞協會的理事，在詩詞界頗有名氣。在張老師的鼓勵下，我終於重新執筆，開啟了博客寫作之路。我想，如果老師地下有知，一定是會感到欣慰的。

　　我的高中是在上海市第二女子中學讀的。高中三年的語文老師都是張珍懷老師。張老師是女的，她的年齡和我母親差不多。張老師特別喜歡我的文章，每次我寫的作文她都會讀給同學們聽。中學畢業前，張老師特別找我談了一次話。她讓我報考大學時選擇讀中國文學。她說她覺得我的寫作風格與眾不同，文筆很簡練清新。最難得的是我能用「心」描述我的所見所聞。我對那次談話印象深刻，但是由於我個人興趣偏向理工，特別對物理和數學十分喜愛，因此最後報考了大學的物理科。

　　高中畢業後，我再也沒有見過張老師，也沒有互通消息。1998年年底北京港澳辦轉來一封由張老師給我的信，在信中張老師說她在電視上看到我，並為我被任命為澳門特別行政區籌備委員會副主任而感到驕傲。她即興為我作了三首詩。那時我才知道張老師是中國詩詞協會理事，在詩詞界頗有名氣。張老師在那一年已是年近八十歲的老人。從那天起，我和張老師經常互通信息。有一次她來信中說她覺得有些遺憾的是，我沒有在文學上發展，因為她堅信我通過文學創作，一定會有輝煌的成就。不過她說她還是為我感到很高興，因為我在其他領域也做得不

錯。我看了她的信後，在感動的同時，對辜負了老師的殷切期望而心中有些歉意，不過我並沒為當時的選擇而後悔。

1999 年澳門回歸祖國後，澳門出版了慶祝回歸的詩詞集「映日荷花」，將張老師為我寫的三首詩編制了進去（第 55 頁），我現在引述如下：

慶祝澳門回歸籌委會成立並簡籌委會曹其真同學（三首）

五星光耀大旗揚，澳港交輝雙幟翔。

美玉明珠俱璀璨，慈親相擁更康強。

銀屏欣見曹其真，少小才華自不群。

九九澳門回祖國，女強人要立功勳。

優秀學生拙教師，文章練達情志奇。

豈知分別卅年後，君作名流我作詩。

註釋：

1. 澳門區旗綠色象徵美玉（香港久稱東方明珠）

2. 新選澳門籌委副主任曹其真女士，四十年前在上海二女中肄業，當時作者為語文教師，文章為班級魁首，迄今四十餘年，記憶猶新。

「上海」 張珍懷

後來張老師因年事已高，孤身一人在上海無人照顧，所以於 2002 年移居美國和女兒同住，並於 2005 年在美去逝。在她去世前給我寫的最後一封信中，她還是希望我退休後重新執筆寫作。因為她說從我給她的書信中，她依舊能找到我少年時的影子。所以希望我不要浪費上天賜予我的這份珍貴的禮物。當時我正在擔任澳門立法會主席之職，日常事務繁忙，完全沒有時間和心思寫任何東西。退下立法會主席之位後，我常

有想起張老師的話。去年 11 月寫了一篇「父親」後，在弟弟不斷的鼓勵下，開啟了我的博客。雖然我相信我這一輩子不可能成為張老師期望的著名作家。但我終於拿起筆了。我相信如果張老師地下有知的話，一定會感到欣慰的。

2010 年 1 月 28 日

養育之恩報不盡

　　母親的教育對我的一生產生了極大的影響。正是在她的教育和引導下，我養成了許多受益終生的好習慣、好品格。然而，幼時的我個性倔強，經常對母親的嚴格管教不甚服氣，還把母親對我的期許當做是偏心。這樣的偏見直到我考大學的那年才有了一些轉變。在我最難過失落時，母親的安慰和鼓勵深深地撫慰了我。在我生病發燒時，母親為了照料我而徹夜未眠。在食物最匱乏的年代，母親為了來安徽看望我，輾轉十幾個小時，將最寶貴的豬肉罐頭全部留給了我，自己卻僅用自帶的幹糧充飢。母親在老年時患上了帕金遜症。有一天我問病榻上的她，有沒有真的為小時候的我頂撞她而生過氣。當時的母親已經不能說話，那一刻，她微笑着搖了搖頭。從她含淚的眼神裏，我看到了一個母親對孩子無比的「愛」。樹欲靜而風不止，子欲養而親不待。父母的養育之恩報不盡，希望所有的朋友們，珍惜身邊健在的父母，珍惜與父母相處的時光。

我是一個個性倔強的人。我從小到大，事事有自己的主意，膽子特別大，可說天不怕地不怕，家中的大人都說我不像女孩，像個男孩。我脾氣急躁，從小就很容易和人爭執。我特別的心直口快。每當我看到別人做了我認為不應該做的事，或說了我認為不應該說的話，我不管這個人是誰，一定會追住他論理。我母親常常說我是「懷着吵架本子出生的」。我對母親的這個評語的回答是「有理可打太公，我誰都不怕」。

我的母親是個家庭婦女，她是一個典型的以相夫教子為己任的中國傳統婦女。因為父親工作忙，所以在我們家真正的是男主外，女主內。教育孩子的任務基本上由母親肩負。母親對我們兄弟姐妹管很嚴，兄弟姐妹都很怕母親，唯獨我專門和母親搞對抗。母親除了生氣也真的拿我沒有辦法。相信我是我們家中眾多兄弟姐妹中最難管教的一個。自從我有記憶起，我父母從來沒打過我，從我 12 歲起也沒有罵過我一次。

十多年前父親帶着我們全家人到杭州掃墓。有一天下午，我們兄弟姐妹和表姐一起在下榻的酒店喝茶閒談。我的大表姐說了一些我們童年的趣事。她告訴我們，她記得我第一次離家出走時，年僅三歲半。有一天誰也不知道為什麼事惹我不高興了。我跑到房間裏拿了父母閱讀的報紙，包了衣服鞋子告訴他們我要走了。當然三歲半的小孩不可能走到哪裏去。當時我們在上海住的是「里弄」房子，從家門口到里弄大門口也要走一會兒，所以還沒有走到里弄口，就被家中的大人抓回去了。這天以後，每當我不高興時就吵着要離家出走。有一次，上海正在下着毛毛雨，我又包了衣服鞋子走出了家門，表姐跟着問我究竟想去哪裏。她叫我不要走了，下雨淋濕後會生病的。我聽了後急步跑了回家。家中的大人都以為我不走了，原來我回家取了一把雨傘，然後又往外跑了。

到我 12 歲那年，母親因為錯怪我敲碎一個很值錢的花瓶，罵了我，

我一氣之下，差不多三個月沒有和我母親說話。在那期間，我每天早晨七點鐘以前背了書包去學校。晚上在開飯前才回家。吃飽飯就回自己房間聽收音機裏講的故事，對任何人都不理不睬。直到有一天我回到房間，看到放在我床頭櫃上，母親寫的一封向我認錯道歉的信後，我才開始和她說話。我相信我從有記憶起沒有挨過打，從12歲起沒有挨過罵的原因是，因為如果打了我或罵了我，他們不知道我會幹些什麼，所以根本不敢打我罵我。

我有很多兄弟姐妹。我們之間的年齡差距特別小。我除了有一個哥哥外，都是弟弟妹妹。只要我和弟妹們吵架，不管我有理無理，母親總是幫着他們，說我比他們大，應該讓他們。我很不服氣，也總覺得很委屈。所以心理上一直覺得母親不喜歡我，很偏心。因此對母親心存偏見。我在學校很調皮很活躍，但在家不大講話，和母親也不親熱。幸虧在學習上沒有讓父母親太操心。

我對母親的偏見，到我考大學那年開始有了一些轉變。我是在當時上海市的名校第二女中唸的高中。我的成績非常出眾，連校長都認為我考上清華大學或北京大學是理所當然的事情。在這種情況下，當我拿到安徽大學入學通知書時，情緒低落的程度是可想而知的。母親看到我那樣的失落和不開心，和我說你不愛去安徽大學，在家待一年明年再去考，媽媽相信你一定能考上清華或北大的。我雖然沒有接受母親的建議，但我被母親當時的那幾句話深深地感動了。

去合肥報到的前幾天，我病了，並且發了幾天高燒，在臨走前的一晚，母親叫我睡在她旁邊，整個晚上我母親一會摸摸我的頭，一會摸摸我的腳底，看我是否還在發燒。那一晚上我的母親沒有真正地睡過覺。我偷偷地背着母親流淚了。（我很小就發過誓，我不哭，特別是在人前。因為哭是軟弱的表現。所以我基本上不哭，即使哭，也都是一個人偷偷地哭）

　　1962 年，在我大學畢業前一年，母親來了合肥到安徽大學看望我。當時從上海到合肥的交通工具是火車。母親從上海啟程，在南京和蚌埠轉了兩次火車才到合肥，路上要走十幾個小時。那幾年適逢中國自然災害，而當時的安徽是全國自然災害的重災區。所以火車上的條件很差，除了自己帶些幹糧，在火車上是沒有東西吃的。母親到的那天我請了假，沒有去上課。中午我從食堂打了飯，回到宿舍和母親一起吃飯，母親拿了一罐她從上海帶來的，默林食品公司出品的清蒸豬肉讓我送飯。當時我在學校已經三年沒有吃過任何肉類，所以罐頭蓋子被打開的那一霎那，豬肉的香味撲鼻而來。我急不可待地吃了起來。我讓母親和我一起吃，母親說她不餓，我把肉放在母親的碗裏，母親又把肉放回我的碗裏，她說：「你吃，媽真的不餓。」我就這樣在那一餐飯裏，把一整罐豬肉都吃光了。當我吃飽後，抬頭看到母親眼中含着淚水。那一刻我的心讓母愛融化了。我們母女默默地坐在我的宿舍裏。我們沒有太多的交談，但那種溫馨的感覺，我在快半世紀後的今天還能感覺到。那天傍晚母親坐火車回了上海，我送走母親後回到宿舍，蒙着被子痛哭了一場。

　　1965 年我在工作中遇到很多不愉快的事。母親看到我情緒很不好，鼓勵我回香港繼續唸書，好好做人。在送我走的前一晚，母親又讓我和她同睡一張床。第二天，火車站來了很多同學和親戚為我送行，母親站得遠遠地看着我離去。我直到今天還記得當時她臉上的表情。

　　1965 年和母親分開後，真正再和母親一起時，母親已經老了。後來她得了柏金遜症經常摔跤，跌傷。當時的父親也不年輕了，為減輕父親的心理壓力和精神負擔，在母親生命的最後五年，我把她接到了澳門生活。母親的病令她很痛苦。作為她的女兒我經常感到無奈，我為自己一點也幫不了她，感到痛苦，內疚。

　　1995 年 6 月中，母親被送進澳門山頂醫院，醫生告訴我母親不可能再離開醫院了。我在那段時間天天去醫院看她，最後一星期她被轉到醫院的深切治療室中。有一天我為母親剪手指甲，我問母親我小時候不懂事，常常頂撞她，她有沒有真的生過我的氣。當時母親已經不能說話，因為她的喉嚨裏已插了管。但她雖然不能說話，在那一刻臉上卻露出微笑，輕輕地搖搖頭，從她含着眼淚的眼神裏我看到的，是一個母親看着她的孩子時無比的「愛」。三天後的下午，母親在我和小弟弟陪伴在側時，拋下我們悄悄地走了。

　　我今天寫下這一切的目的是，希望所有看我博文的朋友們，珍惜你們身邊健在的父母。我認為天下沒有不是的父母。父母除了給我們生命外，還給了我們最無私的愛。父母的養育之恩報不盡。我們不要等他們離開後，才想起他們的好，因為他們一旦走了，什麼都已經太遲了。

2010 年 1 月 6 日

阿香姆媽

　　「姆媽」在上海話中就是媽媽的意思。我的人生是很幸運的，因為我有一個對我在待人接物方面嚴格要求，為我樹立了正確的人生觀和價值觀的母親，也有一個愛我，寵我，時時刻刻溫暖我心的阿香姆媽。我是由阿香姆媽一手帶大的，她悉心照料我的生活，也時刻教

導我忠義仁孝的道理。阿香姆媽的愛是博大的，她為了我在寒冬通宵排隊買豬肉，為了我的弟妹能吃飽飯而限制自己的食量，她甚至為了鄉下吃不飽飯的嫂嫂和侄兒變賣了所有值錢的家當。她是這樣的無私，哪怕到了病重的時候，為了不讓我去鄉下看她，她也要帶着病，冒着旅途的周折來上海見我。阿香姆媽去世前，我不懂人世間情感的珍貴。她的離世，是我一生的遺憾。半個世紀過去了，我對她的回憶和思念絲毫沒有被時間沖淡，她始終活在我的心中。

　　上海話中的「姆媽」是媽媽的意思，我想寫阿香姆媽的事情已經不止一次，但每一次拿起筆寫了題目後，我那被埋在心中深處，多年前失去她的悲痛就會盡現無遺。這種悲痛令我沒有辦法寫下去，因為它太強烈、太揪心。我對阿香姆媽的思念是刻骨銘心的，即使在經過了幾乎半個世紀長的時間，這種思念也從來沒有因為時間的遷移而被沖淡過的。其實我的一生是很幸運的。因為在一生中我有一個對我在待人接物方面的要求非常嚴格、在人生觀和價值觀方面的教育非常正面的親生母親，但是我更幸運的是有一個愛我、寵我和時時刻刻溫暖我心的阿香姆媽。如果一個人能夠有兩個母親的話，她們倆就是我生命中缺一不可的兩位。

　　阿香姆媽是我生命中遇見的活生生的「祥林嫂」。她在我未出生時就在我們家做保姆。她姓趙名阿香，我的父母親和家中的大人都稱她為阿香，而家中的小孩都叫她阿香姆媽。她曾告訴我她家因為太窮，她的父母在她很年幼時就將她送去了一家富戶人家當丫環。她在年僅虛齡七歲時就要看管服侍那家富戶的小少爺、洗衣服、打掃衛生，和站在小木板櫈上上大灶台煮飯煮菜。她從來沒有告訴我她是怎樣來到了上海並開始做傭工的。我只知道在我的父親 13 歲時她來了我祖母家做傭工。聽說

當時我祖母的經濟條件也不好，所以她除了一天三餐外，只有收取很少的工資。自那時起，她就在我們曹家做傭工當保姆，直到她離開這個世界。也因此，她和我之間結下了親如母女的情緣。我的哥哥和弟妹們都有乳娘，不知道為什麼唯獨我沒有乳娘。我在家裏出生（當時所有的小孩都是出生在家中的），我出世後是由阿香姆媽一手把我帶大的。據說在我出生時我們家由祖父掌握家中經濟，祖父說他們在寧波鄉下時，如果母親沒有足夠的乳汁喂幼兒的話，那些幼兒都是靠飲粥水、吃面糊長大，從來沒有聽說過幼兒必須喝牛奶或喝自己沖製的奶粉（在當時的上海的確幾乎沒有人喝牛奶或吃乳制品）。也因此，我的祖父只准我母親每月為我買一罐奶粉。阿香姆媽說我幼年時身體非常虛弱多病，並且十分瘦小怕冷。我的膚色蒼白且微帶黃色，因此家人給我按上一個外號，特別是我的哥哥一直稱我為「黃岩人」。我現在還保存着一張我大約一歲多時的相片。相片上的我十足像個我們經常可以從報章上看到的，貧窮的非洲國家的受饑挨餓營養不良，皮包骨頭的小孩。阿香姆媽告訴我很多次她睡覺時發現我全身冰冷，哭喊乏力，她為我擔心着急之餘，只能把我緊緊地抱着摟着，用她的暖和的身體為我取暖。她還告訴我有很多個夜晚她不敢閉眼熟睡，因為她怕我會在她睡着的時候死去。我就在她精心愛護和悉心的照顧下活下來了。

阿香姆媽和我母親相處得很好，我母親經常來回香港和上海之間，當母親不在上海時，我們上海家中的一切由阿香姆媽負責打理。阿香姆媽是一個非常有愛心的人，她對我的兄弟姐妹都很好，但可能因為我是在我們家中唯一一個一生下來，就交由她帶大的緣故，我總覺得她對我特別的好。在我的心目中她也一直是我在這個世界上最親最親的人。

阿香姆媽沒有上過學唸過書，但她是一個聰明過人且十分好學的

人。她喜歡看上海的地方戲，她雖然不識幾個字，但她能看得懂報紙上登載的戲院廣告，知道哪一個戲院做什麼戲。她常常講戲裏的故事給我們聽，而她講的故事內容都是有關做人的道理和人生中善惡和因果的關係。因為她沒有文化，她不會講大道理，她很簡單直接地將人分成忠孝善良的好人，或者是奸詐邪惡的壞人。我從小就有和她說不完的話，我也養成習慣將我最開心和最不開心的事告訴她。我的母親是個很聰明要強、精明能幹、愛憎分明並心地善良的人。但母親的性格剛烈、脾氣急躁，她對子女的管教十分嚴格。她對我們學習成績的要求也特別高，她有時也會因為家中的兄弟姐妹不聽話而打罵他們。但由於我的脾氣倔強，不到四歲就鬧着離家出走，母親對我的管教是重不得也輕不得，既不敢打也不敢罵得太凶，所以母親雖然常常被我激怒但也只能暗自生悶氣。相信也是這個原因，母親對我的態度相對比較冷淡。我常常暗底下向阿香姆媽訴說心中不快，抱怨母親偏心甚至問她我是否是母親親生。阿香姆媽總是向我耐心地解釋，她教我理解做母親的心理。她告訴我世界上沒有不愛子女的母親。她覺得我的母親對我和對其他兄弟姐妹其實是一樣的，只不過我常常做些事和說些話令母親尷尬且難落台。她說人要臉樹要皮，你這樣的態度怎麼令你的母親親近你。她說你要別人對你好，你首先要對別人好。她用她簡單的表述，讓我明白做人的道理。明白和人相處好壞是取決於雙方態度，絕對不是單方面可以決定的。她叮囑我要做一個既忠又孝、且既有情又有義的人。因為她認為在這個世界裏不忠不孝的人豬狗不如。我非常熱愛阿香姆媽，但我常常會向她發脾氣並經常在她面前無理取鬧。每當這情況發生時她總會告訴我，我向她耍脾氣使性子她不會生氣，但對別人可不能像對她一樣，我必須時時刻刻記住要學會克制自己，因為別人不了解我的為人，是會生我的氣的。

她常常說我特別聰明但是太任性、太刁蠻、她說我是刀子嘴豆腐心、心太直口太快，如果不改的話將來在社會上一定會吃虧。她要我記住做人要講道理，要厚道。絕對不能任由自己的性子亂發脾氣，更不能專橫跋扈，欺負別人。在我去上大學，離家去火車站前，她哭了，並偷偷地塞了幾個為我準備的茶葉蛋。除了以前短暫地離開她去香港度假外，那是我第一次真正地離開她的身邊。

在我第一學期結束的寒假回上海時，上海的天氣十分寒冷。那天下了火車，回家梳洗一番後吃晚飯。當時我已整整半年沒嘗過阿香姆媽煮的飯菜。當她在飯桌上放下一碟我最喜歡的煎豬排時，那個香味令我直流口水，我急不可待地吃起來了。她站在旁邊臉上露出慈祥的笑容的樣子令我至今難以忘懷。那天晚上晚飯後我找遍整幢房子都不見她的蹤影。我很奇怪，她平時除了出去看戲是沒什麼地方去的，而我知道那天我剛回家，她是不可能去看戲的。我問母親她去了哪裏？母親說她大概又去了菜市場。我心中奇怪晚上還去菜市場幹什麼。在我追問下，母親告訴我，由於上海當時的副食品供應非常緊張，要買豬肉必須通宵排隊，阿香姆媽說我從小不喜歡吃魚，對吃豬肉卻情有獨鍾，所以前一天晚上已去通宵排隊購買豬肉，那晚餐桌上的豬排就是這樣來的。我一聽之下心中特別地着急和疼痛，我當時只有一個念頭，那就是在那麼寒冷的天氣，她通宵達旦地為我去排隊買豬肉的話，我能吃得下去嗎？我二話沒說奪門而出直奔菜市場，到了菜市場在豬肉攤檔前我看到她，她霸了個頭位坐在自備的小板凳上和身旁的人聊天。我一手把她拉起來說我們回家去，這樣的豬肉我不想吃。開始時她還不願意跟我回家，但我往地下一坐告訴她，如果她不跟我回家，我就在那裏陪她一起排隊。她叫我別鬧並趕我回家，但我就是不聽，最後她擰不過我，所以只能放棄排

隊隨我回家了。第二天我把小板櫈藏起來了，吃過晚飯我一直緊盯着大門沒讓她有機會走出大門一步。

　　過了一學期學校放暑假我又回家了。那時剛巧全國大鬧饑荒，我在安徽的生活已非常的苦，在那時我們大學生基本上都已經吃不飽了。上海的情況雖然相對地說還是比較好，但每個人都定量供應糧食，又因為副食品供應非常緊張，菜市場裏根本沒有什麼葷腥的東西出售，連好的蔬菜都特別缺乏，所以每個人的飯量由於沒有油水而增大了，大家都嫌定糧不足，而年輕力壯的人都開始嫌吃不飽肚子。我那天回家後一進廚房，看到煮飯的灶枱上放多了很多個小鍋子，覺得十分奇怪。一問之下原來當時我們家裏的保姆都按她們的定量，自行用鍋子自己煮飯吃。我看到這個情形急紅了眼，嚷嚷着要上樓找我母親評理，因為在我的心目中阿香姆媽和另外那個保姆阿翠都是自己家人，在這麼困難的環境下一家人怎能把你我分得那麼清楚，特別是阿香姆媽幾十年在我們家，我們怎能這樣對她。阿香姆媽看我很激動，一把拉住我告訴我，分開鍋煮飯的事根本和我母親無關，完全是她的主意，因為另一位保姆阿翠飯量特別大，而我的弟妹們都在長身體需要吃飽，所以她自己帶頭分鍋煮飯免得分薄我弟妹們的糧食。我聽完她的說話，看着她親切慈祥的臉，雖然久久沒能說出一句話，心中卻有說不出的淒涼感覺。在那個暑假裏我發現阿香姆媽手腕上的一個我在香港度假時為她買的手錶不見了，另外她手指上的一隻金戒指也沒有了。在我再三的追問下，她告訴我，她在寧波鄉下的嫂嫂和侄兒們吃不飽，所以她把自己擁有的值錢的東西都換了黑市的全國糧票寄給了他們。我在放完暑假回安徽的前一天，把母親給我的 30 斤全國糧票和給我壓箱底的以防萬一急需的 100 元人民幣給阿香姆媽，但她說什麼都不肯收。她抓住我的手，流着眼淚說：

「我沒有白喜歡你，你是最好最善良的孩子」。在第二天我離家前，趁她不在她的睡房裏時，我將 30 斤糧票和 100 元人民幣塞在她的枕頭底下了。

我回學校兩個月後，母親來信說阿香姆媽進了醫院且病情嚴重。出院後她知道自己的生命已快走到了盡頭，她要求母親讓她回鄉休養，因為她想是時候落葉歸根了。我的母親給了她一些錢和糧票，囑她的侄子把她接回了她的鄉下。我在收到信後要求母親將我在寒假中會前往鄉下探望她的願望告訴她，但在我那次寒假回上海到家時，我發現她竟然帶着病，冒着旅途的周折先我而回到上海等我。她告訴我，當她聽説我要去看她的消息時心中非常吃驚，因為鄉下的起居條件實在太差，她説我是一定不會習慣那裏的生活，而她是絕對不會讓我去受那份罪的，她在權衡輕重後，決定急急忙忙地帶病趕回上海和我見面。那一次和她見面，她的身體狀況已非常差，她本來瘦小的身材更顯得虛弱，我感到十分難受，也為她非常擔心。那個假期中我幾乎一直陪伴在她側邊。我回學校那天，她牽着我的手將我送到弄堂口，我上了三輪車，車子徐徐走遠了，她一直站在那裏向我揮手，我也一直回頭看着她那瘦弱的身影離我越來越遠，等到車子轉了彎，我再也無法看到她時，才發覺自己已淚流滿面了。

大約一個月後，母親來信說阿香姆媽在我回校後就回寧波鄉下去了，但這一次她回去後很快地就離開人世了。她去世的消息對我來說簡直是晴天霹靂，我兩天沒有去上課，睡在宿舍裏捂着被子整整哭了兩天。這是我在人生中第一次失去至親的親人，也是首次感到失去親人的痛楚。在我很小的時候我就向阿香姆媽發過誓，等我長大成人後，我要盡最大的努力像女兒一樣地照顧她，直到她百年歸老，並讓她過上一個幸福的晚年。對我來說她雖然沒有給予我生命，但是我可以肯定她對我的愛絕對不亞於任何一個母親能給女兒的，而我在感情上對她的依賴也完全是像一個女兒

對一個母親的依賴。可惜的是她沒有等到那一天就離開了我，她沒有給我報答她教我育我的機會，而這件事成了我幾十年心裏最大的遺憾。

我的阿香姆媽已離開我足足 49 年，但我從來沒有一天忘記過她。今天當我寫下我和她的故事時，我對她的思念在我的心中一點沒有淡化，我失去她的傷痛依舊令我流淚不止，我完完全全是用一個女兒懷念一個母親的心情寫完這篇文章的。在她最後一次離開我後、回鄉前，曾讓我母親轉告我，在她逝世後不要去她鄉下為她上墳，因為第一交通不便，第二她的鄉下住宿條件太差，她不能讓我受這個苦。所以我母親一直沒有告訴我她在鄉下侄子家的地址，也因此我不知道她葬在哪裏，我自己也因為並不認識他的家人，所以我也沒有機會和他們聯繫。阿香姆媽留給我的只有她的一張黑白照片，和我對她的無限思念。我現在將她的照片裝了鏡框放在我的睡房裏，每當我想念她時我都會對她的照片默默地訴說一些心事。在我的心底裏我一直覺得她從來沒有離開過我。我亦相信在我有生之年她是一定會永遠活在我的心中的。

2010 年 7 月 31 日

坐牢

愛國是父親長期以來對我的教育。大約在我一歲半時，上海被日軍佔領着。因為阿香姆媽沒有按照規定在開燈時拉上窗簾，日本

憲兵隊沖進了我家的店舖，抓走了住在店舖裏的包括我父親在內的所有男士。父親和店員們在憲兵隊的牢房裏被關了一晚上，萬幸的是憲兵並沒有動刑。在那晚被捕之前，父親也差點有一次被日本憲兵隊抓去。只是當時父親不在舖子裏，而來找父親聊天的朋友卻被陰差陽錯地抓去了憲兵隊。除了隨時有被抓去坐牢的危險，當時同胞們還面臨着其他的屈辱。「法國公園」門口「華人與狗不准進入」的告示便是一例。經歷了這麼多在自己的國家受人欺辱、任人宰割的事情之後，父親告訴我們，只有國家強大了，國民才能有尊嚴地活着，我們必須為國家的繁榮富強而不懈努力。

最近因感冒雖愈但咳嗽未止，所以一直不敢去探望父親。父親心中記掛於我，所以常常來電詢問我的近況。我怕他長久不見我而擔心，所以周末帶着口罩，前去他的住家小坐。父親見到我十分高興，拖住我的手囑我坐在他旁邊和他聊天。我們天南地北地閒聊着我們社會和人生中曾發生過的趣事、悲傷事。聊着聊着話題轉到了二次世界大戰日軍投降65周年的事宜。父親問我是否知道在日軍佔領上海期間，他曾因為我而被日本憲兵抓去坐了一夜的牢。

我是在位於上海棋盤街（據說後來改名為河南路）鴻祥呢絨店樓上的家中出生的。出生後一直到三歲才搬出上址。當時的棋盤街整條街的兩邊大約總共有超過40間呢絨店。我的父親是鴻祥呢絨店的老闆。當時雖然店舖不大，但也已有數名店員。店員多數都在地面搭舖睡覺，而我們一家人就住在店舖樓上。

我在嬰兒幼兒期間身體十分虛弱，在半夜經常因身體不適而哭鬧，也有幾次全身冰冷，身體發青發紫。（在我幼兒時即使生了病，一般都不

會被送往醫院留醫的。）阿香姆媽除了緊緊把我抱在懷裏用她的體溫為我取暖外，更是為我掐人中灌薑湯，常常忙得沒有好覺睡。大約在我一歲半左右，當時的上海被日本軍佔領着。那段時間上海常有空襲，所以晚上在上海實行宵禁，家家戶戶的窗上必須裝上厚厚的黑色窗簾。如需要在晚間開燈的話就必須把窗簾拉得密密實實，以免燈光泄露而向轟炸機提供投擲炸彈的目標。

在一個盛夏的晚上，因為上海的夏天特別的濕熱，拉上厚厚的窗簾後，屋中完全不通風，因此房間裏實在是熱得讓人受不了。所以阿香姆媽在臨睡前都會將窗簾打開，以便屋中空氣流通，並稍減令人難受的悶熱。那天，到了半夜，我突然哭鬧不停，阿香姆媽無論用什麼方法哄我，都無法阻止我的哭鬧。在情急之下，她忘了黑色窗簾沒有被拉上，一手將房間的燈的開關打開。等到她醒覺犯了大錯時，已經為時太晚。很快日本憲兵隊沖進了店舖，住在店舖中的男士在睡夢中全部被驚醒並被抓走，當然住在店舖樓上的父親也沒有倖免。當時幸虧有一年輕店員十分機警，在混亂中，他偷偷走到頂樓沿着頂樓屋簷，爬入了隔壁鄰居的舖子中躲藏起來才避過這一劫。第二天一早這位年輕店員就四出報信、通知父親的親朋好友們去營救父親和其他店員。我的父親和那些在店內居住的店員們在睡夢中被驚醒後，就莫名其妙不知原因地被日本憲兵抓走，並在日本憲兵隊的牢房裏被關了一個晚上。幸虧憲兵隊裏的日本憲兵並沒有對他們動刑，第二天一早經過朋友們的營救，他們都被放了出來。對於此事，在當時因為我還太年幼所以毫不知情，但阿香姆媽為了此事，卻被嚇得半死。從我懂事開始，阿香姆媽就常常和我講起這件事，我也可感到每次她說起這件往事時，好像還是餘悸猶存。我父親店舖的那些老員工，在我懂事後也經常和我打趣說，我害他們坐了一晚

上的牢，等我長大後一定要對他們作出一些補償。

父親告訴我其實他在那晚被捕之前，曾經也有一次差些被日本憲兵隊抓去。那一次是因為當時棉紗是被日軍看作違禁品的，所以任何人私藏棉紗會被視作違法行為。有一天，在棋盤街上的眾多呢絨舖中，位於鴻祥呢絨店對面的另一家呢絨店的閣樓裏私藏的棉紗，給日本憲兵發現並被搜獲。當然那間店家的老闆被抓了。日本憲兵隊為徹查各家店舖，因此將那條街上所有的呢絨舖老闆全部抓去問話。在來抓我父親的那天下午，適逢我父親不在舖子裏，我父親的好友高賢正先生正好來找父親聊天，見父親不在，就坐在店堂裏喝茶等候父親歸來。高先生是做呢絨「掮客」的。當憲兵隊的便衣來舖子找我父親時，高先生問他們找我父親何事，他告訴那些便衣，他也是做呢絨生意的，並告訴他們他是我父親的摯友，有什麼事都可問他，他能全權代表我的父親。日本憲兵隊一聽我父親不在，而高先生能全權代表他，所以就陰差陽錯地將高先生抓回憲兵隊了。我父親也就這樣地沒有被捕。當然高先生被抓後不久，父親通過朋友的幫忙，花了些錢很快將高先生從日軍憲兵隊贖了出來。

我的父親也經常回憶那兩次往事的情景。父親還告訴我，上海被日軍佔領時，在上海出名的位於外灘的外白渡橋上有日軍站崗，也有日軍憲兵隊的便衣在橋上站立。當時我們中國同胞要通過此橋時，必須向站崗的日本兵行鞠躬禮，否則的話輕者會被抽耳光，重者會被抓回憲兵隊。那天父親說起此事時，心中還是憤憤不平。父親接着也向我提起當時上海的法租界裏的「法國公園」門口竟然有「華人與狗不准進入」的牌子。父親非常感慨地説，在我們中國的地方，任由外國人欺侮我們中國人是多麼不可思議，並且是我們中國人莫大恥辱的事情。父親還說他

年輕時曾親身經歷了這些事情，可能是我們下一代難以想象的。不過現在我們國家強大了，中國人現在已不再受歧視和欺侮，所以我們下一代人已經很難體會他們在當時受欺侮時的憤怒、無奈的心情。他很感慨地和我說，只有一個國家強大富有，這個國家才能免受侵略，國民才能有尊嚴地活着。當然一個家庭和社會也是一樣，只有一個團結的社會和家庭才是和諧健康的社會和家庭。最後父親還很慎重地說，生老病死是自然規律，他遲早都會離開這個世界，他的願望是我們的國家越來越繁榮富強，國民的生活會越來越好。至於我們的家庭，他最希望的是我們的家族成員能團結一致，和睦友愛地相處，並將他一手創辦的企業發揚光大。

我那天任由父親說而自己沒有說太多的話，但當他說這些話時，我本來握着父親的手卻抓得更緊了。我在心中默默地向父親保證，請他放心，我相信我們家族成員，一定會按他的意思做的。

2010 年 9 月 14 日

激勵和引導

在成長的過程中，我認為父母的認同和尊重是十分重要的。我從小就是一個好奇心強且不服輸的孩子。大約在十二三歲的時候，我對哥哥留在上海家中的軍艦模型產生了極大的興趣。然而，當時

的我連一個英文字母也不認識，而模型的說明書又全是由英文寫就的。在我的哀求下，母親沒有阻攔我的好奇心，而是為我創造了機會，鼓勵我想辦法克服困難，完成挑戰。最終，我花費了一整天的時間，成功地搭建了一條非常漂亮的軍艦。對於我的好奇和好強，父母沒有強迫我按照其他兄弟姐妹的模式成長和發展，而是通過激勵和引導使我建立起了獨立的思想和人格。我認為培養孩子是沒有固定模板的，最重要的是要引導每個孩子發揮自己的長處，使他們活得輕鬆愉快並自信大方。

　　我天生有一個好奇性很強、頑皮和不服輸的性格，所以我一直以來喜歡接觸新鮮的事物。小時候越是家中大人不准我碰的東西，我越喜歡拿來玩。我不喜歡適合女孩子玩的玩具，也不喜歡哭鼻子，更不喜歡和其他女孩一起玩過家家等遊戲。我老是跟在男孩子屁股後面和男孩子一起玩，所以母親常常說我不像一個女孩。

　　記得我很小的時候跟着哥哥和其他男孩們，到我家旁邊的一個堆滿瓦製大水缸的露天倉庫，（當時我們的家在上海武夷路，近上海火車西站，在今天來說不能算郊區，但 60 年前那是離開市區很遠的上海近郊。）我跟着那些男孩爬進水缸玩耍。我當時最多是七歲（我八歲多一點就離開了那個住處），身材又不是長得很高，水缸的高度比我的身高要高出一截，在水缸外面是無法看到我在水缸裏面的。由於那裏有很多很多水缸，哥哥和玩伴們都爬進爬出水缸玩。我也在男孩們的幫助下爬進了一隻水缸。對我來說有別人托一把的情形下爬進去不難，但由於水缸底小口大，四邊都是向上的光滑的弧形，所以要靠自己的力量爬出來就很難很難。正在我着急使勁向外爬時，哥哥和他的玩伴們回家去了。當我發

覺他們離我遠去時，我着急地使勁呼喚，但由於工場空曠，男孩子們邊
嬉耍邊走，誰也沒有留意我的呼喚聲。哥哥回到家時才發現我不見了，
他趕緊和家中保姆折回倉庫找我。當他們找到我時我已精疲力盡、焦急
萬分且心中十分害怕。哥哥回家後挨了母親狠狠的一頓罵。哥哥回頭也
狠狠地罵了我一頓，並威脅我說以後都不帶我出去了。那天我可是真的
嚇得夠嗆，此情此景直到今天不能忘懷。

　　我也因為好奇而多次將家中的東西如時鐘、儀表等拆開查看裏面的
機器，卻因很多時候無法將它們回復原樣而常常招母親的責罵。更記得
有一次我將家中的電話聽筒蓋擰開，在裏面塞滿了紙再擰上，父母親以
為電話壞了，因為打電話時對方老是聽不清楚，叫人來修理時才發現是
有人惡作劇。那一次母親問我們是誰做的，家中的小孩都否認，我也沒
有承認，母親問不出所以然，因此事件也只能不了了之算數，那時我也
不到八歲。

　　我在十歲時和哥哥分開了。哥哥在香港求學而我卻在上海讀書。大
約在我十二三歲時哥哥放暑假回上海度假。那時哥哥非常喜歡搭塑料船
隻模型。母親在家中也放着很多哥哥搭得很漂亮的各種船隻模型做裝飾
擺設。它們中有風帆、軍艦、遠洋船等等。我每次看到它們都十分羨慕
哥哥，心中總是想如果我也能有機會做成這樣的模型就好了。那次哥哥
帶了兩盒船模型回來，每當他有空搭模型時我都會在旁邊看。哥哥吩咐
我看可以，但是觸摸任何東西是不允許的。因為船隻模型是根據圖紙指
示，用膠水將每一片膠粘而成，因此少了一片就搭不成船的。哥哥在上
海期間只做了一艘船隻就回香港了。他沒有將另外那一盒還沒來得及搭
建的模型帶回香港。模型就放在母親房間高高的「五屜櫃」上面。我乘母
親不在房間時總會進去將盒子拿下來看，那是一艘軍艦，它的外型非常

美麗。我心中雖然癢癢，但是始終沒敢拆。有一個星期六我又將模型拿在手中時，母親進房間看到了這個情景。她吩咐我趕快將模型放回去。我哀求母親將這盒模型給我，讓我搭建軍艦。母親說你一個英文字母也不認識，而模型的說明書全是英文的，你將它拆開後是不可能裝建成船的。我告訴母親我知道哥哥是怎麼樣搭建的，我會裝並保證我能將盒子封面的軍艦建好的。母親想了想又看我實在喜歡的樣子，就說如果我真能做成的話，她將給我 10 元錢以示獎勵，但是如果我完不成的話，那麼她將罰我一個月的零用錢，那也是 10 元。在那時我一心想建軍艦，就算不獎只罰我也是願意的，所以就欣然答允了。那天白天我除了出來吃飯外，就將自己關在我們孩子們做功課的亭子間專心地搭建模型，一直到半夜我終於成功地搭建了一條非常漂亮軍艦，第二天母親也遵守諾言給了我 10 元錢。

上述這些事都是發生在超過半世記前我兒時的趣事。它們都是發生在我身上的真實事。在我們家中兄弟姐妹眾多，但因為性格的不同，雖然我們都是由同一父母所生，並且都在同一成長環境，但是我們都有不同的興趣和愛好。依我為例，我和一起長大的兄弟姐妹就有很大的不同。我感興趣的絕大部分事情他們都不感興趣，我的理想也不是他們的理想。今天我們都不年輕了，他們都很優秀，也都各有各的成就，只不過在人生道路上，我們走的都是各自不同的路。所以我認為父母對每個子女的教育都應因人而異，不能用千篇一律的方式方法。更不能將父母的想法強加給子女。我認為每個人都是從有思想以後，就開始希望獲得到認同和尊重。而來自父母的認同和尊重在成長過程中就更為重要。因為父母永遠在兒女們成長中佔有最重要的位置。隨着人的不斷成長，每個人都會形成自己獨立的思想和人格。而這種思想和人格是和父母師長

的不斷激勵、引導和細心培養教育分不開的。當然父母師長在激勵、引導孩子們建立獨立思想和人格的同時，必須向他們灌輸正確的人生觀、價值觀和道德觀，儘量為他創造條件，讓他們成為社會上有用的人。這是父母和師長們天經地義的責任。但是我認為父母不能因為孩子們的生命是由他們所給，就要按自己的願望為他們設計生活方式，和他們在生活道路上應走的路。應該根據他們的性格、興趣和愛好正確引導他們發揮長處，讓他們活得輕鬆愉快並自信。我發現絕大部分家長，特別是現在，喜歡將孩子們做比較。有超過一個孩子的家長，將自己的子女劃分成聰明的和笨的、乖的和不乖的、有出息的和沒出息的。如果自己只有一個孩子的話就將他和其他人的孩子作比較，不管自己的孩子是否有興趣，就因為其他孩子學鋼琴、小提琴、跳舞、畫畫、游泳、溜冰等等的課餘興趣班，就將自己的孩子的課餘時間安排得滿滿的，連周末也逼孩子們去上各種不同的課。將孩子們壓得透不過氣來。令孩子們對本來很感興趣的事物因叛逆心理的驅使而喪失。這不但浪費了金錢，更可能是埋沒了真正的人才。

我們中國人一向有「唯有讀書高」的思想，父母恨不得自己的每個孩子都是博士或至少是大學畢業生。望子成龍，為他們的子女操心也是十分可以理解的。但是我認為千萬不要忽略了孩子們自己的意願。本來這個社會是由不同的人分工而成的。所以一個人只要活得充實開心，正直守法，不論他的學歷、知識程度、社會地位、經濟狀況如何，他和其他的人都是平等的，而且都是一個社會上有用的人。

2010 年 5 月 19 日

權力

　　1953 年母親返回香港時，將上海的所有的錢都交由我管理。於是，還不到 13 歲的我在人生中第一次嘗到了掌握權力的滋味。當時，我曾多次利用手中掌握錢財的權力，向年齡大我 15 歲的堂姐實施報復，報復她在我幼年時沒有善待我。生活困難的堂姐為了生存只能默默忍受着我的「惡行」。直到某一天因看到堂姐酸楚的淚水而心生憐憫，年幼無知的我才開始隱約感受到自己「不該那麼做」，從而改正了自己的行為。隨着年齡的增長，我更加意識到了當時行為的嚴重性，體會到了用手中之「權」欺侮弱者的可恥。特別是在劉老師教會我「易位思考」後，我終於真正地覺悟到欺侮和痛恨別人，並不會讓自己的日子好一些。我想，我們每個人都是這樣，在生活的一點一滴中逐漸學到了做人的道理。

　　我人生中第一次掌握權力，並第一次知道有權的滋味是在我還不到 13 歲那年。

　　解放前，我父親攜同我們全家十幾口人，離開上海到了台北，大約在半年後，全家人又由台北移居香港。當時父親在香港沒有事業基礎，我們一大家人在香港的生活，遠不如解放前在上海的生活。解放後我的父母在上海仍持有物業和存款。和香港比較，上海經濟條件要好得多。因此在 1950 年母親又將我們全部帶回了上海。我父親就獨自留在香港創業。1953 底，我父親的生意雖然不是做得很大，但基本上在香港已經站穩了腳跟。因此我母親又帶着弟弟妹妹們返回香港居住。當時就留我和

妹妹在上海交由兩個保姆看管。我父親在解放前的企業，每年會向股東派發股息。因此我們家在上海每年都有很可觀的收入。本來家中的一切錢財由母親負責管理。當母親和弟妹們再次返回香港居住時，母親將在上海所有的錢交給了我管理。當時我們家有超過 10 萬人民幣的存款。在那時候的中國，一般老百姓的收入都在每月人民幣 30 元到人民幣 60 元之間。因此，10 萬元人民幣在當時的上海是相當可觀的天文數字。當時我的年齡還不到 13 歲。

我除了管我們自己家的錢外，還為我父親的一個生意合夥人夏先生管錢。這位夏世伯因為生活腐化而被判入獄。解放前夏世伯已有三個太太。因此那三位太太每月憑夏世伯的信來我家向我取生活費。她們經常各自帶着他們的子女來和我吵架爭取多拿些家用。夏世伯的年齡比我父親大很多。他的子女，特別是他的原配夫人的女兒，比我要大好幾歲。我從小天不怕地不怕，所以對付他們倒是沒出過什麼大的問題。

除了他們外，我還有一個堂姐每月來我家問我拿 30 元人民幣。這位堂姐自幼喪母，十二歲時開始就來我家居住，直至她出嫁。由於我父親的大哥也就是我堂姐的父親，比我父親大十六歲，因此我堂姐比我母親只年輕了六歲。我堂姐夫本來是上海一個西藥舖的小職員，但他和我堂姐結婚不久後，據說是因為家庭成分是地主，所以被分配到洛陽工作。他們夫妻過着長期分居的生活。1954 年初我開始掌管家中的金錢時，我堂姐獨自和兩個年幼的兒子在上海生活。我堂姐夫每月最多寄人民幣 20 元給他們母子三人（堂姐夫在洛陽的工資比上海還低）。所以母親吩咐我，每個月給堂姐人民幣 30 元，補貼他們母子三人的生活費。也因為這樣，我的堂姐每月初必定按時來我們家取錢。由於堂姐結婚前住在我家，所以從我有記憶開始，堂姐就經常管着我。我從小不喜歡別

人管我，連父母都不服就不用說堂姐了。因此常常和她頂嘴吵架。不過她比我大十幾歲，在家時我可以不理睬她，但在外出時，我就不得不聽她的。大約在我五歲時的農曆新年前，媽媽叫她帶我和妹妹去燙頭髮。燙好頭髮後我想去廁所，但堂姐說走幾步就到家，不准我去。理髮舖和我們家對成年人來說的確很近，但是對一個五歲的小孩卻很遙遠。我在回家的路上沒有忍得住，因此弄髒了褲子。回家挨了母親的責罵，還被哥哥笑話。從那天開始我就特別地不喜歡這位堂姐。1953 年底起我終於找到報復的機會，因此每個月的月初，每當堂姐來拿錢時，我就算沒事也待在房間遲遲地不下樓，讓她在樓下的客廳裏等候。她往往要等候很長的時間才能拿到錢。也有很多次我讓她等候多時後，才告訴她家中沒錢，叫她過一天再來拿。這樣的情況維持了將近一年。堂姐也只能忍耐我這個還不到 13 歲的小姑娘。有一次堂姐又像過去一樣在樓下等我。那天，我下樓時堂姐沒有察覺。我進入客廳中看到堂姐坐在沙發上，一隻手中抱着小兒子，另一隻手摟着大兒子，滿面都是淚水。那一刻我被這情景嚇壞了。我輕輕地退出客廳，我心中有一種說不出的難受。這種滋味和那個情景令我直到今天都未能忘記。那天晚上我久久沒能入睡，我想了很多。我反覆地問我自己，我為什麼這樣對待這可憐的三母子。我心中為什麼沒有一點點同情心和善心。當時我正好在看小說「基度山恩仇記」，我覺得自己和小說中的壞人差不多。我告訴自己一定要改過，一定要善待堂姐一家。自此以後，我對堂姐的態度有了轉變。雖然我和她沒有太多的接觸，但是每次我會按時給她錢，並且也不再讓她帶着兩個小孩久等了。

　　直到今天當我回想起那件事時，心中總有一些不安和歉疚。其實我當時還年幼無知，那天也是偶然看到堂姐三母子的情況，觸動了我憐憫

他們的惻隱之心。意識到自己這樣對待他們是不應該的。但隨着年齡的增長，我逐漸地明白了當時我犯了很大的錯誤。雖然那時我的年齡還很小，但我利用了我手中掌握的「權」欺侮了我的堂姐。我也明白了我的刁蠻是多麼的可惡和堂姐的無奈是多麼的可悲。堂姐雖然年長我很多，但因為處於弱勢，除了忍受我的無理取鬧根本無法反抗。另外，我在成長的過程中，特別是在劉老師教會了我「易位思考」後，真正地覺悟到欺侮和痛恨別人，並不會讓自己的日子過得好一些。

這件事只不過是我成長過程中的一個小小的插曲。但是讓我很慶幸的是通過這件事，我認識到了用手中之「權」欺侮弱者的可恥。其實我們每個人都是這樣，在生活中的一點一滴學到做人的道理。

自從唸了大學後，我很少再見到堂姐。離開大陸來港澳生活後更是沒有什麼機會見到她。她也於去年離開了人世。我一直沒有機會向她說句「對不起」，不過我想我還是可借我的博客，説出我埋在心中對她的歉意，相信我的堂姐也早已原諒我了。

2010 年 1 月 31 日

人生中的兩個好朋友

書籍和音樂是一路伴我成長的兩個好朋友。我從小就養成了閱讀的習慣，可以說，我一生中的大半業餘時間都是花費在閱讀上

的。書籍是教會我歷史文化、社會現實的良師益友，它啟發着我形成了良好的邏輯思維和正確的為人處世態度。我的另一個好朋友是音樂。讀大學時，我第一次從學校的廣播喇叭裏聽到了《梁祝》，它深深地觸動了我的心靈，使我熱淚盈眶，也開啟了我對音樂終身的狂熱。之後，我又逐漸喜歡上了交響樂，繼而又對歌劇產生了濃厚的興趣。我的人生因為這兩個好朋友而豐富多彩。它們豐富了我的知識，替我排憂解難。它們為我創造了心靈的獨處空間，在那裏，我不為世事所擾，也不覺寂寞憂愁。我認為我們每個人都應該從小培養起有益身心的興趣愛好，這對年輕人的健康成長，乃至一生，都會具有重要的意義和影響。

　　我的這一生中有兩個好朋友，它們是：一、書籍；二、音樂。由於我對它們非常地喜愛，因此即使在我的經濟環境最差，連買基本家具的錢都不足夠之時，我家中的書籍和唱片還是從來不缺的。記得剛到澳門之時，我的有限家具都是向公司借回來暫用的，因為沒有書櫃，更沒有放唱片的櫃子，所以在那段時間裏，我的書籍和唱片都是放在地上的。我也記得在童年和青少年時期，我幾乎將所有的零花錢都花費在買書和買唱片上。成年後在逛街時，我光顧最多的店舖還是書店和唱片店。近年來，除了買生活上急需要用的東西外，我對逛店舖的興趣也幾乎減到了零點。但是書店和唱片店對我還是有很大的吸引力，每當路經它們時，我會不自覺地走進去，而且每次也並非純粹地逛一下，我一旦進去了就基本上不會空手離開的。

　　很多認識我的人都覺得我是「外向型」的人。但是我很了解自己，我知道我自己有很「內向」的一面。我之所以愛閱讀和聽音樂，並將它

們視作自己的好朋友的原因，是因為它們除了能豐富我的知識和調節我的精神狀態外，也能令我暫時遠離世上的煩惱和是非。在和這兩個朋友相處時，我覺得心身愉快和自由自在，並且選擇讀什麼、聽什麼的權利完全掌握在我自己的手中。在那些時候，我能靜靜地獨處，不為世事而憂，且不覺得寂寞。除此以外，我還可以不必顧忌自己的語言、行動，也不必擔心和它們接觸是否會對我帶來不便或不快。

在我的一生中，我大半的業餘時間是花在閱讀中。我愛閱讀各種不同類型的書籍。因為通過閱讀，我能接觸和了解到很多在日常生活中，我無法接觸到和不能了解的社會現實、時代變遷、事物人物和歷史文化。其中更有很多書籍對我起着啟發正確邏輯思維和完善人生觀、價值觀、是非觀的作用。因為透過每一位作者寫的書和文章，我們都能從他們筆下描寫的人和事中，了解到他們所處的時代背景、人文歷史、道德觀念、宗教信仰，甚至他們的情感和內心世界。我常常發現閱讀書籍的過程，是自己和作者之間心靈和情感的溝通的過程。我會在不知不覺中，隨着作者的喜怒哀樂而喜怒哀樂，有時更有身處其境的感覺。對自己不熟悉的國家、地方、人物產生感情，而且對作者的內心世界產生共鳴。這種感情常常是「溫馨的」，而共鳴也往往是「震撼的」。可見作者對讀者的影響之大是不可思議的。

我們的世界很大，人口也眾多。但在這個世界中生活的每個人的日常生活圈子卻很小，我們接觸的人也十分有限，所以我們不可能對世界上發生的事情和他人的生活情況有太多的了解。但是通過閱讀，我們是可以清晰地了解我們不熟悉的世界上發生的一切。我們古代春秋時代的思想家老子在《道德經》的四十七章就用「不出於戶，以知天下」來形容閱讀的重要。而宋朝第三位皇帝宋真宗趙恆所著的《勸學詩》更是深

深地影響了我們千多年。「書中自有黃金屋、書中自有顏如玉」這兩句幾乎人人都知的諺語就是摘自宋真宗的《勸學詩》，它的全文是：

> 富家不用買良田，書中自有千鐘粟。
>
> 安居不用架高樑，書中自有黃金屋。
>
> 娶妻莫愁無良媒，書中自有顏如玉。
>
> 出門莫愁無人隨，書中車馬多如簇。
>
> 男兒欲遂平生志，六經勤向窗前讀。

當然電話、電視、電腦和其他高科技的發明大大地改變了人類的生活習慣，也縮短了人與人、國與國之間的距離，更方便了生活在不同國家和地區的人們相互了解。但是我認為閱讀還是我們豐富知識、學習人文最好的渠道。因為雖然我們現在從電視上可及時獲知世界上發生的大事，但是由於電視上有形象、動作和聲音，所以我們往往純粹是通過眼睛觀看、耳朵聆聽，根本不用我們的腦子來演繹或思考節目製作人所要表達的意思。但是閱讀就不同，因為我們在閱讀的同時，是通過腦子將書中文字演繹，並經過思考後，才能真正明白作者所表達的意思。因為這個原因，我發覺我們在看完電視後，很快就會將那些不是特別令人震撼的內容忘懷。但是在讀完一本書後的情形就不同。我對在幾十年前閱讀的書籍內容，還是可以記憶猶新的。相信也是因為這個原因，很多醫生囑咐人們，特別是老年人，要多閱讀而少看電視，以防止老年癡呆病症。

回顧自己的一生，我發覺在我掌握的知識和常識中，只有很小部分來自學校和師長的教育，它們中的大部分是通過我自身長期的閱讀而得來的。但是令我非常遺憾的是，我發現我們現今的年輕人都普遍不愛閱

讀，有很多更是沉迷於電腦，特別是沉迷於電腦上的各種遊戲中而不能自拔。他們長期生活在不現實的虛擬世界中，所以不但知識面狹窄、生活情趣單一，而且也嚴重影響他們正確思維和與人溝通的技巧。他們中有些人更會在人生觀、價值觀和是非觀上出現扭曲的現象。我認為怎樣增強閱讀興趣，並讓兒童們養成閱讀習慣的問題，是值得我們從事教育工作的專家、學者們重視的重要研究課題。

我的另一位好朋友是音樂。我很奇怪我熱愛音樂的習慣是源自誰人。因為我的父母和家人都並非特別熱愛音樂。但是我自小就熱愛音樂。我總覺得音樂是我們在日常生活中振奮心靈、淨化思想的清新劑。音樂也是我們消除疲勞、去除煩惱和趕走憂傷的良藥。在我還未移居香港時，儘管當時我們上海家中聽音樂的條件不是太理想，但是我記得在我家三樓的房間裏我已收藏了不少的唱片。當我疲勞時或心中有煩惱時，我都會上三樓播放那些唱片，以達去除疲勞和求得心靈寧靜的目的。

我對音樂達到炙熱的程度是我到了安徽大學後。其實當時由於生活在集體宿舍中，而集體宿舍的居住環境很差，所以基本上是根本無法在宿舍裏欣賞音樂的。但是我還是非常注意架在學校操場上的大喇叭中播放的音樂。

我在我的博文《Concert and Opera》中曾有一段這樣的描述：

我第一次發現音樂對我可以產生非凡的魔力，是我在大學的大廣播喇叭裏聽到俞麗娜的小提琴協奏曲「梁祝」。儘管當時學校廣場上的大喇叭的音質是那麼的差，但是那一次我的心弦被觸動了，我第一次為音樂流下了眼淚，也第一次感到音樂能如此強烈地震撼我的心靈，也能讓我的心隨着它的旋律而飛翔，它令我如癡如醉。從那天起的幾十年生活

中，音樂成了我最好的朋友。在我寂寞時它是我最好的良伴、在我傷心
激動時它能平靜我的心情、在我的生活中遇到不如意時它能幫助我減輕
痛苦。

　　1965 年回香港定居後的那一年多時間中，由於對生活前景處於彷徨
的境地，所以我的心情空前低落。很多時，我會躲在自己的房間中聆聽
由一個小小的磁帶錄音機中播放的音樂。雖然由這個磁帶錄音機中播放
的音樂音質奇差，但我還是對它非常地喜歡。也是這個小小的錄音機和
幾盤音樂磁帶陪伴我度過了在巴黎的很多個寂寞的周末。來到澳門後，
我只要有空餘時間和多餘的錢，就會上唱片店買唱片。目前唱片早已被
CD 取代了，但是在我的家中還收藏了很多早已沒人再用的過時唱片。因
為我心中對它們是非常難割難捨的。

　　我對音樂真正狂熱是由小提琴協奏曲「梁祝」開始的，所以我到
目前為止對小提琴獨奏還是情有獨鍾。但我逐漸地喜愛上交響樂，繼而
對歌劇產生了濃厚的興趣。我閱讀有關歌劇歷史、藝術的書籍，也曾特
地長途跋涉地遠赴他邦觀看心儀的歌唱家演出的歌劇。我經常在內心焦
慮、不安、憤怒和悲傷時借助歌劇音樂之力平靜自己。記得在母親逝世
前被送入深切治療室的那十幾天中，是歌劇的音樂陪伴我度過難熬的失
眠長夜。在母親離我而去的那夜，更是歌劇藝術家們優美、激昂的聲浪
減輕和撫平我內心的傷痛，並給予我巨大的力量面對失去親人的悲哀。
自此以後，我和音樂特別是歌劇更是結下了不解之緣。我發現我現在無
法生存在沒有音樂的生活中。

　　今年開完兩會回到香港後，我看了一場由被稱為歐洲歌劇之都的拿
波裏（Naples）的聖卡洛歌劇院（San Carlo Theatre）演出的第 41 屆香

港藝術節的壓軸歌劇《茶花女(La Traviata)》。這出《茶花女》是著名意大利歌劇巨匠威爾第(Verdi)的三大名劇之一。我除了多次親臨歌劇院欣賞此劇外，也多次在家觀看由不同歌唱家錄製的 DVD，更是經常聆聽不同唱片公司出品的 CD。所以我不但對劇情很了解，而且對劇中的音樂和唱段也十分熟悉。我雖聽過很多歌唱藝術家的演唱，但我對著名女高音藝術家瓊‧薩瑟蘭（Joan Sutherland）和帕瓦洛蒂（Pavarotti）合演的《茶花女》可謂情有獨鍾。這兩位世界最頂級的歌劇演唱家把《茶花女》這出歌劇演繹得可說精彩絕倫。他們為歌劇寫下了輝煌的一頁，可惜的是這兩位藝術家相繼離開人世，但相信他們的美妙歌聲將流傳世間。

我在沒到香港文化中心前，心中雖然認為，我只要抽得出時間，就絕對不容自己錯過觀看歌劇的機會，但是對這次的演出水平卻不敢有太高的期望。但是聖卡洛歌劇院的演出給了我極大的驚喜。這場歌劇不但樂團演奏、合唱團演唱水平高，布景、燈光、服裝大方、優雅、漂亮外，歌唱家們的角色演繹和演唱水平都超乎意料。劇場中的三個多小時的演出，可說完全無懈可擊。觀眾席上喝彩聲、鼓掌聲此起彼落，在座的觀眾個個看得如癡如迷。說來奇怪，我的咳嗽也在那三小時裏暫時被抑制了。這裏值得一讚的是劇中三位主要演員，女高音卡門‧吉安納塔西奧（Carmen Giannatasio）飾演的薇奧列達（Violetta）、男高音荷西‧布魯斯（Jose Bros）飾演的阿菲度（Alfredo）和男中音西蒙‧皮亞佐拉（Simone Piazzola）飾演的喬治奧（Giorgio）在那晚都有出乎我意料的超水準的演出。在散場後我懷着興奮喜悅的、並意猶未盡的心情步出香港文化中心，當時我心中想的是，欣喜經典歌劇演唱家「後繼有人」。

寫到這一刻，我不禁想起了在兩會期間的 3 月 5 日，我在北京保利

劇院聽了一場中國著名美聲男高音演唱家戴玉強與未來之星的「為你歌唱」音樂會。演唱會由戴玉強帶領 10 位年輕的未來之星向大家演唱。雖然在我的心目中，這十位年輕的歌唱家的演唱還沒有達到理想的高水平，但我覺得戴玉強辦這樣的音樂會的思路是正確的，也是對年輕人最好的磨練，是值得鼓勵和支持的。作為一個音樂愛好者，特別是歌劇愛好者，我是多麼希望歌劇在中國得以「薪火相傳」。

2013 年 4 月 13 日

語言

在學語言這件事情上，勤奮永遠比天分重要。1965 年回港定居後，我下決心要在最短的時間裏、用最快的速度學好英文。當時教我英文的 Mrs. Sieh 告訴我，語言是熟能生巧的，沒有快捷方式。於是我常常廢寢忘食，每晚學習到半夜。到我離開香港時，我的英文已取得了神速的進步。1968 年到澳門後，我又利用工作之餘的時間，在葡萄牙人聚集的餐廳不斷聽和模仿葡萄牙人的交談，最終可以開口說葡語。就這樣，我在四年時間裏，學習了三種外國語言和一種中國方言。很多人認為這或許是一種「語言天分」。其實，這個世界上天才是很少的。在學語言這件事情上，真正的問題是我們是否下了工夫和有決心。我的經驗告訴我，人只要有決心，只要努力，愚公能移山，鐵塊都能磨成針，世界上沒有什麼事是人做不到的。

　　我的中學和小學都是在上海讀的。上課時老師和同學之間的交流都是用國語或者上海話的。但是在大學裏不論是老師或同學之間的交流就全部都是用國語了。從初中開始直到高中畢業的六年中我唸了俄文。但當時我不喜歡上外文課，所以雖然我的成績單上的俄文分數不低，但實際上我是從來沒有用心去學，我心裏也都從未感到外語對我有什麼重要性。在大學四年裏雖然沒有再修俄文課，但是由於大學裏的參考書絕大部分是俄文的，所以在大學學習期間，俄文閱讀能力提高了，畢業時我基本上可以看懂我自己學科的俄文參考書。不過因為從來沒有接觸過講俄文的人，也沒學習俄文口語。閱讀能力也僅僅限於自己專業的參考書，積累的詞彙十分有限，根本不可能用俄語和人交流，嚴格說是不能算是懂俄文的。當時我不認為語言在我的生活中有任何重要性，因此也從來沒有感到需要學習語言的迫切性。

　　1965年我回香港定居後，在日常生活中碰到第一個難題是我不懂廣東話，第二個難題是我不懂英文。當時在香港唯一通用的中國方言是廣東話，國語和上海話都沒有什麼人懂。因為我不懂廣東話所以我無法和人溝通，當時不要說賺錢養活自己，就算想花錢都有困難。又因為我不懂英文，所以根本無法實現我回香港去國外繼續升學的願望。當時在生活上我感到非常不習慣，對前途感到十分迷惘。這可以說是我在人生中第一次覺得過去對自己的估計太高，我心中也出現後悔作出回港定居的決定。不過在當時走回頭路已經是不可能了，所以我只能向前走下去。那時候的處境讓我明白了，其實我並不是永遠都像在求學期間一樣總是第一的。相反的是每當我和我的同齡人在一起時我感到自卑，我覺得自己比他們差。但我不是一個輕易服輸的人，我下決心改變我的狀況。我知道要改變當時的狀況只有一條路可以走，那就是我必須在最短的時間

裏，用最快的速度同時學好廣東話和英文。我必須改變自卑的心理，否則我就會意志消沉，甚至自暴自棄，也因而毀了自己的前程。那一段時間是在我 23 年的人生經歷中，第一次認識和體會到語言在生活中的重要性。

來到香港後大約十五天，我父親吩咐他的一位上海籍畢業於香港大學的助手姚先生，為我介紹一位英文老師。姚先生年齡和我相仿，儘管我告訴他我沒有讀過英文，但他說介紹老師必須先考一考我的英文。他在香港英文《南華早報》挑了一篇報導讓我翻譯。當然我雖然用了英漢字典將文章中的每個字都翻了一遍，但是那還是一篇不能為人理解的不成文章的東西。我在人生中第一次交了白卷。為了這件事我感到羞愧，也因此在很長時間我不敢面對姚先生。姚先生當然從來沒有和我提起這件事。他為我介紹了一位住在九龍城的中國老先生，我去見那位老先生時，他首先問了收費的問題。老先生開價每月 300 元港幣。在 1965 年 300 元港幣是非常昂貴的，所以我沒敢上課，我告訴老先生，我自己沒能力付學費，所以必須先回去問父親是否同意為我繳學費。回家後父親一聽這價錢皺了皺眉頭說：「那麼貴啊！」我聽了以後決定放棄去老先生那裏上課。

從那天開始，我每天在報紙上找英文補習學校的廣告。大約過了一星期，我發現在離我家大概只有 100 米的一幢大廈裏，新開了一家英文補習夜校。那個學校每星期一到五傍晚六點鐘到八點鐘上課。學校一共開兩個班，由兩位英籍女士任教。入學程度不限制，學費是每月港幣 40 元。我一想每月學費 40 元，學校又在家旁邊連交通費都可以省了，那可是多好啊！我立刻就去學校報了名，也就這樣在回到香港兩個月後的 9 月初開始了學習英文。我被編在由一位年齡和母親相仿的中年英國女士 Mrs. Sieh（她的丈夫是上海人姓薛）任教的班上。班上大約有 20 個學

生。學生基本上是中年的家庭婦女和從大陸來的年輕新移民。開始時我是班上英文程度最差的一個。Mrs. Sieh 只講英文，她不准我們上課時講中文。所以我當時的困難是可以想象的。開始的兩星期我完全聽不懂老師講什麼。我感到了從來沒有感到過的壓力，對學習成績一向較佳的我來說，上課時連老師講什麼都無法聽懂的事實是難以接受的。從此我認真用功地讀書，爭取改變自己在班上成績落後的狀況。

三個月後我在班上的成績由最差的一個慢慢地趕上去了。我的運氣特別好，我的老師 Mrs. Sieh 和我特別有緣。她當時在香港的大學裏教書，兒子不在身邊，丈夫忙於工作，所以特別寂寞。她非常喜歡我，對我就像對她的女兒一樣。除了傍晚上課外，我幾乎每天都會有很多時間和她在一起。她帶我出去吃飯、教我用西餐餐具、教我西方人飲食習慣和禮儀。她也帶我去看畫展、聽音樂，讓我儘量多些機會接觸西方文化。Mrs. Sieh 挑了符合我英文程度的小說逼我閱讀，並不准我用字典。讀完後要求我用英文講述小說的內容。她告訴我語言是靠熟能生巧的，詞彙是通過閱讀積累的，沒有快捷方式，所以唯一的辦法是多看書。

也就這樣，我從 1965 年開始的 45 年生活中長期地看英文小說，直到今天從未間斷。在我開始學英文到我離開香港的 11 個月中（最後一個月，我為安排離港後的學習、行裝、簽證等等事務，已經停止上課），我的英文進步神速，當然我是非常非常勤力的學生，我在那十個月中常常廢寢忘食，每晚學習到半夜。Mrs. Sieh 說以她二十多年教中國學生的經驗，我是她學生中學得最快的一個。如果在我一生中我需要感激很多人的話，那麼 Mrs. Sieh 是我特別要感激的人，她是我的好老師也是好朋友。離開她的學校後，我和她保持着緊密的聯繫直到她 2002 年去世。

在法國巴黎學法文的大概情況我已在其他文章中介紹了，我在這裏

不再敍述。1968 年到澳門後,我的生活又進入了另一個新的階段。澳門的一切對我來說都是陌生的。父親在我剛來澳門時,經常來澳門帶我出席和政府官員、銀行經理等的宴會。但當時的官員和銀行經理都是葡國人,每當我和父親跟他們一起吃飯時,葡萄牙人在一起都是講葡萄牙文,我們根本不知道他們說什麼,也因此無法插上嘴,為此我特別地不喜歡這樣的應酬。

澳門當時的官員全是從葡國來的,他們中的很大部分不懂英語和法語,和他們直接溝通有很大的障礙。但我認為公司要做好做大,我必須了解政府的政策和官員的想法,如果和他們交流必須通過中間人,那麼我的事是不可能做好的。所以我下定決心要學習葡萄牙語。當時我的工作既繁又重,工作時間長且很不規則,對我來說去夜校讀葡文幾乎不可能的,因此我托友人介紹認識了一位在葡文學校教書的葡籍女士 Elisa。Elisa 年齡比我稍長,為人十分熱情厚道。她也願意教我,但由於我的時間比較難安排,而且我不喜歡學習枯燥的文法,所以我建議如果她不介意的話,我們交個朋友,我抽空就請她去葡國人聚集的沙利文餐廳飲下午茶,在沙利文我能多些接觸葡國人,聽他們用葡文交談。我也要求 Elisa 堅持用葡文和我交談,儘量少用中文或英文。Elisa 對這一切都十分樂意地接受了。就這樣我經常在下午六點鐘公務員下班時間和 Elisa 相約出現在沙利文。我和 Elisa 也成了好朋友。

開始時我基本上是聽他們交談,我會在心中默默地模仿他們說的話和他們的語氣。我和他們之間的溝通在一開始是用英文或法文。大約一年後我在沙利文第一次用葡文和當時在法院任法官的一位葡國人交談。從那天開始堅持用葡文和所有的葡萄牙人和土生葡人溝通,我請他們糾正我說錯的地方。也從此我交了很多由葡國來的或澳門的土生朋友。我

的葡文口語也越來越流暢。1976年我進入了立法會任議員,我也開始不斷地閱讀用葡萄牙文書寫的文件。我和葡萄牙人的溝通也越來越通暢,由於我和他們在語言上無任何隔閡,所以我也逐漸熟悉和了解了他們的文化和思維。很多對我不熟悉的人甚至以為我是土生葡人。

我在離開中國大陸的四年時間裏,學習了三種外國語言和一種中國方言,我雖不能說我對那三種語言都已很精通,但它們足夠我和以這三種語言為母語的西方人交流溝通。這對我的生活和工作提供了很多很多的方便。因為通過和他們交朋友、閱讀他們的文字,我了解了很多和我們中國人不同的西方文化、思維方式、道德標準及生活方式。從而也開闊了我自己的思路和眼界。我的體會是我在和西方人做生意或談判時,由於我掌握對方的思維和想法,而對方卻不知道我心中所思,因此我往往會佔些便宜。

如果我們說人與人真正要和睦相處,必須首重溝通的話,那麼我認為達到溝通暢通的最好工具就是語言。目前的世界是科學和資訊發達的世界。澳門的社會也正在向開放型的國際化城市方向邁進。因此我認為,我們澳門人不但要學好我們中國的語言,還必須儘量多學習外國語言,因為語言是打開通向世界大門的最佳工具。

每當我和年輕人說起要盡可能多學幾種語言時,很多時他們都會說:「我不行,因為我沒有語言天才」。其實在這個世界上天才是很少的,我認為一般人的學習能力是差不多的,問題是我們是否真正下了工夫和有決心。我的經驗告訴我,人只要有決心,只要努力,愚公能移山,鐵塊都能磨成針,世界上沒有什麼事是人做不到的。

2010年4月11日

玉泉樓

　　1966 年我從香港到加拿大，並預備留在加拿大繼續讀書。期間，應父親的邀請，我由加拿大飛往巴黎看望在那裏出差的父親。走下飛機，看着巴黎的美景，我愛上了這座城市。我決定不再回加拿大，而是留在巴黎讀書。在父親為我安置好租房和家具後，當時已大學畢業的我決定不再用父親的錢，決心要自力更生。父親離開後的第一個周末，我走進一家中國飯店應徵收銀員。我向飯店的馬老闆保證，雖然我到巴黎還不到兩星期，還不懂法文，但只要他肯給我機會，我是不會讓他失望的。我的自信和進取打動了馬先生，他決定錄用我作飯店的收銀員。就這樣，我找到了我的第一份工作。雖然半工半讀的生活十分艱苦，但我從不曾為我當時的決定感到後悔。在這之前，我一直認為養活自己是件很容易的事情，而當我開始工作掙錢後，我才發現養活自己真的是很不容易。只有親身經歷過生活的不易和掙錢的艱辛，才會懂得珍惜。

　　1966 年末我去加拿大蒙特爾（Montreal，Canada）市，預備在那裏繼續讀書。當時我的舅父在那裏的 McGill 大學裏當教授。但我到加拿大不到一個月父親從巴黎打電話來說，他出差到巴黎會在巴黎住十來天或兩星期，很希望我能去巴黎去看看並和他作伴。我第一次拒絕了，因為我當時正在積極辦理入讀大學事項，但父親緊接着發了一個電報給我，希望我馬上飛去巴黎。我覺得父親的盛情難卻，而且這樣的機會實在難得，不宜輕易放棄，再說等父親回香港時，我再回加拿大上學也不是太大問題。於是告別舅舅舅媽，從加拿大飛往巴黎。

　　到巴黎時，父親在機場接我。那天巴黎的天氣十分好，藍天白雲陽光普照。在去酒店的路上，我第一次看到以前只有在書本上看到的，作家筆下的全世界最美麗的城市——巴黎。從的士的窗看出去是一座座雄偉的建築物，和寬敞的街道及街道兩側的梧桐樹。我對這座充滿藝術氣息的城市的感觀是我從來沒有在其他我曾到過的城市感受過的。這種感覺直至今天都不是我能用語言表達的。我被它深深地吸引住了，也愛上了它。當時我和父親下榻的是位於羅浮宮附近的聖女貞德廣場的一座古老的建築物裏的酒店——HOTEL REGINA。當我進入房間還沒來得及放下手中行李，就迫不及待地問父親是否可讓我留在巴黎讀書，我不想再回加拿大了。父親笑着對我説：不着急，我至少有一星期時間考慮去留問題。

　　在我到達巴黎後，父親在巴黎逗留了大約一個星期。在那一星期中，我在法國文化協會報讀了法文班，父親和我每天都去一家叫「默林」的中國餐館吃飯。這家餐館的老闆是上海人，我們在那裏認識了幾個在巴黎定居的上海人。通過他們的介紹，父親為我租下了位於巴黎15區的一個大約三百呎的公寓單位，並頂下了上一手租客的全部家具。那個年代香港還還不流行信用卡，所以為付家具的頂費和房租及按金，父親讓我將手上他給的2000美金先拿出來付賬，答應回港後給我寄錢。這一切都進行得很快。一星期後父親為我的一切安置妥當後，離開巴黎去馬德裏繼續他的生意旅程。

　　送別父親後我開始了獨自在巴黎的生活。因為父親給我的錢已花得七七八八，剩下的錢大約只能應付我在巴黎兩個月的生活費。我雖然知道父親回港後一定會寄錢給我，但父親還要去歐洲幾個地方，可能我要等一段時間才能收到匯款。所以父親一走，我就特別地擔心，每天都以白開水和麵包充饑。

父親離開後的第一個周末，我獨自在家覺得很無聊。大約下午四時，我離家出外沒有目的地地隨便走走。當我走過一家中國飯店門口，看到飯店門口的大玻璃窗上貼着一張小小的紅色紙。上面是用中文寫的飯店招請收銀員的告示。我在門口來回走了幾次，並從窗外看到在靠近門窗的一張餐桌旁，坐着一位正在看報紙的貌似中國人的中年男士。我猶豫了一會兒後，鼓足勇氣推門進去，用廣東話詢問那位男士，店裏是否請收銀員。那位男士抬起頭來用普通話回答我說是的，還問我是否應征。我說是的，他和我握手後告訴我，他是這家飯店的老闆，姓馬，並示意叫我在他對面坐下。他問我在巴黎是幹什麼的，有沒有在飯店做過事。我實話直說告訴他，我到巴黎還不到兩個星期，我是理科的大學畢業生。我已經報名學法文，但是還沒有開始上課。那位男士十分驚奇地問我不懂法文怎麼工作。我回答他說父親沒離開時，我們每天都在「默林」吃飯，我知道在巴黎的中國餐館的餐牌上除了有菜的名字，還編上號碼。負責客人點菜的服務員為方便簡單起見，都在單上只寫號碼而不寫菜名，所以這對我不會造成困難。那位男士想了一想後露出微笑說：好，你是對的，但是收銀台上放着電話，收銀員是要接聽電話，負責客人訂位的，你會嗎？我聽後十分自信地說：我正式學習英文是大學畢業後，真正的學習僅不到十個月時間，已能到加拿大讀書。相信如果老闆能給我一兩天時間我一定能應付。因為訂位吃飯無非是說哪一天，幾點鐘，幾個人，不會很難學的，因此只要他肯給我機會，我不會給他帶來麻煩的。

從馬先生的外表看，他的年齡應該比我父親稍長幾歲，他的樣貌十分斯文，風度談吐也很優雅，我對他的第一印象是，他不像是一個飯店老闆，而像是一個知識分子。他詳細問了我和我父親的情況。我告訴他

我的父親做生意很辛苦，而我已大學畢業，所以我不想也不應繼續用父親的錢。馬先生沉思一會兒後說：好罷，你就試一試吧！工資每月 1500 法郎，第二天就可開始工作，工作時間是中午 12 點鐘到大約下午三點鐘。然後是晚上七點鐘到所有的客人付完賬。一般大約是十二點鐘。飯店可供兩餐飯但必須在上班前吃飯。我謝了馬先生後，問他我是否能提一個要求。馬先生說可以。我告訴他我每月工資只要 1200 法郎，我相信我省吃儉用的話是可以夠生活了。但我希望他為我辦正式的工作證。我不想做黑工，因為我在「默林」見過政府稽查人員抓過在飯店裏的黑工，黑工們爭先恐後地從後門逃走的情景令我覺得挺可怕的。當然他可先試用我一個星期，如果他對我滿意的話再申請也不遲。這次馬先生哈哈大笑說「好！就這麼定了」。

過了幾個月後馬先生和我熟悉了，有一天他告訴我說，他那時已年近 50，但他從來沒有見過一個像我那麼大膽自信，那麼進取的小姑娘（我雖已 20 多歲但在他眼中我還是一個小姑娘），所以從那一刻他就像喜歡他女兒一樣地喜歡上我了。

我就這樣自 1965 年離開中國大陸後，找到了我自食其力的第一份工作，我開始了半工半讀的艱苦生活。因為 1200 法郎要支付一切開支是非常困難和拮据的。但我從來沒有後悔我當時作出的決定。那段經歷讓我明白生活並不是我想象的那麼容易。只是當我們花父母的錢時，是不會想到父母的辛苦的。有些事只有親身經歷了才會真正明白的。

我打工的飯店名叫「玉泉樓」。我上次去巴黎時還特別叫司機經過那裏。那家飯店還在，外貌也沒變，當然老闆早已換人了。

2010 年 2 月 10 日

挫折

　　我的成長過程並不是一帆風順，而是充滿荊棘的。我在童年和青少年時一直是一個非常頑皮、性格倔強、任性、不聽話、不用功讀書並且自信心特別強的孩子。我的第一次挫折是在香港唸小學四年級的時候，因為學習不用功，我的期末大考一塌糊塗。那是我第一次認識到，任何事情沒有努力就沒有成功。我的第二次挫折是在升高中的那一年，因為對自己太過自信，沒有真的下功夫溫習，我以三分之差沒有考上高中。在自責和後悔中，我發奮圖強，一年後終於考上了上海有名的女中。那次事件明顯增強了我的自我約束能力，也徹底改變了我一向自負自大的習氣。我的第三次挫折是我在聽到阿香姆媽逝世的消息時，過去我常將親人對我的愛看成理所當然，直到那時我才真正開始懂得珍惜身邊的每一個人。我的第四次挫折是我由上海回到香港時，當時我不懂英語也不懂廣東話，連基本的交流都存在問題。為了走出不懂語言的困境，我努力學習，發奮求進，建立起了對前途和未來的信心。挫折激勵了我，使我成長。在不斷克服困難的過程中，我逐漸積累起人生的經驗，變得更加成熟和堅強。

　　妹妹其璋的假期很短，昨晚她就飛回美國了。由於父親的住院，所以這幾天我們幾乎都在醫院陪伴着父親，我們姐妹之間單獨的聊天閒談時間不多。12 月 28 日晚上我和在醫院探望父親的其他兄弟姐妹們共進晚餐後，和其璋一起回到我家，雖然時間已不早，但那一天我們倆還是興致勃勃地打開了話盒子，兩姐妹就在我的書房裏聊起來了，我原本想在

電腦上寫些東西並回覆幾個電郵，結果也沒有做成。我們漫無邊際地聊家事、國事、人生……說到人生時，其璋跟我說，她早前在雜誌上看到一篇很有意思的文章，文章強調人在成長過程中受些挫折有助人的成長和成熟。說着說着，其璋突然停下來問我為什麼我到今天為止我還沒有將我在童年、青少年成長過程中，受挫折的經歷及這些挫折對我後來一生做人處世的影響寫出來和大家分享。其實我在童年和青少年時一直是一個非常頑皮、性格倔強、任性、不聽話、不用功讀書並且自信心特別強的孩子。我的成長過程並不是一帆風順，而是充滿荊棘的。可以說我是在不斷受到的挫折中，逐步地認識到自己在處世和待人接物方面的缺點和不足，並從中吸取了教訓和累積了如何完善待人處世的經驗。也就是說我是在一次又一次地受到挫折後，不斷調整自己的心態和處世原則下成長起來的。

我的第一次挫折是我八歲半在香港一家小學唸四年級的時候。那一年我們全家經台灣來到香港。在台灣的幾個月中我們並沒有正規地上學校唸書。對我這個不喜歡上學的人來說那真正的是正中下懷。我每天玩耍，幾個月後我的整個心都變得十分地散漫。從台灣來到香港後，我們住在九龍的太子道，我們小孩都到離家不遠的一家小學上學。我唸小學四年級。初來香港時我和兄弟姐妹們都不懂廣東話，但是對兒童來說學廣東方言並不是太難的事情。過了兩三個月其實我是可以聽懂老師上課時說什麼的，但是我告訴老師我聽不懂也不會講。我記得當老師叫我站起來答問題或背書時，我知道老師和同學都聽不懂上海話，所以我就用上海話胡編亂說一通來蒙混過關，老師們在這種情形下對我也實在沒有任何辦法。學期結束大考前，我還是不用功溫習，自以為自己升級一定不會有問題，考試也一定能過關。怎知我那一次的考試成績真的是一塌

糊塗，所以學校決定要我重讀一年四年級。當我聽到這個消息時可確實是有一點害怕和緊張，心裏七上八下地生怕被父母責怪，和被哥哥妹妹們嘲笑。幸虧正好在那個時候父母親決定把我們都送回上海，並忙於張羅我們搬遷事宜，所以根本沒有太注意這件事，也就這樣才讓我平安地躲過了這一劫。不過那一次，對我來說也算得上是一次不小的教訓。我除了暗自慶幸自己的幸運之外，還告訴自己以後一定要用功一些讀書，至少我要能應付好考試，以免再次遭受留級的厄運。

回到上海後我順利地進入中國小學就讀五年級。我雖然還算不上是用功、聽話的學生，但是我的學習成績卻也還過得去。那次幾乎升不了級的事，是我人生中第一次意識到自己犯了一個無法彌補的大錯。也從此知道世界上做任何事如果不付出，或不經過努力是不可能獲得成功的道理。不過因為我及時離開了那個學校，所以沒有真正嘗到留級的滋味，又因為那時我的年齡還是很小，所以雖然當時心中發慌害怕，但對事件的嚴重性還沒有真正地認識和體會。

我第二次的挫折是在我唸初三升高中的那一年。我初中三年是在上海市第七女子中學上的學。我在那三年裏的學習成績很不錯。而且我雖然生性調皮搗蛋，但是在學校裏老師們都很喜愛我。我和同學們的相處也很不錯。初中畢業升高中那年因為成績和品德都很好，學校決定讓我在免考的情形下直升到高中部。那一年暑假期間，當同學們都在努力溫習功課，準備高中入學試時，我卻是每天輕鬆地玩耍。在入學試前沒有多久的一個早晨，我的班主任劉老師突然來到了我的家中，當時我正好在家中玩康樂球。劉老師一見到我就叫我別再玩了，趕緊抓緊時間複習功課，因為教育局不接受學校向教育局遞交的讓個別學生免考，由初中直升高中的報告。所以學校只能取消讓學生直升的計劃，決定全部學生

都必須經過考試，並且其成績達到錄取標準的學生才能進入學校的高中部。那天劉老師來到我家時凝重嚴肅的神態並沒有真正地感染我，我心裏還在想老師沒有必要那麼地擔心，我的學習成績一直很好，考試對我來說是不成問題的。我在離考試不多的日子裏，自信心還是十足，對入學考試也抱着非常輕視的態度。當然我也開始溫習功課，但是我卻並沒有真正地下功夫。考試那幾天上海的天氣炎熱，在考試過程中我發現自己雖然對數學題目和作文還能應付自如，但是對其他的課目就感到有些吃力，因為有些課目是需要死記硬背的，而我根本就沒有好好地認真地進行複習過。考試發榜那天我榜上無名，我感到意外，並且還是不太相信這是事實。我在學校問了劉老師為什麼我榜上無名，劉老師很無奈地說我的考試成績和錄取的標準分數差了三分，但既然是考試那就一分也不能差，所以我沒有被錄取。在那一刻，不被錄取的消息對我來說簡直是晴天霹靂。我好像在發噩夢，並且也欲哭無淚。

我十分沮喪地回家將消息告訴母親，在回家的路上我一路上猜測母親聽到這個消息時的反應。我也作了被母親狠狠地責備一頓的準備。母親聽了這個消息覺得很難相信，並呆呆地看了我很久。但母親表現得特別鎮靜，而且也沒有對我有絲毫的責備。她很平靜地告訴我今年沒考上，明年再考吧！母親的冷靜令我感到十分意外，心中泛起了既感激又羞愧的感覺。連續好幾個晚上我躺在床上久久沒能入睡，那是我在我的人生中第一次嘗到了失眠的滋味。我自責、我後悔，我自省、我反思，但大錯已鑄成，一切都太晚了。我第一次發覺自己的自高自大是那麼的無知和那麼的可惡，我也為自己即將面對一年失學在家而感到沮喪、痛苦。那一年學校開學的第一天，我看到家裏和鄰居的小孩背着書包去上學時，心中空蕩蕩的感覺直到今天都未能忘懷。我不能和他們一樣去上

學的傷痛，至今尚能隱隱約約地感受到。我暗自發誓只要我有機會再進學校，我一定努力讀書，我一定改掉自己的自高自大、自視太高的習性，我也一定要學會謙虛和勤奮。在那一年中，我的父母親雖然沒有責備過我一句，但是他們好像什麼事也沒有發生過的態度，更加加強了我發奮圖強的決心。一年後，我不再去報考市七女中，而是報考了當時有名且很難考取的上海市二女中。這一次我很順利地被錄取了。

幾十年後我在澳門和劉老師再見面時，劉老師對這件事還記憶猶新，她還曾和我說起這件事。作為班主任，劉老師覺得那一次對我很不公平，因為學校沒有給我足夠的複習時間，而且她認為為了差三分而要我停學一年實在可惜，但是學校如果破例將我錄取，那麼對差一分或兩分的考生很難交待且無法處理，所以老師們經過多次討論，最後還是按公事公辦原則，決定不錄取我。這一次的事件對我的教訓是非常大的，它令我終身難忘。我在感激父母對我的寬容的同時，也對自己的狂妄自大、自以為是、自我感覺良好感到羞愧，我更為自己的懶惰和不求上進感到後悔。總之在那一年中我對自己感到非常的不滿。但通過這件事令我徹底地明白了我母親常常說的那句話：「我們做什麼事都必須在事前考慮清楚，將事情做壞後再後悔已經太晚，因為世界上是買不到後悔藥的。」自從那次以後，我自我約束的能力明顯地比以前強了，我一向自負自大的習氣得到了徹底的改變。

我第三次的挫折是我在大學求學時聽到阿香姆媽逝世的消息。我一出世就是由阿香姆媽一手帶大的。我在感情上對阿香姆媽的依賴和信任絕不亞於任何一個女兒對自己母親的依賴。我對阿香姆媽的愛也不亞於一個女兒對母親的愛。我從來沒有想過在我的生命中會失去她，因為她在我的心目中是不會倒下的。不過我雖愛她敬她但我因年幼無知，常

常會為小事情向她發脾氣，將阿香姆媽對我的愛看成理所當然。一直到獲得她去世的消息，我才真正體會到這段感情的珍貴，和痛失親人的痛苦。雖然我付出的是失去阿香姆媽的巨大代價，但從此以後我學會了珍惜我身邊的每一個人。

我第四次的挫折是我 1965 年由上海回香港。由於我大學畢業後，在工作中受到不公待遇，因此決心回香港重新開闢人生新的道路。但來港後我發覺自己不懂廣東話、不識英語、沒有朋友，也身無一技之長（當時大陸大學畢業文憑不被承認），大學畢業還是好像廢人一個，要靠父親養活的情境對我來說真是苦不堪言。當時我生活在前途不明，後無退路的環境下。在那段時間我的自尊和自信都受到了嚴重的打擊。我生活在痛苦和掙扎中，我在生活的大海中迷失了方向。為了儘快改變當時的情況，我下定決心克服心理障礙和放在我面前阻止我進步的一切困難。我努力學習，發奮求進。在不到三年的時間我學會了廣東話、英語和法語（當然我學到的只是足夠應付生活和工作所需，而不專業和也稱不上精湛）。我踏上了澳門這塊土地，我開始了人生的另一征途。很多人都說我有語言天分，說我創造了奇跡，但我自己知道不是因為我有語言天分，也不是我創造了奇跡。而是挫折激發了我的鬥志，也使我明白了只有靠自己努力奮進才能走出困境，改變自己一生的道理。我在這之前的 20 幾年人生道路上，從來沒有像在那三年時間裏那麼努力發奮過。

以上是我青少年時期受到的幾次最大的挫折。人的成長過程中一帆風順固然會很幸福。但是人在受到挫折和克服困難中會成長得更快而且更堅強。我們每受一次挫折都會接受一次教訓。而我們每克服一次困難，都會是一個提高思考能力和分析能力的過程。我認為人的成長過程

受些挫折非但不是壞事，而且一定有益成長。這就好比我們吃的蔬菜經過霜壓才會更甜一樣。人的經驗也是在受到挫折和克服困難的過程中積累起來，並變得更成熟和更能辨別是非。

2010 年 12 月 31 日

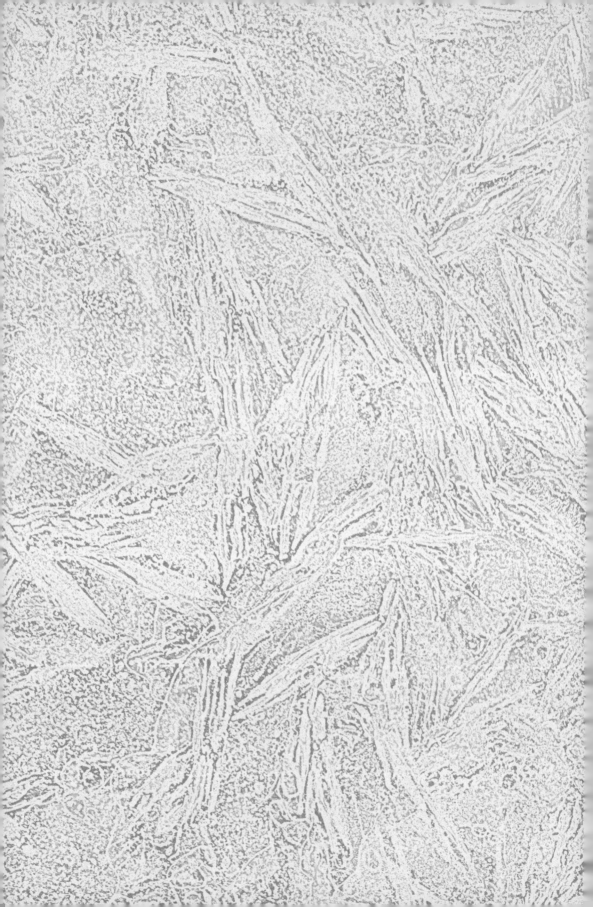

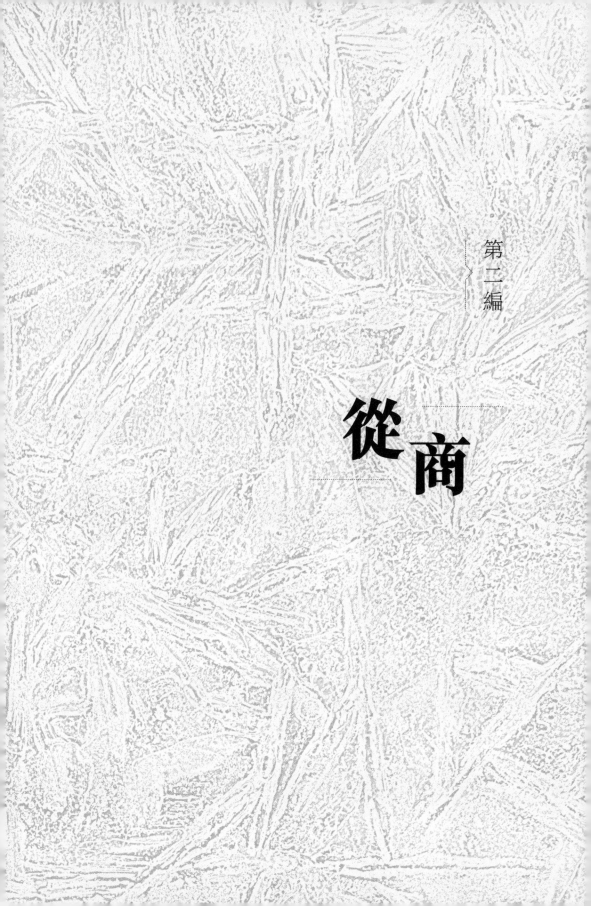

第二編

從商

創業

　　「創業」，這個宏大的命題，是從一件件的小事做起的。在由巴黎回港找工作時，我不懂業務也不懂管理，但我相信只要我肯吃苦，專業知識是可以逐步積累的，領導能力也是可以通過不斷的歷練逐漸培養的。因此，我犧牲了無數的睡眠時間，修讀了管理學、經濟學和語言，從無數的小事開始腳踏實地地積累「幹大事」的資本。我一直認為，「創業」並不是異想天開，做自己能力不及的事。人不能妄自菲薄，更不能不自量力。成功來源於負責任的工作態度，來自於長久不懈的興趣和努力。而這樣的興趣和動力是建立在他人的認同之上的。在邁入社會多年後，我逐漸明白了創業不能僅僅是製造為自己謀利的機會，而更是創造為他人、為社會服務的機會。如此以來，事業和生意才能細水長流。我們才能夠在一點一滴的付出中，一步一步地獲得別人對我們工作的認同感，創造人生的價值。

　　最近我常常上網閱讀佛門大師們的著作，也特別喜歡「禪心學苑」網。更在非常偶然的情況下，發現在「禪心學苑」網上「心靈小品」一欄轉載了我撰寫並發表在博客上的一篇文章。其實我的那篇文章是在受到多位佛門大師作品的啟發後，對自己過去由於「自我和執着」而造成心靈上的不快有所反省的情況下，有感而發寫的。當然，看到自己的文章被轉載在那麼受歡迎的網上，心中是很高興的。自從接觸佛學和禪學後，我發覺自己不但在待人處事上有了一些變化，而且心境也經常是處於平靜和愉快的狀態中。我發覺我現在已經不大在乎以往很計較的別人對我的態度，而我對他人的言行常常會心存不滿的情況也比以前減少了。現

在我常常會以感恩之心看待我周圍的每一個人，我也會儘量克制自己的脾氣，避免從主觀立場上去判斷他人的行為。我也會經常告訴自己要站在他人的立場評估他人的言行，也要儘量發掘他人的優點，並忘懷他人的缺點。這些內心深處的變化，都是讀了佛門大師們的文章後產生的。也因此我越來越喜歡閱讀大師們寫的文章，其中特別是聖印法師撰寫的「忘功不忘過，忘怨不忘恩」那句話，給我留下了不可磨滅的印象，相信也是這句話，對我的言行舉止起着特別深刻的影響。另外他的文章中的那句「我有功於人不可念，而有過則不可不念；人有恩於我不可忘，而怨則不可不忘。」和釋達觀在《一念之間》中的那段「感恩『老天』，雨降甘霖；感恩『大地』，長養萬物；感恩『國家』，培育成才；感恩『父母』，養育之情；感恩『師長』，諄諄教誨；感恩『大眾』，互相砥礪，感恩『一切』……」更在我心中忽起「瞋念」時，會突然出現在我的腦海中。令我在不知不覺中控制自己的情緒，也令我逐漸學會了如釋達觀法師說的那樣「早晨起床，當『感恩』一切；晚上睡前，當『反省』己身」。也為此我心中對佛學、禪學和各位大師們的著作除了反覆細心研讀外，心中對博學的大師們也是特別感恩的。

　　日前有一年輕的朋友問我在人生道路上應該如何創業。其實我從來沒有認真思考過這個問題。所以我在一時三刻間，沒有給出一個很好的回答。那天我回家後，一直思考着這個問題，並試圖找出正確的答案。我首先想到的是我自己的經歷，記得我由巴黎回港找工作。父親向我說因為一方面我的身體不好，另一方面我又是個女孩子，所以他認為我應該有一份輕鬆自在，且不必擔什麼重大的責任的工作。他叫我來澳門任他在澳門開設的公司的總經理謝先生的祕書。他說他能給我的工資不是很高，但也不會令我過吃不飽，穿不暖的生活。對工資高低我倒不甚計

較，因為我當時心切的是找份工作，養活自己，所以只要有工作可做，並能糊口就心滿意足了。但是當我來到澳門後，發覺原來我在澳門公司中是數一數二的大學畢業生，對澳門大學生奇缺，而我只能任總經理祕書心中有些不忿，也對父親對我的輕視產生了一些不滿。當時我對公司業務一無所知，更不懂經濟和管理，所以在公司工作的廠長和大師傅們對我都持有輕蔑的態度。他們的態度當然是嚴重地創傷了我的心。但當時礙於客觀環境，所以也只能接受命運的安排。我就是在對自己的前途可說完全沒有多大期盼的情況下，走上了我自己養活自己的人生道路。不過儘管如此，在我的潛意識中，我一直自認是一個有志氣、有理想，並應該是做大事的人。而且在我的內心深處，我也並不覺得我是不濟的。

我深信雖然我不懂業務，不熟悉公司情況，不懂管理。但是我很年輕，我是可以通過自己的努力，改變這一切的。另外我必須爭取別人改變對我的輕蔑態度。我知道我要做到這一點的首要條件是，我必須熟悉公司運作並精通業務；另外我要別人對我尊重，我就必須有令他們欣賞和佩服的本事。而在當時的情況下，我確實不具備令別人跟我走，甚至對我信任的質量。在好強和驕傲的個性驅使下，我把對自己的不滿化成了動力，我決心實現做大事業的人生理想。也因此我不但虛心地向同事們學習公司業務，並在努力工作之餘，如饑如渴地求知識，我在每天冗長的工作時間後，犧牲了無數的睡眠時間，修讀了函授的企業管理學、微觀經濟學、商業英語和學習葡萄牙語。我儘量裝備自己，並要求自己把工作做到最好。不過，在到澳門的最初六年，我從來不敢去想自己創業這回事。

我的創業念頭始於 1975 年和父親、兄弟一起開設澳門紡織品有限公司。和其他人一樣，我一直對創業的理解是「開創屬於自己的事業」，做自己的主人，成就屬於自己的事業並做「賺錢的老闆」。因為中國傳統概念中的「工」字不出頭，必須做老闆才是創業的概念也在我的思想中

紮着很深的根。我們創辦的澳門紡織品有限公司發展得很快。在不到三年的時間中成了澳門最大的顧主、生產廠和出口商，而且沒隔多少年公司就在香港的股市上了市。隨着公司的上市和世界經濟的轉型，資本經濟不斷地壯大，我對傳統的只有做老闆才是創業的概念開始有了一些認知上的變化，因為在上市公司負責管理的人，已經不是傳統上和狹義上的老闆，而我自己也由公司的老闆，變成了一個上市公司的高級管理人員。從那時開始，我相信創業更確切的定義是倡立自己的事業。但是由於我一直忙於工作，所以也沒有再去多想「創業」這個問題。直到三年前我全心投入慈善事業後，我才想到發展慈善事業，其實是比建立一個純粹賺錢企業更偉大的創業。這一個想法令我更加感到創業僅僅是為了賺錢的觀念是狹窄的。

為了找到更準確的創業概念，我上網希望找到我要的答案。令我非常欣喜的是，我在禪心學苑的網上找到了一篇名為《認清創業》的文章。這是一篇非常值得閱讀的文章。我現將它引述如下：

所謂創業，不是狹義的創造自己的事業，而是要創造自己的價值、快樂、幸福、質量，創造自己服務人群的機會，創造一片祥和的社會。

一、創業的目的：

不是讓自己更有錢財和地位，而是要幫助更多的人，有如此胸懷才是正確的創業目的。

二、創業的條件：

1. 自己的人格特質：要有領導力，才可帶人；要有親和力，才能相處；要有溝通力，才可協調；要有決斷力，才可處理；要有真實力，才可生存。

2. 自己的專業知識：從行政到業務，從生產到管理，從企畫到營銷，從基層到高階，從投資到經營，從學習到教育，最好要有完整的資歷與實力。

　　3. 自己的相關條件：是否有充分人脈，是否有足夠的資金，是否有廣大的市場，是否有絕對的勝算。

　　4. 自己的人生規劃：創業是人生過程，還是一輩子的事？創造是自我的滿足，還是為人服務？創業是一種自我肯定，還是虛榮心作祟？創業是一種欲望，還是您的使命？

　　三、創業的結果：

　　1. 事多，您要不煩。

　　2. 人多，您要不亂。

　　3. 煩惱多，您要不怕。

　　4. 清閒少，您要把握當下。

　　5. 在家少，您要特別關心。

　　6. 進修少，您要善用時間。

　　為錢財而創業，您得不到幸福；為名利而創業，您得不到心安；為欲望而創業，您得不到滿足；為沒有工作而創業，您得不到快樂。

　　老子言：「自知者明。」認清自己，適不適合創業？有沒有符合創業的條件？難道一定要創業嗎？自我評估之後，您就可以知道自己的勝算有幾分，到時再做決定也不晚。

　　建議大家：不要做後悔的事、沒有把握的事、沒有興趣的事；而要做快樂的事、有意義的事、有理想的事呀！

　　我重複讀了很多次上述的文章。對作者在文章中提出的問題，我作了一些我以前從來沒有過的認真思考。我非常認同文章中指出的創業不應該只是狹義的創造自己的事業，而是創造自己人生的價值，和自己為社會服務的機會。我認為創業是一輩子的事，創業除了讓自己有錢和

有地位名譽，更重要的是能有實力幫助別人。我相信這一點對剛踏上社會或正準備踏上社會的雄心勃勃創大業的青年尤為重要。我也同意文章中指出創業的條件，但我認為只要我們肯吃苦、好學習，並有奮鬥求上進和創新的精神，我們的專業知識是可以在工作中逐步積累的。至於文章中有關在人格特質中指出的領導力、親和力、溝通力、決斷力、真實力，和人脈關係等等，在我看來都是離不開我們為人處事的態度。我相信沒有人一落地就有領導能力，更不可能有人生經驗，人都是在順境和逆境的交叉，不斷的成功、失敗在順境、挫折中成長的。只要我們堅持將人做好，我們一定會得到別人的認同和尊重，在我們周圍也會不斷地出現願意幫助我們的「貴人」，這些「貴人」都是我們成大業的重要力量，他們的出現也必定會幫我們建立自我肯定觀念和增加自信能力。我認為當我們有了豐富的專業知識、自我肯定的信心、勇往直前的奮鬥精神、和諧的人際關係時，我們離成功創業是不遠的了。因為到了那時，我們是不必為沒有人出資給我們成就我們的事業而發愁了。

　　我非常同意人要做有把握的事。我常告誡年輕人，切勿異想天開，想入非非；只想做大事，而不願腳踏實地地從小事、實事開始。我認為大事是由很多小事組合而成的。我認為不願、不想或不肯做小事的人，是做不了大事，成不了大業的。當然人不該低估自己，但更不能不切實際地高估自己。人不能妄自菲薄，但更不能不自量力，做自己能力不及的事。凡事都要有分寸，都要有適當的度。當然這個分寸和度並沒有絕對的標準。所以我們如何掌握這個分寸和度是需要因人而易的。也因此每個人在做每件事前必須慎重又慎重地考慮，和正確評估自己的實力。做能力不及的事只會自暴其短，而最後遭受失敗的痛苦。我認為其實成功與失敗並不取決於地位、金錢、名譽的高低。它是取決於社會和別人

的認同和接受程度的。

　　至於説做自己有興趣的事這一點，我想説的是，常言道：「做一行怨一行」確實是存在的。很多人總會覺得對自己的工作沒興趣。其實我認為興趣是可以培養的。當然如果我們真想對自己工作產生興趣，那麼我們首先要熱愛自己的工作，要端正自己的工作態度，要敬業，要用負責任的態度努力將事情做得最好、最出色。我們心中想的應該是，我們所做的事是有意義和重要的，我們是在為社會創造財富，是在為社會作貢獻，為別人提供服務，而不是純粹為了獲取維持生計的工資而工作。相信當我們的工作有了成績，並得到他人的認可時，我們就會對我們的工作產生濃厚的興趣，並且會感到我們的工作是有意義的。當我們覺得我們的工作受人認同，並是有意義時，我們一定會在工作中得到無窮的樂趣的。

2012 年 10 月 4 日

告澳門針織廠全體員工

—— 憶往事

　　我的從商生涯是從接管瀕臨倒閉的澳門針織公司開始的，當時的我還不到 30 歲。為了解決公司在管理上的問題，使公司渡過難

關，我一上任便從當時公司紀律最差的織機部着手整頓。為此，我用毛筆寫了一張《告全體澳門針織廠的員工》貼在工廠大門上，開除了織機部三十多名不守公司紀律、生產效率低下的工人。我用最堅決的態度邁出了整頓公司的第一步。在接手公司前，我沒有任何管理公司的經驗，對如何整頓公司毫無頭緒。可以說，所有的辦法都是我不斷思考出來的，經營公司這條路也是我在一步步嘗試中走出來的。對此，我深感自豪。也希望以此激勵大家，敢想敢做，勇敢地主宰自己的命運。

在我年輕時，最讓我難忘和刻骨銘心的往事，就是我寫的「告全體澳門針織廠的員工」。1968 年來澳門時，我父親把澳門針織有限公司交給我了。但是父親交給我的是面臨倒閉的公司。當時的總會計師把虧本的當作盈利算，所以我父親不斷地把公司擴充。我接手時候，澳門針織有限公司已有多間針織廠，並有着超過 1000 名員工。但當時公司無論在管理上和資金周轉問題上都存在着嚴重的問題，公司是瀕臨倒閉的。在公司最緊張的時候，1970 年初父親找來友人香港永南製衣有限公司老闆周文軒先生注資公司，公司情況因此得以緩和並暫時渡過難關。我那時年紀不到 30 歲，已經自動當上了公司的總經理。

1969 年初，父親去歐洲接生產訂單。他在德國給我來了一封信，信上很興奮地告訴我他找到一個大客戶，可以給我們公司批量較大的訂單，問我是否有可能生產並準時交貨。當時公司的生產效率特別低，我看着父親的來信，心中十分着急。因為公司那時的規模雖然不算小，工人也不少，但是就是生產效率特別低。眼看着父親好不容易能接到的訂單，可能也只能是「竹籃子打水一場空」。但是如果公司在 3 月底前不

接足那一年旺季（旺季指的是 6、7、8、9 月）的訂單，一過了 3 月份就接不到單子，那就意味着旺季開不足工，到了淡季就更沒戲。如果真的出現這種情況的話，公司就會虧蝕得很厲害。到那時公司就可能真的要關門大吉了。當時我對管理公司沒有絲毫經驗，對毛衫生產更是一竅不通。但為了公司和自己能在澳門生存，我必須將單子接下並按時交貨。

我下決心立刻整頓公司。說實話，我當時心中對整頓公司一點頭緒都沒有，也根本不知道應該從什麼地方着手。因此我決定到公司屬下每一個角落，找尋生產效率最低的部門，查找其原因並想辦法解決。在接到父親來信後的一星期中，我每天到各間工廠打轉，我深入公司的每一個部門了解情況，具體觀察每一個工廠的運作。

我的辦公室位於噶地利亞街，離我辦公室最近也是公司屬下最大的廠就是位於青草街的澳門針織廠。澳門針織廠是位於當時澳門的第一座工廠大廈中。工廠大廈總共五層，每層面積約六百平方米。地下是工廠的包裝和裝箱部。二樓是工廠的後整理和燙衫部。三樓、四樓是織機部。五樓是縫盤、補衣的後整理部。當時在工廠工作的工人都是很年輕的小夥子和小姑娘。我記得我到澳門任職後第一次進入三、四樓的織機部時，被織機部的骯髒混亂嚇了一大跳。三、四樓織機部的窗上都裝有一個個小孔的鐵絲網。地上到處都是碎毛碎和油漬。樓層中間有大約面積為三百平方呎的裝滿毛片的大鐵籠子。我詢問廠長為什麼在窗上用鐵絲網，我得到的答覆是，因為在那裏上班的小青年特別調皮。在沒裝鐵絲網之前，經常伸手從窗口向街上灑機油，令在我們工廠門口兩旁擺賣的蔬菜檔小販為此血本無歸。更離譜的是有一次工人們抓了一隻小狗從窗口丟下去，嚇得在馬路上行人半死。那個大鐵籠子裏都是工人用好原料織成的毛片廢品，本來織機工人織了毛片縫在一起就是毛衣。奈何工

人們織的都不符合規格，等公司付完工資後才發現無法縫在一起，因此只能報廢。那個鐵籠子裏的廢毛片也越堆越多。在那個時期澳門針織廠織機部被稱為公司的「紅蕃區」。公司裏的員工如非必要是不敢進去的。我也是每次進去都提心吊膽，生怕挨他們的打。但為了公司的生存我下定決心一定要改革，並且從當時最典型的無紀律、低效率的「紅蕃區」着手。

有一天快下班時，我找來了當時由香港來澳門的老師傅陳友樹先生討論「紅蕃區」的問題。陳友樹先生是上海人，他在上海時已經拜師傅做毛衣織機工人。父親派他來澳門開廠後在澳門定居。並由他授徒教藝，他堪稱澳門針織機的祖師爺。陳友樹先生為人十分忠厚老實，也特別怕事。當我和他商量怎麼着手澳門針織廠織機部整頓以便提高生產效率時，他除了搖頭就是歎息，説對這班徒子徒孫毫無辦法。那天我和他談了好幾個小時，我們仔細查看研究了所有的工人的工卡，根據上面記載的工人的生產數量和所得工資情況，挑選並擬定了包括三十多個生產效率最低，最不守紀律調皮搗蛋的工人名單。

第二天我把就在「紅蕃區」做織機工人的工會代表林炎榮先生請到我的辦公室，我將我準備把這三十多個工人從工廠開除出去的想法告訴了他。林先生聽後説他絕對不能同意我開除工人，但我告訴林先生，公司正面臨着破產倒閉的危機，我已下定決心整頓公司，但在開除不守紀律的工人時，如果工會站出來維護那少數不守紀律、不事生產又影響其他工人正常工作的工人，可能會導致所有公司的工人失去生計的機會。我也告訴林先生，我不需要工會出面或配合，我因為尊重工會，所以才在我行動前告知他這個事實。但我保證我不會開除任何一個守紀律的工人。林先生當時是「紅蕃區」裏的一名織機工人，我相信他對廠裏的情

況比我還要清楚，他應該知道我的做法是讓公司繼續生存的唯一辦法，因此他最後雖然沒有明確地說他同意我開除工人，但他也沒有表示強烈的反對。不過他希望我能儘量縮小範圍。我當時也欣然地答應了他的要求。

那天晚上，我在家裏用毛筆寫了一張告示：《告澳門針織廠全體員工》。這是我生命中唯一的一張告示。告示上寫着的是，為整頓廠風，從即日起榜上有名不准進入工廠。第二天一早我到工廠門口，把這張告示貼在大門外牆，讓廠長陳友樹先生和另外一個老師傅站在工廠大鐵門裏面，我獨自站在開了只能讓一個人經過的門外，等待工人們的到來。上班時候到了，工人們陸續到了。

我讓榜上無名者一個一個地進入大門。工廠的開工鐘聲一響，我就吩咐門工把大鐵門關上，不再讓任何人出入。當時在門外聚集的是榜上有名被拒之門外的三十多名小青年，大聲吆喝鼓噪，並曾多次威脅我說他們要沖進工廠大門。當時的我就一直站在大門口。我告訴他們要沖就從我身上踩過去。今天除非我死，誰也別想再進工廠。我和門外的工人爭持了大約半小時，工人們的情緒逐漸平復，鼓噪的聲音也慢慢變小，並在最後停下。他們中也有工人要求我讓他們進去，並保證以後一定遵守廠規好好地工作。

我對那班小青年說，既然我貼了告示，我是不會讓你們再進工廠的。但如果他們平靜下來了，可隨我到噶地利亞街我的辦公室，好好地談論他們的未來。其實當時調皮搗蛋的都些小青年，他們並不是什麼壞分子。他們跟隨我到了我的辦公室。坐下後，我告訴他們，如果他們願意，我可以將他們組織起來，由他們自己推選一個負責人，我借針織機給他們的負責人，負責人需另租地方，由我給他們訂單，我在給工人的

計件工資上加 30% 給負責人。而公司只和他們的負責人交易，他們的工資和一切開支由他們的負責人負擔。我和他們談得很順利，第二天我就和他們簽約並發出機器。澳門的外機山寨也就在這樣的情況下開始了，並且旺盛了很長的一段時間，我們可在澳門各處見到織機的外發山寨工場。我整頓公司的第一步就這樣跨出去了。那以後公司的面貌就徹底地轉變了，我們順利地拿下了所有的訂單，從此令公司在澳門站穩了腳。

　　每每回想起這件事情的時候，我深深地感到自豪。從那件事情我的體會是，天下只有想不到的事，是沒有做不到的事的。辦法必須是要靠我們自己想的，而路也是要靠我們自己走的。只要我們努力，我們的命運是掌握在我們自己手上的。

2019 年 9 月 4 日

Ishiyi

　　在我接手澳門針織公司後，公司的內部管理逐漸穩定，生產效率也大大提升，但在產品質量方面仍舊存在很嚴重的問題。我們生產的毛衣常常因為質量低劣被客人索償甚至退貨。問題的原因主要在於，當時的針織工藝並沒有一套系統的理論和學問，師傅們織造毛衣全憑經驗和運氣，貨品的質量也因此時好時壞。為此，我邀請了一位日本的針織工藝設計師 Mr. Ishiyi，請他將日本專業的針織織機

工藝教授給我們的師傅。一開始，習慣了老方法的師傅們非常抗拒學習新的工藝。經過我在多方面的努力，師傅們終於接受並喜歡上了用科學的方法織造毛衣。我們公司也從此解決了生產質量上長期存在的問題。這套首先在澳門運用的科學化手工針織工藝，對世界的針織製造業作出了巨大的貢獻。開闊思維、大膽創新，我們才能在一次次變革中不斷進步，創造奇跡。

1970 年起澳門針織有限公司在澳門基本站住了腳，公司已由虧本轉為盈餘，內部管理也逐趨穩定。公司的生產效率雖然已經比 1969 年時大大提高，但在質量方面卻還是很低劣。

當時我們公司基本上只生產三個最簡單的款式，那就是圓領，V領和樽領毛衣。我們接的單子數量特別大，最大的單子是 2500 打。最小的也要 1000 打左右（一打是 12 件）。我們的每一張單子大概是四到五個顏色，每個顏色大約有三到四個尺碼。我們做的單子毛種基本上是羊仔毛和雪蘭毛。但即使是那麼簡單的款色、那麼單調的毛種，我們的產品還是常常被客人以質量低劣為由而索償甚至退貨。就以樽領為例，我們當時的產品穿着時常常因為領口太緊而過不了頭。就算過得了頭，要麼是繃斷了領子上的縫線，要麼是因為領位開得不夠深而在喉嚨口鼓起一個厚厚的包。另外還經常出現我們俗稱飛機袖的現象，飛機袖是指兩個袖子是向兩邊平向伸出，甚至向上翹的。我為這些問題經常找一些廠長、師傅商量解決的辦法。但是我們的師傅告訴我，他們不知道問題出在哪裏。因為他們的師傅就是這樣教他們的。在他們學藝期間，他們的師傅從來沒有向他們解釋應該怎麼樣開針和收針，所以他們只能憑他們的經驗自行判斷來做，也正因為這樣他們的產品時好時壞，不知道正確

和出錯的原因所在，更不要說有什麼理論根據。他們的師傅告訴他們做毛衫除了熟練和經驗，是沒有任何理論和學問的。也正因為這樣在毛衣織造手工業行業中就這樣的一代傳一代，由上海到香港隨後來到澳門。我對他們的說法十分懷疑，因為我覺得做衣服也一定是有規律的，不可能是單憑師傅們的經驗或運氣來決定貨品質量的優劣。但奈何我對製造毛衫工藝一竅不通，因此每次趕完生產，將貨裝出後，總是提心吊膽乾着急。求神拜佛祈求交貨後的三個月內客人不來索償或退貨。不過我心裏總是不太甘心，因此只要有機會，我就會打聽怎麼樣才能找到解決這些質量問題的辦法。當時香港澳門的針織工業都是由同一批在上海學藝的師父教出來的，所以香港的情況和澳門基本上是一樣的。

1971 年在一次偶然的機會裏，我知道在日本有一個專門學習針織織機工藝的學科，當時的日本是一個針織業、製造業發達的國家，而且日本人一年四季都喜歡穿着針織衫，他們的產品絕對不像我們那樣只限於禦寒的毛衣，而是款色趨於多種化的時裝。所以我就通過日本朋友的介紹，認識了一位大學畢業專門設計針織織機工藝的日本設計師。和他相談後我覺得他的理論很實際但很科學化，如果將它引入澳門，並根據澳門的實際人力資源情況，在以手工製造和師傅經驗相結合的基礎上，適當地引入一些科學製衣的元素，應該可以協助改良我們織機工藝設計上的缺陷，將本來沒有任何理論可言的工藝轉向科學化。所以我以重金邀請這位日本專家來澳施教。

這位日本人名為 Ishiyi，他是一個很出色的針織工藝設計師。由於針織工業是勞動密集型很強的手工業，而當時在日本的手織毛衣工業由於人工太貴、勞動強度大、幾乎無新入行的狀況下，已屬於夕陽工業，所以 Mr. Ishiyi 欣然接受了我的邀請，來澳門定居並在公司設堂授課。我

亦規定公司裏所有的織機師傅參加學習班學習工藝設計。Mr. Ishiyi 設計
織機工藝有一套嚴格的制度，他用的是中學必須學習的代數三角原理計
算每一件衣服的織機工藝，從這些計算的結果可得出開針數字和收針規
律。而做出來的毛衫是完全不可能出現我們經常被客戶索償和退貨的毛
病。但是在 Mr. Ishiyi 上課後的第三天，他氣冲冲地來到我的辦公室向我
大發脾氣，要求辭職並埋怨我找了一群無藥可救的蠢學生給他，他説他
是對「牛」彈了兩天琴，他的學生連最簡單的初中畢業生都明白的數學裏
的 30 度角的概念都不明白。他告訴我，他花了整整半天的解釋後，我們
的師傅還是將數學上的 30 度和天氣氣溫的 30 度聯想在一起。Mr. Ishiyi
被這種情況氣得瞪眼睛吹胡子。我一聽他的訴説心中就已明白個中的原
因。其原因無非是因為當時澳門非常窮，孩子們一般十三四歲就出來拜
師學藝，他們中的絕大部分沒有唸過中學，所以在他們的意識中 30 度除
了氣溫是沒有其他東西的。

　　當然我沒有接受 Mr. Ishiyi 的辭職。經過我好勸歹説，又道歉又請吃
飯他才答應留下來。從第二天起我一有空就去課堂和師傅一起聽課，也
專門找了我們由香港請回來的澳門針織廠的廖廠長，負責跟進 Mr. Ishiyi
的課程。我也懇請廖廠長在師傅們聽不懂日本老師講課內容時，負責向
師傅們解釋，並通過具體的示範令師傅們更加容易接受新的技術。我們
的師傅們在開始的時候，除了害怕 Mr. Ishiyi 外，也很抗拒用數學計算方
法製造毛衫的織機工藝設計。但他們慢慢地接受習慣並開始喜歡在他們
的日常工作中用新的工藝設計。因為他們逐漸地認識到科學化工藝設計
的優點，並且看到了用新的辦法製造的產品既漂亮又不會出錯。

　　大約在一年後，我們每一個工廠裏的織機師傅都掌握了 Mr. Ishiyi 的
織機工藝設計技術。我們在生產前一定會先製作一個工藝設計圖。而每

一個工藝設計圖都是用充滿小格子的紙張標誌出衣服的形狀和衣服上的每一針，我們將所生產的每一件衣服放在那張圖紙上時，每件衣服都會和圖紙上所畫的衫形完全吻合。我們也從此解決了生產質量上長期存在的問題。

過去幾十年港澳生活水準不斷提高，像針織業那樣的勞動密集型行業，在港澳難以繼續發展和生存。所以港澳的針織行業老闆逐步將工廠移向中國大陸、毛里求斯、馬德加斯加、孟加拉國、印度、巴基斯坦、越南等等地方。幾十年過去了，但當時首先在澳門運用的這套手工針織工藝卻一直被保留到今天，並仍然被廣泛地應用着。我們澳門對世界針織毛衫製造業作出的巨大的貢獻是值得我們自豪和欣慰的。

通過這件事令我認識到我們必需有開闊的思路，勇於接受新事物，積極打破條條框框的限制，及固步自封的思維。我們必需有大膽創新的精神，在變革中求進步，在進步中求變革。只有這樣我們才能隨着社會的進步而進步，並在生活中不斷創造奇跡。

2010 年 3 月 23 日

不爭客不爭單

自從 Mr. Ishiyi 來澳開課授藝後，經過約一年時間對技師的培訓，我們公司的質量次劣問題獲得了根本性的解決。公司在生產效率和

質量上得到了保障，卻又在銷售市場上出現了新的問題。自上個世紀七十年代始，港澳的毛衣工廠不斷增多。大家在產品種類上有很大程度的重合，為了搶訂單不得不一再壓低價格。為了走出這樣的惡性競爭，我和同事們決定開闢新的市場，做到和同行間「不爭客不爭單」。秉持着「人做我不做」的思路，我們制定了進軍中高檔次時裝市場的目標，並準備進攻質量要求極高的日本市場。為了攻克質量上的難關，同時也為了讓員工們更加接受公司新的定位，我經常組織他們到歐洲、日本參訪學習。我們的員工邊做邊學，不斷接受新的觀念，在管理和產品上改進創新。終於，我們走出了低價競爭的惡性循環。而且由於我們攻克了不受配額限制的日本市場，即使是在貿易保護主義最厲害的時候，我們的銷量也沒有受到任何不良的影響。這與我們勇於創新、敢於追究極致的精神是分不開的。

在《Ishiyi》一文中我敍述了為了解決我們生產上質量問題，我重金聘請了日本針織工藝設計師 Mr. Ishiyi 來澳開課授藝。經過約一年時間對公司技師的培訓，我們公司的質量次劣問題獲得解決。公司的情況無論在財政穩定、生產進度及質量方面都得到了進一步的保障。

1973 年我們買下了巴黎一家經營我們生產的毛衣進口和批發業務的公司，並派我穿梭於澳門巴黎之間，兼管兩邊的生產和推銷業務。在巴黎期間我發現，我們的毛衫在市場上的價格非但沒有隨着工資和生活水平的不斷提高而提高，反而是每況愈下越賣越便宜。就以雪蘭毛的普通圓領衫為例，我在巴黎念書時在市場上的售價大約是每件 250 到 300 法朗，但到了 1973 年反而降到每件 200 法朗以下。而且我們的產品一般都只能在銷售最廉價商品的商店或集市上買到。其原因是因為在那幾年裏

港澳毛衣工廠越開越多，大家生產的產品基本上都一樣，所以港澳的工廠接訂單時為了搶生意不得不一再減價讓利。當然獲利的是買家和消費者。而我們的工廠卻可以說幾乎到了無利可圖的境地。我們公司雖然因為規模較大，產品質量較高，信譽較好，在賣價和其他工廠相同的情況下，可以佔一定的優勢。但是我總覺得這樣的惡性競爭是很不正常的，而且從長遠來說，根本無法生存，更談不上發展和賺錢了。因此我和我的同事們開始研究探討我們走出惡性競爭環境的可能性。

由於我們公司在用新技術改良毛衫工藝設計方面比較成功，在港澳毛衫生產行業中成了技術改革的和創新的標兵。因此當時公司上下一心，爭行業龍頭地位的決心和熱情都很高漲。另外我們在公司推出了各種讓員工分享公司利盈的花紅獎金制度。當時，公司的員工和老闆一樣期望公司能增加利盈賺大錢。我們不斷地研究總結經驗，得出的結論是為讓公司繼續穩健地發展和壯大，我們必須停止用讓利鬥便宜的方法和港澳同行搶奪市場，糾纏在惡性競爭的圈子裏。我們必須開闢新的市場找尋新的客戶，做到和同行間「不爭客不爭單」。但要做到「不爭客不爭單」就必須避開我們原來的市場。首先做到「人做我不做」。那也就別人做的訂單我們必須放棄，別人做的市場我們必須遠離。而達到目的的最關鍵是：

1. 提高產品檔次，放棄做大路貨，由專門生產純粹保暖的毛衫，轉變到生產可供一年四季穿着的針織時裝。

2. 改變公司工作人員，特別是管理層和技術人員的思維，把本來是簡單的手工針織工場轉變成精工細雕的精品工場。

3. 開闊思路，敢想敢做接受挑戰，進軍難度大、要求高的日本市場。

　　上列三點經驗對公司長期發展是非常重要，但真要做到在當時就十分困難。因為我們當時生產的是最簡單的款式和單調顏色的大訂單，而且供應的都是純粹保暖的毛衫，季節性特別強，我們的生產任務基本上是每年 3 月到 9 月十分繁忙，每天加班加點趕貨。但每年的 10 月到第二年 2 月底工廠基本上因訂單不足而處於半開工狀態，因此如果將我們的工廠從單純生產取暖只在冬天才穿的毛衫，轉變成一年四季都能穿着的針織衫，不單單是在款式上要創新，在採用的原料上也必須多元化，最主要的還能改變半年趕工半年幾乎停工的狀態。令全年的生產均衡，工人的收入穩定，也相對提高公司效益。另外我們當時生產的大路貨幾乎哪一家廠都會做，但如果我們進軍中高檔次的時裝市場，那麼一定不可能繼續維持大批量的生產，而是要進攻小批量多款式的市場。但是生產大批量訂單和小批量訂單之間不單是生產工藝上要求細緻精確，在生產安排和工場管理上都變得複雜多元。因此公司管理層對此都有抗拒心理。

　　為了真正做到「人做我不做」，我們開始進攻日本市場。日本本來是針織生產的強國，日本人特別是日本女士，一年四季都喜愛穿針織衫，日本人口較多所以需求量很大。但由於日本電子和其他工業的日漸壯大，針織工業在日本國內的競爭能力相應的日漸萎縮，需要由外面進口針織衫。但日本買家對質量的要求特別高，他們檢查質量不但是外表要符合規格，就算衣服裏面也必須光滑整齊，絕不允許留下一條線頭。另外他們要求本身具有彈性的針織衫不能有一厘米的長短寬窄差別，他們的驗貨員在驗貨時把同款同尺碼的產品一件件疊起來，高高的一棟棟毛衫中每一件的尺寸必需完全一樣。也正因為如此，當時在港澳的廠商幾乎是沒有願意接日本訂單的，就算接了也是很難過質量這一關。

　　為了公司的生存，也為了開闊公司管理和技術人員的思維，我經

常組織帶領他們到歐洲、日本參觀訪問，在參觀訪問期間不但學習人家的管理，也到世界上最名貴的商店，看人家擺賣的針織衫的質量和價格，讓我們每一個管理人員都能明白，外表同樣的一件衣服的賣價可以相差幾十倍，當然品牌效應很重要，但其中的關鍵除了保證質量外，還要時尚，符合潮流和敢於創新。我的工作人員邊做邊學，不斷地接受新的觀念，無論在管理上和產品質量上不斷地改進創新。在全體員工的努力下，我們不斷地克服各種困難和挑戰，做到了不和同行爭客戶和爭訂單。特別是 1975 年我帶領了一批員工，開設澳門紡織品有限公司後，我們在質量方面一直保持最優良地位，而且在貿易保護主義最厲害港澳實行配額出口的時候，我們公司因為攻克了不設配額制度的日本市場，而從來沒有對公司的發展造成任何不良的後果。

3 月 23 日

朋友 (Friends) 和
相熟的人 (Acquaintances)

1975 年，我和大哥其鏞、弟弟其鋒在父親的帶領下，通過和平拆股離開了澳門針織有限公司。我們於 1975 年 10 月 1 日成立了澳門紡織品有限公司，由我負責向銀行借貸的事務。當時澳門針織有限公司是澳門各大銀行的大客戶。而我曾任針織公司的總經理，與

各大銀行的負責人都非常熟悉。在我看來，憑藉我與各大銀行的交情，為新公司借貸是一件再容易不過的事情。然而，那天上午我不斷碰到「軟釘子」，在走訪多家銀行後仍然沒有為公司申請到貸款，最終還是靠着父親出面才解決了問題。那天借貸不果的事令我忽然成長了很多。我自 1968 年秋來澳門後，除了在整頓公司內部遇到了一些困難外，可以說再也沒有遇到過多大的波折。在管理公司上獲得的一些成就使我產生了自大感，我認為我在澳門商界已經是無往不利了，萬萬沒想到一出門就遇上了困難。通過那次的經歷，我明白了商場上「相熟之人」和真正的「朋友」是有極大區別的。我真正懂得了商場如戰場的說法，在商場上，唯有「實力」才是真正的硬道理。

1968 年秋我初到澳門時，正值澳門針織有限公司在管理上出現嚴重錯誤。當時公司的生產陷入極度混亂的狀況，並幾近倒閉。但是經過整頓，公司的生產很快恢復了正常。可是到了 1969 年中，由於公司生產力大增，因此出現流動資金的不足，並令經營再次出現嚴重的困難和危機。

為此，父親自 1969 年起，就四出尋覓理想的合作夥伴。在 1970 年初父親終於尋得由當時香港永南公司老闆之一的周文軒先生，以個人名義出資港幣 100 萬，佔澳門針織有限公司 50% 的股份。此外，為解決資金周轉的困難，周文軒先生還以股東身份借貸給澳門針織有限公司 700 萬港幣以作公司的流動資金。

在 1970 年的澳門，港幣 100 萬是一個天文數字。但是本人認為周文軒先生用 100 萬港幣佔有澳門針織有限公司 50% 的股份實在還是相當便宜的。因為當時的澳門針織有限公司屬下已擁有多家工廠，生產規模已經很龐大，極具實力且工廠的員工數量也已超過千人。再加上當時澳門

的製造業可說是唯一的新興行業，正處在發展階段，澳門勞動力非常廉價，歐洲大陸的市場購買力也特別的強勁。所以在當時只要澳門針織有限公司在管理上不再出差錯的話，那麼公司在澳門的發展前景一定是廣闊和美好的。

1968 年底，我臨危出任澳門針織有限公司的總經理。因此見證了周文軒先生的入股經過。澳門針織有限公司在獲周文軒先生注資港幣 100 萬和借貸港幣 700 萬後，可說是如虎添翼，不但在資金方面已消除了後顧之憂。而且於 1970 年代初，在本人和全體公司同仁的努力之下，公司很快就轉虧為盈。在 1972 年至 1975 年期間澳門針織有限公司成了澳門擁有最多雇員和進出口數量最大的澳門製造行業的龍頭。當然在那種情況下，作為澳門針織有限公司的總經理，我在社會上的聲望和地位驟然而增。並在社會上結交了不少政界、商界的朋友。多年來，每當我回憶當時情景，我還會感到那段時期，可說是我在澳門站穩腳跟的黃金時期。也奠定了我在澳門發展的基礎。

1975 年我們曹氏三個兄弟姐妹，大哥其鏞、弟弟其鋒和我，在父親的帶領下和周文軒先生和平拆股，離開澳門針織有限公司重起爐灶。我們於 1975 年 10 月 1 日在澳門成立了澳門紡織品有限公司。當然，那時我們的澳門紡織品有限公司，無論在經濟實力或生產規模上都無法和澳門針織有限公司相比。但是我和澳門紡織品有限公司的全體同仁，對前景還是充滿信心，也是相當樂觀的。

在成立初期，我們澳門紡織品有限公司的每個人都可說是忙得不亦樂乎的。因為我們要在制定公司規章制度的同時，快速地組織工廠的生產，打通出口路子，和向銀行商議借貸的事務。當然由於我是澳門紡織品有限公司的總負責人，因此在澳門向銀行借貸的責任就落到了

我的頭上。

在 10 月初的一天早上，我懷着大好的心情去了銀行集中的澳門中區，走訪在澳門各大銀行的負責人，以尋求他們作出對我們新辦的澳門紡織品有限公司的借貸。當時澳門針織有限公司是澳門最大和最具實力的製造商。因此澳門針織有限公司都是澳門各大銀行的大客戶。而我作為澳門針織有限公司的總經理，也理所當然地和各大銀行的總經理都非常熟悉，並往來頻密。在我心目中，各大銀行在澳的負責人都是我的好朋友。所以那天早上在離開公司前往中區之際，我是充滿信心，並相信，憑我和各大銀行負責人過去交往的交情，我要向他們借貸一定是一件再容易不過的事情。

我首先到達的是位於沙利文餐廳隔鄰的香港上海匯豐銀行澳門分行。由於澳門針織有限公司不但是香港上海匯豐銀行澳門分行在澳門最大的客戶，而且我和那位香港上海匯豐銀行澳門分行的總經理私交也不錯。所以我認為，向香港匯豐銀行澳門分行借貸是有足夠把握的。怎知當我踏進銀行大門時，才發覺事實並非如此。

香港匯豐銀行澳門分行面積甚小。只要一進門口，就可將銀行內部的情況一目了然。在我任職澳門針織有限公司總經理期間，每次到訪時，只要我一踏入大門，總經理的祕書小姐就會笑口相迎，並且立即通知總經理。銀行的總經理亦會馬上步出他的辦公室把我迎入他的辦公室就座。

但是那天，經祕書小姐的通報，銀行的總經理並沒有出來迎我進入他的辦公室。祕書小姐隨即詢問我為何事求見她的總經理。當我告知祕書小姐我到訪的原因後，祕書小姐進入總經理辦公室，並在再出來時，告知我銀行總經理那天很忙。因此囑咐祕書小姐轉告我，他們銀行因種

種原因，暫不考慮為我們新辦的澳門紡織品有限公司作出借貸。當我聽到祕書小姐的傳話之時，百種滋味湧上心頭。但是作為借方，我實在也奈何不了不願貸款於我的貸方，因此只能帶着不快的心情離開了香港匯豐銀行澳門分行。

離開香港匯豐銀行澳門分行後，我去了澳門商業銀行。當時的澳門商業銀行是一家在澳門開設不久，也可說是在澳門還未站穩腳跟的銀行。因此澳門商業銀行不但業務範圍很小。而它和我剛離開的澳門針織有限公司也沒有任何的業務往來。

不過我挑選離開香港匯豐銀行澳門分行後，隨即走訪澳門商業銀行的原因是，當時澳門商業銀行的首任行長，從葡萄牙被派到澳門後，在澳門廣交朋友，並活躍於澳門社交圈子。我雖和他未曾有業務上的往來，但是和他也經常同時出沒於我們雙方朋友的宴會中，因此我和他也已相當的熟絡。而在我和他的接觸中，我感到他為銀行順利在澳立足心切，並且做事也頗有魄力。因此在香港匯豐銀行澳門分行碰了一個「軟釘子」後，我決心暫且放棄一些和我頗有關係的熟悉銀行，去尋求澳門商業銀行的支持。

那天澳門商業銀行的行長，見到我時態度十分熱情。即時就把我迎上他置在閣樓上的行長辦公室就座。當我道出我的到訪之意時，他態度誠懇但面有難色地向我說，他對我特別有信心，也相信我們澳門紡織品有限公司一定會成功。但是由於他們銀行在澳門登記資本僅澳門幣 500萬，而我尋求銀行的資助總值是港幣 500 萬已超過了他們資本的總額。因此他實在愛莫能助。聽了他這番言論，我只能站起來道謝並告辭。雖然這位銀行總經理對我始終是和顏悅色，並且態度十分誠懇。但是那是我在那天早晨，碰到的第二枚「軟釘子」，因此內心除了焦急和不快外，還多了一份為公司前程的擔憂之情。

　　離開澳門商業銀行，我跨過馬路來到了澳門大西洋銀行。澳門大西洋銀行在澳門是老字號。在上世紀 70 年代初澳門銀行法出台前，澳門大西洋銀行是澳門唯一能從事銀行業務、承辦進出口業務和發鈔的銀行。而我曾在職的澳門針織有限公司是澳門最大的出進口商，因此和大西洋銀行的關係密切，而且也是大西洋銀行最大的客戶。

　　不過由於我和大西洋銀行的接觸頻繁，所以知道大西洋銀行澳門分行的總經理凡事都要請示里斯本總行。特別是貸款之大事，澳門分行更無法做主。又由於當時通訊不如今天那麼方便，而我們公司卻急於運作，因此必須從速解決銀行信貸問題。但是憑過去和大西洋銀行交往的經驗，我知道我無法在短期內獲得他們的借貸批准。也為此，我首先走訪的銀行並非大西洋銀行，而是香港上海匯豐銀行澳門分行。

　　果然不出我所料，那天到達大西洋銀行後，受到銀行行長一如既往的熱情招待，但是他告訴我，他會即刻將我的意向，匯報給里斯本總行。他相信里斯本總行一定能應允我們公司的借貸請求。不過我還必須耐心等待他們里斯本總行的批准。

　　離開大西洋銀行後，我本想走訪馬路對面的南通銀行（中國銀行澳門分行前身）。但是想到澳門南通銀行的負責人也不能為借貸之事做主，因此決定返回公司，並快速將這次走訪各澳門銀行請求借貸不果之事報告給在香港的父親，以便父親在港另謀對策。

　　大約過了三日，我接獲澳門南通銀行通知，我們公司的貸款已獲批准。其實，我們的貸款之所以獲批准，是由於父親在香港向中國銀行為我們澳門公司的貸款作出私人擔保的承諾。在接獲澳門公司借貸問題順利解決的這一刻，我如釋重負，並全身心投入了澳門紡織品有限公司的管理事務上了。也是在那一刻，我告訴自己這一切都來之非常不易，所

以我一定要爭氣，除了帶領公司同事將公司做大做好以外，我們還要為公司賺很多錢，以免再受銀行的氣。

其實，在那天之前，我早已聽過「銀行在下雨時收傘、在陽光普照時借傘給人」的說法。所以站在銀行的立場，為了達到賺錢的目的，他們的這一做法實在也不為過的。但是不知為什麼，直到今天，每當我想起那天之事，我還心有餘悸。

不過人總是在逆境中，學習到更多為人處世的道理。那天尋求港幣500萬銀行貸款，我處處碰壁，令我忽然成長了很多。通過這件事，我清楚地明白了，商場真如戰場的說法。那一次的經歷也讓我首次體會到了，我雖在商場中已經經過了好幾年，但是我卻沒有懂得在商場裏，「實力」才是真正的硬道理。

相信我之前所以不明白，在商場裏，「實力」才是真正的硬道理的原因是，我自1968年秋來澳門後，除了在整頓公司內部遇到了一些困難外，可說再也沒有遇到過多大的波折。而當公司獲周先生注資後，我亦再也未為公司不夠錢而苦惱過。因此在我們公司成為澳門最大進出口商和生產商，和我在政商兩界結交了很多名人並在澳門社會略有名氣後，我的內心產生了自以為是的成功感和自大感。

在這種虛浮的成功和自大感的影響下，我認為我在澳門商界是已經無往不利的了。也為此，我對我們曹家在澳門成立新的澳門紡織品有限公司充滿信心。當然，我萬萬沒有想到在澳門向相熟的銀行借貸港幣500萬會是那麼的困難。

那次的經歷，除了讓我明白在商場上「實力」是硬道理外，也讓我明白了商場上交的朋友和生活中交的朋友，特別是學生時代交的朋友，是有極大區別的。因為在商場上結識的朋友，在沒有利益衝突時，

是可以交往甚歡的。但在這種朋友間，一旦出現利益衝突時，友誼也會隨即化為烏有的。那些「朋友」(Friends) 可能只能被稱為「相熟之人」(Acquaintances)。因為他們是不能和你同舟共濟的人，也不是在你落魄、失意時向你伸出援手幫助你的人。因此從那一刻起，我開始格外地珍惜人與人之間的真誠友誼。也從那一刻起我開始在心目中將朋友 (Friends) 和相熟的人 (Acquaintances) 區分開了。

2016 年 1 月 10 日

共享成果

隨着我們在紡織品領域經營的逐步擴大，1981 年，我們香港總公司又買下了澳門「殷理基洋行」90% 的股份。殷理基雖然曾有過輝煌的歷史，但隨着創始人陸續移居國外，我們接手時公司已經在管理上出了很大的問題。1983 年，當我真正接管殷理基時，長期經營的業務已經被員工們一項項帶出去自立門戶。公司現金周轉出現了嚴重困難，不少員工請辭。那年夏天，我召集了殷理基全體員工開會。在會上，我宣佈要建立老闆夥計雙贏的分紅制度，在公司盈利裏抽出 20% 作為全體員工的花紅，讓員工和老闆共享成果。這次會議後的一年內，為了避免員工們不必要的恐慌，我幾乎沒有再介入殷理基的經營工作。公司情況逐漸好轉後，我兌現了自己的承諾，將盈利的 20% 作為花紅分給了每一位員工。從那之後，公司的

工作氛圍徹底地改變了。員工們對公司的歸屬感逐漸增強，公司的營業額節節上升，員工們的花紅也逐年增加。殷理基的故事又一次告訴我，成功和失敗的關鍵歸根到底是「人」。只要每個人的積極性被調動起來，這股力量是不可估量的。

　　1981 年當我的工作和生活都最忙最煩的時候，我們的香港總公司和我們在葡萄牙公司合夥人 Dr. Antonio Nolasco 談妥條件買下由他父親創辦的澳門 Nolasco 家族公司，「Nolasco & cia Lda.」其中文名為「殷理基洋行」的 90% 股份。但由於 1981 年我主管的「澳門紡織品有限公司」擴充迅速，我每天能利用的時間總覺不夠，所以根本抽不出時間去兼管，也因此我一直到 1983 年夏天才第一次踏足「殷理基洋行」位於新馬路的辦公室。

　　在澳門的殷理基洋行是兩間由土生葡人建立的最大公司之一。Nolasco 家族在澳門創辦的殷理基洋行到我接手管理的 1983 年時已有幾十年的歷史。在澳門商業史上殷理基洋行曾經有過很輝煌的時期，在澳門可說是有名的公司。殷理基的業務範圍很廣，其業務計有海運、空運代理、賣飛機票、進出口、保險、啤酒和洋酒進口、汽油進口、油站經營、西藥進口及一家藥房等等。由於 Nolasco 家族成員中很多陸續移居外國，因此在公司管理上出了很大的問題。雖然我由 1981 年公司買了 90% 股份到 1983 年一直沒有過問殷理基的事務，但澳門是一個很小的城市，在澳門人與人之間都很熟悉，而且在澳門社會上可以說沒有什麼祕密。因此我對殷理基內部管理糟糕的情況其實一直是有所聞的。外界長期傳說殷理基是個「發夥計不發老闆的公司」。1983 年殷理基的財政每況愈下，現金周轉出現嚴重困難，經營的業務範圍越收越窄，眼看一個個代理的業務被公司的員工帶出去自立門戶，根據當時殷理基的情況，我是

不得不去接手管理了。

　　自我開始工作起，我一直經營紡織品生產業務，對殷理基的業務可說完全陌生。也因此我對自己是否能管理好這樣的公司心存很大的疑慮。我非但是一點頭緒都沒有，還更加不知應從何入手。正當我準備去接手時，殷理基內部傳來消息說，因為傳聞公司虧蝕情況嚴重，有機會找到別的工作的殷理基員工都紛紛請辭離去。在這種形勢下，我為了避免引起還在殷理基工作的員工們的不必要的恐慌，和儘量減少公司裏的混亂的情況，我決定把接管公司的進度拖慢，並採取逐步和局部接管的策略。

　　在那年夏天，我召集了殷理基全體員工開會。在會議上我向全體員工說明我管理企業的原則，強調「發夥計不發老闆」的時代在殷理基已成過去。老闆一定要賺錢，但我會在公司建立老闆和夥計雙贏的分紅制度。那就是只要大家齊心協力為公司賺錢，我承諾在公司盈利裏抽出20% 作為全體員工的花紅，讓員工和老闆共享成果。我請員工們努力工作，並保證我會善待每一位員工。我也指出公司老闆和員工的關係是相輔相成的。我管理的公司不容許貪污，但既往不咎。不過從那一天開始我和員工約法三章，一切不規則的行為將會受到處分。就在那天我去開會前，有些員工辭職離開了。在離開時他們有的拿了幾箱啤酒，有的拿了幾十支紅酒，有的……總之我對這些都只能以苦笑應之。

　　那次開會後，我很長時間沒有再踏足殷理基。我派了紡織品有限公司的財務總監陳健騰先生接收殷理基財務部，希望通過嚴格控制任何收入和支出的款項堵塞漏洞。當陳先生去財務部時，發現財務部是一個沒有一個員工的部門，殷理基公司的支票簿都被丟在桌子上無人理會。殷理基在銀行是否有現金和總共欠銀行多少錢都是陳健騰先生去銀行了解後才知道的。另外殷理基是沒有明確賬目的公司，所以可憐的陳健騰先

生和我們會計部和財務部的同事們，要逐個逐個部門去收集營業數據，重新建立公司賬目。除了派員接管財務部外，我委派了王傑先生把殷理基代理的汽油、啤酒、洋酒和加油站這兩大部門抽離位於新馬路的公司總部，另覓地方重建部門。由於殷理基的現金周轉已出現嚴重問題，銀行的貸款額也已用盡，我只得在澳門紡織品有限公司賬戶中臨時撥 20 萬元葡幣給殷理基救急。這才暫時穩住了殷理基公司，渡過了倒閉的危機。

殷理基的生意雖然和我經營的紡織業務不同，但是在當時面臨的競爭並不是太大，因此並不是一盤十分難做的生意。由於我們嚴格控制了公司的每一筆收支，所以公司的應收和應付都及時地獲得處理，現金周轉的困難很快得到舒緩，各項生意也逐步趨於穩定。殷理基的員工們除了在第一次全體會議時見到我露面外，在後來的一年中基本上沒有在公司裏再見到我。我除了自己不去指指點點外，也沒有派人員去監督他們工作，更沒有開除任何一位原來的員工。公司的周轉情況好轉後，我為員工調整了薪酬。一年後我也兌現了我對他們的承諾，將公司儘管並不多的盈利的 20% 作為花紅，分給了每一位員工。

從那年開始，公司的營業額節節上升，員工們獲分的花紅也隨之逐年增加，在公司裏的員工都遵守紀律，工作的氣氛也有了徹底地改變了。我也在過了幾年後，除了將殷理基的旅遊部繼續留在新馬路辦事處外，把其他的部門和紡織品有限公司的辦公室搬在一起，由我直接領導和管理。我和殷理基的員工從不相識到相識，從相互猜忌和不信任到相互信任，我和絕大部分的同事相處也日漸融洽。另外他們對公司的歸屬感也逐漸增強。最近和殷理基的一位曾被我提拔為副總經理的 Mrs. Sylvia Kawn 談起當年事時，她很感慨地告訴我，她和同事們在第一次獲發花紅時的喜悅至今難忘。他們在任職多年的殷理基裏，從來沒有想

到員工除了獲取工資外，還能分享公司盈利的成果。她還告訴我在我未去接管時，每當有人來追殷理基付賬時，她和公司的員工都經常要撒謊拖延時間，尋找各種藉口，一時推說老闆出了門，一時又說會計沒來得及算賬開票。總之搞到十分緊張且狼狽。她稱幸虧我及時將殷理基公司救活了，員工們也為作為公司的一分子感到驕傲。

1992 年冬天，我妹妹的女兒李佳鳴由美國來澳跟我學做生意。李佳鳴是美國斯坦福大學經濟系的畢業生，並通過美國會計師資格考試。她在大學學習成績很好，但涉世未深，又沒工作經驗，更沒做過生意管過公司，因此我是一邊教一邊讓她自己做。到 1999 年回歸前，殷理基的一般日常管理工作我基本上已經交由她負責決定。在 1999 年我被選為立法會主席後，我就再也沒有參與日常管理工作，也不再踏足公司。並在三年多前，我將公司股份全部賣給了李佳鳴，從此告別了一個由我直接管理了十幾年的公司。雖然在最後十年我已沒有參與過問公司事務，但是它和我在感情上還是有着一定的聯繫。我和殷理基的感情就像一個母親將一個脆弱的病孩子養育成人後讓它離去一樣，令我內心感到難割難捨。但我明白一家公司必須要發展，要發展就必須秉承薪火相傳的原則，我相信長江一定是後浪推前浪，年輕人一定會比我強，常言道青出於藍勝於藍。相信殷理基公司一定會在年輕一代人管理中創出新的成績。

殷理基的故事又一次告訴我，成功和失敗的關鍵歸根到底是「人」，一家公司在人事沒有任何變動的情況下，得到了脫胎換骨的轉變。這證明了只要每個人的積極性被調動起來，每個人的智慧被充分發掘後的力量是不可估量的。

2010 年 4 月 30 日

便民藥房

　　1983 年當我接管殷理基洋行時，便民藥房是其屬下的一間私營
藥店。當時，藥房年久失修，裝潢又破又舊，藥品存放雜亂無章。
最重要的是，藥品的數量和種類都很少，保質期和保存條件更是得
不到保障，甚至有顧客在服藥之後出現了藥物中毒。在這種情況
下，我立即決定停止營業，進行內部改造，並赴里斯本聘請了一位
葡萄牙藥劑師來澳門。在重建便民藥房的第一次會議上，我定下了
「嚴控有效期、嚴控處方藥、嚴控儲存條件」三條規矩。自澳門回歸
後，我基本退出了藥房的管理工作。唯一在 SARS 期間，我又打電話
向管理藥房的張堯光先生囑咐，要嚴格控制藥品和消毒衛生用品的
出售價格，不准隨便加價。自 1985 年以來，便民藥房憑藉着良好的
藥品質量和實惠的價格不斷擴展業務，更是在 SARS 期間贏得了顧客
的好評。商譽是一家公司或者商店長期生存的根本。把顧客當傻瓜
無異於殺雞取卵，做生意只有講求道德，才能細水長流。

　　1983 年當我接手殷理基洋行時，其屬下有一間位於議事廳前廣場的
便民藥房。便民藥房不但歷史悠久，並且經營方式也幾十年不變。其所
處地理位置雖然是在澳門的黃金地段市中心，但那間古老的外觀葡式南
歐兩層小樓，到 1983 年時已經幾十年沒有修葺。藥房裏面破舊不堪，通
往二樓的樓梯木板和二樓的地板都因長年失修，木與木之間的空隙大得
可以看到下面的一切。踏上地板時地板木發出吱吱的怪聲。可以説在當
時是嚇得無人夠膽在上面行走的。我第一次踏上二樓的樓板時就是心驚
膽戰地怕樓板倒塌。也因此藥房基本上只佔用樓下的空間，二樓的空間

是長期沒有人敢用而被空置着的。當時藥房裏有三位男性員工,最老的約 75 歲,最年輕的也已 55 歲了。藥房裏的一邊有一張長的玻璃櫃台。櫃台後靠牆釘了幾個隔板。隔板上放着幾個很大的玻璃樽。玻璃樽裏面放滿了基本上是白色的一粒粒西藥藥片或藥丸。裏面也有些五顏六色的其他藥丸混雜其中。櫃台裏面隔着玻璃能看到櫃裏稀稀落落地放着一些盒裝的西藥,總的來說藥物的數量和品種都很少。藥房中的另一邊放着一座十分古老貌似古董的磅秤和一座大時鐘。通往二樓的樓梯前是放着一座屏風將樓梯口遮擋住的。我的司機差不多天天會在議事庭前等我,但是我很少見到有客人在便民藥房裏面買東西。當時在我需要購買藥品時,我是去新馬路其他的藥房購買。所以在我接管便民藥房前,我是從未踏進過店裏面一步的。

在接管並和殷理基員工開會後(在分享成果一文已有介紹),我並不預備急着接管便民藥房,一則是因為我想分步驟逐步接管整個公司,當時除了缺少合適的人手外,我也不想引起殷理基工作人員心理上的不必要的恐慌。

但在我們正忙於重新建立殷理基賬目和完全沒有去接管便民藥房的心理準備時,我收到澳門電力公司總經理的電話。這位總經理是一葡國人,他要找藥房負責人,雖然當時我還沒有正式去接管,但由於我已接管了殷理基,因此員工們將他轉介給我。那位葡國人在電話中向我投訴藥房中的藥物奇缺,電力公司員工礙於他們公司和便民藥房簽有合同,不得不去便民購買藥品,否則他們買藥的單子就不會獲准在他們公司裏報銷。但是便民藥房十有八九沒有病人要的藥。那位總經理投訴之餘,對我說如果繼續如此的話,待合約滿期就和便民終止合約。對此投訴我無言作答,只能希望他給我一些時間,以便我作出改進。不過,過了幾

天，我又收到一個電話，這次的電話來自當時銀行監察處的處長，也是一個葡國人。當我拿起電話時只聽到對方傳過來的是聲浪很大、語氣很急，像機關槍一樣的投訴聲。原來銀監處有一員工前一晚服了便民藥房的藥不適，送入醫院後被證實為藥物中毒。我當時除了吃驚擔心外，只能賠禮道歉。

放下電話後，我心中焦急且生氣，知道我已被逼上梁山，接手便民藥房之事已不能再拖延了。我即刻去了便民藥房調查情況。那一天是我第一次踏足便民藥房。我查看了藥房內部，看到藥房內部的情景，心中又着急又氣惱，因此立刻決定停止營業，進行內部改造工程。我也即刻委託里斯本公司的同事在當地報章刊登招請職業藥劑師廣告。（當時澳門只承認葡國學歷，因此我們必須在葡國招聘。）我也在不久後帶同我的助理張堯江先生飛往里斯本面試來應聘的人員。另外我決定藥房改造期間，在藥劑師到位後利用位於馬統領街的一間小小的地鋪臨時營業。

我和張堯光先生在里斯本很順利地找到了一位年輕的葡國藥劑師Fernando。我要求他儘快來澳門，他就是在澳門第一位任職私營藥房的藥劑師。藥劑師Fernando在便民藥房工作了頗長的一段時間。並在我的助手張堯光先生的領導下，為便民藥房的重建和後來的發展作出了巨大的貢獻和奠定了基礎。馬統領街的臨時藥房開張時，我親自召開了會議，立下了新的規章制度。我強調了三條藥房必須遵守的規矩。那就是：

1. 為保證藥房出售的藥品的質量，從此不賣散裝藥。並嚴格控制藥物的有效期。

2. 某些必須有醫生處方才能出售的藥物由藥劑師保管和出售，並由

藥劑師向每位來買藥品的顧客介紹用藥須知事項。

　　3.藥房內必須設有冷藏設備，嚴格遵守制藥廠有關儲藏藥物溫度的規定。

　　議事庭前的便民內部改造後，藥房遷返原址重新開業。我們也將營業範圍擴充至二樓。自 1985 年後便民藥房不斷擴展業務，先後開設了便民醫務所，也開設了多家分店，成為獨立的便民集團有限公司。

　　1999 年澳門回歸後，我退出了所有公司的管理工作。在回歸後我唯一的一次參於公司的決策是在 SARS 期間，我親自打了一次電話給當時尚未退休的張堯光先生，囑咐他在 SARS 期間嚴格控制藥品和消毒衛生用品的出售價格，不准隨便加價。我告訴他開公司做生意無非是想賺錢，賺錢是天經地義的，但賺錢要講道德，應賺的我們一定賺，但是「災難錢」我們公司不賺。因此如非來價上漲，便民藥房出售的口罩、消毒劑等等物品一律不准加價。我們公司的員工完全按照我的指示，在整個 SARS 期間保持着原來的利盈標準出售每一種貨物，沒有跟隨別人瘋狂加價，因此贏得了顧客的好評。

　　我現在和便民藥房已是毫無關係了，但是每當我經過藥房時，看到裏面人頭湧湧，生意興旺，心中仍很開心。我也十分高興常常能聽到坊間稱讚便民藥房的藥物和其他貨物價廉物美。我更一次認識到賺錢必須顧及道德，不能殺雞取卵，而是要細水長流。一家公司或商店的商譽是一家公司或商店長期生存的根本。人的感覺都是一樣的，上當受騙最多一次，因為在這個世界上誰也不是傻瓜。

2010 年 5 月 7 日

往下走

　　如何贏得「下屬」真心的擁護和支持是領導藝術的重要課題，過去幾十年中我也經常思考這個問題。在我管理公司的前幾年中，經常有員工因為不了解我的為人而非常害怕作為「領導」的我，在我面前十分拘束。人的一般心理總是會有些怕「領導」，我明白要改變這種情況，關鍵還是要靠做領導的主動想辦法。為了消除這種隔閡，我儘量在工作之外多與員工相處，以平等的朋友身份與他們聊天交流。當我從政後在「鏵哥」的領導下工作時，也更加體會到了這種以誠待人的方式對於下屬的巨大激勵作用。所謂「高處不勝寒」，我們所處的位置越高，肩負的擔子也就越重，在面臨困難時往往感到孤獨和無助。因此，居高位的人要主動「往下走」，走到下屬和員工之中去，讓他們感受到支持和理解，帶領他們凝聚成一股強大的集體力量，最終克服困難、解決困難。

　　最近我經常思考着一個問題：當一個人在攀上事業高峰、當了「領導」做了「官」時，應該如何才能繼續和被自己領導的「下屬」或者「群眾」保持良好關係，並維繫感情。近年來經常有朋友在我面前說領導不體諒他們在工作中承受着的沉重壓力，更不會關心他們日常的生活。而且領導平時不多和他們說話、每天端着架子、板着臉，只要他主觀上認為下屬做錯了事，就不會理會客觀情況和原因如何，不分青紅皂白將下屬訓斥一番。所以除了讓下屬心存不滿以外，更促使下屬對領導採取敬而遠之的態度。久而久之領導和下屬之間除非是必要的接觸外，就變成了陌路人。另外也有朋友向我悄悄地說他們「領導」的官是做大了，但是脾

氣也長了,並且越來越「難服侍」,有時更是專橫跋扈、蠻不講理,令人無法與其相處。更有的朋友甚至說,以前是一起長大、一起玩耍、一起念書的好朋友,現在不但令人無法接近,並因那副「小人得志」的態度使人對其產生極度的反感和厭惡。不過他們雖然在背後埋怨,但是他們中絕大部分人都會表示,礙於自己升職加薪掌握在「領導」手中,因此心中即使是多麼的不願意,也只能每天小心翼翼、陪着笑臉地,做着迎合「領導」心思的事,說着「領導」喜歡聽的話。有的更說,每當「領導」做錯事,挨別人批評時,他們都會暗中拍手叫好、幸災樂禍⋯⋯

以上這些話都是茶餘飯後的有趣話題,一般人也會比較感興趣去聽。當然這些都跟我沒有絲毫關係,我聽到它們時還會覺得很有趣。但是當我靜下來回想起這些話時,心中總會泛起一陣陣忐忑不安的感覺。我在過去幾十年中,都是管着企業當着「領導」,而且在澳門回歸後曾擔任長達十年的立法會主席的公職。我自覺和下屬的關係還算過得去,而且對下屬也還算是關心和愛護的。所以我自信我的下屬應該不會如此地在背後地說我的壞話。另外,由於我的性格一向是「我行我素」,因此我一直認為根本不必太計較別人對我的看法。但是當我不斷地聽到這些話後,我發覺我之所以會感到不安,是因為在我的心底裏,還是很在意別人對我的看法的。我會對在背後如此這般地評論我和對我不滿的話感到傷心。我的這一想法令我自己感到有些出乎意料之外,我再一次明白,不管我的地位多高,骨子裏我的確還是一個很平凡的人。

最近我回顧了自己的過去幾十年的生活。生活常理告訴我,「領導」和「官」自然地在「下屬」或者「群眾」眼中高人一等。人的一般心理也總是會有些怕「領導」或「官」。因為身為「領導」的或者「當官」者的手中握着的是「權」,「被領導者」只要稍不留神,就會惹「領導」的不

高興。惹「領導」不高興的後果，輕者被訓斥一番、重者可能喪失升職加薪機會，甚至丟失飯碗。因此我們大多數人，在「領導」面前不敢冒失、造次，而且處處表現得恭恭敬敬、戰戰兢兢，怕做錯事而承受後果。我覺得人的這種自身保護的本能反應是正常的。但是仔細地想一想，當「領導」的，如果不是因為凝聚親和的能力強、道德品質的高尚、處事態度的正確、公正而贏得下屬的讚賞的話，下屬純粹是為了漲工資、保飯碗的理由而勉強和領導相處，那麼我相信下屬的工作態度不可能積極。他們會敷衍了事、得過且過。他們更不可能真正發揮他們的潛在能力、全力以赴地為領導排憂解難。在這種情況下，勉強應付日常工作可能還不會有太大的問題。但是遇到困難時，就不可能集思廣益、團結在一起，成為一股強大的力量共同面對困難、克服困難和解決困難。因此作為領導的要時時刻刻地想到，個人的力量永遠是不足的。這也是我們常説「紅花雖豔、終需綠葉襯」的道理。也因此，我認為在一個人當上「領導」做了「官」後，最迫切需要仔細考慮並注意的重要課題，是如何凝聚每個下屬的力量，並贏取「下屬」的真心擁護和支持。

大約在 20 年前，我在美國念大學的乾兒子，來澳門在我的公司打暑期工期間曾告訴我，公司的同事見到我都很害怕。其實，我對公司同事看到我都很怕的事實也早有所聞。但是乾兒子的話令我心中很納悶。因為當時我管轄的公司很大，員工也多，而我乾兒子工作的部門的員工基本上都是從來沒有和我見過面的，那麼他們又怎麼會見到我怕呢？經我盤問後，我的乾兒子説向他説此話的同事，是真的沒有見過我，他們也只也是聽公司其他部門同事的傳説而已。另外，在 1985 年我接管毛里求斯登峰針織廠後，從毛里求斯工廠陸續分批派管理層幹部來澳門的工廠學習管理經驗，第一個被委派來澳，並在受訓回去後將擔任在毛里求斯

其中一家廠的廠長，是一位毛里求斯土生土長外號「胡鬚佬」的黑人。他來澳學習初期，我有一次請他吃飯，期間我問他是否習慣澳門生活、他和工廠同仁溝通（他不懂中文）是否存在問題、他是否有足夠的禦寒衣物（毛里求斯一年四季都是很熱，而澳門當時已是比較寒冷）……在我們交談過程中，我感覺到他連正眼也不敢看我，低着頭，看着放在大腿上的雙手，顯得特別的緊張。他對我的問題答非所問，我有些啼笑皆非，也覺得很掃興。其實他是一個很精明、學歷也挺高的人，但那一次他的聲音有些顫抖，他的嘴脣發白……我看他這樣，只好快速就餐。當然我們的那一餐飯，是在幾乎無聲中吃完的。上述的事情對我的觸動很大。我回家後反覆地問我自己，為什麼別人見到我會如此地害怕，難道我就真的那麼可怕嗎？其實我還能舉出類似上面的例子，時間長了，當我聽到這些話時也總是一笑了之，但我的心中卻是覺得很不踏實。

在後來的幾年裏，我經常到毛里求斯去，而且每次都會到各工廠和廠長們開會、交談、吃飯。在大概半年後「胡鬚佬」看到我不再害怕了，也變得很健談了，更會攜同太太和兩個女兒到我下榻的酒店看望我，並和我吃飯談家常。他明顯的轉變，說明在下屬不了解領導的為人之前，他們和領導之間總會有一層無形的隔閡，也因此下屬在領導面前總會拘束甚至害怕。我明白如果真要改變這種情況的話，關鍵在於做領導的如何主動去想辦法了。

為解決下屬減少或消除對我的害怕，我在過去多年曾作了不少努力。我儘量和他們接近、儘量在離開工作的環境中和他們相處，和他們聊天、吃飯、旅行。我希望他們認識我不在工作崗位時的為人和處事方式。讓他們知道在工作時我是他們的領導，我對他們在工作上的要求會十分嚴格。但是離開工作場所後，我和他們是朋友，我和他們一樣是一

個普通平凡的人，也是和他們平等的和不分高低貴賤的人。我的努力不能說成效顯著，但是我情況確實有些好轉，特別是在我離開公司和立法會的工作崗位後，我過去的下屬十有八、九都成了我的好朋友。

寫到這裏，我不期然地想起了我們的前行政長官、現任全國政協副主席何厚鏵先生。從澳門回歸日起，他和我分別擔任了澳門特別行政區行政長官和立法會主席。在長達十年的時間裏，儘管行政和立法這兩方面在工作上，經常發生矛盾和碰撞。也儘管何先生是澳門特別行政區最高領導，但他對我卻是十分尊重。就算我有時壓制不住「大小姐」脾氣，對他在態度上欠妥當、言語上欠和善時，他也會平心靜氣地對待我。在我的記憶中，在長達十年期間中，只有我對他態度不佳的時候，他卻從來沒有對我紅過臉。直到現在，他每次和我一起赴外地活動時，只要他拿起話筒唱卡拉 OK 時，他一定會宣佈把他唱的第一首歌獻給我。按他的話，我是他的「老拍檔和好朋友」。就因為這樣，我對他在漫長的十年中待我的「好」心存感激。因此不論過去或現在，「鏵哥」吩咐的事情只要不違背我做人的原則，我都會盡力而為，並千方百計地去完成。這是因為我心中把領導「鏵哥」的事情永遠當作自己的事情來辦，我即使再勞累也無怨無悔。在我的心目中，「鏵哥」絕對是一位懂得領導藝術的好領導。

其實「領導」和「官」也是人，領導也有人性中的喜、怒、哀、樂。而且根據我自身的經驗，所處的位置越高，肩負的擔子越沉重、面臨的工作也壓力越大，所以領導有些脾氣、甚至在遇到嚴重事故時有些急躁也是可以理解的。但是如果一旦當上領導就唯我獨尊、趾高氣揚、目中無人、高高在上就一定會不是一個好的領導，也一定不是一個受歡迎和受人尊敬的好官。其實我相信在這個世界裏，每個人都喜歡自己受別人

尊敬和歡迎，誰都不願成為一個孤獨的人，因為內心孤獨是心靈不健康的反映，也不會是一個愉快的人。我在擔任立法會主席時，因為立法會的很多工作都是無前例可循的工作。工作上的難度相對較大。所以我的心情常常會被一些工作中的難題而困擾，很多時都會顯得很急躁。但幸好我有立法會議員同事和輔助部門工作人員對我的支持和體諒。他們全力以赴地和我並肩作戰，為我分擔應該由我扛的艱辛。十年中，在我們共同的努力下，我們一次又一次地走出困境，完成任務。我對他們感恩之餘，還真正地體會到只有在團隊的集體力量充分發揮出來時，才會成為克服困難不可抗拒的強大力量。

中國人有句老話「身在高處不勝寒」。我對它有深刻的體會。當我站在高處時，雖然我的地位比站在低處的人高，我手中的權勢會比站在低處的人大，但我常常感到孤獨、無助，有時甚至感到苦惱。為了不要讓站在低處的人都要抬高頭仰望着我，我悟出了一個必須主動「往下走」的道理。而當我走到他們中間，並讓他們感到我是他們中的一員時，他們的心都會被感動，也會存感恩。在感動和感恩心態的促使下，他們會加倍地努力工作，把你的事當作他們自己的事情來辦。當然今天我已經不再當「領導」也不再做「官」，但是在很多人的心目中，我還是在一個比較高的位置上，因此我必須時刻提醒自己要繼續地「往下走」，主動地從高處走到人們的中間去。

最後，我在此借我的博文，提醒各位做着「領導」當着「官」的人，不妨也試一試往下走一走，走到人群和你的下屬中間去。相信如果你們這樣做的話，你們都會擺脫孤獨並感到樂趣無窮的。

2011 年 11 月 11 日

想和做

　　隨着年齡的增長和生活經驗的積累，我越來越相信「在這個世界上只有想不到的事，而沒有做不到的事」。當然，這句話並非鼓勵我們做事天馬行空，在不考慮可行性的情況下魯莽行事。相反，它告訴我們，在做事情之前必須仔細思考任何可能的方法和成功的機會。所謂創造奇跡的人，不過是想到了其他人沒有想到的方法。我在從商過程中做到的一些「不可能完成的事」，實際上也只是因為想到了其他行內人沒有想到的細節而獲得的成功。因此，只要勤於思考，我們每個人都是有可能創造奇跡的。做事要膽大心細，只要找到了解決問題的正確方法並大膽實踐，沒有什麼是做不到的。

　　自從 2009 年退下立法會主席位置後，我的人生進入了一個新的階段。在新的工作環境中，我結織了很多年輕的朋友。我非常願意和年輕人交朋友，更喜歡和他們交談。我喜歡和年輕的朋友相處交談的最大原因，是我在和年輕的朋友交談時，處於沒有任何心理壓力的狀態。對我這個本來就不拘小節、不喜歡官樣文章，並傾向自由發揮，想說什麼就說什麼的人來說，沒有心理壓力是非常重要的。也因為這個原因，在和年輕朋友交談時，我顯得特別健談，而且我的話題不受束博，內容也是漫無邊際的。

　　在絕大多數的情況下，和年輕朋友們「交談」，其實是我說而他們是在聽。而當我向他們講述在我成長、創業和奮鬥期間的經歷時，是會引起他們極大的興趣。我想其中原因是因為我的那些親身經歷，都是發

生在他們還沒出生的年代。所以對他們來說，那些故事都是充滿神祕感和傳奇性的。由於他們都顯得特別愛聽，所以我也就很喜歡講。當然我喜歡講的另一個原因是，我覺得通過我這些小故事，一方面能讓他們對我年輕時的時代歷史背景、生活環境、人們的思維方式和處世態度有所了解。而另一方面也能讓他們了解，我在人生道路上曾經走過的彎路和遇到過的困難和挫折，從而令他們將我曾走彎路和受挫折的原因引以為戒，並令他們減少走彎路、犯錯誤的機會。再則，我也想通過我的事例，讓他們體會，要在眾人眼中成為「略有成就」的人，絕對不是偶然的，更不是靠運氣和就手可得的易事。因為在這個競爭激烈，甚至殘酷的社會中，任何人都會為自己的成功付出巨大的代價。而且在每個人的成長、成熟過程中，都一定會嘗到別人難以體會的各種甜、酸、苦、辣滋味。

最近在和我的兩位青年朋友吃飯時，我告訴他們，我越來越相信「在這個世界上只有想不到的事，而沒有做不到的事」這句話的正確。記得在我年幼時，每當我在生活中遇到困難時，我都有放棄的念頭。而每當出現這樣的情況時。我的母親會對我說「在這個世界上只有想不到事，而沒有做不到的事」。但是在當時，我無法聽懂母親的話。心中覺得母親的話是強人所難，而且她要我做我根本無法做到的事。但是，隨着自己年齡的增長和生活經驗的積累，我逐步領悟了這句話的真正意思。現在我也經常和我周圍的人講這句話，因為我認為它是絕對正確的。

其實，我認為這句話的意思，是告訴我們，在做任何事情之前，我們首先必須仔細考慮我們做這件事情的成功機會。如果成功機會大的話，那麼我們就要考慮，我們做這件事的方法和步驟。我的人生經驗告訴我，只要我們的思考是符合客觀事實和邏輯的話，那麼我們必定能找

到正確解決問題的方法和步驟。也就是說，我們是一定能把事情做成和做好的。當然我在此指出的，這個「事」字是指我們能力範圍所及的、也是我們應該做的「事」。而絕對不是指那些天馬行空的、或者是根本不應該做的「事」。

年輕時當我周圍的人做了我認為是不可思議，和我不可能做到的事情時，我常常會感到這個人真的了不起。並且也會對這個人創造奇跡感到羨慕。但是現在我明白了，在這世上本來就不存在奇跡。所謂創造奇跡的人，也只不過是做了，我從來沒有想到要做的，甚至自覺是不可能做到的事情罷了。目前我真正感到，如果我們每個人都能勤於思考的話，那麼我們每個人都有可能是會創造奇跡的。

可惜的是，我發覺有很多人在做事時非常魯莽和武斷。他們在做事前，不客觀地評估他們面對的問題是否可行，也不找解決問題的方法和做事的步驟。當然在這種情況下，他們非但不能把事情辦成和辦好，而且一定是以失敗而告終。

我現在將我在我親身經歷的一些事例中所得出的「想和做」的重要關係，列舉如下和各位網友分享：

一、我 1968 年下半年，是以香港人的身份到澳門定居的。當時澳門沒有規範的身份證明制度。所以任何香港人都能來澳門定居和工作。我的旅行證件是由香港政府發給非英籍的中國居民的旅遊證明文件（當時通稱香港 C.I.）。當時用香港 C.I. 去歐洲旅行的申請手續不但繁複並且特別費時。去法國、意大利、荷蘭、西班牙和葡萄牙等國家的簽證需時約六個星期；去德國需時四個星期；最快的去英國亦必須花上大約兩個星期。當然這對我從事生產羊毛衫並主要以歐洲市場為主的商人來說，無法快捷和客戶接觸，構成了工作上極大的不便。所以雖然我心中堅持我

永遠是中國人的想法，但是我意識到，如果我能取得葡萄牙護照是可以為我開展工作帶來很大的方便。因此我很想取得葡萄牙護照作為我的旅行證件。但由於我並非是在澳門出生的（1980 年前在澳門出生的人，都被葡萄牙政府被視為是葡國人，且自然擁有葡萄牙國籍），所以如果要取得葡萄牙護照必須得申請入葡萄牙國籍。而入葡萄牙籍的條件一是懂葡萄牙語，二是在澳門住滿三年並有正當的職業。當然自 1971 年起我是符合入籍條件的。

我於 1972 年遞交的入籍葡萄牙國籍的申請，但是我的申請不獲葡萄牙政府接受。其原因是當時葡萄牙的男女很不平等，所以女性不能申請入籍。在收到這個消息時，我想起了在 1971 年我應澳門土生葡人畫家的邀請，前赴里斯本土人《葡人之家》參加畫展的開幕式時，葡萄牙時任總理和我說的話。葡萄牙總理主持了那次開幕式並剪了彩。總理在離開前向列隊的澳門人逐一握手道別。當他和我握手時，我用葡萄牙語向他說了謝謝和再見。總理先生看我一個百分之百的年輕中國女子，竟然能和他用葡語說話感到有些驚奇，所以問我是否經常去葡萄牙和是否喜歡葡萄牙。我答稱我是第一次踏足葡萄牙，很喜歡葡萄牙，但相信我不會經常去，因為申請入境簽證太麻煩。葡萄牙總理聽後，問了我的詳細情況，並囑我回澳以後，去申請入葡萄牙籍。總理亦隨即吩咐站在他身旁的時任海外部長，在必要時，向我提供幫助。

我在考慮了好幾天後，找我的好友 Elisa 為我起草一封寫給葡萄牙海外部長的信（我雖能講葡萄牙語，但因為是自學的，所以要寫一封正式的信是有一定困難的）。Elisa 說我瘋了，人家總理說的是場面上的應酬話，海外部長又是工作非常煩忙的人，豈能管我這種小事情。我聽了此話後，告訴 Elisa 我沒有瘋。我想好了，海外部長在收到我的信時，可能

心中也會想這個女孩瘋了，隨後將我的信丟到垃圾桶。但是相信除此以外，我是不會為了寫這封信承擔任何不良後果的。果然不出我所料，在我發出信後，不到一個月，海外部長給我回了一封親筆信，在信中他告訴我，內政部長會親自為我辦理我的入籍事宜。他也已獲得葡萄牙總統特許，讓我馬上遞交入籍申請。我在遞交申請後不到三個月，在葡萄牙民政部長辦公室裏，民政部長親手將由總統簽署的我的入籍批准文件交了給我。

二、1982 年底，法國航空公司香港的總經理找了我很多次，請我在澳門做他們法航的總代理。在開始時，我回絕他們的邀請。但後來法國航空公司借助法國政府駐港澳總領事之力，向我遊說和力邀，而我當時正擔任法國駐澳門名譽領事一職，所以在情面難卻的情況下接受了邀請，並為了擔任法國航空公司澳門地區的總代理，在澳門開辦了曹氏旅遊公司。

其實當年澳門人口很少，澳門的人去歐洲的也並不多。但自從 1974 年 4 月 25 日葡萄牙推翻獨裁政權後，葡萄牙放棄了所有的海外殖民地，而由於澳門情況特殊，所以成了葡萄牙在革命後，保留的唯一的一個殖民地。從 1976 年開始由葡萄外派往澳門的澳葡政府官員數量不斷增加。再加上有很多以前居住在非洲殖民地的葡萄牙人，也紛紛遷居澳門，所以來往澳門和里斯本之間的旅客大量地增加了。

當時澳門還未建機場，而葡萄牙航空公司不飛亞洲地區，因此往返澳門和葡萄牙之間的旅客，必須乘搭各歐洲航空公司的航班，並借道香港和歐洲各大城市。這些都對各飛行於歐洲和香港之間的德航、英航、瑞士航空、荷蘭航空、意大利航空等等的大公司有很大的吸引力。

在開始時，我回絕法國航空公司邀請的主要原因是，當時由香港飛

往法蘭克福、倫敦、蘇黎世等等歐洲大城市的德航、英航、瑞航的航班都是在中途不用停站，而飛機到達那些大城市後，也在同一機場轉飛機去里斯本。而法航由香港飛往巴黎的航班在中途必須停兩站，另外在到達巴黎後必須要去另一機場才能乘搭去里斯本的飛機。而兩個機場之間距離十分遠，旅客還可勉強趕到另一機場轉機，但是行李卻往往是無法及時到達另一機場，因此很多乘客在到達里斯本時，往往為不能拿到行李而感到煩惱。我在情面難卻的情況下，答應了法航成立公司做他們的總代理，因此我想必須在法航競爭能力特別弱的形勢下，逆轉局面，並在市場上爭一席位。

我考慮到由澳門出發到里斯本的乘客，基本上都有旅遊的經驗，所以他們都能在各大航空公司中作出選擇。因此如果要爭取這些乘客乘搭法航的話，我必須壓低票價。否則的話法航是不可能和其他航空公司競爭的。但是世界航空協會對各成員公司的票價是有統一規定的。法航當然不可能公開壓低票價搶市場。而如果我的法航總代理公司為了搶生意而私下讓利，那麼我必須做虧本生意。當然要我日長世久地虧本，非但沒道理，而且也不符合做生意的原則。

經過思考，我決定暫時放棄澳門-香港-巴黎-里斯本這一程的生意。而是爭取里斯本-巴黎-香港-澳門的生意。我向澳門政府提出由里斯本來澳門的公務員和政府的貴客的一切旅費，都是由澳門政府支付。那麼那些生意應交由澳門旅行社做，而沒有理由在葡萄牙的旅行社做。當澳葡政府同意我的意見後，我又向澳門政府推出法國航空公司澳門總代理曹氏旅遊為乘客專門設計的一條龍服務。

我們的一條龍服務包括在巴黎和香港接機服務，並在香港機場地勤人員協助下通過移民局、領取行李，並送上駛往港澳碼頭的計程車服

務。我們也委託接機人員，代我們轉交，我們為每一乘客事先準備的足
夠他們到碼頭後購買前往澳門的船票的港幣。我們更在港澳碼頭為他們
免費寄送行李。這些服務都是我事先和法航和香港機場管理的怡和公司
談妥的免費服務。當然這些服務為旅客帶來了極大的方便。特別是對帶
有小孩的、沒有旅遊經驗的、不會講英語或中國話的乘客更可說是不可
缺少的服務。就這樣，曹氏旅遊公司很順利地取得了政府的合同，並受
到了旅客的推崇和讚揚。法航也因此在最惡劣的競爭條件下取得了幾乎
全部的由澳葡政府支付旅費的，由里斯本來澳門的客源。

　　大概在兩年後，其他在澳門的德航、英航、瑞士航空的代理，都意
識到他們幾乎沒有由里斯本來澳門的乘客時，群起向政府提出抗議。政
府在壓力下同意以公開投標形式決定合同所屬公司。但是由於香港管理
的怡和公司在和我談判時，沒有意識到需要提供的服務，並非他們原先
估計的那麼少。所以他們除了繼續提供給法航的服務外，對其他公司的
要求一概拒絕。也因此法航到回歸前還是在里斯本 - 巴黎 - 香港 - 澳門的
行程中一直佔領着重要的位置。由於法航的總代理在澳門享有服務好的聲
譽，很多客戶都願意在離開澳門時，再次選擇去曹氏旅遊公司購買機票。

　　這盤小生意雖然沒有為我和公司賺過大錢，但是也從未讓我虧過
本。當然現在這盤生意早已不再屬於我，但是很多行內人都認為我在當
時的環境下，創造了奇跡。當然我知道我並沒有創造什麼奇跡，我只不
過是想到了其他行內人沒有想到的一些細節罷了。

　　在我的人生中還有很多事例，可以證明世上只有我們想不到的事，
而沒有我們做不到的事。但限於篇幅，我不能盡列於此了。

2013 年 9 月 3 日

「明吃虧」和「暗吃虧」

　　退下立法會主席位置後，我走上了慈善之路。兩年多前，為了響應中央在澳門搭建中葡商貿平台的號召，同時為我們的同濟慈善會開闢財政來源，我開辦了服務中葡之間商貿往來的至善有限公司。公司開張後的第一筆生意是為舟山的東帝汶考察團提供商務陪同服務。為表誠意，我雖向舟山方面派去了兩個員工，但最終只收取了一個員工的服務費。這筆生意看似虧本，實際上卻為我們的年輕員工積累了很多經驗，也令我們和舟山方面打下了長期合作的基礎。在這個意義上，我們不但不吃虧，並且可能是佔了便宜。我們要懂得「明吃虧」的道理，為了更長遠的利益而暫時犧牲眼前的營營小利；但卻不能「暗吃虧」，不能任人欺侮和被人欺騙，吃了虧還不自知。當我再次踏上從商的道路時，我已然不是為了個人的名利追求，而是為了我們的慈善事業能夠長期發展，一代又一代的優秀青年能夠持續地為澳門和祖國的建設貢獻力量。我想，無論是做人還是做生意，都應該要細水長流。只有做長遠的打算，才能實現更大的價值和收穫。

　　我於 3 月 30 日晚應「中國 —— 葡語國家經貿合作論壇（澳門）常設祕書處」邀請，出席由該常設祕書處設宴招待當日出席「中葡論壇常設祕書處第十一次例會」的各葡語國家的駐華大使和駐設在澳門中葡論壇祕書處的代表。那天除了我有幸以特別嘉賓身份出席晚宴外，我們澳門的至善有限公司的三位年輕員工也獲邀出席了是次宴會。

　　宴會開始時，「中國 —— 葡語國家經貿合作論壇（澳門）常設祕書

處」祕書長常和喜先生，以流利的葡語向各位在座的葡語國家的官員宣佈，我以嘉賓身份出席他們的晚宴。在常祕書長簡短的講話中，他說他非常認同我們的慈善會培養了中葡法律雙語的專門人才的理念。而且對我們在過去的數年中不但培養了很多的中葡法律雙語專才和最近積極開拓為中國和葡語系國家商貿平台提供服務表示讚賞。

　　我在到達宴會廳之前，原本以為是次宴會是一次較大規模的宴會。但是在到達宴會廳後，我才知道這次宴會純屬中葡論壇祕書處的家宴。而我和我的三位同事是唯一被邀請參加宴會的非中葡論壇祕書處成員。在晚宴上我是被邀的唯一嘉賓也是我始料未及的。常祕書長和中葡論壇祕書處是次的精心安排令我非常感動。當然令我感動的絕非是被邀出席晚宴之事，而是常祕書長和中葡論壇祕書處的各位工作人員對我們至善有限公司，在過去幾個月裏，為開拓服務中葡之間經貿活動的工作所作出的努力給予的充分肯定。

　　其實，我雖早就知道澳門設有中葡論壇祕書處。也早就聽聞過祕書處的祕書長常和喜先生的大名。但由於我們在不同的領域工作，所以我們除了在報章和電視機中見過對方外，是未曾有機會相識和相交的。在去年的 11 月中旬，我們澳門的至善有限公司決定正式開展工作以後，我的工作就和中葡論壇祕書處扯上了關係。所以在 11 月中的一天，我致電常祕書長表達我去拜訪他，並向他當面闡述我們至善有限公司今後工作方向的意願。雖然說我們素無謀面，但是在電話的對話中，我感到了常祕書長是一位非常謙和、誠懇的官員。在電話中他說，他不敢勞動我去他的辦公室拜會他，並堅持由他來我的辦公室見我。

　　常祕書長是商務部派駐中葡論壇的官員。他的謙虛給我留下了非凡的印象。因為我接觸過很多在內地或是在澳門的官員。在我的印象中，

幾乎所有的政府「衙門」都是朝南開的，而官員們亦一般是高高在上的。對一個普通老百姓來說，想求見一個官是一件不容易的事情。因此常祕書長提出堅持由他來我辦公室拜訪的事實，令我在見他之前，已經在心裏對他產生了極大的好感。當時我就想，如果我們澳門特別行政區的各級官員都能像他一樣，那該是多麼好啊！

很快我和常祕書長及他的兩位助手在我澳門的辦公室見了面。在我們會談的過程中，我向常祕書長闡述了，在退下澳門立法會主席位置後，我開始了我人生中的慈善之路。我現在的主要工作是主持澳門同濟慈善會的工作。而我們澳門同濟慈善會其中的一大任務是培養中葡法律雙語人才。因此我在過去六年時間裏，致力培養了 50 多名的中葡法律雙語專門人才。並在兩年多前，為了響應中央在澳門搭建中葡商貿平台的號召，和為同濟慈善會開闢財政來源，開辦了服務中葡之間商貿往來的至善有限公司。但由於在澳門很難找到合適的中葡雙語的專門人才，所以澳門的至善有限公司直到 2015 年秋季，才真正具備了開展工作的條件。

常祕書長在聽完我的介紹後，即時表態認同和讚賞我們的理念和行動。他表示他和他的同仁將會全力支持我們的工作。因為我們的工作不但符合中央的政策，並且也是設立澳門中葡論壇祕書處以達服務中葡商貿平台的最終目標。常祕書長和他的祕書處同仁果然說到做到，在幾天後他們就為至善有限公司介紹了想去海洋資源豐富的東帝汶，開展海洋捕撈業務的舟山漁業局和舟山從事海洋捕撈的私有企業。

經過常祕書長的推薦，我們澳門的至善公司在 2015 年 12 月受舟山市的委託，為舟山漁業局和從事海洋捕撈的企業的東帝汶考察團提供了商務陪同的服務。這是我們至善公司自成立以來，接到的第一單為中國

和葡語系國家商貿往來提供服務的生意。這筆生意對我的年輕同事們有如一劑興奮劑，除了令他們高興雀躍外，還令他們對公司的前途充滿了信心。

其實，上述至善公司的這第一筆生意，除了對我年輕的員工們意義非凡外，對我來說也是特別重要的。因為雖然我一直感到澳門的至善有限公司在中國和葡語系國家之間的商貿往來提供服務是大有作為的，並且我也認為這盤生意是隱藏着無限的商機。但是這些畢竟僅僅是我的主觀看法，而且也沒有任何實踐經驗可借鑒的真實東西。所以我的內心對中葡論壇常設祕書處和常祕書長，將我們公司推薦給舟山漁業局，並讓我們公司能做成第一筆生意，是充滿感激和感恩的。

為了表示我的誠意，我向舟山方面表示，因為這筆生意是我們公司開張後的第一筆生意，所以我雖然派出兩位年輕的員工陪同舟山赴東帝汶的海洋捕撈考察團，但是我只收舟山方面一個員工的服務費。我之所以作這樣的安排是，因為我覺得這是公司破天荒的第一次作商務陪同，而我們的員工都沒去過東帝汶，對那裏的情況，也是毫無了解的。所以派兩位員工只收一位的費用還是合理的。當然如果我按在商言商的觀點來看，在舟山此行已決的情況下，我們如果收足兩位員工的服務費，其實也不算過分。不過我認為雖說在商言商，但是做生意也必須抱有放長線釣大魚的心態，並且也一定是要留有餘地。

我認為做生意和做人一樣，必須有長期的和細水長流的打算。因此在做生意時，如果我們真的要和生意上的夥伴長期合作的話，那麼我們首先要用我們的誠意打動對方，並在任何時間都能為對方着想。因為生意上的合作夥伴之間，不存互利互惠的想法的話，那麼合作必定不能長久。相反的，在互利互惠的基礎上，合作雙方才能矛頭一致對外把生意

做好，才能在生意上贏得更大的盈利。

當然，我們派兩名員工而只收一名員工的服務費用。在表面上，是非常吃虧的。但是仔細的想一想，我們卻是不吃虧的。因為如上所述，我們員工也是首次去東帝汶，所以通過這次陪同舟山漁業局到訪東帝汶，我們的員工能了解到那裏的政經情況，同時也能接觸到東帝汶的很多官員。我們的年輕員工能從中學習到很多書本上學習不到的知識。因此我的決定，不但為舟山省了錢，也令我們的員工學到了本事，這可說是一件兩全其美的事情。所以在表面上我們好像是吃虧的，但是在實際上，我們不但不吃虧，並且可能是佔了便宜。

在這件事上，我告訴我們年輕的員工們，在公司開業初期，我們不能急功近利，更不能太急於賺大錢。因為任何生意在開始時，都必須要下本錢。我們這次表面上雖然是做了吃虧的生意。但實際上，我們是賺的。因為我們的年輕員工們通過這次的生意是大大地增長了見識和知識。而見識和知識的增長是書本上學不到的。我要求我們的年輕員工通過這次事件，要學懂「吃虧就是便宜」的道理。

其實，我經常教導同濟的孩子們，要懂得「明吃虧」的道理。我這裏所謂的「明吃虧」，那就是我們要在知道自己會吃虧的情況下，作出願意吃虧的決定。因為雖然眼前我們是吃虧的，但長期來說我們還是佔便宜的。而「暗吃虧」就是完全不同的事。因為很多人吃了虧還不知道自己吃了虧。中國人有句老話，「給人賣了還幫人數錢」就表示這個人是笨得無可救藥了。由於我明白「明吃虧」和「暗吃虧」之間的差別。所以我這一輩子都抱着不欺侮和不欺騙人家的觀點做人，但是我也決不會任人欺侮和被人欺騙。

寫到這一刻，我又想起李嘉誠叮囑其子的那句話：「你和別人合作，

假如利潤你拿七分合理，八分也可，那我們李家拿六分就可以了」。李嘉誠先生的這句話，在表面上似乎是吃虧的。但是正因為他肯吃這個明虧，所以大家都會放心和他來往和做生意，也因此他能真正的把生意做大並做成功。相信這就是李嘉誠先生的過人之處，也是值得我們學習的。

我們公司帶舟山漁業考察團去東帝汶的兩位年輕員工，在回澳門後告訴我，東帝汶這個國家真是「遍地黃金」。她們興奮地對我說，只要我們努力，相信假以時日，我們澳門的至善有限公司必定大有可為。當然她們所指東帝汶「遍地黃金」的意思，並非是真的指有遍地黃金可拾。而是指這個國家無論在哪一方面都很缺乏。如他們的工農業均落後，並且他們嚴重缺乏港口、碼頭、公路、電力等基礎設施。不過他們現在雖貧窮，但是他們擁有有待開采的豐富的石油礦和金屬礦等。所以對有心去當地開發自然資源和投資基礎建設的公司和商人來說，真可說是存在着無限的商機。

當然，由於東帝汶自 2003 年脫離印度尼西亞的霸佔和殖民統治至今的立國時間不到 13 年，因此他們的政府不太成熟且效率也不太高是必然的，是可以想象的，也是可以理解的。但是那兩位年輕員工，從百業待興的東帝汶回來後，能產生那裏是一個「遍地黃金」的想法，對我來說是可喜可賀的。因為這不但表示她們不怕艱苦，不貪圖安逸，並且還具有去相對落後的國家發展事業的意願。令我感到更可喜的是他們從百業待興的、落後的東帝汶看到了無限的商機。

我一直感到現在的青年和我們老一輩的人對待生活的態度是不太一樣的。我們老一輩的人為了生存，往往是在最艱苦的環境中創造事業。但現在的年輕人一般都是在物質條件相對優越的環境下長大的。因此青年人吃不起苦、並不願經受艱苦的事例比比皆是。相信目前社會上存在

的大量的好吃懶做的「啃老族」就是最好的事例。

但是我的年輕同事們，能在東帝汶這樣相對落後的國家看到無限商機，確實令我驚喜。因為這表示他們已經有了正確的生意頭腦。因為在現今世界，競爭劇烈。在發達的國家中競爭尤為厲害。所以到相對落後和不發達的國家去發展是一條非常正確的路子。

在過去的幾個月裏，我們澳門的至善有限公司的年輕員工和設在澳門的中葡論壇祕書處的各葡語系國家的駐澳門代表都已有了廣泛的接觸，並可說是非常熟悉了。而我在過去的半年中，每次到北京都會和葡語系國家駐中國的大使見面，並向他們推薦我們至善有限公司。當他們聽完我們的工作理念和方向後，他們對我們的工作理念和方向，都一致表示讚同和支持。

我們至善公司到目前為止，還是處在公司創業的困難階段，但是我相信只要我和我年輕的員工們堅持不懈地繼續努力，我們的公司一定會發展壯大，而我們的事業一定是會成功的。

2016 年 5 月 6 日

第三編

從政

民調

　　1992 年，我學到了議員生涯中最難忘的一課。當時，我在事先沒有任何準備的情況下臨時決定組團參加立法會直選。雖然我曾先後擔任了三屆議員，選民對我已有一些認識，但對於我的競選團隊卻是十分陌生的。在大約只剩下 40 天時間，而宣傳工作幾乎是寸步難行的情況下，我對能否選上全無把握。直到我在競選活動中遇到了一位胡校長，她的一席話改變了我的看法。胡校長說，選民在乎的永遠是議員平常的表現，而不是選舉前競選活動的精彩與否。她希望我能夠當選，並希望我在當選後繼續做一個信守承諾，為老百姓着想的議員。那一次的選舉，我成功了。從 1992 年到 2009 年 17 年的議員生涯中，我也一直不停地用胡校長的那些話鞭策自己，要求自己信守競選時對市民作出的承諾，做一個想百姓之所想、做百姓之所需的合格議員。

　　日前翻開報紙，在幾乎所有的報章上的顯著位置，都看到了某學會發表的「澳門市民對立法會直選議員滿意度」問卷調查報告。其實我本人平時很少關注社會上的類似民調。印象中我也基本上從來沒對這些民調作出過任何回應。不過我還是很高興地看到關翠杏被評為知名度最高的議員。很多人都知道我和關議員是知心的好朋友，對她不但了解並十分欣賞。在我心目中她的確是一位一心一意服務社會，盡責盡心的好議員。不過我今天撰文的目的不是要對現任議員的表現作出任何的評論，也並非想對此份報告作出任何的評價。不過看到它後，不知不覺地勾起我對發生在 1992 年，在我參加立法會直接選舉競選過程中一件往事的回憶。而那件往事是令我終身都不會忘記的。

　　1992 年我組織了「未來澳門建設聯盟」參加立法會直選。這個聯盟是一個僅僅為了參加那次直選而臨時組織的參選團隊。我們的團隊由澳門的中國人、土生葡人和在澳門居住的葡萄牙人組成。我們的團隊在組成後隨即開始了大約 40 天的競選活動。由於我們是臨時決定參選，事先並沒有作任何競選計劃或準備的工作，因此在競選活動的安排上遇到了不少的困難。社會上有些選民對我雖然已有一些認識（因為我在 1976 年至 1980 年、1984 年至 1992 年先後已經擔任了三屆議員），但是對我的競選團隊卻比較陌生。很多澳門居民對我忽然決定組團參選覺得很奇怪，有些甚至到處打聽我為什麼在毫無準備的情況下突然宣佈參戰。我的家人和同事們更是為我擔心。他們都認為我不應該在毫無把握的情況下冒失、倉促宣佈參選，特別是我的父親怕我一旦落選，精神上會經受不起打擊。在連自己的家人朋友都對我的參選戰情不樂觀的情況下，外界人士當然更不看好我們這個團隊。我的參選團隊成員都知道當時我們是處於非常弱的形勢下，我們自己除了沒有把握打好這場仗以外，我們根本就不知道我們的支持力量在哪裏。但是儘管如此，我們還是堅定不移地繼續我們的競選工作。不過我們四處碰壁，寸步難行，我們無法進入學校、機構、銀行等機構去擺放宣傳品。我們希望登門拜訪那些機構，以便解釋我們參選目的，但是我們的政綱的要求大多數都被拒絕。我們並沒有因此洩氣，我們還是不斷地聯繫各學校、機構和不斷地在大街小巷派發我們的宣傳單章……

　　在選舉投票日前不久的某一天，我們接獲青州聖德蘭學校的通知，說那所學校的校長願意接受我們的拜訪。那天我和我的競選團隊興高采烈地到了學校。我們被迎進了學校的禮堂。聖德蘭學校的校長是一位中年的修女，她姓胡名意清。我和胡校長並不相識也從未見過面。但她非

常客氣、笑容滿面地招呼我們。我們寒暄一番後，我將我們的宣傳單章交給胡校長，並開始向她介紹我們團隊的成員、我們的參選政綱⋯⋯我說完後，胡校長笑着問我，我已做了多少年的議員。我回答以後，胡校長問我有沒有信心在這次選舉中被選上。我坦白地告訴胡校長，我不知道。原因是因為我臨時組團參選，從決定參選到投票那天一共才大約 45天，我完全沒有做過任何準備工作，幫我競選的朋友中十有八九都沒有登記做選民，連我競選辦公室主任亦不是選民。我公司的同事人數雖然眾多，但是已登記為選民的也是寥寥無幾，所以我一點把握也沒有，而且連誰是我的選民我都一無所知，我完全無法估計形勢，也很難估計自己能否再進入立法會大門。

　　胡校長聽完我的一番話後神情變得比較嚴肅，她問我「你相信選民投票純粹是為了友情？你做了 12 年議員，你應該自問在 12 年議員生涯裏，你是否是一個合格的議員？你是否為老百姓辦事？你是否將老百姓的利益放在你個人利益之上？其實你們議員平時的表現我們老百姓都看在眼裏，老百姓的心裏明白着呢。對從來沒有擔任過議員的參選人士，或許理念和政綱還是有一定的作用，但是對已經擔任過議員的參選人，只靠臨時在選舉前搞些競選活動，派些單章的作用已經不大了。」我聽到這裏心中感到胡校長的那番話真的是太有道理了，但是一下子我的嘴變成十分笨拙。我看着胡校長嚴肅的神情，完全無言作答。胡校長看着我繼續說：「我希望你成功當選。如果你這次當選了，在當選後我希望你一定要努力做個好議員，心中記得你參選時向老百姓所作出的每一個承諾，千萬別讓你的選民們失望並後悔他們投給你的那一票。」

　　在那一次選舉中我成功當選了。我雖然沒有再次和胡意清校長見面或交談，但和她那一次見面的情景和她的模樣，特別是她的一番話卻一

直深深地刻在我的腦海中，我一刻也沒能忘懷。從 1992 年到 2009 年那漫長的 17 年議員生涯中，我一直不停地用胡校長的那些話鞭策自己，也不斷地用她的話作為反省自己工作的標準。我常常告訴自己不能忘記我在競選時向市民作出的承諾，也常常問自己是否已做到了一個符合資格的議員。胡校長那一次短短的幾句話，是在我漫長的議員生涯中，上的最難忘的一堂課。

澳門回歸祖國後，我在澳門觀光塔的某一次酒會中，偶然見到了胡校長。我走到胡校長面前向她說起當年我去拜訪的那件事，並向她致謝。從胡校長當時的表情，我想她沒有明白我說的是什麼。也許她早就已經忘掉了那一次我競選時她和我說的那一番話。她可能一直不知道她的那一番話給我留下的深刻印象和對我日後工作的影響。

最近我聽說胡校長已退休了，我在此借我的博文，再次向胡校長致謝並致以我出自內心的最崇高的敬意。我也在此希望胡校長身體健康，安享晚年。

2010 年 10 月 4 日

講真話，做實事

為人處世「真和誠」一直是我人生道路上的座右銘。講真話、做實事，於我而言是做人最起碼的道德標準，並非一件多麼了不起的

事情。對於那些不講真話、不做實事的行為，有的人並非有意地説謊和使壞，而有的人卻是真正的心術不正。我從心底裏看不起那些為了錢和權什麼都可以説，什麼都敢做的人。現實生活中，與這樣的人交往往往令我感到反感，卻也有時使我哭笑不得。至於我的性格，父親常説我太過心直口快。我也常常為自己因為求「真」而無意中得罪了他人的言語和行為感到自責和反省。隨着年齡的增長，我的性格已有所改變，我也仍舊向着儘量避免因為「打開天窗説亮話」而無意中傷他人的方向努力。但是，在人生的基本原則上，我始終堅持着「説真話、辦實事」，相信這一點是絕對沒有錯的。

最近在北京開兩會期間見到很多朋友，其中有好幾位是已多年未見的老朋友，也有初次近距離接觸的新朋友，但是無論是老朋友或新朋友都對我説，我説的話「句句實話也不加套」，給人的印象就是「真」的感覺。其中更有一位多年不見的老朋友向我説，當年梁披雲先生為我寫的那八個字「斯世多偽，吾曹其真」一針見血，他説雖然他和我多年未見，但他仍很關注我的言行，在他的印象中，那麼多年來我一直沒有辜負梁披雲先生生前對我的期望，仍然堅持講真話、做實事。他對我説這番話的時候，旁邊還有其他人，所以他對我的誇獎在當時還確實令我感到有些尷尬。其實自從踏入社會以後，我經常聽到類似的話，因此我對這樣的話也早已習慣，但是因為近年來説這樣話的人越來越多，所以這些話往往會引發我的深思。我的父母親在我幼年的時候就開始教導我在長大後一定要做個堂堂正正，不虛偽不膚淺的人，要以真摯誠實的態度待人。要講真話，做實事。自從我開始上學後，學校裏的老師們也和我的父母一樣教導我做人要真要誠。老師們和父母對我的教導深深地印在

了我的腦海中，我從來都不敢忘懷，它們已經成為我生命中的一部分，為人處世「真和誠」也就成了我人生道路上的座右銘。

可能因為我從小就一直以真誠待人作為人生的追求目標，所以我從小就討厭虛偽的人，更看不慣弄虛作假、見風使舵的作風。我認為講真話、做實事是做人最起碼的道德標準，是天經地義而且不容置疑的事，是我們每個人必須遵循的原則。但是令我百思不解的是，為什麼在社會上人們對「說真話，做實事」這麼理所當然的作風會表示讚賞，有些人在向我說些讚揚的話的時候還會流露出驚訝甚至羨慕的表情，好像「講真話、做實事」是一件非常了不起的事情。我從小就知道說了謊話會被老師或父母責備和批評，但是從來沒聽說過，說了真話是應該受到表揚的。所以當人們對如此正常的言行舉止表示驚訝或甚至羨慕時，我心中往往會有一份莫名其妙的感覺。我認為我們講話做事的主動權完全是掌握在我們自己的手中，所以只要我們是真心想講真話、做實事的話，我們每個人都可以輕而易舉地做到的，因此當我們聽到人家講真話或做實事時是沒有任何理由感到驚訝和羨慕的。在我看來人們的這種不正常的反應顯示了，在社會上吹着一股強烈扭曲我們幾千年中國文化中正確道德觀、人生觀和是非觀的歪風。日前，我曾和一位朋友閒聊，我告訴她我有意就此問題寫一篇博文，也將我初步的構思和想法告訴了她。她聽完後深表讚同，但她說現在社會不一樣了。就連她那兩歲的小孫子都知道和幼兒園老師講話要小心，要挑討老師歡心的話說，否則老師會不喜歡他，小朋友也不會和他一起玩。聽完朋友的話，我半天沒能回應。

在我踏上社會工作後，無論在政界、在企業或在社會上都碰見很多不講真話，不做實事的人。其實他們中大部分人都不壞，他們中有些

人，逢人只説三分話，而那三分話也可能並非句句真話。他們之所以不講真話，很多時並非是他們有意説謊或使壞，而是因為他們不敢説出真正的心裏話。他們怕説了真心話會得罪別人，會被捲入是非，也因此可能遭受他人的非議甚至報復。當然遭受報復帶給他們的後果可能是會毀了他們的前程甚至嚴重影響他們的生活。而有一些人之所以不做實事，也不是因為他們不想做事。但因為他們沒有好好地努力學習和積累知識，而且凡事不積極思考，做事時往往有心無力，所以他們做事永遠做不到實處。也因此為了應付工作只能做些表面功夫。對上述這些人我並不完全認同，總覺得我的待人處世之道和他們是存在着很大的差別，但是我想我們每個人都有自己的人生觀、道德觀和是非觀。所以每個人都有自己選擇的活法。也因此我對這些人的言行雖不欣賞，但是他們不害人也不使壞，所以我還是能理解也可以接受的。

不過據我的觀察，在社會上還真的是有一部分人不講真話、不做實事是因為心術不正而致。這些人做人像牆頭草，隨着風而擺，風向哪邊吹就向哪邊倒。為了錢財和權力可以不顧道義，無所不為，左右逢源，八面玲瓏，見高捧、見低踩。口中講的都是領導喜歡聽的。而且因為不同的領導有不同的想法，所以對着不同的領導就會説不同的話，我對這樣的人非常的厭惡，他們表裏不一致，每天都像是在做戲，而且不停地扮演着不同的角色。他們講的都是編劇筆下的台詞，而他做的每一個動作都是像演員在舞台上按導演的意思而做的。我相信這樣的人即使富貴，但他們的內心一定不會是愉快的和自在的。我從心底裏看不起這樣的人。而且不管他們是權高位重或是腰纏萬貫，我都不會羨慕他們，也不會因此而改變自己做人的方式，因為我相信我和他們永遠是想不到一起去的。再説我覺得人生匆匆幾十年，這樣的活法是太辛苦且不值得的。

在我的人生中，我遇見過很多正直善良、智慧過人、積極人生、博學向上的人，這些人都是我人生中的楷模。他們的正直善良常常感動我，他們的智慧過人常常令我羨慕，他們的積極人生是我做人的榜樣，而他們博學向上更是激勵我努力學習的動力。我願意向他們學習，更願意與他們為伍。不過在現實生活中我也遇見過一些「小人」，這些人很多時做着損人利己，甚至損人也不利己的事。他們表面上友善，但常常在別人背後捅刀子，而在捅完刀子後，卻又裝得若無其事。我們用廣東話中的一句「憎人富貴、嫌人貧」來形容這些人，應該是最貼切的了。我特別討厭這樣虛偽的人，也不願與他們交往。我在任立法會主席的十年中，就多次碰到過千方百計地阻止立法會的立法工作順利開展，也為我的工作平白無故增添不少困難和麻煩的人，在工作按計劃完成後向我致賀，並向我表示敬佩，更厚顏無恥地說對我工作一貫如此這般的支持。這種人和這樣的事常常令我十分反感，也令我感到哭笑不得。

我的父親常常說我心太直口太快。父親說我口沒遮攔，不管別人喜歡聽或不喜歡聽，想到什麼就說什麼，常常令人難堪並難以落台。對不喜歡的人我也常常是不理不睬，而且高興不高興都寫在臉上。父親說我常常得罪了別人，自己卻不知道。所以他也曾在我年輕時多次勸我改脾氣。父親告訴我，他並不是要我做個虛偽的人，也不是要我講假話或不做實事。不過他認為對自己不喜歡的人，我們可以避開些，不必為那些自己不想結交的人而生氣，更不必為和自己毫無關係的事過分操心。但是父親看到對我的勸誡起不了任何作用，因此也索性放棄了想讓我改脾氣的念頭。但是我知道父親在過去的幾十年中一直為我擔心，他擔心我得罪的人太多，更擔心我會因此招人報復而吃虧。其實我心中也明白，在我的一生中，在社會上的確是得罪了不少人，但是我從來沒有無緣無

故，或者揣着壞心有意地去得罪別人。因為我從幼年起就知道做人絕對不能有「害人之心」，我得罪別人也是完全在無意中說了別人不愛聽的話，或做了別人不願見到的事。當然當我為一些並非原則性問題上令人難堪後，我的心中也會責怪自己的過分，並為自己因為一些和自己毫無關係的事而得罪一些和自己毫不相幹的人覺得不值。但是這可能是「江山能移，本性難改」的緣故，也可能是我太執着，太堅持要求自己做到名字中那一個「真」字，所以在幾十年中我常常不斷地自責，但也繼續不斷地得罪人。隨着年齡的增長有些朋友說我比以前已稍微圓滑了一些，而且在脾氣大、性子急方面已略有收斂，但我自知改變並不是太大。最近曾有朋友和我打趣說我這輩子可能一直是要「打開天窗說亮話」了。我對此也是一笑而了之，因為我想雖然我應該儘量避免因為我的「打開天窗說亮話」而無意中傷害別人的感受，但是，堅持「說真話、辦實事」絕對是沒有錯的，也應該是不會錯的。

2011 年 3 月 14 日

低調做人、高調做事

「低調做人、高調做事」是為人處世的根本。我認為，「低調做人」就是在做人方面要謙虛有禮貌，不爭名奪利，不狂妄自大；「高調做事」就是在做事時，要認准方向並迎難而上，要有雷厲風行、

當仁不讓的作風和態度。即使在我事業的最高峰，我任澳門特區立法會主席的十年中，我在做人上也是十分「低調」的，我從來把自己當做一個普通人，排斥那些搞排場、搞特殊的做法。不過工作中，我卻是十分「高調」的，為了將事情做好，我經常據理力爭，有不達目的決不罷休的擰勁。儘管我堅持以「低調做人、高調做事」作為自己的原則，但我知道，真正要落實這八個字，確實是非常難的。人都有以自我為中心的天性，稍不留神，就會產生「做的」和「想的」之間出現偏差的情況。太強調「自我」，就會自我膨脹而沒有「自我」，往往也就沒有理想和抱負。凡事都要有個「度」，而如何把握這個「度」，如何正確地看待「自我」，歸根結底還是需要正確人生觀和價值觀的指引。

在我的博文《2013 年春節遊記》中有一段「那天在車上，本來我想讓小朋友們再用葡文説出一些他們在旅途中的心得體會，但是孩子們説，他們想多聽我説話，所以我提議由他們向我提問題，而由我來作答。」的文字。在路途中，孩子們向我提出了各種各樣的問題，而我也就他們提出的問題一一作出了答複。孩子們那天向我提出的問題絕大部分都是圍繞着如何「為人和處世」這個題目的。其中一個孩子向我提出的問題很有趣，他説長輩們常常告訴他「做人要低調、做事要高調」，但是他不是太明白究竟應該如何正確把這句話真正用在他的日常生活中。因為他覺得如單從字面意思來理解這句話，好像這句話的前後是有些矛盾的。

聽了這位孩子提出的這個問題後，我的心中覺得有些為難，因為要正確答複這個提問對我來說真的不是太容易的。對我來說，這句話雖只

有短短的八個字，但是它包含的意義卻涉及「為人處世」的根本。而對這些已經大學畢業的大孩子們來説，他們雖然已都過了成年的年齡，但是由於他們都還未走上社會，也並沒有真正地開始在社會上「做事」，因此我明白要他們領會「低調做人」的意思可能還並非太難，但是要他們真正懂得「高調做事」的含義就未必是那麼容易的了。而將兩句話放在一起來要求他們真正理解並做到，那就可能會令他們感到有些前後矛盾的。

我一直深感中國文化和傳統的深奧，我們老祖宗留下的很多做人的道理和為人處世的原則，不但是中華民族文化及智慧的沉澱，也都是無數代中華民族兒女在生活中總結出來的寶貴經驗。它們在字面上看來都是很淺顯易懂的，但是在實踐中卻並非那麼容易的。就如這句「低調做人、高調做事」，相信我們每個人都曾聽到過，並且相信我們每個人也都會説，但是要真正將這八個字正確地、恰當地用在我們日常生活中，並以它為我們為人處世的準則，卻是非常困難的。

我從小就聽到父母和師長們教我要「低調做人、高調做事」，所以這八個字早就在我的心中紮了根。我也一直要求自己以這八個字的原則為人處世，因為我從小就覺得它是我能否能做一個成功之人的關鍵所在，也是我一輩子做人所必須具備的最基本的準則。隨着我的年齡增長，我對「低調做人、高調做事」的處世原則，更加增加了認識。並隨着人生經驗的增長，我更加覺得它的正確之處。為此，我自內心對教我、育我的父母、師長們，自我年幼起就開始向我灌輸一些為人處世之道而感恩。

我很願意將我自己對「低調做人、高調做事」的理解寫出來和大家分享。我認為：

　　「低調做人」是我們「做人」一定要謙虛、要謹慎、要友善、要禮貌；要保持平和的心態，不和人爭名奪利、不嫉妒他人的成就；更不狂妄自大、不突出過人、不仗勢欺人、不欺世盜名和不能好大喜功。

　　「高調做事」是我們在「做事」時，一旦認清了方向，並制定了目標後，就一定要在行動上雷厲風行、精神上迎難而上、態度上當仁不讓，有時更要在決策上先聲奪人。並在困難和挫折前，不遲疑、不退縮、不動搖，且在不達目的前決不罷休。

　　回憶自己的一生，我知道在過去幾十年的人生中，我一直是努力地按照「低調做人、高調做事」的原則為人和處世的。譬如說，我從小就受到「不計較名與利」和「一切與人分享才是快樂」的教育，所以在過去的幾十年中，無論在社會上、在家庭中和在工作中，我從來不和別人爭名奪利，我不習慣別人仰望我的感覺，我也不願接受只有名譽而沒有實質的名銜，我心中最樂意的是做一個籍籍無名的普通人。事實上，在我事業最高峰，任澳門特別行政區立法會主席的十年中，我在做人方面是盡量做到「低調」的。譬如：我在離開澳門或進入澳門過境時還是和普通老百姓一樣在移民警前排隊過關；我去看戲或乘船來往港澳都是自己掏錢買戲票、船票；我不習慣見到我所到之處出現前呼後擁的景象；我更吩咐司機不能在馬路上隨便超車或按喇叭。我從心裏鄙視那些講排場、搞特殊和高高在上的「官」，我覺得自己本來就是一個普通人，因此我做的一切都是我應該做的，而我守的也是老百姓守的正常的規矩。但是在這講排場、比風頭的官場中，我卻成了另類。

　　不過在工作中，我是非常「高調」的，我可以不和人計較個人的名利，但是如果有人在我做認定是對的事情時，給我設阻礙或添麻煩的

話，我不會理會為我設阻礙或添麻煩的人是誰，我會毫不客氣地以理力爭，並有不達目標絕不罷休的擰勁。因為我唯一的目的是將事情做好。記得有很多次在會議桌上，我和一些「位高權重」的高官爭得面紅耳赤的情景，嚇壞了與會的其他人。可能是這個原因，很多朋友都曾和我說過，在日常生活中的我和在工作中的我，完全是兩個不同的人。

但是儘管我堅持以「低調做人、高調做事」作為自己為人處世的原則，不過我還是覺得要將它完全落實到生活中，並持之以恆地將它做到，卻需要我們有堅持不懈的自制能力，並且是有非常大的難度的。並在我們一不留神的情況下，就會在「具體做的」和「主觀想的」之間出現「偏差」的情況。譬如說，我雖不和別人爭名奪利，但是當在公司退下後，心中也有「今不如昔」的感覺，因此腦中出現收回權力的可笑想法；另外，在退下立法會主席位置後，我曾有「被人冷落」的感覺，甚至心中出現自己是否退得太早、太快的疑問。雖然這些想法在瞬間就會消失掉，但是我感到自己如果還是太執着於「自我」中，那不但給自己帶來不快，也會給別人製造麻煩，是不對的和絕對要不得的。為避免這種念頭的萌生，我常常叮囑和提醒自己，務必要在這個問題上做到思想和行為的統一，並時時防範在兩者之間出現偏離的情境。不過，真正要做到「低調做人、高調做事」確實太難。為此我也常常琢磨應該如何才能將這八個字完完全全地落實在日常生活中。

隨着年齡的增長和人生經驗的積累，我逐漸明白到之所以造成將「低調做人、高調做事」落實在生活中時出現「偏差」，是因為我們要把腦中「想的」的和口中「說的」，變成實際「做的」並非是一件容易的事。在這一點上，只要我們環顧周圍，就不難發現，我們每個人都能說一些為人處世的大道理，但是卻不是人人都能把嘴上「說的」和實際「做的」

統一起來。有的人甚至會在「做的」和「說的」方面出現完全背道而馳的情況。這些就是我們常常批評的「說一套、做一套」。譬如說，我們每個人都會說「貪」不好，但在世界上卻有如此多的人，在一生中都無法根除貪念，並為貪字所累而自毀前程；又譬如，每個人都會說「自私」不好，但在這世界上卻有無數的人，一輩子圍着這「私」字轉，成了「私」字的奴隸和受害者；再譬如，每個人都知道做人一定要心胸廣闊，但是卻偏偏因為在小心眼中打轉，以致除了無益於人外，自己也活在不痛快之中。總之這種種情況比比皆是，亦是數之不盡的。

最近，我有了更多的時間思考，我想到了為什麼在人人都認為「低調做人、高調做事」是正確的情況下，卻沒有人能將它做得很好的原因。以下兩點是我對這問題思考後的結論：

1. 忽略和低估人性中的「自我」，而因為忽略和低估人性中的「自我」，造成人們不能及時抑制「自我」的膨脹，最後無法達到「低調做人」的要求。

2. 因為沒能掌握好「低調做人、高調做事」時應有的「度」或「分寸」，因此既未能做到低調做人，亦無法做到高調做事。

對我來說，我們在「做人」這方面要做到「謙虛、謹慎、友善、禮貌」並不是太難，但是要做到「保持平和的心態，不和人爭名奪利、不嫉妒他人的成就、不狂妄自大、不突出過人、不仗勢欺人、不欺世盜名和不好大喜功」卻是非常、非常困難的。因為雖然大家都認同為人必須「低調」，但是由於我們每個人都是凡人，而凡人人性中必然存在以自己為中心的「自我」。我認為「自我」是與生俱來，是不可被抹殺的天性。這一

點我們是不難體會的。因為即使剛出生的幼兒們也自然地會用哭聲讓你感到他（她）的存在。而每個剛剛牙牙學語的幼兒，都會在不教自懂的情況下維護他（她）的權利。我們可從他們開始學說話起，就自然地、不斷地說「我的玩具、我的床、我的碗、我的……」中可見人以自我為中心是天性。

在我看來「自我」本身並不存在對與錯的問題。但是完全沒有「自我」或太強調「自我」都是要不得的。因為我認為太沒有「自我」的人，不可能是一個有理想、有思想、有抱負和有原則的人。這樣的人雖然給人一個與世無爭的印象，但這樣的人，不可能會是一個「高調做事」的人。反過來說如果太強調「自我」的，並任由「自我」不斷膨脹的人，首先不可能做到「低調做人」的要求，而且他們因為過分「高調做事」，所以給人的印象會是自高自大、自私自利；做事不計後果、不講道義，甚至是強搶橫奪，並一切都是以自我為中心的人。這樣的人不但是膚淺、沒有教養，更不可能是受人尊敬和歡迎的人，也不可能會真正將事情做好的人。所以我認為我們不但要抑制人性中的「自我」意識膨脹，而且也必須在遵循「低調做人、高調做事」原則下，正確把握好恰當的「度」和「分寸」。

另外，我認為一個人是「低調做人」或「高調做人」，是「低調做事」或「高調做事」，都是取決這個人是否有正確的人生觀和價值觀。而我認為判斷一個人是否有正確的人生觀或價值觀又取決於這個人所受的教育、成長環境、個人的文化素養，特別是如何正確看待人性中的「自我」。由於人性中「自我」的存在，我們難免渴求他人對我們的認可和認同。而為了要讓別人認可和認同，我們會向別人有意無意地透露自己做

過的好事，甚至會有些少誇耀自己的言行。我想這些都是無可厚非，並可以理解和接受的。但問題是我們應該把握好我們應有的尺度和分寸，因為凡事失去尺度和分寸的，就必定會是事倍功半，甚至是會衍生很大的反效果的。

2013 年 3 月 15 日

廣結善緣

　　人的一生中，「廣結善緣」是非常重要的。在大陸讀書時，我幾乎沒有經歷過什麼委屈，因此也沒有感受到與人和諧相處的重要性。直到離開熟悉的環境，並逐漸邁入社會，我才感受到了孤獨的痛苦，也意識到了，人要在社會上生存，首要的是要被他人接受和尊重。在被選為澳門特區立法會主席時，面對前所未有的挑戰，我更加清楚地明白「人」是決定我在這項工作上成功或失敗的關鍵。所謂「獨木不成林」，如果沒有議員、法律顧問和輔助部門的支持和協助，沒有立法會作為一個團體的努力付出，我即使有天大的本事和才華也是徒然。我要求自己要處事公平、虛心學習，只有將立法會凝聚成一個集體，才能將工作做好。在我的團結之下，立法會的所有人員都為立法會的工作付出了最大的努力，對回歸後澳門社會的發展作出了巨大的貢獻。這項工作取得了「心想事成」的良好效果，我為我們這個團體感到驕傲。

今年 8 月 15 日，我和在澳門特別行政區立法會任職的，並和我共事過的工作人員在澳門退休人員協會聚餐。我於七時前到達現場等候我久未見面的一些舊同事們的到來。在 2009 年離開立法會時，我曾向那些老同事們承諾，我會在每年的某一天和他們一起聚餐，而聚餐的地點由他們選擇。在去年的一次聚會中，有一位年輕的舊同事提出，她認為一年一次的聚餐不夠，她建議我們由每年一次改成每年兩次。這個建議獲得大家的一致讚同，因此從去年開始，我們的聚會由每年一次增加到了每年兩次。

那天，當我看到陸陸續續進入餐廳的一個個很久未見的舊同事時，心中泛起一陣陣喜悅和深深的感慨。我內心深切體會舊友重見的喜悅，也感慨四年的時間在無聲無息中悄悄地從我的人生中溜走了。我和他們中的絕大部分人，現在都因為忙於各自的工作，已有足足半年未見過面了。但是我對他們每一個人，還都是感到非常的親切和熟悉。令我自己也感到驚奇的是，在我見到他們時，我竟然還能叫出每一個人的名字。而且他們每一個人，在立法會大樓中的某一個角落工作的情景，也立刻呈現在我的腦海中了。在那一刻，發生在整整四年前的 8 月 14 日全體議員及工作人員和我的告別晚宴上的，一幕幕溫暖和感人的場景，再次默默地感動和溫暖着我的心。

那天我們的聚餐是自助形式，而當我看到擠滿餐廳的一張張熟悉的笑臉時，我突然意識到雖然我離開立法會已整整四年的時間，但是很奇妙的是，我的內心卻從來沒有曾經離開過這些同事們的感覺。在那一刻，我深深地感到人與人之間，一旦建立了真正的友情後，這種友情是不會隨着歲月的流逝而淡化的。在我的心目中，他們永遠是和我並肩作戰，並助我順利度過十年立法會主席生涯的好助手和朋友。我對他們也

懷着發自內心的感激。當聚會結束我回到家中時，我的心情還是沉浸在聚餐的熱鬧情景和歡樂的氣氛中，而且久久未能平靜下來。我急切地打開電腦，拿起電腦前的小蒙恬筆，我告訴自己，我必須將那晚我內心的感受記錄下來，並通過博文讓同濟的孩子們分享我的那份喜悅。

在過去不到四年的時間中，我除了積極開展和推動我的慈善工作外，我也開始撰寫博文。我寫博文的原意，本來純粹是為了填補我日常工作和生活中的空餘時間。所以我對自己的文章寫得好與壞並沒有太高的要求。也因為這個原因，我從來不刻意地選擇題目，也不限制自己的思維。我寫文章是隨着自己的思維和感情，展開一場和自己的對話，並將這些「對話」的內容盡情地用文字記載下來。也因此我博客上 300 多篇文章的主題很多樣化，其內容也漫無邊際。不過它們都是我內心最真摯的情感，和我日常生活中點點滴滴的真實記載。

三年半前，同濟慈善會在中葡雙語人才培養計劃方面走出了第一步。我們招收的學生數目，在過去三年半中，不斷地上升。我在招收每個學生時，都會親自對他們進行面試，而當我決定收他們進入同濟慈善會大家庭時，亦一定向他們承諾，我將把他們當作自己的孩子一樣培養。所以雖然我和學生們的接觸機會並不多，但是我會利用一切機會和他們進行思想上的交流和溝通。為此自 2011 年冬季起到 2013 年夏天的不到兩年時間中，我已四次遠赴葡萄牙首都里斯本看望他們，並和他們共度周末。我也在 2012 年和 2013 年夏天召集孩子們在北京相聚，以增進相互之間的了解。

在每次見面時，我都會向他們講述一些我親身經歷的小故事。通過這些事情，我希望讓他們知道，我在人生路上曾遭受到的挫折和困難。我除了想向他們傳達，我在面對困難和克服困難時的心路歷程、態度和

思想方式外，我更想讓他們明白，50年前的我和他們現在一樣年少無知，而且也像他們一樣，自覺已經擁有征服世界的本領。不過在漫長的人生路上，我漸漸明白了我在學校學的知識，只是我走上社會的基礎。我們要真正地成長、成熟和貢獻服務社會，並在社會上稍有作為和成就的話，就必須通過自身的努力，不斷學習正確做人的學問，同時不斷提高自己的知識水平和培養堅毅的奮鬥精神。我要他們在走上社會前，都能認識到每個人的人生一定不會是他們想象的那麼一帆風順的。而在每個人的人生中，成功也並非是必然的。我希望他們從我和其他人，在人生路上的曲折和失敗中吸收經驗教訓，並將造成曲折和失敗的原因引以為戒，以達到他們在未來少走彎路和冤枉路的目的。我更希望藉着我的講話，令他們清楚我的所思所想和我們同濟慈善會希望他們最終成為一個怎麼樣的人。

當我發現孩子們都有關注和閱讀我博客的習慣時，我很高興。因為我覺得我和他們在一起的機會雖然不太多，但是我可以通過我的博文，讓孩子們增加對我的了解，並和我在思想上進行溝通。在三年多時間裏，我常在孩子們和我通信和個別交談時的內容中挑選一些話題作為我博文的主題。因為我認為那些話題，往往是所有的孩子們關心，甚至感到迷惑的話題。也因為這個原因，我在文章的一開始就寫出了我在聚餐會上的感受。我這次要向孩子們傳遞的信息，是最近我常常和他們談到的，在我們人的一生中「廣交朋友」和「廣積善緣」的重要性。

其實我自小就是一個性情比較驕傲的人。在大陸讀書時雖受過一些挫折，但還是相對比較順利。所以我自幼年起就養成了，在說話行事時的天不怕、地不怕的「霸氣」。也因此我特別容易和人吵架和爭論，並動不動就生氣、也經常對自己認為看不順眼的人，採取懶得搭理的態度。

我還一直認為這是我據理力爭、光明磊落的表現，而根本從來沒有想到這是自己性格上的一大缺陷。

在 1965 年正式移居香港後，我的生活環境的轉變，令我驕傲的生性受到了空前沒經歷過的抑制。我首次感到人生中的孤獨和無助。我也首次感到沒人搭理的痛苦。在赴巴黎求學前的一年多時間裏，我首次認識到自己並沒有任何值得驕傲的地方，而且為了吃飽肚子我必須老老實實，甚至忍聲吞氣地做人。來到澳門後，我更陷入前所未有的苦惱中。在當時排外、男權、封建意識特別強的澳門社會中，無論在社會上和自己的企業中，我都會受到排擠甚至不公的對待。我開始認識到一個人要在社會上生存的首要條件是，要被社會上各不同階層的人接受和尊敬。而要被人接受和尊重就必須自己的人品和本事有突出，甚至過人的地方。為此，我首先從武裝自己的能力和學識開始，我在最短的時間裏自學了葡語，讀了函授的管理學、微觀經濟學和商業英語。並在來澳不到半年的時間裏，自己坐上總經理位置。在那時我除了邊做邊學企業管理，工廠生產流程、基本技術外，還開始着手整頓和改革企業中存在的問題。一年後，我在公司中穩固了自己的領導地位，也受到了普遍的尊重。很快公司在澳門成了公認的成功企業，行業中的龍頭大哥。而我也逐漸被社會上不同階層的人接受和肯定。

在上述從不被社會、企業接受到逐漸接受和肯定的過程中，我明白了一個道理，那就是我們無論想做什麼，我們都必須依靠社會上其他人的支持和認同。一個人的學問再好、本事再大、天資再聰明，都是無法靠自己個人的力量而成功的。

當我在被選為澳門特別行政區立法會主席時，我又面臨了前所未有的挑戰。從事私人企業管理工作，和立法會管理工作之間是有着天壤之

別的。在私人企業中最後的話事權在我。我可以對不聽話、不服從的員工實施不加工資和不升職的處罰權，對情況嚴重者我甚至可有開除他們的權利。但在立法會中，議員們都是來自各行各業的精英。作為主席的我，對外雖然代表立法會，但對內我對他們的依賴比他們對我的依賴要多得多。因為我和他們在立法會中的議員地位是一樣的，而我要完成工作必須要得到他們的信任和合作。如果他們採取對我不合作態度，我也是無可奈何的。另外，立法會輔助部門的工作人員，全部是澳門的公務人員，他們的升級、工資待遇和獎罰制度，全部由法律規定，並不是由我這個主席可以決定的。再加上立法會法律顧問團隊人員的專業性強，而我並不是學法律專業的，所以要領導他們工作，實在不是一件容易的事。不過幸好，在我擔任立法會主席一職前，曾在商場做過很長時期的管理工作。因此在那時我已清楚明白「人」是我成功或失敗的關鍵，所以只要我處事公平公正，嚴格要求自己，虛心向議員和工作人員學習，尊重並和他們做朋友的話，我相信他們一定會團結在我周圍並和我一起努力把立法會工作做好的。

果然不出我所料，立法會的議員和工作人員，齊心協力地為回歸後的特區立法會做了大量的工作。我不敢說在我任立法會主席的十年中，立法會對社會作出了巨大的貢獻。但是我知道，我們團隊中的每一個成員，在那十年中，都是盡了最大的努力工作的。我再次清楚地認識到團隊的重要性。我也更體會「獨木不成林」和「紅花雖好總需綠葉襯」這兩句成語的正確。我知道沒有他們的努力，我是一定會一事無成的。也為此我對他們每一位都非常感激，也特別感恩。

在我人生歷程中，我還發現在社會上發生的很多事情，都是「成事

在人」而「敗事也在人」的。因為在我們辦很多事情的時候，在沒有法律明確規定這件事能辦，或不能辦的情況下，如果辦事的人真心想把事情辦成功的話，那麼那件事往往就會辦成功。而如果辦事的人不想把事情辦成功的話，那麼那件事就必然是辦不成功的。當我明白了這些道理後，我更加重視「人」對成功的重要作用，也越來越珍惜我身邊和我一起工作的每一個人員。我知道沒有他們在我身後默默地工作，我有天大的本事和才華都是徒然的。另外我也清楚地認識到了，如果沒有社會上各階層人士的支持和我身邊的工作人員的協助的話，我非但不可能把事情做成、做好，我更不可能在社會上佔一席位。

明白了這個道理後，我逐步地改變了自己驕傲的習性，減少了和人的爭論和吵架，學會了虛心向人學習和聆聽他人的意見，更學會了善待身邊的員工，並在社會上廣交各個階層的朋友。我發現只要我放下身段、低調做人，善待他人的話，我總會獲得「心想事成」的良好效果。我也因為廣交朋友和廣結善緣而在各個階層的朋友身上，學到很多書本上不可能學到的知識。

人們常說如果我們感到光陰如箭的話，那是代表我們的生活過得既充實又愉快。回顧自己的人生，我覺得我對自己的人生是感到滿意的，而我的心情也長期處於愉快和平靜的狀態中。現在我在餘生中已不必再為生計而煩惱，所以也已到了人生無所求的階段。目前我唯一的希望是我能健康地看到，我的慈善事業穩步發展，和同濟的孩子們一個個都健康成長和成熟。

2013 年 8 月 27 日

人情世故

在我年輕時，父親總是勸我做人要懂得「人情世故」，不要太心直口快。而當時的我總把「人情世故」當作虛偽奉承，對父親的勸告置之不理。在我當上立法會主席後，我逐漸意識到，脾氣急躁和缺乏耐心將會是我工作上最大的困難。作為主席，要想把工作做好，必須在立法會中獲得足夠的支持和最大的共識。主席和議員之間並不是上下級的關係，我不能再用之前當老闆的作風來命令他人。我也不能再用之前在立法會上的態度來對待其他的議員，凡事都爭到底，最後引起很多誤會和批評。在我任立法會主席的十年中，我真正地體會到了耐心聆聽和建立暢通的溝通渠道的重要性。在那十年中，我逐漸學會了「寬容」，學會了「接納」，學會了站在他人的角度思考問題。令我最高興的是，我也並沒有因為寬容和接納，而改變了做人必須正直的理念。我想，所謂的「人情世故」，不過是要教我們把握好為人處事的分寸，做一個正直又有智慧的人。

我在《在覺悟中奉獻，在奉獻中覺悟》一文中已敍述了，由於佛青會的一位我並不相識的朋友，月前給我送來了兩本由聖嚴法師撰寫的有關禪學和禪修的，名為《如月印空》和《禪的體驗、禪的開示》的書籍。當時也正好是我寫完《智慧的人生》，並自覺對《禪》的意思略有所悟之時。所以我對有關禪的書籍格外地感興趣。因此決定暫時放下手上已經開始閱讀的由時事出版社出版並由張超先生撰寫的書，書名為《圓融‧聽南懷瑾講人情世故》。

我非常崇拜南懷瑾先生，特別是他在佛學、儒學和道學研究上的諸

多觀點更是對我有非常大的啟發和影響。因此我在完成博文《在覺悟中奉獻，在奉獻中覺悟》後，又馬上重拾此書繼續閱讀。其實當我最初看到此書的時候，印在書的封背上的一段話，已經深深地吸引着我了。這段話是：「何為人情世故？明朝詩人楊基在《聞蟬》中寫道：『人情世故看爛熟，皎不如污恭勝傲。』南懷瑾對於『人情世故』的理解卻有着更深刻的寓意：不是簡單的圓滑處世，不是假意的虛偽逢迎，不是單純地屈服於現實，而是真正懂得生活的意義，安詳地走完自己的人生。」

其實這本《圓融‧聽南懷瑾講人情世故》並非是由南懷瑾先生親筆所寫，但是作者就南懷瑾先生對如何正確把握「人情世故」中的學習、處事、交友、胸懷、管理、事業、心境、為人、修身、道德、淡定等等問題的看法和說話，編輯並詮釋成書，不但寫得深入淺出，並且讀後是令我感到受益匪淺的。也令我對「人情世故」這四個字，有了更深刻的理解和體會。

在上述那段文字中，引起我注意的是，元末明初詩人楊基在《聞蟬》中的那兩句「人情世故看爛熟，皎不如污恭勝傲。」雖然我對中國的詩詞可說是一竅不通，但是我對楊基的這兩句詩句領會到的意思是「看透並懂得為人處世的方法和道理後，覺得做個虛偽、骯髒的小人，要比做個高尚和清白的人更好。」起初我對詩人楊基寫出這樣的詩句，內心感到很是不解。因此在好奇心驅使下，我上網查看了楊基的生平。從網上我獲悉楊基是當時的著名詩人，由於他生在改朝換代的動亂時期，因此身世頗為坎坷。在元末時，他曾入張士誠府，為丞相府記室。明初時任滎陽知縣，後來又官至山西按察使。不過被讒奪官，罰服勞役，且死於工所。在了解楊基的身世後，我明白了他認為世道不公的原因。我相信如果我有如此的處境的話，我也會對世道顛倒黑白，官吏貪贓枉法，和溜須拍馬之風盛行表示不滿的。

　　我在明白楊基所處的環境後，我對他寫的「人情世故看爛熟，皎不如污恭勝傲」的詩句產生了極大的共鳴。回首往事，我發現在我人生失意之時，當我受到不公平的待遇，和被人誤解或遭人無理辱罵或胡亂批評時，我的腦子中也經常會產生和楊基一樣的想法。特別是在我一直不被愛國愛澳社團領袖的接納之時、在 1992 年險被踢出澳葡立法會之時、在回歸後因經常以立法議員身份發表對政府批評的言論，和遭受社會上一些人士冠上澳門最大反對派之稱號之時，我內心產生的不滿是難以用言語來表達的。我曾遇見不少說真話的、不跟風的、不拍馬屁的人，但是他們在社會上是受到排擠並不受人歡迎的。而相反的，一些從來不說真話的、左右逢源的、見風使舵的，非常虛偽的小人卻往往在社會上要風得風、要雨得雨。當然每當我遇到這種情況時，我的心中除了產生反感外，也常常會覺得這個世界是不公平的，也沒有什麼公義可言。有時更對自己應該如何待人和相處感到非常的迷惑。

　　其實在我年輕時，我的父親常常為我的心直口快和容易得罪人而擔心。他告訴我，像我這樣不懂「人情世故」的人，在人生中注定是會吃虧的。他也經常勸我做人要圓滑一些，處事要懂得變通。他也常吩咐我不要太逞強、不要太直言、不要太任性，不要想到什麼就說什麼，更不要為和自己沒有關係的事情和別人爭論，甚至吵架。但是在我年輕時，對他的勸告總是置之不理，也並不以為然的。因為當時的我，總是把懂得「人情世故」的人，歸納為是，不說真話、不表露內心真實感受、左右逢源、見風使舵的虛偽小人。也因此認為，我絕對不能做一個太圓滑，和太懂「人情世故」的虛偽的人。

　　我從小到大，一直會因為心直口快或好管閒事而和人起爭執，甚至吵架，並在沒有必要的情況下得罪他人。我一直抱着我不欺負他人，但

是我絕對不能被人欺負的原則做人。也因此當我初到澳門時，在坊間有
人給我取了一個「辣椒妹」的別名。回想當年的種種往事，連我自己都
感到有些好笑，因為當時的我，的確是好像全身上下都帶着刺的刺蝟。
不論是誰不小心碰到我的話，都會給我身上的刺刺傷的。

　　記得在多年前的澳葡立法會會議中，有一位當時在社會上享有很高
地位的議員，在有關澳門鏡湖醫院政府資助議題上，對我的言論產生了
一些誤解。在會議中，他用非常嚴厲的語言批評和責罵了我。當然以我
這個從小就天不怕、地不怕的性格，就算天王老子無理責罵我的時候，
我也一定會反擊的。因此，在會議上，我即時和那位議員爭吵了起來。
而我十分尖銳的言辭，引起立法會當時的氣氛顯得很緊張。當然，這位
一向被捧得高高在上的，從來只有他責罵他人，而沒有人敢當面頂撞
他的議員，給我的言辭氣得幾乎說不出話來。當時的我和人頂撞甚至吵
架，對我來說並不是太大不了的事。所以在會議結束後，我很快將事情
忘掉了。但想不到的是，這件事驚動了我的父親。他雖然沒有和我談起
此事，但是他在一個星期後，立刻向鏡湖醫院捐出了一筆巨額的捐款。
當我聽到父親向鏡湖醫院捐出巨額時，心中對父親存有很大的意見。當
然我並非是認為父親不該向鏡湖醫院捐錢。而是因為我的心中認為父親
覺得我做錯了事，所以必須立即用捐出巨款的舉動向那位議員賠禮道歉。

　　不過隨着年齡的增長，特別是在我擔任澳門立法會主席的十年期
間，我逐漸地認識到脾氣急躁、缺乏耐心，容易和人爭吵，和不懂人情
世故，是我人生中最大的缺點。也是在那十年期間，我認識到了處事圓
滑、凡事變通、並在他人的角度思考問題，絕對是必要的。而這樣的為
人處世其實和放棄原則的妥協是兩回事，更不代表虛偽。我更明白了，
如果用我以前任公司老闆時候的言論和作風，來擔任立法會主席的話是

行不通的。因為作為老闆，手中掌握着的是下屬的升級、加薪甚至去留的大權。所以老闆可以不聽下屬的意見，而獨自決定公司的大小事務。但是在立法會中，主席和議員之間並非上下級的關係，在議會中每個議員都有平等的發言權，也沒有誰必須聽誰的道理。相反的，立法會主席如果真的要把工作做好，就必須在議會中獲得足夠的支持和最大的共識。在這種情況下，立法會主席必須要有耐心聆聽每一個議員的意見，不斷地和議員溝通，並和議員保持良好的互動關係。如果說立法會主席一開口就和議員吵架的話，那麼立法會的運作一定不會是暢順的。

在我任立法會的十年中，我真正地、深刻地體會到了耐心聆聽和與別人建立暢通的溝通渠道是重要的。並在那十年中，我懂得了「小不忍則亂大謀」和做人必須「宅心仁厚」的道理。而令我最高興的是，我發現我並沒有因為學會忍耐、聆聽和接納他人的意見，而改變了做人必須正直的理念。因為學會「忍耐」的目的並非是「忍耐」本身，而是要把事情做好。至於說做人必須心存忠厚仁義，從來都是我做人的宗旨和原則，所以做起來並不覺得辛苦。可以說在那十年中，我更感到它的重要性。因為我深切地體會，寬容是促使我們正確地對待一切人和事的關鍵。

在那十年中，因為我努力地改變我性格中的不足，因此我和絕大部分議員和立法會輔助部門員工之間建立了相互的信任和深厚的友誼。現在每當我回憶那段經歷時，我內心感到很安慰。我認識到了，在那之前，我對正確的為人處世道理的理解是非常片面的。在閱讀《圓融‧聽南懷瑾講人情世故》的過程中，我對「人情世故」這四個字有了新的認識。這本書可說是我在近期中讀到的少有的佳作。由於南懷瑾先生對「人情世故」的詮釋可說是句句精闢，所以我無法盡錄於此。下面我只能將我認為最受益的部分轉錄如下：

心中無私才可以做到真正的剛毅正直，這種做事態度能夠讓我們擁有高潔的品行，同時也是一種非常高深的智慧。

人的一生，不管是求學還是讀書，其目的都是為了充實自己。一個人在做學問的時候不應該忽略人品的修養，人品是一個人內在的本質和修養學識的體現，也是一個人綜合素質的體現，所以人在追求學問的時候，更應該注重自己內在的修養。

學問跟知識沒有任何的關係，哪怕一個字都不認識，也可能是有學問的人，因為做人好、做事好。

富與貴，每個人都喜歡，都希望有富貴功名、有前途、做事得意、有好的職位，但如果不是正規得來的則不要⋯⋯人一定要走上正路，走邪門、行左道，終歸曲折而難有結果⋯⋯

人，就是這樣，總怪人家不了解自己，而對於自己是不是了解別人這個問題就不去考慮了。學會換位思考，善於站在別人的立場上考慮問題，是一個成大事和獲取成功的關鍵。

一個人如果去掉了「仁」字就是沒有中心思想了，即使其他方面有卓越的成就也是枉然的。真正的智者憑藉的是仁義而受人尊重的。

灑脫是人生的一種境界。灑脫不是無所事事、不思進取，也不是看破紅塵、心灰意冷，更不是聲色犬馬、紙醉金迷。灑脫是一種世事洞明的豁達、一種淡泊名利的超脫、一種有所為有所不為的風度。灑脫不是放棄，而是放下，放下不切實際的幻想，放下無法更改的過去，行雲流水，任其所之。

一個人如果想要做任何事情都不能以自己的脾氣性子來辦事，這樣很容易給自己和別人帶來一些負面的影響。人在做事情的時候應該從大處着眼，這樣就能看到自己身上的不足之處。「愛之欲其生，惡之欲其死。」是人類最大的缺點，是最愚蠢的。

　　南懷瑾先生上述的那些話，令我深入理解了「人情世故」的意義。因為南懷瑾先生詮釋的「人情世故」，是教導我們要端正、並不斷提高自身素質，和把握好為人處世的分寸。是讓我們做個剛毅正直的，並擁有高潔的品質和高深的智慧的人。因此我相信如果我們每個人都能按南懷瑾先生所說的「人情世故」為人處世的話，那麼我們的生活一定會是愉快和幸福的，我們的工作也必然會舒心和順利的，而我們的社會也必然是會和諧的。

2014 年 10 月 16 日

盡心盡力

　　我在 1976 年澳門成立第一屆立法會時，就已進入立法會擔任議員。長期以來，澳門法律文本的中文翻譯情況是很差的。很多文本沒有中譯版，有中譯版的也是錯漏百出。1999 年澳門特別行政區成立，我被選為特區立法會主席的那一刻起，我就開始琢磨，作為中華人民共和國澳門特別行政區立法會主席，我不能再任由這種情況繼續下去，我必須要提升澳門特區的中文立法質量。為了我們國家和人民的尊嚴，我暗自立誓，即使難度再大，我也必須在我任期內儘量把這項工作做好。為此，我立即重組了立法會顧問團。這個新組建的顧問團裏包括了四位來自北京大學的博士生。為了提高工作效率和質量，我要求他們在最短的時間裏學會葡語，達到能充分理

解用葡語書寫的法律文本的水平。那段時間，我對他們的要求可謂是非常嚴格。但他們從來沒有計較過我的嚴厲批評，反而在這樣的工作配合中與我建立起了深厚的友誼。在澳門特區立法會共事的十年裏，我們可謂是盡心盡力，雖然不能說做得很成功，但是我們至少是為澳門中文立法的工作打下了堅實的基礎。

自從 2009 年 10 月 16 日離開澳門特別行政區立法會後，我雖然基本上已經不再踏入立法會大樓，但是我和在我手下曾經工作過的立法會員工們，還是會根據在我離開立法會時的約定，每年聚餐兩次。由於我和他們平時的工作都太忙，所以大家在平時都可說是很難見上面的。也為此，大家都非常珍惜我們的見面的機會。除了有特殊原因而不能出席的同事外，其他的同事都會出席。在聚餐時，我和那些老部下們也都談笑自如，我們之間非但沒有一絲生疏的感覺，而且好像我們是從來沒有分開過似的。而每次當我看到那麼多舊時的部下時，內心總會泛起一陣陣對他們的既溫馨又感恩的情意。令我覺得特別奇怪的是，雖說我已離開立法會超過了四年半之久，我對他們每一個都還是那麼熟悉，也還都保持着非常親切的感覺。令我非常欣慰的是，當他們看到我的時候，也都顯得特別的高興。

我的舊部下們，都要求我抽空回立法會探望他們。其實，在我的心中又何嘗不想常常回到曾經工作十年之久的立法會大樓。因為在這幢大樓裏，除了有和我朝夕相處長達十年的員工外，還有時常令我懷念的每一桌、一椅和每一個角落。不過，我覺得一個從機構、企業退下來的領導，是不適宜經常回到原來的工作單位的。因為在我看來，所謂退的話，就要退得幹淨利索，絕對不能拖泥帶水，流連忘返。因為回到原來

自己曾領導的單位，肯定會碰見一些曾和自己一起工作過的同事，並和他們聊天。在聊天中是難免談到他們在日常工作中的事情的。由於人非草木，而且每個人都有不同的處事方式方法，所以也難免對在任領導的工作方式方法持有不同的意見。在這種情況下，如果説出自己不同的想法，那麼就會有指手劃腳、多管閒事的嫌疑，也會引起在任的領導的不快和尷尬。但如果不能把自己真實的感受説出來的話，那就會令自己感到很不痛快。也因此我乾脆採取不踏足立法會大樓內的做法。

最近，由於我的工作比較忙，所以我和在澳的同濟同仁及學生都久未相聚。因此，我趁出差回澳的第二天，也即是復活節長假期開始的那一天，聚集同濟同仁和同濟學生共進午餐。由於同濟學生都是修讀法律課程的，所以我早已向已在澳門的八位同濟學生，介紹了與我一起工作長達十年的四位北大博士鄭偉、李寒霖、孫同鵬和劉德學。我的內心非常希望同濟的學生們，除了能從他們四位身上學到立法知識及技巧外，也能學到一些他們從課本上，無法學到的做人做事態度。因為在和他們相處的十年中，我對他們四位的人品都很了解，對他們的學識也非常地欣賞。因此，在那天的聚會中他們四位立法會的顧問也是被邀之列。可惜的是李寒霖、孫同鵬因早已有安排，所以未能赴約。這次是五位即將在今年於澳門大學法律系畢業，並將於今年夏天赴葡的同濟大家庭中的新成員，第一次見鄭偉和劉德學。在吃飯的餐桌上，同濟的孩子們基本上都沒有開口説話，因此基本上都是我、鄭偉和劉德學三個人的對話。其實這對我來説並不奇怪，因為在十五年前，鄭偉等和我在一起時，也是不敢隨便説話的。而我在和孩子們年齡相仿的時候，在和父母親及他們的朋友一起吃飯時，我也是很少插嘴的。

那天鄭偉、劉德學在和我交談時，不斷地提起我們在那十年中共事

的情況。説老實話，在那十年中，除了立法會的正、副祕書長和主席辦公室的工作人員以外，我和立法會顧問團成員的相處是最多的。特別和那四位由中國內地引入的法律博士的接觸更是特別頻繁的。因為我雖然在 1976 年澳門有史以來第一屆立法會成立時，已經進入立法會擔任議員，但是澳葡時期的立法會是以葡萄牙語立法為主，那時中文不是官方語言，所以很多法律文本也根本沒有中文翻譯本。而供立法會不懂葡萄牙文的議員閱讀的中文翻譯本也是錯漏百出的。記得有一年施政方針辯論時，我發現其中有一段話提到了澳門的糖果廠。當時我心中感到很奇怪。因為我不知道澳門有糖果廠，而且也從來沒聽説過。由於好奇，我對照了中、葡文本。這時我才發現，原來翻譯人員誤把製衣廠翻譯成了糖果廠。因為在葡語中製衣和糖果這兩個字是非常接近的。這樣的事例聽來有些笑話，但實際上類似這樣的錯誤在那個年代是不足為奇的。

從 1992 年起，中文在澳門成為官方語言後，澳葡政府對中文的重視程度相對加強了。因此上述的錯誤情況也相對地減少了。但總的來説，中文的法律翻譯本還是令中國人很難看得懂的。1999 年在澳門特別行政區成立，和我被選為特別行政區立法會主席這一刻起，我心中就不斷地琢磨着，作為中華人民共和國的澳門特別行政區立法會主席，我不能再任由這種情況繼續下去。因此我為自己訂立的首要任務是，在保證葡文立法水平不降低的情況下，還要保證由立法會通過的法律中文文本和委員會討論的意見書中文版寫得通暢和漂亮。當然這對我來説，是一個極具挑戰性的和難度非常大的工作。因為我第一不是念法律出身的；第二我的葡語並沒有受過正規的訓練，雖然用葡文和人交流的口語還算可以，但如果説真正的要深入理解用葡語書寫的法律條文還是有很大難度的；第三我從 1965 年起，幾乎沒有真正用中文寫過任何的文章，因此，我對用

中文書寫普通的文章都很生疏，當然就更不用說是用中文寫法律條文，或編寫立法會委員會的意見書。但是為了我們國家和人民的尊嚴，我暗自立誓，即使難度再大，我也必須在我任期內儘量把這項工作做好。

但我環顧四周，我發現要順利完成這項工作，我能依靠的就是我身邊的那四位來自北京大學的博士生。當然在當時，連我自己都沒有想到，我會在立法會主席的位置上一坐就是十年。因為澳門特別行政區第一屆立法會的大部分議員，是由澳葡立法會過渡而來的，因此任期僅得兩年。而從第二屆開始的每一屆任期是四年。所以從回歸那一刻起，我內心想我可能會在第一屆結束後，在第二屆連任。但兩屆加起來的時間也僅只六年，而我對在六年時間內將這項工作做出一些成績是沒有太大的信心。因為這些都是前人從未做過的工作。

為了不浪費時間，我馬上着手重組立法會顧問團。並把顧問團從祕書處中抽調出來，改為直屬主席辦公室，並由我親自領導。我將顧問團分成四個工作組，每一組都是由一位葡國顧問、一位由北大來的博士生和一名翻譯員組成。在剛開始時，四位由北大來的博士生都不懂葡語，所以他們和葡國顧問之間的溝通只能通過翻譯人員。為了提高工作效率和質量，我要求他們在最短的時間裏學會葡語。我的要求是，他們的葡語水平，除了能和葡國顧問溝通外，也必須達到能充分理解用葡萄牙語書寫的法律文本。當然我心裏清楚明白，他們四位都是從內地移居澳門不久的外地人，他們在當時對澳門的一切都還很不熟悉的情況下，我除了要求他們改變北方的生活習慣，而且還要他們在最短的時間裏融入澳門社會，並且要儘快地贏得議員們、葡國顧問的和立法會的員工的信任，對他們是非常困難的事情。另外，我對他們的中文書寫的要求也極為嚴格。並且我還要求他們在學語言的同時，學習歐洲的文化並用歐洲

人的思維去理解立法者們在制定法律時的思路。其實我內心知道，他們承受的壓力是巨大的。但是為了將立法會的中文立法工作做好，我不得不這麼做，因為我不能容忍他們「失敗」，更是不准自己以「失敗」而告終。今天令我欣慰的是，雖然我不能説我們做得很成功，但是我們至少是為澳門中文立法的工作打下了紮實的基礎。

在那十年期間，在工作中我像一個難以捉摸、脾氣暴躁、常常罵人的 BOSS，但在工餘時我又像一個非常關心弟弟妹妹的大姐姐。我們就這樣在一起度過了難忘的十年。十年中我們嘗盡了甜酸苦辣的滋味。不過最寶貴的是，他們不但沒有令我失望，而且在十年時間裏，我們之間建立了深厚的友誼。他們不但是我在澳門特別行政區立法會中的好戰友、好朋友，更是傳授法律知識給我的好老師。在我的心目中，他們和其他立法會員工都是立法會中的無名英雄。相信如果沒有他們的支持，我那十年的工作一定會更艱苦困難。為此我內心一直對立法會的所有員工都特別地感恩。

那天在午餐中，鄭偉和劉德學向孩子們講述了很多發生在那十年中的趣事。他們告訴孩子們，我在工作中很凶，而且對他們的要求非常嚴格，但是幸虧我處事比較公正，對任何一個下屬都是賞罰分明，也永遠對事不對人。因此我在批評或責罵過我的下屬後，很快就把事情忘記了，也因此我不會對任何下屬心存偏見。當然他們和其他立法會的員工一樣，對我很寬容。他們也從來沒有計較曾經受過我嚴厲的批評，甚至責罵。我們那天的午餐也像往日一樣，是在很輕鬆愉快的氣氛中結束了。

第二天下午，劉德學從微信上給我傳來了一篇文章。文章的標題是《脾氣好的領導不是好領導 —— 罵才是愛（讀後絕不後悔）》它的全文如下：

　　脾氣好的領導看似好，其實是一種自私的表現，不想讓你下屬變得強大超過你。

　　我們要記住：

　　1. 越是對你有要求的，說你這不好那不好的，越囉唆的領導，你有這樣的領導一定要好好珍惜，他才是能真正幫助你成長的好領導！

　　2. 任何強大公司都不會給下屬安全感，而是用最殘忍方式激發每個人變得強大，自強不息！

　　3. 凡是想辦法給下屬安全感的公司都會毀滅的，因為再強大的人，在溫順的環境中都會失去狼性！

　　4. 凡是想方設法逼出員工能力，開發員工潛力的公司都會升騰不息，因為在這種環境下，要麼變成狼，要麼被狼吃掉！

　　5. 最不給員工安全感的公司，其實給了真正的安全感，因為逼出了他們的強大，逼出了他們的成長，也因此他們有了未來！

　　6. 如果真的愛你的下屬，就考核他，要求他，高要求，高目標，高標準，逼迫他成長；

　　7. 如果你礙於情面，低目標，低要求，低標準養了一群小綿羊、老油條，小白兔。這是領導對下屬前途最大的不負責任！因為這只會助長他們的貪婪、無知和懶惰。

　　讓你的下屬因為你而成長，擁有正確的人生觀，價值觀，並具備了完善的品行。

　　看完這篇文章，我發出了會心的微笑，內心也感到陣陣的溫暖。我相信劉德學之所以發這篇文章的原因是，因為前一天在餐桌上，鄭偉和他都描述了我在那十年中經常「罵」他們的情景，而當他在回家後，感

到有些內疚，所以才給我發了這麼一段文章，以示安慰，並讓我清楚他們四位並沒有把當年挨罵的事情放在心上。其實，雖然我對他們四位來自北大的博士都有很深的感情，也根本不存在對他們有偏愛的情況，但是憑良心說劉德學確實是在四人中被我「罵」得最多和最凶的一位，為此我也常常深深地自責。不過這些都是事過境遷的不重要的往年事，相信我們雙方也都早已將它們置之腦後了。對我來說重要的是，我們在澳門特別行政區立法會的十年共事中，將我們該做的事情都做了。如果我們在很多事情中做得不足夠的話，那並不是因為我們沒有盡心盡力，而是那些事實際上是超越了我們能力所及的範圍的。

2014 年 5 月 11 日

無名英雄

　　我想借這篇文章讚揚立法會全體工作人員，他們為澳門特區立法會順利開展工作作出了極大的貢獻。在澳門回歸前的三個月，我們就已經開始了準備工作。在我們夜以繼日的工作下，澳門特區最終得以在回歸日凌晨成功通過了所有必備法律。在正式掌管立法會輔助部門後，我遇到了很多管理上的棘手問題。從回歸日開始，我和祕書處的工作人員不斷開會，不斷改良工作方法，從零開始建立了立法會的工作制度。十年後的立法會輔助部門改變了回歸前低效率的面貌。在完成 141 項立法任務的同時，我們還開拓了一些新

的工作。這一切都是我們立法會工作人員辛勤勞動的果實。他們的忘我工作精神常常令我感動，也令我為他們感到驕傲。雖然我已經離開了立法會，開始了新的生活和工作，但我的心還是牽掛着立法會。我牽掛的並不是立法會主席的位置，我牽掛的是和我共事了十年的同事，是我身後那群為了立法會默默奉獻的「無名英雄」。

12 月 18 日晚，立法會宴請即將卸任的行政長官何厚鏵先生。除了現任議員外，我和過去十年曾擔任過澳門特別行政區立法會議員的都是座上客。

自從 10 月 14 日離開後，除了向立法會負責計算機的 ANDRE 要了一個計算機密碼號，我曾去過立法會一次外，這次是我正式回到我曾工作十年的地方。

當我步入立法會大門，和在門口迎接賓客的劉焯華主席及現任執行委員會成員握手問好後，很自然地與他們站在一起迎接來赴宴的其他賓客。站着站着我突然意識到，迎接客人已經不是我的任務，因為這次宴會的主人已經不是我了。

我快步移向宴會廳。在宴會廳門口我見到了臉露燦爛笑容的 Stella，Erica，Guida，Sindy，Richard 等立法會工作人員，從他們臉上的表情我可以看到他們是非常高興見到我的。當然我也是同樣興奮地見到他們。看到他們的笑容，我深深地意識到在離開立法會的兩個月裏，我是多麼多麼地想念那些和我朝夕相處了十年的工作人員。

十年前，我當選第一屆澳門特別行政區立法會主席，自然地掌管了立法會輔助部門。其實，為了澳門特別行政區在回歸日能通過必備法律，我們的準備工作在回歸前約三個月已經開始。當時澳葡立法會秘書

處派出 14 位工作人員協助我的工作。我們全體議員和那 14 位工作人員日以繼夜地工作，及時地完成所有的任務，並在 1999 年 12 月 20 日凌晨成功通過所有特區的必備法律。在那段時期內，我和那 14 位工作人員相處得很好，對他們的工作也相當滿意。

我長期從事經營管理工作，而且管理過很多企業。但我從來沒有管過公務員。我常常聽別人說公務員是很難管的一群，公務員沒有責任心也沒有工作熱情，公務員做也 36 不做也 36。誠然，短短幾個月，領導他們的經歷改變了我對公務員的一些看法，但我對自己能否管好立法會祕書處還是有顧慮，也有抗拒心理。不過無論我心中有多大的顧慮和抗拒，醜媳婦始終要見公婆，我就這樣在 1999 年的回歸日，帶了祕書 ALICE 和司機黃伯正式接管了立法會工作。

正式開始立法會工作後，我遇到了幾個很棘手的問題。首先，中文早在 1992 年已被確定為澳門的官方語言，但回歸前立法會所編制的法律文件，及和外界來往的書信中的中文，要麼晦澀難懂，要麼文不達意。其次是回歸前的立法會，基本上沒有任何管理制度，在主席辦公室不存放任何檔案，在祕書處所存的檔案也是七零八落。回歸初期的立法會還在製作十數年前的立法會會刊。再則，雖然回歸後立法會的運作和回歸前是有很大的差別，但大部分議員是由回歸前坐「直通車」過渡到回歸後的澳門特別行政區立法會。因此，無論是議員或祕書處的工作人員都比較習慣澳葡時期立法會的運作模式，對澳門特別行政區立法會如何運作還處在摸索階段。這在一定程度上增加了立法會運作上的困難。為解決上述各種問題，我在回歸初期和祕書處不同工作部門的工作人員每天開會研究，完善工作制度，查找工作中的困難，根據員工的不同特長合理安排他們的工作。我的原則是儘量發掘每一個員工的潛力，讓他們能

展示才華，發揮能量，在工作中逐步對立法會產生歸屬感，讓立法會輔助部門真正成為一個高效的工作團隊。

我們的工作人員，沒有辜負我的期望。從回歸日開始，在全體工作人員的努力下，我們不斷改良工作方法，逐步建立工作制度。這十年中，立法會大樓始終保持幹淨舒適，安靜優雅的環境。

十年後的立法會輔助部門改變了回歸前低效率的面貌。在沒有增加人手的情況下，克服了各種困難，十年中制訂了 141 部法律。在沒有降低葡文水平的同時，大大提高了中文立法的水平。在完成 141 項立法任務的同時，我們還開拓了一些新的工作。我們利用自己的力量編制了超過六十冊的法律和立法會委員會工作的彙編，並連續兩年組織了專題法律研討會。除了將立法會的工作情況放上互聯網外，我們還在每次大會後約二十天內，及時出版會刊。這一切都是我們立法會工作人員辛勤勞動的果實，他們的忘我工作精神常常令我感動，也令我為他們感到驕傲。他們用實際行動徹底鏟除了我對公務員的偏見。十年中我和他們一起工作，我們之間建立了深厚的友誼。我們員工間的關係也像其他地方一樣，偶然會有一些小矛盾。但總的來說，立法會好像是一個和諧的大家庭。

當我決定離開立法會後，各部門的員工都向我表達了他們不舍的心情。從 8 月初開始來自不同部門的員工分別要求見我，向我道別並向我送了別致和載滿他們心意的紀念品。還有的員工抱着我痛哭流涕，叮囑我一定要保重。

8 月 14 日晚上立法會開了一個立法會成立十周年的晚會。晚會結束前議員和員工逐個走上舞台和我擁抱話別，很多人都流淚了。我們手拉着手一起反覆地唱着「友誼之歌」和「朋友」。這場面既溫馨又傷感。晚

會上我強迫自己忍住不哭。但那天晚上我久久沒能入睡。之後，晚會上的情景常常出現在我腦海中，我相信它將成為我有生之年最值得追憶的時刻之一。

　　離開立法會已經超過兩個月。我已開始了新的生活和工作。對新的生活和工作我很快就適應了，但是我的心還牽掛着立法會。不過我要告訴你們的是，我牽掛的並不是立法會主席的位置，我牽掛的是和我十年共事的員工，我身後的那群「無名英雄」。我很少回去看他們，因為我知道他們都特別忙。聽說他們也會上我的博客，尋找我的蹤跡。在這一秒，如果你們中有哪一位正在讀我的博文的話，請你轉告所有的同事，我想說是，「謝謝你們，我很想念你們，希望你們身體健康，繼續為建設澳門美好明天貢獻力量。我會默默地祝福你們。請你們相信我，我永遠永遠不會忘記你們！」

2009 年 12 月 21 日

領導

　　近日來有不少關於澳門官員濫用公帑的批評。對此，我一向認為，政府在花老百姓的公帑上始終應當保持謹慎又謹慎的態度。為了避免出現「拿人手短，吃人嘴軟」的情況，在任立法會主席期間，我一直對以公謀私，貪小便宜的做法保持堅決排斥的態度。回歸後

澳門經濟迅速發展，隨着政府財政收入的增加，政府的支出也不斷提高。社會上常有對政府官員使用公帑行為的非議和批評。有些官員對此感到特別委屈和不公。但我認為這就是每個官員必須接受的現實。官員本來就是老百姓的公僕，接受監督和批評是理所當然之事。其實，我們也有很多非常自律和擁有良好道德操守的官員，他們的優良品行老百姓也都看在眼裏，並從心底裏支持這些樸實負責的官員。所謂權力越大，責任越大。做官必須在言行上積極自律。只有能夠保持良好道德操守的官員才能在社會上樹立起威信，成為老百姓心中名符其實的「領導」。

最近審計署報告揭露公務人員出差時入住豪華套房，享用超級昂貴的餐飲，並將零食亦列入報銷範圍的事件後，這次事件在澳門社會上引起了很大的反響，並且成了城中居民茶後飯餘的熱門話題。澳門居民對因公出差的官員和公務員如此地濫用公帑表示極度不滿和憤怒。本人認為其實公務員因公出差收取合理的津貼是應該的，相信澳門市民對此制度不會有任何的非議和反對，但是這次審計報告所揭露的問題實在是太離譜了，被揭露的事件幾乎令人難以相信，並且遠遠地超出了「合理津貼」的範圍。行政長官崔世安先生對此事件深表關注，並且也已公開責成陳麗敏司長，對各政府機關公務員收取出差津貼的情況進行審查，並對有關公務員因公出差收取津貼的制度進行檢討。據我所知，目前公務員因公出差收取津貼的制度是在回歸前澳葡政府時期制定的，在回歸後特區政府還未曾對此進行檢討和修改。陳司長也已經通過報章公開承諾會對事件進行跟進，並會結合社會現實對制度作出修改。為此也有很多澳門居民認為，造成這種濫用公帑的原因是我們的官員繼承了澳葡政府

的陋習。但是上星期在澳門報章上看到一篇就事件訪問高天賜議員專訪的報導。高天賜議員認為制度雖然由澳葡時期已經開始啟用，但是審計報告中指出的這種種不合情理的情況在澳葡時期是不存在的。本人對公務員因公出差收取津貼的制度雖然並不完全了解，但是我相信高天賜議員所說的這種情況是屬實的。因為我覺得故不論這個制度是好或是壞，制度是要有人來執行的。而在審計報告中披露的問題即使符合規定，也就是說合法，但是只要稍有良知的官員都會知道分辨是否合情或合理。

我本人在回歸前曾多次被邀請跟隨政府官員出差，在我的記憶中當時的官員並沒有給我留下浪費公帑、揮霍無度的印象。記得多年前我和譚伯源先生（當時他代表澳門廠商）獲邀任政府顧問隨澳門經濟司長（相當於今天的局長）赴美國華盛頓談判有關澳門生產的產品出口去美國的問題。那一次除了我和譚伯源先生外，另外三位是澳葡政府的官員，而帶團任團長的就是當時的經濟司長。在幾近 24 小時的旅程中我們五人乘坐的都是飛機的經濟艙位，我們入住的也不是豪華的大酒店，而且房間也是極為普通的標準房。當然當時的澳門的經濟很差也很窮，不過我個人認為我們澳門當時的官員在花費公帑時還是比較有節制的。我這麼說並沒有絲毫「長別人威風，滅自己志氣」的意思，只是說出自己心中真實感受而已。

在我的印象中，這種情況到了 90 年代後，特別是回歸的前幾年澳葡政府高官花錢才開始闊綽了，但是儘管如此，我還是認為那時候官員在出訪時，無論在排場上或在花費上都還遠遠地不如我們特區政府的官員。所以以我個人的看法，這次審計報告所揭露的問題，並非完全是由於制度不健全而造成的，而是因為在我們的特區政府官場中吹着的那一股歪風所致。當然現在澳門經濟發展迅速，澳門也已一洗過去貧窮的面

貌，政府每年的財政收入增加，政府的支出大一點也是我們庫房能應付得了的。但是我認為一個人花自己的錢可以隨心所欲，喜歡怎麼花和他人也毫無關係。但當一個人花的不是自己的錢時，特別是屬於全體老百姓所擁有的公帑，就必須三思而後行，並且必須謹慎又謹慎。這是一個做人必須遵循的最基本的原則，也是衡量一個人道德操守的其中一個重要的標準。作為掌握公帑並為老百姓代為管理公帑的官員，在花費公帑時絕對不能抱慷他人之慨的心態，因為官員們花出去的每一分一毫都不是屬於他們私人的。我們每個人都知道貪污不好，貪污者卑鄙無恥，因為貪污者利用手中的權力竊取本來不屬於他們的、而且是不該獲取的的財富。不過，在本人看來利用權力濫用本來不屬自己的錢財，在性質上和貪污受賄是沒有太大的區別，至少兩者都是同樣的違反了做人的正確道德操守。本人曾在去年寫過一篇名為「公帑」文章，在文章中本人根據平時的聽聞，指出特區政府的部分官員濫用公帑的種種不良情況，當然我對政府部門的具體行政情況和管理上的細節並不是了解得太清楚，但通過財政局發生高級官員濫收出席費的醜聞，和這次審計報告所揭露的官員揮霍和濫用公款的惡習，恰恰是證實了這一切絕非是空穴來風或是造事生非。我相信澳門特區政府已經到了必須正視問題的時候。在檢討和制定正確制度的同時，必須着手對整個公務員隊伍進行整頓，樹立正確的風氣，打擊歪風並嚴肅處理違法亂紀的官員。但是我在此要特別指出的是，依我之見整頓必須從最上層官員開始。我強調從上層開始的原因是，因為我認為上樑如果不正，下樑一定歪。而且言教不如身教，再好的制度也必須靠人去執行，所以如果我們的最高級官員不嚴格要求自己，不能為下屬提供良好的榜樣的話，那麼任何改革都會是空話，一切完美的制度都會是如同虛設的。

　　我記得在澳門回歸初期的有一天，我在外港碼頭乘船去香港，那天乘船的人很多，船上的位置幾乎坐滿了。但是等所有的乘客都上了船，卻不見船隻啟動，乘客們都覺得有些奇怪，紛紛詢問原因。開始時船上的船員不願說出真正原因，後來才吞吞吐吐地說，原來因為澳門特區政府裏有位高級官員在碼頭貴賓室裏吃點心，所以還未上船。當時船上的乘客大部分都是香港客，他們中有的大聲罵說「有冇搞錯？」作為澳門人的我當時就感到有些臉紅耳赤，我慶幸坐在我周圍的人都不認識我，否則如果有個地洞的話我一定會想鑽進去的。其實在那一次之前，我根本不知道原來在外港碼頭還存在着貴賓候船室。大家都知道來往港澳船隻在繁忙時間每 15 分鐘就有一班，為了等這一會時間都要特別開啟貴賓室是多麼地勞民又傷財，我不禁自問我們的官員從什麼時候起變成那麼地嬌氣和矜貴。在我獲選為立法會主席初期，立法會曾有議員向我提議可和很多政府部門一樣，向當時的澳門娛樂公司索取免費船票。他們認為所有的政府部門幾乎都去拿免費船票，因此我們立法會的每個議員和任職立法會的公務員，每月也應該可通過立法會申請兩次來回港澳的免費船票供他們私人享用。但是這個請求被我拒絕了。我認為因公去香港公幹，立法會理應付錢買船票，而私人去香港我怎麼能開得出口向一間私人公司索取免費船票？我從小受母親的教導，她常說的「拿了人家的東西手短，吃了人家的東西口軟」這兩句話深深印入腦海，所以我認為我們澳門堂堂的立法會是不應該貪這樣的小便宜的。後來我了解到，原來政府和當時娛樂公司專營合約中有一條條款中列明，娛樂公司有義務免費提供船票讓澳門公務員出差去香港或者經香港機場去其他國家和地區。可惜的是我們的政府把條文擴展到公務員個人去香港逛街購物，把它變成政府各部門公務員的一項福利。當然在賭權開放後，這樣的情況

是否還是如此，我就不得而知了。

我還聽說被委任司級的官員回原單位參於晉升考試，可以想象司級官員和其他普通公務員搶一個職位，我認為這是制度上一個極不合理的設置，也應該是難煞了主持考試的局級廳級官員。因為參加考試的一邊是比自己位高權重的大官，而另一邊是自己的手下員工。當然因為制度並沒有限制司級或局級官員回原單位參與晉升考試，所以這樣的做法是合法的，也是允許的，但是我認為這種制度是極為不合情理的。回原單位參與考試的高官更是暴露了其自私和狹隘。再說這樣的考試即使是最公平的，相信也很難服眾。所以我認為有這樣自私狹隘思維的官員不可能是胸懷大志，並且一心為民的。

最近我收到一封匿名信，信中陳述了一位高官自回歸後，利用職權在政府的各個部門安排家屬進入公務員隊伍的事例，匿名信中充滿了對那位高官的不滿情緒。我認為在澳門這麼一個小社會裏，誰都有很多親戚朋友，高官的親友們當然也和其他澳門人一樣擁有同樣的權利，完全有權選擇進入公務員的隊伍任職。我認為只要是公平競爭的結果，我們是可以接受也絕對不應該反對的。不過我覺得我們的官員在處理這樣的事情時必須小心謹慎，儘量不插手過問，否則的話不但難避嫌疑而且容易遭受非議並落下話柄。

上述的一些情況我們幾乎經常能聽到碰到，但由於篇幅有限我就不在此一一列舉。不過話又要說回來，其實我們也有不少非常自律和擁有良好道德操守的官員。最近就有一位市民告訴我，他不敢相信深夜時分在澳門外港碼頭的的士站看見譚伯源司長手拎行李排隊等候的士。其實我也親眼見過譚司長在外港碼頭排隊過移民局，並和其他乘客一起在公眾的候船室等候上船。另外據我所知，在香港碼頭他亦從未要求香港信

德公司公關人員接送而走特別通道過關。在我看來堂堂一個澳門官員來往港澳要勞煩一間私人公司的公關人員接送，總有些……當然這些都是生活上很小的細節，但是從這些小事上我們可以看到一個人的品德和操守。譚司長的低調在澳門官場上不多見，我很欣賞這種樸實，而且我相信這份樸實才是澳門人真正優良的傳統。

我相信說到這裏大家都會明白為什麼我認為要整頓公務員隊伍，必須從最高領導層開始。官員的官階越高，權力越大，待遇也越高，很自然的其一言一行受群眾的關注的程度就越大，很多時候普通老百姓能夠做的事，官員就不能做，因為做了可能就會受到非議甚至挨罵。有些官員對此覺得特別委屈，也感到對他們不公平。但我認為這些都是我們每個官員必須接受的現實。當然如果我們的官員把自己當作是高人一等，也因此認為自己位高權重，想做什麼就做什麼，根本不需要顧忌老百姓的感受和想法，那麼就必然對老百姓的非議或批評會感到不快甚至委屈。但是如果我們的官員們把自己當成是老百姓的公僕，事事以老百姓的利益為重，並以為老百姓服務好作為自己的任務。那麼官員就一定能主動自覺地接受並歡迎公眾的監督和批評，根本不會對老百姓對他們言行的一些非議感到不快。本人認為做官特別是高級的官員本來就不是一件容易的事，有時甚至在私人生活和言行上要作出一定的犧牲，但這是想做官就必須接受的事實，我們中國人有句老話「無官一身輕」可能就是最好的寫實。也因此我希望我們的官員都必須在言行上積極自律，只有能夠保持良好道德操守的官員才能在社會上樹立起威信，並成為老百姓心中名符其實的「領導」。

2011 年 3 月 4 日

誠信

　　於我而言，不了解我的人對我個人誠信提出的質疑是小事。而社會大眾對官商抱有不信任的成見，甚至仇恨的心理，在我看來就是社會的不幸，是值得我們大家關心的問題。在十年立法會主席的位置上，我和大家一樣對澳門發生的一些破壞公義的事情心存懷疑。我常反思自己在立法會十年的工作，對立法會在行使監督權上的不足深感不安。面對市民對立法會的質疑，我無言自辯。但我自覺十年間已盡心盡力，雖然盡心盡力並不意味着十全十美。為此，我在離任前撰寫了十年工作總結報告，希望後人能從中吸取經驗和教訓，將我未能完成之事做好。我相信只要大家有決心，澳門社會一定能重建起互相信任，公平正義的和諧環境。最後我想借我的文章，告訴所有在社會上有權勢的朋友們：當人在得勢時最重要的是要把別人當作人，當人在失勢時卻一定要把自己當作人。只有這樣人才會活得開心和充實。

　　今天下班前我的一位同事和我說，她最近覺得我情緒不好。她這幾天看我最近的博文時總覺得我的文章帶有悲哀的色彩，她囑我要注意休息，晚上早些睡覺不要熬夜寫文章，影響正常睡眠時間。其實今天中午時收到我弟弟從紐約打來的電話。他在電話中說他習慣在睡覺前看電郵，而過去六個月幾乎每天或隔一天就可看到我電郵給他的我剛完成的文章，但是今天他臨上床睡覺前查電郵沒有看到我的文章，所以打電話來問我有沒有發生什麼特別的事情。其實其鋒是我每篇文章的第一個讀者，因為每次當我完成一篇文章後，我就會將初稿通過電郵發給他，然後等放上網時再對文章進行潤色和修改。而我最近每星期大約都會完成

四到五篇文章，它們中很多都還未曾上網，但其鋒卻都已閱讀了。也因此，看我的文章變成他的睡覺前的一個節目。兩天收不到新的文章，他就會來問是什麼原因令我沒有繼續寫。其實我沒寫的原因是最近我總是覺得特別沒勁。可能是最近我寫的文章都是說起一些故人或周圍有朋友得了嚴重的毛病，因此寫完文章後，我的腦中不斷出現我刻意想拋諸腦後，但一直沒能完全忘掉的人和事。通過寫他們的事讓我一次又一次地回到了過去，它們勾起我對這些人無限的思念和對這些往事的無限留戀。

今天下午我看到一位網友的留言，他說但願我說的句句屬實。我對這種質疑並不奇怪，因為每個人為人處世的人生觀、價值觀都不同，而且在這個世界上心中所想和口中所說截然不同的大有人在。所以不認識我的或者對我不了解的人真的不一定能理解我的內心世界，並對我的歡樂和悲哀產生共鳴。因此我不會太介意那些人對我的誠信產生懷疑。不過我問我自己為什麼人們會特別地對公眾人物，包括他們並不了解甚至不認識的公眾人物，採取不信任態度？這個問題引起我的不安。我雖然已退下立法會主席的位置，但我相信在很多人眼中我可能還是一個高不可攀的公眾人物。我不想為自己作任何的辯解，因為我知道人與人之間的信任並不會產生於平白無故中的，所以即使我自我辯解也是無濟於事。而且對我來說，如果僅僅是對我個人的誠信產生疑問是沒有太大問題的，因為這只牽涉到我個人，而且我已不在立法會主席位置上，所以已不至於在社會上造成太大的不良影響。

但我認為如果在自稱「蟻民」的網友心目中，所有的澳門權貴人物都是不可信和不仁義的人的話，那麼我覺得在我們澳門社會上存在着嚴重的問題。我們大家必須探討問題產生的根本原因。而我們政府的管治階層就必須正視這個問題，不得讓它在民眾心裏繼續擴散。其實在我心

中，我對這位自稱面對人群非常無助弱小的螞蟻有這種看法和想法，非但不覺得奇怪，在一定程度上還是可以理解的。因為我畢竟已活了一把年紀，在澳門社會做事也已超過 40 年之長，我雖從未受過貧困的煎熬，也從未經歷過分擔社會低層勞動階層生活上的苦痛，但對社會上有些大是大非的事情還是有些了解的。我不得不承認，我個人也經常從報章報導中或傳聞中獲悉一些得不到政府證實的消息。而這些消息多數涉及我們的社會中少數權貴人士為了一己私利，利用手中權勢作出不利和危害社會和諧的事情。因為這種情況在社會上接二連三的出現，往往因為得不到我們政府的合理的解釋，所以令本來善良寬容的澳門人心中對政府的管治和權貴人士的不滿情緒不斷昇華。特別是歐文龍事件在澳門的發生，給澳門社會帶來極其不良的影響，這個事件就像在平靜的大海中突然掀起驚人的海嘯，把岸上的澳門人打得暈頭轉向，但昏眩過後，人們開始思考為什麼這樣的事情會發生在我們的澳門？也因此造成澳門社會中人與人之間的本來和睦相處的情況，轉化成相互懷疑相互猜忌，並令我們本來平和團結的澳門社會嚴重地分化。一個被分化的社會一定是充滿戾氣和怨氣的社會。人們在這樣的社會環境中生活，身心必然不會健康快樂，並且對我們的青少年的成長過程也必定造成不良的影響。在這種情況下，社會和諧就等於紙上談兵。所以我認為在澳門回歸已超過十年的今天，我們的政府不能再用細佬仔做大人事的心態任由社會上的不正之風橫行。政府官員必須要遵從溫總理的囑咐，努力將政府打造成一個服務型的陽光政府。我希望我們的行政長官一定要把握好手中的權，堅決堵塞制度上和人為上的漏洞，積極改善施政，雷厲風行地維護和伸張社會公義，打擊並糾正一切不利社會和諧和發展的不法行為。將老百姓心中的不滿情緒降到最低程度，在澳門建立真正的陽光政府，令澳門人在我們這片福地

上安居樂業。我相信只要行政長官和一眾官員有決心為市民主持公義，市民是會扭轉對政府的不信任態度，並一定會擁護行政長官和政府的。

澳門的市民可能會問，在十年立法會主席的位置上，難道我就對這一切沒有絲毫的責任。我可以告訴大家的是，我和大家一樣對澳門發生的有一些破壞公義的事情心存懷疑，這些事情如果屬實我和大家一樣感到痛心和震驚、不滿和不解。我在十年擔任立法會主席期間主觀上自覺已盡心盡力了，但是我明白盡心盡力並不代表我的工作已做得十全十美了。我常常反思我十年在立法會的工作，我對自己在十年中沒能帶領好立法會，沒有真正利用好基本法賦予立法會對政府施政上的錯誤和不足的監督權，因而造成立法會在很多重大事情上對政府監督的力度明顯地不足而深感不安。面對市民對立法會的質疑，本人無言作答更是無言自辯。雖然說立法會在開展工作方面存在着一些客觀原因，影響了很多工作的進行，但我想工作沒能做好是一個客觀的事實，所以我不想用客觀原因作為藉口，原諒自己的不足之處。這也就是促使我在離任前撰寫立法會主席十年工作總結報告的原因，我的目的是一方面總結我自己十年的工作，另一方面也是將我在工作中遇到的困難和未能解決的問題用文字一一記載下來，藉此寄望後人能從中吸取經驗教訓，擔負起立法會應負的神聖責職。將我未能完成的事做好。我相信只要大家有決心，澳門社會一定會重新建立公義，澳門的人與人之間也一定能重建互信。

最後我想借我的文章向所有在社會上有權勢的朋友們説的是：「當人在得勢時最重要的是要把別人當作人，當人在失勢時卻一定要把自己當作人。只有這樣人才會活得開心和充實。」

寫於 2010 年 6 月 8 日，修改於 2010 年 6 月 16 日

承諾

在 20 多年前那次艱苦的競選中，不少的朋友和夥伴為了支持和協助我傾盡全力。我許下了一個承諾，絕對不會辜負這些支持我的朋友和選民的期望。退下立法會主席的位置後，我開始用寫博文的形式繼續關注澳門社會發生的事，表達我心中的真實感受。雖然我的措辭有時是很尖銳的，但這些文章確實是我在做足調查研究的基礎上，實事求是地發表的評論和感想。我相信澳門政府的官員也一定是有這個肚量來接受市民懇切的批評的。在退出了商界和政界後，我在澳門和任何人都沒有了利益競爭。其實，我完全可以將我的慈善事業放在香港，以避免在港澳兩地間穿梭往返。但最終我還是選擇了將同濟慈善會建在澳門，因為我心中始終對澳門懷有一份不捨之情。雖然我已退出了澳門政壇，但我絕對不能忘記，在過去多次競選活動中，我向澳門居民作出的承諾。因為當年的那些承諾，早就已成為了我今天繼續為澳門社會服務的巨大動力。

2013 年 8 月上旬，我收到了一封通過郵政局由澳門寄來的信件。我對信紙上寄信人的手寫筆跡感到非常陌生，所以無法估計此信是出自何人之手的。當我拆開信封，從信封中抽出信件的這一刻，看到了在厚厚的三張信紙上，密密麻麻的手寫字跡時，心中着實有些吃驚。因為近年來，我收到的來信都是由電腦打印的。而這封信無論信封或信紙上的字都是用圓珠筆手寫而成的。當我翻到信件的第三頁，看到寫信人的署名時，我心中更覺納悶，因為我和這位澳門的朋友至少已超過十年沒有見過面了。

在那一刻，我心中對那位朋友在信中，究竟寫了些什麼感到非常的好奇。我快速地閱讀了信件。

朋友來信的首頁除了向我問候外，提及了我在 7 月 10 日放上網的名為《小人得志》的博文。他說，自從我將那篇博文放上網後，在澳門社會引起了熱議，而他本人對此文的內容和我的觀點大致上是認同的。

《小人得志》這篇文章是我在準備起程遠赴歐洲的前一天完成的。我將文章放上網的翌日，已從多位生活在澳門的朋友的電郵和電話中得知，這篇文章在澳門的網友們中引起很大的反響，網友們更是將它通過 Facebook 和 WhatsApp 瘋狂地轉發。我對這篇文章引起讀者們如此強烈的反響感到很驚訝。因為我在寫這篇文章時的心情和寫其他文章時的心情，並沒有什麼不一樣。我只不過將當時我心中的所思所想用文字真實地寫下來而已。對我來說，寫這篇文章根本沒有特殊的原因，更沒有不可告人的目的。

自 2009 年退下澳門立法會主席位置後，我於當年 11 月開始寫博文。我寫博文的目的，本來純粹是為了消磨時間。因為我從立法會主席的繁忙工作中退下來之際，也是我剛開始接手同濟慈善會的工作之時。由於當時我自己對同濟慈善會發展方向，還是處於摸索階段，同濟的工作人員也對同濟慈善會缺乏認識，和從未從事過這個行業，因此我必須讓員工們，能有充分的時間了解同濟慈善會的宗旨和我對同濟慈善會發展的一些想法。也因為這個原因，我刻意地將我快速工作的習慣放慢了。也因此在我從立法會主席的位置上退下來的第一個月中，在我的生活中出現了很多空餘的時間。對我這麼一個從小到大都是一個閒不住的人來說，無事可做的生活，令我感到非常的不適應和不習慣。我當時的心情很不舒暢也很煩躁。在一個很偶然的機會，我開始撰寫博客，並在

過去的三年九個月時間裏，寫了 300 多篇文章。現在寫文章成了我填補空餘時間的一個重要節目。

在寫第一篇博文前，我已幾近 45 年未曾執筆用中文寫過一篇文章。所以在開始寫文章的初期，我對自己寫文章很沒有信心。但是連我自己都想不到的是，在三年多來的時間中，竟然有一批忠實的讀者一直上網追看我的文章。在他們的支持和鼓勵下，我現在已不再介意自己的文筆和文采是否夠得上水平，因為我知道，我只不過是一個喜歡執筆自娛的業餘寫作者，所以我根本不必太在意和計較自己文筆的好壞。

現在我已養成習慣，所以只要有空餘的時間，我就會坐在電腦前，隨着自己的思路，寫下自己在生活中的所見所聞，和對發生在我周圍的事情及他人言行的真實的感受。那篇博文《小人得志》就是我心中所思所想的真實反映。它的產生純粹是對陳麗敏司長，用政府總部為她的私事，召開記者招待會一事感到反感和不滿所致。當然我在我的每一篇文章放上了網時，就已有充分的思想準備，願意隨時接受讀者對我的個人的看法和觀點提出的批評。

在上述那位朋友來信的第一頁，他向我表達了他很讚同我文章中的觀點和對當事人作出的批評。他說，他頗為欣賞我的為人。但是他向我指出，對不了解我的人來說，我的性格容易令人產生我為人霸道的「錯覺」。

接着第二頁中，他就那篇文章《小人得志》的內容，向我提出三點意見給我參考。他的大概意思是：

1. 在 1992 年我參加澳門立法會選舉時，他曾全力支持我，並在我競選過程中的 40 幾天中，天天到處奔走為我打氣、拉票。因為當時他和他

的一些朋友，都感到我在社會上受到很不公平的打壓。他們對此心有不忿，也為我感到委屈。所以主動地幫我，並希望助我討回公道。

不過在讀完那篇博文《小人得志》後，他覺得我在文章中用詞鋒利、尖銳，所以擔心我因此得罪權貴而再次遭受打壓和報復。

2. 他說在文章中的最後一段中，我寫道「『你對我客氣些，我是中央委任的高官。』我相信在我這輩子中，我將永遠不會忘記她說此話的情景」中「永遠不會忘記」的措詞，在他看來值得斟酌。因為我這樣說會令人覺得我牢牢抓住別人的錯處不放，並可能給人留下做人不夠大度的印象。

3. 墓地門一案雖然已在社會上吵鬧了好幾年，但是很多市民只知有此一案，卻不明白其中詳細的來龍去脈。而在我這篇博文卻把事件梳理得清清楚楚、整整齊齊，令人在讀後對事件有一目了然的感覺。也因此，他擔心是有人將整理好的資料送來給我，並利用我，讓我充當槍手。

我和這位來信的朋友雖然相識在很多年前，但除了我在 1992 年競選立法議員的 40 多天競選活動期間和他稍有接觸外，在澳門這個小社會中，由於我們不在同一生活圈子裏，所以在一般情況下，我們是不易碰上面的。我為他既費時、又勞神地親手給我寫那麼一封長長的實名信，和他向我闡述他的擔憂和提出忠告的懇切言辭而感動。在讀罷信件後，我即刻吩咐祕書尋找他的電話，因為我要向他表達謝意。在香港、北京或上海等大城市，要找一個超過十年沒見面，並且不在同一生活圈子生活的人，相信需要一定的時日。但在澳門這個熟人社會中，只要有姓有名，要找一個人不是十分困難的事。我的祕書大約也只花了不到半個小時的時間，就找到了我的這位朋友的電話。

和朋友通上電話後，我首先向他致謝。謝謝他在百忙之中，特地給我寫了一封親筆信。也謝謝他對我的關心和愛護。在電話中我就他向我提出的三點意見一一說出了我的看法。

一、我請他不要為我擔心。我堅信，在今天的澳門，是不會有任何人，就我的一些言論而對我進行打壓和報復的。因為我覺得在今天的世界各國、各地區中，老百姓對政府的施政和官員的操守作出一些評論、甚至一些批評已是很普通的事。雖然在澳門批評的言論較其他地區少一些，但相信澳門政府的官員們也不至於如此的小氣，動輒就對批評者打擊和報復。再說，我在任澳門特別行政區立法會主席之時，也常常在公開場合下批評政府的施政不足。而且我的言辭通常是尖銳的，並且態度是強硬的。在當時情況下，雖然我也會在偶然機會中耳聞某些來自政界的人士，為我冠上澳門最大的反對派的頭銜。但我一向不會理會這種流傳在走廊或我背後的竊竊私語。每當我回顧在立法會任主席的十年工作，我覺得我開展工作的渠道一直是很暢通的。我也從來沒有感覺到來自政府的打壓和欺侮。

接着我告訴我的那位朋友，我於四年前已全面退出商界和政界。目前我在澳門和任何人都已經沒有利益衝突。到了今天，我對澳門也徹底地可說沒有所求了。其實當我退出澳門政壇時，可將我的慈善事業放在香港。因為我一不向澳門政府伸手要錢，二不向社會募捐，所以放在香港或澳門本來是完全一樣的。但是我將同濟慈善會建在澳門，而我自己不辭辛苦地港澳兩地穿梭往返的原因，完全是基於心中對澳門的一份不捨之情。對我這樣一個已與澳門社會完全無爭的老人，打壓和報復不要說無從着手，也是沒有必要的。此外，我寫文章只是發表我的一些，純粹屬於我個人的想法和看法，所以即使文章中偶爾出現令某些人閱後產

生不愉快感覺的表述，也不可能具有真正的殺傷力，更何況，我在社會上早已沒有什麼影響力了。再說，我在文章上說的句句都是實話，如對我的觀點有不同意見的話，大可堂而皇之地反駁，是沒有必要因為我的言論而對我進行打擊和報復。

二、對於他提出的第二點，我告訴他我認真考慮了他的意見，也願意接受他的意見。因為我知道，雖然我寫文章的原意只是想表達我對在澳門發生墓地門事件的看法。我從未想過通過文章達到人身攻擊的目的。但是我承認，我在文章中尖銳的措詞，的確容易讓人覺得不夠「大度」並產生我為人「霸道」的錯覺。我向他表示今後我在寫文章時，會儘量注意我文章中的措詞。

三、對於朋友擔心我這次是有人將整件墓地門事件交給我，讓我充當了替他人泄私憤的槍手一說。我告訴他，請他放心，因為事實並非如此。

我說在我這一生中，曾經經歷過很多大風大浪。在我年輕時，我的確常常因為自己年少氣盛，而魯莽行事，更有時會犯聽風就是雨的過錯。也因此，在人生中，我曾多次吃過虧，也得罪過很多不應該得罪的人。但是隨着年齡的增長和人生經驗的積累，我已逐漸學會了相對冷靜地處理問題的方法。因此目前我在說話和行動時是會採取比較謹慎的態度。特別是我在發表不同意別人的言論和行動的意見前，我會儘量在事前做足調查研究工作。我現在絕對不會像年輕時一樣，採用以耳代目，人云亦云的輕率態度去處理嚴肅的事件了。在我的《小人得志》那篇文章中，我所引用的全部資料都是我親自從網上下載的，有些更是摘自澳門特區政府廉政公署和檢察院發表的報告。所以在這件事上，我是不可能受任何人的利用，並充當了他人槍手的。

我的那位朋友聽了我上述的一番說話後，告訴我，這下子他可以放

下一顆為我擔憂的心了。他接着說，我們雖然不大見面，但是他在 20 多年前的那次艱苦的競選中傾全力支持我後，一直非常關心我在當選後的工作表現，因為他希望我不會令他和其他支持我的選民失望。

　　我在再次感謝朋友的關心後，掛斷了電話。朋友的真誠深深感動了我。我相信我不會辜負朋友對我的期望。而且我也叮囑自己，雖然我已退出了澳門政壇，但我絕對不能忘記，在過去多次競選活動中，我向澳門居民作出的承諾。因為當年的那些承諾，早就已經成為我今天繼續服務社會的巨大動力了。

2013 年 8 月 18 日

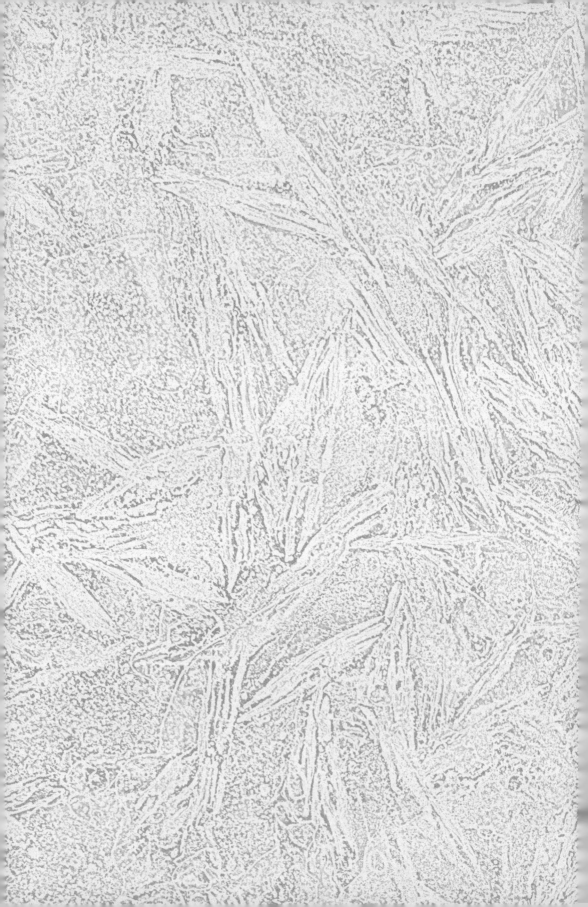

第四編

從善

皺紋與美

　　歲月的流逝無可避免地會在人的相貌上留下痕跡。當我發現臉上佈滿皺紋時，心中不免感慨「歲月不饒人」，也為自己的未來心存悲哀。回想自己的一生，青壯年時期無疑是我人生中最光輝和美好的歲月。在那幾十年中，我對人生充滿了憧憬和希望，總有充沛的精力和勇氣去迎接挑戰，克服萬難。直到退下立法會主席位置的那一天，我真正地感覺到自己老了。我開始感覺「力不從心」，面對慈善事業的新挑戰也感到有些彷徨和惆悵。但同時我也驚喜地發現，我比以前任何時候都更加善於思考和計劃了。我在以往從商和從政過程中積累的經驗，為我做好同濟慈善會的工作提供了紮實的基礎。想到這裏，我不再為多些皺紋而感到苦惱了，因為這些皺紋正是我們豐富人生的象徵。老年人雖然沒有青少年那樣充沛的精力，但卻擁有更加豐富的人生經驗。在每一個人生階段，我們都是可以利用這個階段的優勢，為國家和社會的發展貢獻一份力量的。正因如此，我覺得人生的每一個階段，都是可以很美好的。

　　為了不打亂親朋們的正常生活，所以在 11 月 6 日前，我沒有告訴任何親友，我將做雙眼白內障的手術。但在手術成功後，我撰寫了以《科學研究》為題的博文。以表達內心對科學技術進步的讚歎和對陳偉民醫生醫術精湛的感恩。在我將文章放上了網後，我收到了諸多親朋好友的慰問信息和電郵。而其中有一封來自同濟的一位女孩子的電郵更令我看了以後哈哈大笑。這個孩子說「P.S. 您在我心裏是最美，就算有皺紋也不怕」。我相信這位學生之所以會寫這句話，是因為我在博文中有這麼一段

描述「回到家後，我走到洗手間的大鏡子前，我拿下了眼罩，我清楚地看到了自己。我覺得眼前的燈光特別的亮，我看到了臉上的許多以前看不到的細小皺紋，但我卻沒有找到眼睛周圍的傷口」。

那天做完手術回家後，當我在洗手間的大鏡子前，看到自己臉上以前沒有看到過的細小皺紋時，我的心中確實是大吃了一驚。在那一刻，我心中想的是，我的臉上原來佈滿了皺紋，但自己卻一直沒察覺。看來自己想不認老也不行的了。手術幾天後，我和一位同齡且也做過白內障手術的朋友通電話聊天時，向她說起了自己那晚在鏡子裏看到自己時候的心情。我的那位朋友在聽完我的說話後，回答我說她在手術後也看到自己的皺紋，而且也有和我同感。她在說她的感受時，語氣中帶着一絲傷感和無奈。不知是否是她的傷感感染了我，在掛斷電話後，我的心裏除了感到「歲月不饒人」以外，內心也產生了陣陣的傷感。

當然我相信，給我寫慰問郵件的那位同濟的年輕女孩子，對我和我那位同齡朋友在看到自己臉上細微的皺紋時，心中感到傷感的原因是不可能理解和體會的。

人的愛美的心態是與生俱來的，也是人的天性。而且在任何時候，人都希望自己能在他人面前展示自己最美的一面。所以「美與不美」這個問題對任何人，即使是對老年人來說，也不會是例外的。不過在那一刻，令我們傷感的主要原因卻已不僅僅是「美與不美」的問題，而是為我們未來的「光輝和前程」已指日可待了。

雖然這位同濟孩子的話把我逗笑了，但在同時也令我陷入了深思。所有同濟的孩子們中，我認識最久的也只有四年時間。而和那位給我發郵件的女孩相識，就僅短短的一年半時間。所以所有的那些孩子們，都是在我即將或已進入古稀之年時，才和我相識的。因此我相信，在他們

心目中，我一直就是一個臉上早已佈滿皺紋的老人。他們當然不可能想象我也曾年輕過，更不可能想象我在他們年齡時的樣子。

在過去短短的四年中，我發覺我和同濟所有的孩子們之間，建立了非常深厚的感情。儘管我們相識的時日不長，但我對他們每一個都似乎已經很熟悉了。我從心底裏關心着他們每一個，並且像是愛自己的小輩一樣愛着他們。對我來說，他們的容貌長得怎樣都不重要。重要的是他們是否在為人方面正直善良，和在處世態度上積極向上。

如上所述，我相信在這個世界上生活的每一個人都擁有愛美之心，我們即使可能天生長得不美麗，但是我們每個人都還是期盼着將自己最好的一面展示在他人面前。我們每個人雖然都知道，我們的相貌是與生俱來的，我們長得美麗或醜陋也並非是由我們自己掌握的。但是我們在心底裏還是會因為不如別人長得美，而埋怨上天的不公平。不過，漫長的生活經歷也讓我明白了，其實人的相貌長得怎麼樣，對我們並不是最重要的。因為環顧我們的周圍，我們不難發覺，在這個世界上，長得最漂亮的人可能並不是都討人喜歡的。

不可否認的是，天生漂亮的人往往是容易吸引陌生人的眼球，並獲得別人的好感。這就好像是，當我們看到明媚的風景、壯麗的山河和美麗的花木時，我們都會停下腳步，並希望能多看上幾眼。但是我發現當人和他人相識、相處，特別是產生感情以後，這個人的容貌和長相對我們都會變得不重要了。我們中國話中有一句成語「話不投機半句多」說得很有道理。因為相信如果你在說半句話也嫌多的情況下，那麼即使那個人長得再英俊、再漂亮，你還是提不起興趣和他交朋友的。另外中國話中還有一句成語「花無百日紅」也很有道理，因為再鮮豔的花朵過了季節也會枯萎凋謝的。那麼更何況是人，即使再英俊、再美麗的人到了

老年的時候，都會像要枯萎的花一樣變得不美的。所以我覺得我們和他人能否交朋友，取決於這個人的為人處世態度，性格和心態，而不會完全取決於是這個人的容貌和長相。

在挑選朋友的時候，我會首先考慮這個人是否具有高尚的人格和正確的處世態度。因為我相信在這個世界上沒有人會挑選一個自私、貪婪，不善良、不正直的人做自己的朋友的。在我心目中，具有高尚人格的人一定是真誠正義、無私無畏、善良正直、助人為樂、律己以嚴、待人以寬的。而具有正確處世態度的人一定是勤奮、好學、上進、自信、樂觀和寬容。我認為一個人格高尚並有正確處世態度的人，在他們的一言一行中都散發着深深吸引他人的人格魅力。而他們的人格魅力令他們有能力將周圍的人凝聚在一起。在那種情況下，可想而知他們的長相，對他們是無關緊要的。

其實人格魅力就是人的「內在美」的體現。我的人生經歷告訴我，人與人相處時，能真正持久地吸引人的是「內在美」而並不是「外在美」。因為「內在美」是不隨年齡的增長而減退的，因此也是持久的和永恆的。而「外在美」是會隨着年齡的增長而減退的，因此也必定是短暫的。也因此，我們不難得出的結論是人的「內在美」比「外在美」更重要。當然人的「外在美」是天生的，是我們自己不能強求的，但是如果我們明白人的「內在美」是可以通過人們自身後天的努力而增加的話。那麼相信我們再也不會為自己天生不漂亮而怨天尤人了。

像我這樣已進入晚年的人，雖然不再為自己「美與不美」而糾結，但難免還會常常為未來的「光輝和前程」已指日可待而心存悲哀。不過在仔細思量後，我清楚地認識到我們完全沒有必要為臉上增添了一些皺紋而在內心感到不快。因為如果我們明白什麼是人生的話，我們就不難

發現，社會是在一代一代交替的過程中不斷地進步的。試想沒有一代一代老前輩的辛勤付出和貢獻，我們這一代和以後的一代一代人又如何能享受社會進步的豐碩果實。用我自己最近的經歷為例，如果沒有前輩們不斷地推動眼科醫術的進步，和先進技術的積累，那麼我就不可能完全在無痛苦的情況下，順利地完成了雙眼白內障的手術。所以我覺得如果我們每個人都能認識到，我們來到這個世界上的任務，是為了推動社會進步，並是為子孫後代能活得更好作貢獻的話，那麼我們就會對人生中的生老病死處之泰然，並會努力地把生命中的每一年齡段都活得美好和精彩的。

在雙眼手術後，我對自己的一生作了一次詳細的回憶。我覺得我的人生中的每一階段都是美好的。童年生活對一般人來說都是美好的，當然我的童年也是挺美好。在那個年齡段，我根本不知道生活的真正意義，因此只要能吃飽穿暖和不被師長們責備就已經感到很幸福了。和童年時代相比，我比較喜歡年輕力壯、青春而又充滿活力的青壯年階段。在那個階段，我雖然常常生活在巨大的壓力和挑戰下，但是由於當時精力充沛，而且對人生也總是充滿希望和憧憬，因此在那時，好像世上沒有什麼能阻擋我攀登人生高峰的難事。當然在人生中，人總是難免會遇上難事的，但是在那個年齡段，當我真的遇上難事時，我總有足夠的精力和勇氣去面對，並且最後總能排除萬難，克服困難。回想那些歲月，我感到它真正是人生中最美好和光輝的日子。

我真正感到自己已經進入了老年時期，是我退下立法會主席位置的那一天。在幾十年處於青壯年的時期中，我的生活充滿挑戰，我的身心長期處在緊張的狀態中。在那個時期，當我面臨工作任務時，我沒有時間猶豫，更沒有時間作周詳的思考和作長期的計劃。用比較確切的話來形容，我一直過着「過關斬將」和「開山闢路」的生活。在那長達幾十

年的時間裏，我身體裏的每個細胞都是活躍的，我的每條神經也都是繃緊的。但當在退下立法會主席位置的那一刻，我全身繃緊的神經好像一下子就鬆弛下來了，而我突然覺得自己是老了並且感覺有些累了。

我於 2009 年 10 月 16 日，也是我退下立會主席位置的第二天，就去了同濟慈善會上班。但是在我的人生中，我第一次感到自己真的不知道應該如何着手開展工作。在那天以後的一段時間中，我感到有些惆悵和彷徨。我足足地在我的辦公室中坐了幾乎半個月。在那半個月裏，我為同濟慈善會如何開展工作和發展方向，作了認真的思考和制定了心目中的初步計劃。

四年時間很快就過去了，同濟慈善會在過去的四年中也不斷發展和壯大了。我的內心為同濟慈善會的發展感到無比的驕傲和欣慰。但我不得不承認，因為工作量的不斷增加，我常常會感到身心疲憊，並不堪負荷。其實更確切地說，我是不得不承認我確實已是進入有些「力不從心」的老年時期。

不過在感到自己已經老了的同時，我也驚喜地發現，我現在比以前的任何時候都善於思考和計劃了。以前我面臨的一直是做不完的工作。所以我幾乎沒有時間和精力仔細思考和計劃我人生中的事情。再說，我過去的工作，也不需要我單獨擔當思考和計劃的重任。就算是在當選全新的澳門特別行政區第一屆立法會主席之時，我的工作也有澳門特別行政區的基本法作依據，並有一個現成的、精幹的工作團隊作輔助。和以往完全不同的是，同濟慈善會的一切工作都是從零開始的，它的壯大和發展完全依靠我的思考和計劃。四年時間很快就過去了，令我慶幸的是，我在以往的從商和從政過程中，積累了不少的工作和生活經驗，而這些經驗為我將目前同濟慈善會的工作做好提供了紮實的基礎。

想到這裏，我覺得我的每一個人生階段，都是很美好的。雖然到

了我的年齡，我的精力不像以前那麼充沛，在做事情時也會常常出現力不從心的感覺，但是因為經過了青壯年時期的磨練，我的人生經驗豐富了，我想問題比以前周到了，做事也比以前細緻了。而這些都是令我高興的大好事。

雖然我很不想看到自己的臉上佈滿皺紋，但是我想如果我們把臉上每一條的皺紋都看成是，代表着我們在過去幾十年的歲月裏的甜、酸、苦、辣的各種經歷的話，那麼我們都不會為多些皺紋而感到苦惱了。當然，在不應感到苦惱的同時，我們也必須清醒的明白，年輕力壯的青年人才是社會發展的真正的動力。所以我們到該放手的時候就必須放手，該退的時候也必須毫不猶豫地退下。不過放手和退下後，我們也不必自卑，因為青年在成長的過程中，我們這些前輩，在他們需要時，還是可以用我們的人生經驗，對他們作出正確的引導。所以我認為我們每個老人，都應該珍惜我們生命中的每一刻，並繼續不斷地為社會作貢獻。只要我們努力的話，我們的老年生活一定會過得精彩和快樂的。

2013 年 12 月 6 日

人才培養計劃

我在退下立法會主席的位置後，本來可以過上清閒的日子。但是懷着回饋社會的感恩心理，也為了實現自己 20 年從商、20 年從

政、20 年從善的人生目標，我決心全力以赴地將澳門同濟慈善會做好。在接近古稀之年，我又走上了一條新的人生道路。這對於我而言，是一條陌生的道路，其難度也是可想而知的。但即使過程再難，結果再可能失敗，我也必須勇敢地往前走。對於慈善會的目標和任務，我想，我們的慈善會既然設在澳門，那麼就應該從澳門出發，做一些對國家有益，對澳門有貢獻的事情。因此我想到了設立「中葡法律雙語人才培養計劃」。這個計劃不但能響應和配合國家在澳門構建「中國和葡語國家商貿平台」的號召，又能培養目前在澳門社會上非常迫切需要的中葡法律雙語人才。在我們團隊的踏實努力下，五年半以來，我們澳門同濟慈善會已經為祖國和澳門培養了不少中葡雙語的優秀青年。雖然有人問我，培養特殊的雙語人才，響應國家的號召搭建「中葡國家商貿平台」應該是政府的事情，我又何必如此積極地出錢和出力。對於這個問題，我想了想，國家和澳門的事，本來不就是我的事嗎？

月前一位年輕議員邀請我與他共進午餐。我和這位年輕朋友雖然認識但卻不太熟悉。不過由於我喜歡結交年輕的朋友，所以除非我有特別的事情纏身而不能赴約外，我是一定會去赴約的。這位年輕的議員雖然任議員的時間不長，但是從他的言談中，我能感覺到他的思維很敏捷、清晰，看問題也很客觀、平和。最難能可貴的是他很專心研究目前正在立法會討論的法律提案，並非常用心地學習不屬他專業的法律知識和了解社情民意。那天見面時他向我透露了，他找我聊天的原因是，他希望向我請教怎樣才能做一個服務市民的合格議員。

和他聊天結束後，我在內心又一次埋怨自己在內心對年輕人持有偏見的不該。老實說長期以來，我對年輕人存在着偏見。我總認為隨着時

代的進步，現在的年輕人，絕大多數和我年輕時代的相比較，都生長在生活相對優越的環境中，因此他們一般都是吃不起苦、沒有太大的社會責任感，並且一般都缺乏窮則思變的奮鬥精神。

但是每次和年輕人聊天和對話後，我都會覺得他們並非我想的那麼糟糕，因此我內心會產生一份深深的歉疚感。在和他們接觸時，我常常從他們的言談中發現，因為他們生活的經驗淺薄，對社會的真正認識也不足夠，所以他們都時有過分自信的感覺。因此他們對一些社會問題的看法不夠全面、有時更出現一些主觀和偏激的想法也是在所難免的。不過正因為他們的人生經歷少，所以他們的思想相對活躍、內心相對真誠和表達方式、方法相對直接都成了他們的優點。而他們的這些優點，也恰恰是我們老一輩人，隨着年齡的增長，在經歷冗長的沉重生活壓力後逐漸失去的非常寶貴的東西。

回想自己年輕時，除了一樣地犯和他們差不多的錯誤外，相對來說由於現在的社會進步了，所以他們與我們這些老一輩的人年輕時比較，可說是較為成熟的。遺憾的是我們常會忘記我們也年輕過，也曾幼稚過的事實。所以我們總是用我們自己的那一套為人處世方法去要求他們。當然我也不例外。因此我長期以來，在主觀上，對他們會有先入為主的偏見。而因為這種偏見的存在，我很多時會產生和年輕人之間有「談不攏」，或者是「雞同鴨講、各講各的」感覺。當然在人與人之間產生了這種隔膜和代溝後，就會自然而然地減少了交流和溝通。就像我上述的這位年輕議員，如果那天他沒有採取主動找我吃飯的話，那麼我相信，儘管我早就認識他，也知道他是應屆的議員，但是我是不會主動去接觸他和了解他的。也因此我永遠也不會知道他為了做一個合格的議員所付出的努力。

在午餐中，他向我說了很多他對社會上發生的事情的看法和想法。

而他的那些看法和想法，對我的啟發是很大的。在和他分手那一刻，我再一次認識到了我們這些老人和年輕人做朋友和進行思想交流的重要性。

近年來，我發現我的思維和反應都比以前遲鈍，我的生活節奏也變得比以前慢，而我學習新鮮事物的興趣也相對地減弱。特別是在我剛從澳門立法會主席位置上退下來後的那段時間裏，我發現自己從非常外向和樂觀的性格逐漸轉向了喜歡獨處的內向性格。而且我發現自己在獨處時，經常會沉浸在緬懷過去的喜怒哀樂中而不能自拔。我變得怕見人、怕逛街和對旅遊也不像以往那樣地感興趣。

對於發生在我身上的上述這些情況，我內心產生了極大的憂慮。那段時間雖然很短暫，不過我很快就認識到了，這樣下去是不行的。我開始學新的東西，並積極地策劃自己的慈善工作。而且為了將自己的空餘時間填滿，我在弟弟其鋒的遊說下，開始了寫博文的生涯。做慈善和寫博客的過程中，我結交了很多新的朋友，他們對我的支持和鼓勵增加了我對生命的珍惜。

最近我真正地體會到擁有高質素生活對每個人都十分重要，而對老年人來說就顯得更為重要。我認識到維持高質素生活，至少要做到在活着的每一天中都心情愉快，並感到自己是活得有意義的。所以我也悟出了，為了讓自己能活得愉快和有意義，我除了要保持健康的體魄外，也必須首先讓自己的生活充實，並必須關注社會上出現的新事物和新情況的道理。不然的話，即使我們有非常健康的體魄，但如果我們不緊跟社會進步的步伐，而是活在我們過去的狀態中的話，那麼我們不能算是有意義和高質素地活着。在這一刻，我想起了百歲老人楊絳先生。楊先生在我看來，不但是活得有意義並保持着生活的高質素，更可説是活得精彩和世界上少有的奇跡。

為了讓自己能活得有意義並保持生活的高質素，除了寫博客、學佛學、做自己的慈善事業外，我也不斷地學習新事物，和關注世界上發生的大小事情。並比以前更加注重廣交不同年齡、不同階層，和從事不同專業的朋友。而從和更多的不同年齡、不同階層，和從事不同專業的朋友交往中，除了增加了我對社會的了解和熟悉外，更常常激起了我對生活的熱愛。特別是和年輕人交朋友更是給我帶來莫大的欣喜。因為和年輕人交朋友，除了能令我深入地了解他們的想法和看法外，在他們的活力和青春影響下，我會忘記自己的年齡，並在他們活力的感染下，我像年輕時一樣，對自己的未來也充滿了憧憬。

其實在出任澳門特別行政區立法會主席前，我就不再需要為自己的衣食住行而發愁。也因為我在生活上，一向並沒有特別高的要求，因此我退下主席位置時，本來是完全可以過上清閒的日子。但是懷着回饋社會的感恩心理，也為了達到實現自己 20 年從商、20 年從政、20 年從善的人生目標，我決心全力以赴地將澳門同濟慈善會做好。

但是在開始接掌澳門同濟慈善會時，我的內心曾對成功和失敗出現了患得患失的糾結。因為我害怕在實現人生最後的從善願望時受到挫折，而不能成功，甚至以失敗而收場。對我這個一向以來無法接受失敗的人來說，我絕對不想在接近古稀之年才開始的從善生涯以不成功，甚至失敗而告終。

不過我同時又想，對每一個人來說要拋掉和遺忘過去的成就，另闢一條新的人生道路根本就不是一件容易的事情。更何況在接近古稀之年，我才開始走上這條非常的陌生，和艱巨的道路，不成功也是有可能，甚或是在所難免。成功當然是最好，要是失敗了，但我已盡了力，那麼我也是無愧於心的。想通這個道理後，我一次又一次地告誡自己，絕對不能糾結在

成敗的猶豫中，而是應該勇敢地迎接我的新生活和沉着地應對任何困難和挫折。就這樣我決定即使以失敗告終及再難的路，我也必須嚮前走。

事實上，我很明白在這條道路上，除了我自己沒有經驗外，也無太多現成的經驗可供我借鑒和參考。因此需要我和我的團隊精心的思考和勇敢的探索。而且我們都明白，每個人足下的路都是要靠自己走出來的，所以只要我們踏踏實實地一步一步走，我們的慈善路一定會是一條康莊大道。當然做慈善也可以純粹向別的機構捐錢，並借助他人之手被動地做善事。不過在做慈善的資金充足的情況下，我不甘心完全被動地做善事。我堅信只要我和我的團隊虛心學習並不怕艱難和辛苦，我們是沒有理由會失敗的。

澳門同濟慈善會是設在澳門特別行政區的一個慈善機構。在澳門政府財政收入豐裕的情況下，特區政府出台了很多幫助貧苦市民的政策和措施。所以說，雖然澳門是一個貧富特別懸殊的社會，但澳門市民基本上是溫飽不愁的。另外，澳門有很多老牌的、資源充足的慈善機構和社團，它們長期以服務基層市民為宗旨，在社會上廣做善事，因此澳門同濟慈善會在澳門可做事情實在不多。也因此我們除了辦一個完全不收費的老年活動中心外，要找適合的項目也就不多了。

我從一開始就有做善事必須到中國內地去的想法，因為中國內地人口多，地域廣，因此生活在很多不發達地區的老百姓，還急需慈善機構補充政府暫時還照顧不到的地方。也因此我們在大約從四年半前就開始參與了中華少年兒童慈善救助基金會的兩個慈善項目，並在兩年前正式成立澳門同濟慈善會北京辦事處，開始和在中國內地從事慈善的各大小NGO合作及參與慈善工作。

不過我認為，我們慈善會既然設在澳門，那麼從澳門出發，一定要

做一些不但對國家有益，還要做些對澳門有貢獻的事情。否則的話，我會覺得有違總部設在澳門的原意。因此我想到了設立「中葡法律雙語人才培養計劃」。這個計劃不但能響應和配合國家對在澳門構建「中國和葡語國家商貿平台」的號召，又能培養目前在澳門社會上非常迫切需要的中葡法律雙語人才。再則，在十年立法會主席位置上，我對澳門長期存在着的，不懂葡萄牙文的中國人無法看懂澳門法律的現象心存極大的憂慮。而這種現象的存在，是阻礙了很多優秀的法律人對澳門法律的研究，從而也妨礙了澳門真正建立自己的法律體系。

這個計劃是純粹按我個人的願望和在沒有任何可以為我們提供經驗借鑒的情況下推出的。我在推出這計劃之時，已經充分估計到要將這個計劃做成功是有很大難度的。因為這個計劃除了對在澳門大學法律系畢業的學生們，去葡萄牙深造可能還存在着一定吸引力外，對在中國內地優秀法律系畢業的學生，去葡萄牙這個相對經濟落後的歐洲小國家，和學習葡萄牙這個小語種的興趣實在是不會太大的。因為我也曾年輕過，我熟知在一般青年心目中，到英、美、法、德這些先進國家留學才是自己真正追求的夢想。

在這一刻，我想起了曾在北京大學獲得學士學位、並在新加坡和美國獲得碩士學位的澳門青年陳函思。記得在她拿到碩士學位時我告訴她，她已有足夠的東方和美國文化，而獨缺歐洲文化。所以如果她有興趣的話，我可送她去葡萄牙學習葡萄牙文。她對我欲送她去葡萄牙感到很驚訝，所以曾多次問我，要學習歐洲文化，為何不送她去法國，而是去那麼落後的葡萄牙。當時我可說無言作答，我只能告訴她，她可以不去葡萄牙，但我不會送她去法國。不過我當時心中確實想到，在一個在澳門長大的女孩心目中葡萄牙也是如此的不濟，那麼在對葡萄牙完全陌

生的中國內地的青年們心目中，葡萄牙是何等模樣那是可以想象的。

不過，我並沒有氣餒，我堅信，即使他們只是沖着獎學金而來的，但是在他們熟悉葡萄牙這個小國家後，他們還是會喜歡這個國家的。果然不出我所料，五年半來，我們澳門同濟慈善會雖然離成功的目標還很遠，但是我們還是培養了不少中葡雙語的優秀青年。除了陳函思外，還有顏曉蓉、陳婷、王榮國、陳德鋒、馮正心、吳俊、馬哲、李傑、周婷、劉奧、楊思婷、黃穎欣、陳景禧、張千姍、施思和宗冬等等幾十名學生。澳門同濟慈善會在未來的歲月中，將還有很多學生相繼走上社會和完成碩士課程。我相信他們都會全心投入工作，並會表現出色的。他們現在不但是我的安慰，也成了我的驕傲。

也有人問我，培養特殊的雙語人才，響應國家搭建「中國和葡語國家商貿平台」應該是政府的事情，我又何必如此積極地出錢和出力。對於這個問題，我也曾想過。不過我又想，其實國家和澳門的事情本來不就是我的事情嗎？

2015 年 6 月 11 日

中國心、世界人

作為一個中國人，我始終認為，為祖國付出和貢獻是絕對應該的。因此，我們同濟慈善會的兩大宗旨之一就是為中國的發展培養

掌握中葡雙語的高端人才。在與同濟的年輕學子的交談過程中，我也始終向他們交代，一定要永遠銘記自己是個中國人，要有一顆為國爭光的「中國心」。在這個基礎上，不斷學習吸收不同文化也是十分重要的。學習多元文化會使我們擁有更加靈敏的思維和更加開闊的眼界。誠然，東西方文化的確存在着很大的差異，但是這些差異之間並沒有「對和錯」的分別。當我們在了解不同文化後，取其精華去其糟粕，使自己有所收穫，才能為國家、社會，乃至整個人類作出最大的貢獻。因此，我希望我們同濟的學生能夠思維廣闊、眼光遠大、心系祖國、胸懷世界，做一個有「中國心」的「世界人」。

2012 年 6 月 5 日我召集在葡萄牙就讀的，由同濟慈善會資助的學生們在回國探親之際來北京，和今年將赴葡的學生們與我在北京一起度過那一天。我於 2009 年 10 月 16 日起退下澳門立法會主席之位後，正式掌管澳門同濟慈善會。由於同濟慈善會的兩大宗旨之一是培養人才，所以除了發放一些獎學金給在世界各地深造的學生外，我們也開始物色適當的、以法律本科為主的大學畢業生，由同濟慈善會全資送往葡萄牙學習兩年葡萄牙語，隨後再攻讀為期兩年的法律碩士課程。

由於同濟慈善會的工作對我來說是一項全新的工作，在開始時，我真有些摸着石頭過河、心中沒底的感覺。但兩年半過去了，我們從全無頭緒開始，由最早只有兩名學生，發展到今年秋季將會有 12 名學生在同一時期在葡萄牙求學的規模。到今天為止也已有三名學生已學成歸來，並返回原單位工作。按目前的發展形勢，我相信學生的總數將會在今後逐步地增加。由我親自挑選和面試的學生都是大學本科畢業成績優良的學生，而絕大部分都是學法律的。在他們被送往葡國學習前，我和他們

中的絕大部分都不相識，而個別的即使相識，也是只見過兩三次面。因此我不能說我對他們的人品是很了解的。在他們進入了同濟的大家庭後，雖然他們和我都會通過電郵來往互通消息，並向我報告他們的學習和生活情況，但是我和他們在一起相處的時間少得可憐，所以學生們和我之間的相互了解是非常不足夠的。當然他們現在可以從我的博客中略知我的近況，但這和面對面的交談還是有着很大差別的。去午夏天，我曾去葡萄牙首都里斯本看望當時在那裏求學的學生們，但是我這人做什麼都急，因此在里斯本僅逗留了短短的二天半。

在那一天半期間中，我和他們一起吃了一餐晚飯，並一起聽了葡萄牙名歌 Fado。雖然我和學生們在一起度過的幾小時令我們雙方都感到很愉快，也令我終生難忘。但事後反省下來，我覺得，我實在應該多花些時間和他們相處。因為人和人只有相處和接觸，才能真正地增進相互了解和加深感情。另外我和他們通過交談，才能真正讓他們認識我是怎麼樣的一個人，也能讓他們了解我心目中想培養的是怎麼樣的人才。

最近，我心中常常想着的是，如何向由同濟慈善會資助和培養的青年學子灌輸「中國心，世界人」的概念和思想。然後通過他們對「中國心，世界人」的概念和思想的認知和成熟，逐步建立以「中國心、世界人」為綱的「同濟精神」。當然，我的意願是在「同濟精神」的建立後，能超越我的生命期。並希望在我離開這個世界後，由同濟慈善會培養的人才，將它一代一代地，綿綿不絕地傳下去。為此，我決定趁在葡萄牙學習的學生放假回來探親之際和還未去而馬上要去的學生們一起在北京過上愉快的一天，並向他們介紹我的想法。

那天我們的活動總共有 10 名學生參加（有四名沒能來北京參加活動）。我們中午集合。除了學生們和同濟慈善會的兩名同事外，我也邀請

了葡萄牙駐華大使 Mr.Jose Tadeu da costa Soares 和我們共進午餐。我非常高興地見到三名在里斯本求讀已快一年的學生們，用葡語和大使先生交談自如，我內心着實為他們感到驕傲和安慰。我相信這一事實無疑也是對那些即將赴葡求讀的學生們最大的鼓舞，因為當他們想到，他們明年回來度假時，也能和葡人用葡萄牙語交流，心中一定會很興奮。葡萄牙駐華大使是一位在里斯本大學法律系畢業的很有風度的紳士。他很有耐心地向學生們介紹了葡萄牙法律和大學的情況。他鼓勵學生們珍惜機會學好葡文，他更向學生們指出，隨着中國和葡語國家經貿合作日益緊密，和中國企業家們在那些國家的投資不斷地增加，目前掌握中葡雙語的法律界人士在中國和葡語國家都是絕對地缺乏。所以他個人認為放在同濟慈善會培養的青年面前的是非常美好和廣闊的前途。我認為他的這一信息，對學生們是非常富於鼓舞作用的。

午餐後，葡萄牙大使先行離我們而去。而我和學生們開始了我們的座談。我向他們介紹同濟慈善會的宗旨。我告訴他們經過兩年半的實踐，在不斷地總結經驗下，我現在已不再執着只為澳門培養雙語法律人才。當然，在名額有限的情況下，我會優先考慮和接收立志為澳門服務的學生。但是作為一個中國人，沒有國家就不可能有我，因此我認為我為國家培養一些人才是絕對應該的。而且歷史告訴我們，祖國的繁榮富強依靠的不僅僅是生活在祖國大陸的中國人，而是包括了生活在海外、港澳和台灣的華人的努力。對我來說愛祖國愛民族是我們每個人最基本的道德品質，所以同濟慈善會培養的學生們一定要永遠記住自己是個中國人。也必須要有一顆為國家爭光、爭氣的「中國心」。我認為擁有一顆心懷祖國並情系中華民族的人，不管他將來身在何處都是值得我們同濟慈善會栽培的。

　　我告訴學生們，讀專業知識固然重要，但不斷吸收不同的文化也是非常重要的。也因此同濟慈善會，除了給他們生活費外，另外給一些讓他們旅遊、交朋友的正常交際的費用。我不想培養亂花錢的富二代，但是我更不願培養不食人間煙火的書呆子。從我個人成長和成熟的經驗來看，我認為文化對人的影響至關重要。一個擁有多種不同文化的人，一定會比腦子裏只有單元文化的人，在思維上更靈敏和在眼界上更開闊。因為當不同文化進入我們的腦海中時，不同的文化會在我們腦中不斷碰撞，它們之間的差異很有可能令我們無可適從，並可能會造成我們在判斷是非、道德的過程中產生一時的迷茫，但是我覺得這種現象應該是暫時的。

　　我記得我有兩位親戚，在他們去美國念書初期（1980 年前後），從他們眼裏看出來的美國的一切都是不順眼的。我第一次去探望他們並和他們聊天時，我說起我很喜歡「Dr. Zhivago」這部電影時，他們的不屑眼光和他們反對這部電影的理據都令我感到莫名其妙。那時因為我喜歡這部電影，所以我在他們的眼中，是「反動」的。他們對離婚和有宗教信仰感到是不可理喻的事。他們覺得離婚是違反道德的行為，而有宗教是唯心的也是邪惡的。另外當時他們認為，如果他們學成後繼續留在美國生活就是大逆不道，甚至罪該萬死。但是在不到兩年的時間裏，他們的思想有了 180 度的轉變，在變化後，他們又認為美國的一切都是最好的，所以他們想盡了辦法最後在完成學業後留在美國。在那一段時間裏，他們甚至覺得外國學生穿我們中式棉襖和繡花鞋都是低級趣味的。當然，他們在美國住長了以後，思想上已不再過分地偏激了，對東西方的是非觀念、道德觀念的差異也有了相對客觀的評價。

　　上面只是我舉的一個生活上的小例子。但是東西方文化的確是存在

着很大的差距。譬如説中國文化中的中庸之道在西方文化中是幾乎沒有的。又譬如我們提倡四代或五代同堂的大家庭生活。而西方文化提倡的是小家庭觀念，在西方文化中，連父母去子女家吃頓飯都要預約是正常的，在中國人看來這簡直就是不可思議的。再譬如中國文化不講隱私、父母可以隨時翻看子女的日記，而西方文化講究隱私，父母連進入子女房間都必須得到子女的同意。我們中國文化中的「好客」往往是西方人不能理解的，但西方人的禮節也往往令中國人無法接受。這種種究竟誰是誰非，相信誰也説不清楚。所以説，在我看來，世界上存在着的各種不同的文化，是沒有絕對的「對和錯」的簡單結論的。只有當我們接觸到它們後，將它們變成自己腦子中的一部分，根據自己的環境、處境吸取和保存好的東西，並去掉不好的東西，令自己生活在自在中和理想的環境中，從而令我們能挖掘我們本能中的最大潛力，來為人類和社會作出最大的貢獻。也由此我心目中寄望的是，同濟慈善會培養一些集不同文化優點的、思維廣闊、眼光遠大、有理想有抱負，並胸懷世界的「世界人」。

我和孩子們説，我和他們無親無故，但緣分將我們綁在了一起，我在接受他們的那一刻起，就把他們當成了我自己的孩子，也已經承諾將他們全部像我自己的子女一樣培養。我對他們沒有任何個人利益上的回報要求。我甚至相信當他們成人成才時，我可能都無法看到，並早就不在世上了。但我真心希望當他們成才後，能用他們的愛心去幫助他們的下一代。我也告訴他們，我已步入晚年，我現在在和時間賽跑，我希望在我剩餘的歲月中儘量多做些有益社會和他人的事情。我又告訴他們，因為現在有了他們，我要格外愛惜自己的身體，因為我有供他們完成學業、幫助他們成才的責任。另一方面我也要感謝他們，因為他們的出現，令我到了晚年時，有了新的人生目標，也是他們讓我在人生道路上

找到了新的意義。

　　我們座談到下午六時吃了一些點心，去到了梅蘭芳劇院觀看國家京劇院的演出。據我所知，幾乎所有的孩子都是第一次看京劇。我告訴他們不要抗拒任何一種藝術和戲劇。藝術沒有國界，它們都是文化的結晶，它們的存在和流傳都有它們的道理。那天的演出節目是京劇的經典的折子戲，分別由高牧坤、董圓圓、張建國等名藝術家主演的「遊龍戲鳳」、「釣金龜」和「霸王別姬」。我聽到孩子們不斷的掌聲和笑聲，我知道他們都非常喜歡在劇院中的每一分鐘，我為此深感欣慰，因為我想給他們的是世界上最好的東西。演出完畢後，國家京劇院宋官林院長邀請了所有的孩子上了後台，在宋院長的介紹下，孩子們近距離地看到了滿臉大汗的藝術家，和他們上舞台時必須背着或拿着的沉重的道具。我叮囑孩子們好好地咀嚼宋院長的一句話「藝術家們是台上一分鐘、台下十年功。」

　　當我和孩子們走到劇院大門口時，我知道我該和孩子們告別了。突然在不知不覺中，我的胸口湧上一股說不出的滋味，那是一種依依不捨的母親離開子女的感覺。在不知不覺中 11 個小時悄悄地在我們中間溜走了，我們這次的聚會也到此結束了。看着一張張稚氣未脫的笑臉，我好像有很多話想說，但一時間又不知道應該說些什麼。當我的司機將車開到我的面前時，我聽到孩子們說「主席，上車吧！您放心吧！」我在他們的催促下上了車，但是上車前我自然地說了一句「我就是不放心啊！」當車子徐徐開動時，我回頭隔着汽車窗戶玻璃看到的是，在灰暗的路燈光下，站着一排高舉着在揮動的手和身形。我在心裏說「孩子們，我們很快就能再見了！我已經安排在 7 月底去看你們了。」

2012 年 6 月 15 日

薪火相傳

　　每年我總會抽出時間，親自面試申請加入同濟慈善會人才培養計劃的學生們。茫茫人海中，我能和這些孩子們相遇實在是「緣份」所致，我們都應該珍惜這份「緣」，我也希望能有更多讓我們互相了解的機會。因此，除了提交申請書和面試之外，我還要求學生們撰寫一篇閱讀我的博文的讀後感。當然，我並非要他們通過這篇讀後感誇讚我的文章，而是希望他們能通過閱讀，增加對同濟慈善會人才培養理念、對「中國心、世界人」同濟精神的認識。我非常欣慰地看見，孩子們都對「中國心、世界人」「同濟」「青年」有很深的理解。這些文章在觸動我心的同時，也給予了我很大的啟發。通過閱讀孩子們的文章，我更加堅定了內心的責任感和使命感。我的責任是引導他們走上一條正確的人生道路，將來成為國家有用之才。我也希望他們能在同濟大家庭中健康成長，擔起薪火相傳的責任，將同濟「中國心、世界人」的精神綿綿不絕地流傳下去。

　　由春節前離開澳門起，到開完兩會再回到澳門，前後整整超過了40天。我的心中對澳門的一切都十分記掛。但在這一個多月的時間中，我馬不停蹄地由澳門到了香港、巴黎、尼斯、里斯本。然後在由歐洲回到香港的兩天後，隨即又去了北京、杭州。然後由杭州又回到北京參加兩會，直至全國政協常委會結束後才繞道香港回到了澳門。因此雖然在時間上離開澳門的時間很長，但是因為在此期間每天身處在忙碌之中，所以時間不知不覺地由身邊偷偷地溜走了。這次我先後在北京住了超過二十天，每天白天參加會議，而在晚上擠了好幾個晚上的時間處理同濟

慈善會的工作。另外還有幾個空餘的晚上，有很多朋友前來陪伴我吃飯、聊天。在京期間我直至晚上十時半過後才能回自己的房間休息。所以雖然日程排得非常緊湊，但是內心卻是十分輕鬆、愉快和充足的。不過這次四十天的經歷，令我真正感到每一天只有 24 小時的時間，實在是太不夠用了。

在歐洲期間我無閒寫文章，而在杭州和北京期間，我也幾乎沒有動過筆、寫過博文，所以為了不讓我的讀者們牽掛，我將存在檔案中的早就已寫好的幾篇文章，稍作修改後放上了網。那天由北京回到香港，去理髮店剪髮，在離開理髮店前，很驚喜地巧遇一位很久未見的好朋友。她告訴我，我們雖已很久未見面，但是她常常上我的博客看我的博文，所以她對我的情況還是有所了解的。但當我告訴她，我已足足超過三個星期未在家中寫過文章時，她叮囑我務必要堅持繼續寫下去，因為否則的話，很多人會牽掛我的。她的話令我很感動，亦大受鼓舞。也為此我回家後，就迫不及待地打開電腦，將由歐洲回來後業已開始撰寫的《低調做人、高調做事》，但始終沒能完成的文章一氣呵成地寫完了。

這次在兩會召開前夕，我專程去杭州親自去面試多位，申請加入同濟慈善會人才培養計劃的應屆大學法學系的學子們。而在兩會開幕前，我在北京又面試了另一些居住在北京或居住在其他北方城市的申請者。總的來說雖然憑一紙申請書和一次短暫的面試，我是不能斷定他們是否合符我的要求，但對他們的表現談吐基本上還是滿意的，我也感到他們基本上都是很優秀的。我知道他們見我時都有些緊張，所以在發揮上有些失常或不夠理想也是無可厚非的。我更覺得在茫茫人海中，我能和他們見上一面實在是我們之間的「緣份」所致，所以我和他們都應該珍惜這份「緣份」。再則如果在我給他們創造機會發揮他們的才能前，就

貿貿然決定他們的命運，對同濟慈善會固然未必是件好事，對他們也有些殘忍，更有些不負責任。但是要我在他們中取捨，對我實在不是一件很容易的事。因此我要求，那些在面試時給我留下深刻印象的學生們，上網閱讀我規定的並已在我的博客上發表的十數篇博文，並在讀完文章後，撰寫一篇讀後感。當然我要他們閱讀我的文章，絕非是為了要他們讚揚我的文筆或文章內容，而是希望通過閱讀，能讓他們增加對同濟慈善會、我本人、我們培養人才的理念，和由我提出的「中國心、世界人」同濟精神的認識和了解。因為一旦他們被我們接納且進入同濟大家庭的話，我就會將他們視為自己的孩子來對待，傾全力培養他們，並希望他們在成才後，繼續將我們的同濟精神發揚光大，以達薪火相傳之目的。

在兩會開會期間，我陸陸續續地收到了孩子們發來的讀後感。令我驚喜萬分的是，他們的文筆都非常好，文章也充滿情感和思想。我在挑選培養雙語人才時，除了着重人品和思想外，特別地重視文筆、文采。因為我認為文章反映撰寫文章之人的思想、感情。從文章的優劣，我們可以判斷撰文之人的邏輯思維是否清晰、正常。因為一個邏輯思維不清晰、不正常的人是不可能寫出好的文章的。我反覆多次閱讀了孩子們的文章，而在每讀一次後，我對他們的好感是有增而無減的。現在我將他們的文章中的有幾段摘錄如下：

當今的世界是一個開放的世界，社會也是一個多元化的社會。我們在立足「根本」的同時，還要放眼寰球。我想，這興許就是主席在「中國心」之後加上「世界人」來作為同濟慈善會口號的一個重要原因。

中國在近代以來的屈辱歷史，很大程度上就是因為閉關鎖國、固步自封。中國今天的發展不可能離開世界。我們每一個人還需要具有國際

化的視野。中國古訓有云：「達則兼濟天下，窮則獨善其身」。作為知識分子階層中的一員，我們有必要汲取傳統文化的精髓，培養自己「敢以天下為己任」的廣闊胸襟。

同濟慈善會中的「同」應當也具有類似的含義吧；「同濟」，同舟共濟，也揭示了同濟慈善會「說明需要幫助的人們」的另外一個宗旨。作為「世界人」中的一員，我們理應以包容的心態迎接來自五洲四海的朋友。

「中國心，世界人」，作為同濟慈善會的口號，與同濟慈善會的宗旨遙相呼應，也展示了同濟慈善會的行動目標。如果最終有幸能夠成為同濟大家庭中的一員，我一定會謹記這個口號，秉承開放包容的胸襟，迎接世界，報效祖國！

歸屬感，是靈藥，滋潤着一顆漂泊的心，更是陽光，溫暖着一顆歷經滄桑洗盡鉛華卻依然孤傲着的心。在外漂泊的日子，最想念的是家庭的溫馨，是親人的暖語，出了國門，走出世界，最親切的是聽到母語的聲音，是國人簡單的一句「你好」。在現代這個越發先進的社會，世界越來越小，我們離開家庭走出國門，走向世界的機會太多，我們不能把眼光局限於國內，我們要展望世界，讓世界成為我們表演的舞台，但我們的根在中國，她是我們的力量之源，是我們堅強的後盾，是我們要保護的樂園，是我們心靈最終的歸屬。所以，我們要始終堅持一顆中國心，做一個世界人。

而當我們踏出國門的那一刻開始，國家就是我們眷戀的家，是飽含着無數愛戀的父母，她一直都在那，用着那雙殷殷期盼的目光注視我們的前行，為我們保留着始終敞開的懷抱，隨時準備着接納我們疲憊的心。在世人的眼裏，我們都只有一個名字，那就是，中國人，那是我們

的驕傲，是我們一輩子背負的榮耀，同時也是我們要為之拚搏奮鬥一輩子的責任，而我們也會甘之如飴地為她付出所有，因為我們都要一顆中國心。

要做一個世界人，那麼就要有一個遠大的志向，一雙容納世界的眼睛，一顆永不言棄的心靈。所以，我們要吸納世界的精華，接受不同民族的文化，不斷提升自己，那讓自己逐漸融入這個世界，並且在這個世界之中綻放光芒。

我還記得 2 月 27 日您面試我的情形，那短短半小時的點點滴滴，時常浮現在我的腦海裏。您認為，人與人之間，如果沒有面對面的交談，沒有思想的交流，沒有生活中的接觸，是不可能產生真的感情並達到真正的相互了解的，對於這一點，我也深表讚同，說實話，雖然只有短短半小時的言語交談與思想交流，但我真的覺得，您與我的距離拉近了，您不斷所強調的「中國心·世界人」的同濟精神，也讓我真正了解到，您心目中想培養的是怎樣的人才。

「中國心」，首先來講，它意味着作為偉大的中華民族的後代，我們不論到了哪裏，都必須要牢記自己是中國人，都必須要有一顆愛國主義的心，要有一顆為國家爭光、爭氣的中國心。我們必須心系祖國情系民族，因為，愛祖國、愛民族，是每個人最基本的道德質量，是一個人最基本的為人之道。只有心系祖國，懂得回報社會，實現社會價值，有為廣大民眾謀福利的理想的人才，才是值得培養的。

我最奢望的一副場景就是：將來能有機會，同同濟大家庭的孩子們，在餐廳裏或酒店大廳裏，圍繞着您坐下，聽您娓娓地訴說着為人處世的道理，您自身的傳奇經歷，還有對我們的勸誡與期望。這就好像圍繞着我們最慈祥敬愛的奶奶，聽她講一個個令人心醉的故事，伴隨着月色，

這一刻美好能永遠定格，永不逝去，這就是我魂牽夢縈的。

同濟慈善會誕生於一顆感恩的心，正在孕育更多感恩的心，同濟精神將被一年一年薪火相傳。無論我是否能夠成為同濟的孩子，與主席有過一面之交就已深感榮幸，主席所倡導的同濟精神也會一直伴我左右：不僅要感恩親友，還要熱愛祖國，回報社會。只要人人都付出一份愛，世界將變得更加和諧美好；只要人人都獻出一份力，社會將變得更加進步文明。我相信，常存感恩之心，就能嚴於律己，寬以待人，成為一個有道德、有文化、有理想的人。

其實身邊部分親友也曾對我要報名參加本項目表示不解，尤其是在香港中文大學在向我發出 JD 項目的 offer 之後我依然如此熱衷中葡項目表示不理解，在他們看來我以 LSAT 成績申請美國法學院或者接受香港 JD 的 offer 都是更好的選擇 —— 在他們看來這兩個選擇今後的職業發展機會和經濟回報都會更可觀。然而我始終同意一位好友所說的話，他是少數堅定支持我堅持申請本項目的人之一，他說「life experience is far more important than the results」，經濟上的成就固然重要，但是如果有機會去做自己一直想做的事，後者就顯得不再重要，更何況我堅信中葡項目是一個可以培育優秀人才的項目，如果入選，我可以在其中獲得長足的成長。

我們青年所抱持的理想主義的生活情懷並不是無現實依據的幻想癡想。真正的理想主義是立足於現實的，它不是好高騖遠，不是脫離實際，它是度德量力，是在願望與能力的平衡中的考慮。

抱持理想主義的生活情懷，我們青年依然可以做「平凡人，做不平凡的事」；抱持理想主義的生活情懷，我們青年才能做一個「不卑不亢，自信之人」；抱持理想主義的生活情懷，我們青年才是同濟慈善會所需之人，才是祖國所需之人。

上面摘錄的只是孩子們文章中的一小部分。其實每個孩子的文章中都還有很多值得我摘錄的精華，而且它們都能激動我的心，也能給予我很大的啟發。但是由於篇幅有限，只能捨棄其中的大部分。不過我非常珍惜每個孩子的文章，我除了已經把所有文章都粘貼在我的文檔中外，也已全部打印出來，以便我隨時閱讀。通過閱讀孩子們的文章，我的內心除了開始對他們產生感情外，還覺得對他們有一份應負的責任和殷切的期盼。我的責任是引導他們走上一條正確的人生道路，將來成為國家有用之才。而我的期盼是他們能在同濟大家庭中，健康成長，擔起薪火相傳的責任，並將同濟的「中國心、世界人」精神，綿綿不絕地流傳下去。

2013 年 3 月 20 日

先做人，後做事

我在過去六年的時間裏，每年都會兩次前往葡萄牙看望在那裏求學的同濟慈善會的學生。每一次，我都會抽出一定的時間與學生們一起座談。我想在我們相聚的短短時間裏，盡可能與他們分享一些我人生的經驗和為人處世的道理。自從創建以來，我們的「中葡法律雙語人才培養計劃」一直以「中國心、世界人」為綱。然而最近我一直在思考，應該在「中國心、世界人」這六個字後還要加上「先做人、後做事」六個字。立志先立德，我覺得要成就事業，必須

先學習怎樣將人做好。對於我們同濟的學生，我並不指望所有人都能成為「名成利就」的官員和大商人，但我希望他們都擁有正確的人生觀和價值觀，都能成為誠實、守德，有一顆奉獻之心的人。我們的學生都是成績優秀、品行皆優的學生。但因為成長的環境相對單純，他們在待人接物的細節處理上還有進一步的提升空間。我真心地希望我們同濟慈善會培養的人才，除了做到「中國心、世界人」之外，還能將「先做人、後做事」作為自己的人生準則。除了學習專業知識外，還要多懂得為人處世的道理，要先把人做好，才能在今後成功成才。

　　我的上一篇博文《身體健康的重要性》是在歷程兩個多月的期間中逐段、逐段地寫完的。其實，我一向喜歡在一氣呵成的情況下寫文章的。但是從 1 月 9 日至 3 月 14 日這兩個月裏，在我生命中發生了太多太多的事情，所以我一直定不下心來寫文章。

　　首先是在那段時間裏，父親染上重病。父親的重病不但令我擔心受怕，還令我除了吃飯、睡覺和去探望他外，對其他任何事情都提不起興趣。再加上，在這段日子期間裏，我到葡萄牙探望在當地求學的本會學生們和上北京參加兩會。我在過去六年時間裏去了 12 次歐洲，但是每次去歐洲的時間都特別短，而行程卻是排得滿滿的，因此在歐洲時，連打開電腦的時間都沒有，當然不要說寫文章了。而在兩會的半個月時間裏，我每天早出晚歸地去駐地飯店參加會議。回家後，每晚都會和相識多年的好友們聊天吃飯。而因為老朋友的聚會往往會比預期的時間長，因此等聚會散時，也已是準備睡覺的時間了。所以在那段時間裏，每晚我既沒有精神、又沒時間寫文章了。

這次在葡萄牙期間我像往常一樣的，安排星期五下午在我下榻的旅館和學生們座談，並在座談後和他們一起去 Fado 屋吃晚飯並欣賞 Fado 演唱（Fado 是葡萄牙非常獨特的民歌）。星期六及星期日和學生們一起從早上 10：00 由我下榻的旅館出發坐巴士去郊遊，並在大約晚上 11：00 回到旅館。星期一下午再和學生們座談，並就這 4 天學生們和我相聚做一個總結。座談會結束後，我們再次愉快地一起去吃晚飯。吃完晚飯，我們相互擁抱，為我們這四天的相聚劃上一個圓滿的句號。

這次在里斯本和學生們聚會的第一天是 1 月 27 日。那天正好是我們農曆年的年卅。所以在座談會上，我把我從澳門帶過去的瓜子、花生、糖蓮子等賀歲小吃，都放在桌子上的紙碟子上供學生們享用，藉此希望能在遙遠的里斯本，營造傳統過中國新年的氣氛。因為我知道學生們身處距離祖國千里迢迢的葡萄牙，特別是在逢年過節時，他們都會非常想念他們的家鄉和他們的父母及親人。當然，我知道我並不能代替他們的親人，但是自從我收他們進入「中葡法律雙語人才培養計劃」那一刻起，他們就都是我的親人。因此我希望在他們生活中的每一天都充滿歡樂。也因此，我心裏一直想着，在身體健康條件允許的情況下，我每年一定會兩次長途跋涉地去葡萄牙探望他們。

那天座談會開始前，我將我在澳門已準備好的「壓歲錢」一一地發給了學生們。看到他們收到紅包的那一刻，臉上泛起幸福的笑容時，我心中不期然地感到萬分的滿足和安慰。因為這些孩子們幸福的笑容，就是對我千里迢迢從澳門飛到葡萄牙最好的回報。

我們每次的座談會都沒有明確的主題。與其說「座談」，倒不如說是我唱的一出「獨角戲」，因為絕大部分的時間都是我在講而學生們在聽。不過，我也不介意他們講得少、聽得多的情況。因為我和他們相處在一

起的時間非常短暫，因此我一直想趁我和學生們在一起的短短時間，儘量向他們多灌輸一些為人處世的道理。

這次「座談」當然也不例外，大部分的時間也是我在講他們在聽。不過在這一次離開香港赴葡國前，我就準備向學生們傳遞最近一直在我腦中思考的一些想法。我們澳門同濟慈善會的「中葡法律雙語人才培養計劃」，一直是以「中國心、世界人」為綱的人才培養計劃。而這次我還想在「中國心、世界人」這六個字上再加上「先做人、後做事」這六個字。

對我來說，我們培養的人才，除了要具有一顆強烈的愛國之心，並要具有在世界任何一個地方都有競爭力，並生存自如的人才。不過在辦了「中葡法律雙語人才培養計劃」七年後的今天，我認為我的學生們，除了需具有能在世界任何一個地方都有競爭力，並生存自如的人才外，還必須擁有遠大的理想和崇高品德。在我看來，沒有遠大的理想和崇高品德的人，不可能是一個具有完善人格的人。而不具有完善人格的人，是不會在人生路上真正成功的。因為我覺得要成就事業，必須先學怎樣將人做好。我認為只有把人做好、做完美後，這個人才能在人生和事業上獲得真正的成功。

我非常崇尚用真本事打天下、成就事業的人。我也特別敬重在困難、挫折面前，從不妥協，並有勇氣克服困難和挫折的人。我更崇拜那些永遠懷有慈悲之心，不虛偽、不作假和無論對人、對己都是坦蕩蕩的人。因為在我看來，具有上述那些道德品質的那些人，才可算得上是真正道德品質高尚的人。而那些高尚的道德品質，也是我一生中追求的目標。

環顧我們的周圍，我們隨時可以發現，在旁人的眼中十分令人羨慕的成功人士。他們要麼是做高官的，要麼是大企業主。不過，我們也不難發現在這些人中間也有一部分人，他們雖然富貴、厚祿，但是他們在

道德品質上、在修養上、在氣質上、在待人接物上都存在很大的問題。那部分人為了升官發財，手段用盡、不走正道、不講道義，有的甚至違法亂紀、貪贓枉法並走上人生的不歸路。所以，那樣的人雖然官運亨通、腰纏萬貫。但是備受世人唾棄和鄙視。那樣的人，在我的眼裏絕對不是什麼成功人士。而且我從心底裏對他們是極其鄙視的。為此，我絕對不願意見到，我們澳門同濟慈善會培養出那種沒有道德的官員和為富不仁的商人。

那天在座談會上我和他們説，我希望我們的學生們首先要學會把人做好，然後才能成就成功的人生。其實，我並不指望所有的學生都成為「名成利就」的官員和大商人。當然我不認為「名成利就」是什麼壞事情。但是人生經驗讓我明白，如果我們把追求名和利，變成我們人生的終極目標時，正確的人生觀和價值觀就一定會被扭曲，甚至被抹殺。因此我不願意見到的是，他們為了追求名和利，而喪失了道德品質和人格修養。我樂意見到是，他們可能在一生中既不富也不貴，但他們都是懷着一顆誠實、守德，一心為社會奉獻之心的人。

也正因為此，我希望我們澳門同濟慈善會在「中葡法律雙語人才培養計劃」中培養的人才，都成為除了具有「中國心、世界人」以外，還能以「先做人、後做事」的標準為人生準則。如果那樣的話，我一定會心滿意足並含笑九泉的。

在那天我還告訴孩子們，我因年事已高，所以我相信無法長久地領導澳門同濟慈善會和負責這個培養人才計劃。我的願望是到 2019 年末我能召集由我們培養的 100 個學生來澳門和我、我的同事們及我們的理事聚首一堂。我也趁機告訴學生們，我培養他們不求回報。我唯一的願望是，在將來的某一天，他們用他們的實際行動，教育、引導、幫助和培

養他們的下一代年輕人的成長。另外，除了將我們的慈善會辦好外，我還有一個願望是，在未來的三年時間中，選擇和培養能將我們同濟慈善會發揚光大的接班人。讓我在三年後，能真正地過上安逸和舒坦的晚年生活。

其實，在過去的幾年中，我每次去葡萄牙，都會請一至兩名由我們澳門同濟慈善會培養的，並已走上社會工作的學生和我同行。我們的學生都是學習成績、品行皆優的學生。但是由於我和他們不是生活在一起，因此對他們在日常生活中，如何為人處世並不能算是真正的了解。當然，雖然在旅行途中短短的幾天和他們相處，並非可以令我對他們在為人處世方面作全面的了解。但是我相信，憑我的人生經驗，我還是會從他們的談吐和言行中，對他們在為人處世方面的不足之處作出正確判斷的。

通過多次帶由我們同濟慈善會培養的學生們同行，我對同行的學生們，在品德上、智力上和言行舉止上都是大致上滿意的。雖然他們的學習成績都很好，並且掌握的專業知識也較豐富，但是他們掌握的通識卻明顯的不足。再加上他們成長的環境相對單純，因此他們思想也相對的單純和幼稚。這些都會造成他們在處理發生在日常生活中的問題時，常常出現手足無措和邏輯顛倒的情況。也因此，他們常常會在待人接物上出現一些小錯誤。

其實，他們犯的都並不是什麼原則性的大錯誤。但是由於他們的這些小錯誤，令他們在和人相處時，往往因為這些小錯誤而破壞和他人的關係。因此我覺得儘管不是什麼大錯誤，但也絕對不能輕視這些小錯誤。所以當我看到他們犯這些小錯誤時，我會及時地向他們指出錯誤所在。而且我也會將他們犯錯誤的事例帶回來，並在和其他學生們聊天

時，引用這些事例，並指出為何我覺得這些言行舉止是要不得的。

今年 2 月 26 日我啟程去北京參加 2 月 27 日和 28 日為期兩天的全國政協常務委員會的會議。並於 3 月 1 日及 2 日兩會召開前，抽空飛往杭州面試今年報名參加我們澳門同濟慈善會「中葡法律雙語人才培養計劃」的學生。以往，我們只開放北京大學、浙江大學和澳門大學的應屆法律系畢業生報考我們人才培養計劃。今年，為了報答母校的培育之恩，我首次向安徽大學的應屆法律系畢業生開放，讓他們報名參加我們這個項目。

那天，面對前來應征我們這個項目的來自安徽大學的，非常從容和對答如流的優秀學生時，我心中思潮洶湧。在那一刻，我想起了當年進入安徽大學就讀時滿腔委屈的情景。這不但令我感到羞愧，而且還自責自己的偏見和狹隘。其實，在人生漫長的過程中，我不但明白了大學教育教的只是皮毛和非常膚淺的基本知識。而且我也明白了名牌大學畢業的學生，只不過是在畢業那一刻時，比非名牌大學畢業的學生，在找工作上略佔優勢。在進入工作單位後的競爭，還是要憑真本事的。到那時，畢業於名牌學校的人就不一定會比非名牌學校的人強的。相信一個終生學習、永遠向上的人才是最後能真正成就大業的人。我們中國成語中有一句，「英雄莫問出處」真的很有道理。因為當一個人成名成家後，誰也不會在乎他是否出自名校的了。因此我希望被我錄取的安徽大學的學生們，要格外努力地把書讀好、把人做好，將來在成才後，成就大業。

今年是全國政協第十二屆最後一次大會，因此我們澳門的委員都格外地珍惜這次會議。在會議上我們都熱衷為國家、為澳門的大小事務，建言獻策。希望自己在政協委員的崗位上做個稱職的委員。

2017 年 3 月 20 日

自省標準

　　人的一生中，除了要多學習知識和正確做人的道理外，也必須經常自省自己的思想和檢視自己的行為。我曾遇見過很多的聰明人，他們思維活躍，說話簡潔自信，從他們的身上我總能學到很多東西。但是，聰明的人也有一些共同的毛病。因為思維敏捷，學習能力強，他們沾染壞習氣的速度也很快。在這一點上我也有所體會，從小我就是在一片「聰明」的讚譽聲中長大的，但我在童年時並不是一個單純和特別善良的孩子。除了刁蠻和脾氣大以外，我的腦子裏也經常有一些歪主意。幸好在我的成長過程中，經過家長和師長的教導，我的不良心態得以修正和改變。更重要的是，隨着年齡的增長，我學會了時刻反省自己的行為和思想，逐步建立了一些自省的標準。人生中，我們除了要學會和別人相處外，最重要的還要學會和自己相處。做人做事，我們不能違背自己的良心，更不能對社會和他人造成損失。

　　8月底在北京遇見了一個八歲半的男孩。這個男孩是隨他的祖父到我家來作客，其實這個男孩已經是第二次上我家作客，上一次他是隨着他的祖父母來我家的。但是因為上一次他來時，家中賓客很多，所以我沒有單獨接觸他的機會。而因為他不停地穿梭在賓客之間，所以除了覺得他很活潑可愛以外，我並沒有對他留下很深刻的印象。

　　這次這個小男孩來作客時，我的家中只有幾個串門客，所以我和他有了很近距離的接觸。我給他吃一些糖果和冰淇淋後，就專心和小男孩的祖父及另外幾位朋友交談，對坐在旁邊的小男孩並沒有過分的在意。

但是在交談中，這個小孩的祖父讓我考考這個小孩的英文。我當時心想一個八歲半的小孩，應該是剛開始念小學的年齡。他的英文再好，也只不過是小學二年級的程度。所以隨口問了他的名字。想不到當我用英語向他發問後，孩子馬上跑到我旁邊挨着我坐下。他不但用英語告訴了我他的名字，並馬上向我反問了我的名字。當我告訴他我的名字後，他的話匣子一下子就打開了。

他接着用英語告訴我，他對我的一切都十分了解，因為他的爺爺向他講了很多有關我的小故事。他又接着問我，我有沒有夢想？我對他這個問題雖然有些驚訝，但我回答了。我告訴他，在我年輕時有很多的夢想，但是現在年老了，所以夢想也少了。然後，我也隨即問他，他的夢想是什麼？他回答說，他的夢想是長大後成為一個科學家。我接着又問他科學家是要創造發明的，那麼他想創造發明什麼？這次他的回答真的讓我大吃一驚，因為他理直氣壯地告訴我，他未來的創造發明，一定是要讓人類的生活過得好、過得幸福。

我們上述的全部對話都是英語的。這個孩子不但英語流利、發音標準、詞句組織完整、表達清晰，而且用詞也非常恰當。當時在座的雖然都是在各自的工作中取得非凡成就的人士，但是包括這個孩子的爺爺在內，都是不懂英語的。在那一刻，我對這個孩子能說一口標準流利的英語感到非常的好奇。於是向孩子的爺爺詢問孩子的父母是否在家和孩子用英語對話？孩子是否從小被送往用英語教學的學校？孩子是從幾歲開始學英語的？

孩子的爺爺告訴我，孩子的父母英語並不好，所以在家裏是沒有任何人用英語對話的。這個孩子也從來沒有受過特殊的英語訓練，他的英語是在牙牙學語的時候起，就在電視機上看英語卡通片時不學自通的。

其實，他家中的大人包括他的父母，都不知道他是怎麼和在什麼時候學會講英語的。他的爺爺更告訴我，他不但會說，他還能看懂用英文書寫的文章。我聽了孩子爺爺的這番話，心中真有不可思議的感覺。另外孩子的爺爺又告訴我孩子學什麼都特別快，他雖然只有八歲半，但是他已彈得一手好鋼琴，最近也已通過鋼琴的六級考試。

我眼看着這個小孩，心中不禁嘖嘖稱奇。他絕對是我接觸過的同齡孩子中，最聰明的一個。相信這就是亞馬遜創辦人在為普林斯頓畢業生演講中說的「聰明」是天賦，這句話中指的「天賦」吧！我為這個孩子擁有這樣難得的「天賦」而感到格外的高興。

我除了為那個八歲半的孩子能擁有那麼難能可貴的「天賦」感到高興以外，更為他的夢想是「必須讓人類的生活過得好過得幸福」而高興。我相信一般和他年齡相仿的孩子們腦中想的都是吃得好、玩得樂的事情。像他這樣有如此充滿大愛夢想的孩子應該是很少見的。其實，那天在我們的談話中，我問了他，他究竟想發明些什麼能讓人類的生活過得好和過得幸福。他的回答是他要研究環保，讓人們呼吸上好的空氣，並因此健康長壽。對他的回答我讚歎不已。這個孩子生活在北京，從他的說話中，我們可以看到北京空氣惡劣的程度。因為在一個年僅八歲半的孩子聰明的腦袋中，已經不斷思考如何改變這種損害人類健康的惡劣空氣質量問題。我感到這個孩子除了擁有聰明的天賦，和擁有極強的觀察能力和獨立思考能力外。他還是一個善良的和一個胸懷大志的孩子。我相信這樣的孩子，只要在正確的價值觀、道德觀和是非觀的引導下，在一個溫暖和充滿愛的環境中長大成人的話，將來必定能成大器。

我一向喜歡和聰明的人交往，因為聰明人都比較討人喜歡。我特別讚同我們上海人的一句老話「情願和聰明人吵架，也不要為笨人出主

意」。我也經常告誡自己，千萬不要多管別人的閒事，特別是管笨人的閒事。因為幫他們出了主意，可能非但解決不了他們的問題，而且常常會令自己捲入莫名其妙的煩惱之中。亞馬遜創始人貝佐斯說得很對，天賦是與生俱來的，上帝造的人不是個個都聰明的。所以我在和不夠聰明的人相處時，必須抱比較寬容的態度。

在我一生中遇見過很多聰明人。聰明人的思維一般活躍敏捷，說話也一定簡潔自信。而且聰明人一般不易鑽牛角尖，也不會太固執己見。所以和聰明人相處我從來不會感到枯燥乏味。並且也能從他們的行動舉止或思維方式中，學到很多的東西。但是在漫長的人生中，天賦聰明的人一般都有共同的毛病。他們都比較高傲、懶惰和急躁。由於他們腦子靈活、好使，因此他們吸收新事物和新思維比較快。但是也由於他們聰明，所以他們在沾染壞的習氣和學會不良行為也一定很迅速。因此我一直認為，越聰明的孩子就越容易學壞。

我向來關心兒童的德育。因為我覺得孩子們腦子裏想的究竟是什麼，我們成年人往往是不知道的。因此我認為，家長或師長，一定要在兒童們的價值觀、是非觀還沒有牢固建立前，加強對他們的道德教育。我也相信聰明孩子腦中的想法就更多樣化。如上述八歲半的孩子，他之所以能說出，「他未來的創造發明，一定是要讓人類的生活過得好、過得幸福。」是充分反映了，他的觀察、思維能力和吸收知識的能力，都比一般同齡兒童強。也因此我們對特別聰明孩子的教育方式方法就尤須加強。因為如果那些聰明的孩子，在道德敗壞的風氣影響下，和在缺乏愛的環境中長大成人的話，那麼他們在成年後的價值觀、道德觀和是非觀會比資質一般的人顯得更扭曲。

和上述我那位朋友的年僅八歲半的孫子相比，我的天賦當然是遠遠

不及的。但是儘管如此，我也是在一片被讚「聰明」的環境中長大的。我自出娘胎就交由我家保姆阿香姆媽照顧，因此她比任何人都了解我。她是第一個稱讚我聰明的人，但同時她又是第一個擔心我學壞的人。由於她沒有上過學，所以她不是一個文化修養很高的人。但由於她是一個絕頂聰明和識大體的人，所以她雖然說不出太多的大道理，但她常常會用戲文裏的歷史人物作比喻，將中國傳統的忠孝節義的做人道理傳授給我。她也不斷地向我灌輸「與人為善」和「勤勞樸素」的思想。在某種程度上來說，我的阿香姆媽是我一生中，對我在待人處世上影響最大的人。

在我念初中時，由於母親曾有一段時間長住在香港，所以上海除了阿香姆媽和另一保姆陪伴我外，經常來我家看望我的是我的一位姑媽。當時由於我少不更事，所以經常發脾氣，也因為貪玩而不好好地唸書。記得有好幾次姑媽和顏悅色地勸我，不要將自己的聰明浪費掉，她告訴我以我的天賦，只要好好念書，並在長大後做個善良的好人，那麼我的前途必定無量。

在學校裏，對我的「聰明」讚揚不已的是我的老師們。記得高中的幾何老師趙元濟就曾稱讚我說，我是他教過最聰明的孩子。另外最令我印象深刻的是我初中二的班主任劉福寶在家訪時對母親說的那些話。她說：「希望我的母親能格外重視對我的教導。劉老師說由於我太聰明，所以我的膽子特別大。又由於我的性格強，所以用罵用罰的辦法來處理我的錯誤是行不通的。劉老師還說她認為如果家庭和學校配合，好好教導我的話，我將會成為一個很好的人。但如果在對我的教育中出差錯的話，我有可能變得很壞很壞。」（在《劉老師，我永遠懷念您》一章中有詳述。）

其實我相信在這個世界上，最了解我們的非我們自己莫屬。在回憶童年往事時，我清楚明白我雖不笨，但是我並不是一個單純和特別善良的孩子。我在很年幼時就喜歡揣摩周圍成人的想法和模仿成人的行為舉止，我對發生在我周圍的任何事物都產生好奇，並不斷思考發生這些事情的原因。我的母親是一個特別聰明和敏感的人，家中無論老幼都很怕母親，也不敢向母親隱瞞任何事情。但為了避過母親的責備，我會想種種辦法編一些故事，將母親蒙在鼓裏。總之一句話，在我童年時，我除了刁蠻和脾氣大以外，我的腦子中也經常存在一些歪主意。

令我記憶最深的是我在初中時，曾指使並利誘年齡比我至少大 10 歲的阿香姆媽的養子，為我寫匿名信告誡對我不大友好的同學要善待我。（當時我雖年僅十二三歲，但我已掌管家中的財政大權）。我也曾多次利用手中掌握錢財的權力，向生活困難的年齡比我大超過 15 歲的堂姐實施報復，報復她在我幼年時沒有善待我。（詳情見博文《權力》。）我更在未滿 11 歲時，為不滿小姨惹哭妹妹的舉動而向她報復。那次我將她送給我的一本相冊撕成碎片撒在她的床鋪上，令小姨氣得抱頭痛哭了一整天。我還只有 12 歲半那年，因不滿母親對我的責備，而不理睬母親長達數月，直至母親寫信向我道歉為止。上述列舉的那些事例，雖然聽起來可笑，也特別的幼稚。但是細想起來，那些行為和想法，都是在不正確思維的影響下產生的。幸虧隨着年齡的增長，我心中的仇恨、報復的不良心態得以修正和改變，追求權力的欲望也逐步趨於平淡。不然的話，可能我真像劉老師口中所説的成了一個很壞很壞的人。

最近，我曾在一本書上看到一段很有意思的説話，它是：「在一輩子的人生中，我們除了要學會和別人相處外，還要學會和自己相處」。回憶自己的一生，我感到這句話真是太正確了。我越來越覺得和別人相處

相對比和自己相處更容易。因為和人相處時，我們還能用偽裝來掩飾自己內心真正的一些想法和感受。但是和自己相處時，我們卻無法逃避自己良心上面臨的種種問題，更無法掩飾自己真正的感受。譬如在我上述列舉的那些童年的想法和行為，如果我不說出來的話，那麼我做那些事時，我內心的亂七八糟的一些想法，也只有我自己才知道的。

所以說，我認為人除了多學習知識和學習正確做人的道理外，也必須經常自省自己的思想和檢視自己的行為。當然在人生中我們會遇到一些是非界線比較模糊的事情。所以有時，我們想的和做的事情，都沒有絕對正確或錯誤的界線。不過我想我們還是可以在自己內心設立一些審視自己想法和行為的標準的。

由於我認識到經常審視自己思想和行為的必要性，所以我在漫長的人生過程中，逐步建立了一些自省的標準。我的自省標準是，我的思想和行為，絕對不能違反道德，更不能對社會和他人造成損失。

2013 年 9 月 20 日

心安理得

幾十年的從商經歷中，我一直立志掙錢並做大事業。但自從 2006 年的一場大病過後，我開始產生了「用有」比「擁有」更重要的想法，「財物既然取之於大眾，必也用之於大眾」。病體痊癒後，

我即刻着手籌備成立我自己的慈善會。雖然早知賺錢的不易，開始慈善會的工作後，我才發現合理、正確地花錢，可能比賺錢更加困難。每一份幫助都是一個承諾，是一份沉甸甸的責任。因此，即使捐贈完成了，我仍然會擔心是否真的做到了「將賺來的錢花在有益社會之處，真正幫助有需要被幫助的他人」。但同時，慈善會的工作也使我體會到了，除了金錢之外，還有許多更有意義、更值得追求的東西。早在 1999 年我就已經結束了從商的生涯，但那之後的工作使我收穫了許多金錢買不到的東西。在從政和從善的事業中，我賺到了歡喜和尊重，更重要的是我實現了一直以來服務大眾的理想，賺到了自己內心的心安理得。

最近閱讀了星雲大師撰寫的《談處世》一書。星雲大師將書中的「談財富」一章，分成了下列的四個小節。它們分別是「從擁有到用有」、「真正的財富」、「賺到歡喜」和「用錢和藏錢」。這四個小節的篇幅在整本書中雖然不大，但是它們的每一句話，都會令我陷入深思，並感到受益匪淺。所以我在過去一個星期，已經將它們來回來回地讀了很多很多次。而每讀一次後，我對它們都會留下更深刻的印象。今天提筆寫出讀後的心得體會，留待自己日後閱讀。

在「從擁有到用有」中，星雲大師説：

河水要流動，才能涓涓不絕；空氣要流動，才能生意盎然。吾人之財物既然取之於大眾，必也用之於大眾，才合乎自然之道。一心想要擁有，不如提倡「用有」，真正的「用有」不易做到，一旦執着財物是我的，用的對象就不廣泛，用的心態就不正確，用的方法也有偏差。其實，吾

人的一生空空而來，空空而去；吾人的財物也應空空而得，空空而舍；對於世間上的一切，擁有空，用於實，豈不善哉。

在「真正的財富」中，星雲大師說：

人生在世，錢雖然很重要，但卻不是絕對萬能的，因為除了金錢以外，還有許多東西對人生更有意義、更值得追求。除滿足、歡喜外，健康、智慧、慈悲、願力、懺悔、感恩，都是人生很值得追求的東西，也才是我們真正的財富。

在「賺到歡喜」中，星雲大師說：

一生之中，能賺到幾仟萬的人並不多，但是我們能從工作中賺到歡喜，賺到尊重；從人我相處中，賺到禮貌，賺到關懷；從信仰中賺到心安，賺到慈悲，這些心內的法財，勝過銀行的利息和紅利。

在「用錢和藏錢」中，星雲大師說：

世間上所有的金錢都不是我們的，佛經說是水、火、官府、盜賊、財家子五家共有的，金錢要用了才是自己的。聚斂，做一個守財奴，終不是善於處理金錢的人。

自從讀了星雲大師的這篇文章後，他上述的那些話，開始反覆不斷地在我的腦中出現。我也開始了，以星雲大師的說話為標準，對自己的

一生進行了一次又一次的反思。而通過每一次的反思，我都對星雲大師言語中寄予的寓意有更深刻的領會。而且在更深刻領會這些言語中的寓意後，我對在未來的歲月中，應該如何處理自己積累的儘管不太多的財富有了更明確的方向。

對我這個長年從商的人來說，我早就明白，在商場中成功並不是必然的。為此一直以來，我內心常常恐懼由我所管理的企業遭受倒閉的厄運。也因此在過去的幾十年從商路上，在處理一切事務時，我都一直抱着戰戰兢兢和步步為營的心態工作，並儘量防止自己在工作中出錯。當然和其他從商的人一樣，我也經常遇到困難、挫折，並且也常常感到非常的辛苦。而我內心的那種恐懼和身心上的辛苦，是鮮為外人所知的。也因此長期以來，我一直覺得賺錢是世上頭等的難事。不過和很多人相比，我是很幸運的，因為我一路走來還是相對順利和平穩的。

其實我很明白在這個世界上，要做成任何一件事都不會是容易的。而對任何要賺錢和要做成功生意的商人來說，他們除了要擁有刻苦耐勞和艱苦奮鬥的精神外，更要擁有合理的邏輯思維、獨到的眼光和頑強的意志。根據我個人的經驗，從商的人在做生意、辦企業時，總會本着在商言商，不賺不做的原則。也就是說對任何一個從商的人來說，做生意或辦企業的目的是賺錢，和把能賺錢的生意越做越好，並越做越大。當然在生意和企業賺錢，並且把生活和企業做成功的過程中，人們會因為財富的積累和個人及家人生活素質的提高而感到喜悅。當然從商和做任何事情一樣，都是冒有很大風險的。而對從商的人來說，在企業不成功和不賺錢時，除了身心都會受到嚴重的打擊外，企業結業、關門，甚至倒閉都成了唯一的，也是必然的命運。

但是無論我內心對生意失敗有多恐懼，我還是堅持不斷地為賺錢和

成就事業而努力。我在心中也早已立下誓言，一定要賺錢並做大事業。而且我也決定在賺了錢後，除了改善自己和家人的生活外，還要將錢回饋社會，也就是說要將錢花在有益社會和幫助有需要被幫助的他人。當然我立下誓言時還很年輕，所以我無法預測自己的未來，因此也不可能為將誓言付之於實而作出妥善的安排。但隨着年齡的增長，和財富的積累，我發現對一個人，特別是對一個上了年紀的人來說，滿足了基本生活要求的「用有」後，在正常的情況下，實際上需要花的錢是並不多的。當然我明白一個人如果缺乏正常生活所需的金錢是非常痛苦的。但是我更明白，對每個年長者來說，在生活無憂後，最重要的是保持身體的健康。特別是我在 2006 年患上一場大病後，我更深刻地體會到了「用有」比「擁有」還要重要和實際。因為除了需要擁有足夠的金錢醫治可能染上的疾病外，對任何人來說，其他多餘的金錢都是在我們離開這個世界時沒法帶走的。換句話說，多餘的金錢對我們每個人來說是沒有意義，並且是「空」的。

說起 2006 年我患的毛病，實在令人奇怪。那一次我頸部以上的器官：眼、耳、鼻、喉都突然出現了問題。我的視力模糊、我的右耳失聰、我的喉嚨嚴重發炎、我幾乎發不出聲音。除此以外，多位耳鼻喉專家都認為我患了鼻咽癌。在那年生病的幾個月中，無論是我的家人、周圍的朋友，包括為我診病的醫生們，都對我的情況不抱樂觀態度。而我當時除了痛苦外，更多的是無奈。當然在當時我雖不至於想到自己已面臨死亡，但是那幾個月的經歷足以令我深深地感到，在我們生病的時候，無論我們擁有多少財產或權勢，都是無法幫到我們的。而且也深切地體會到了身體健康和精神愉快比權和錢都重要。從那時開始，我心中產生了「用有」比「擁有」更重要的想法。同時我真正感到生命是脆弱的。因此

我下定決心爭取在剩餘歲月的、身體健康時的每一分鐘、每一秒鐘，做我一直想做，而沒有來得及做的事情。我也第一次真切地體會到了「四大皆空」的真實意義。

在我病體痊癒後，即刻着手籌備成立我自己的慈善會。但由於我要到 2009 年 10 月 15 日以後，才能離開立法會的工作崗位，所以我除了主持立法會工作外，是無法兼顧由我創辦的慈善會工作的。也因此我和好友林金城先生商量並獲得他的同意，在 2006 年成立澳門同濟慈善會，並由他主持一切會務直至 2009 年 10 月 15 日。儘管林金城先生的公、私事務都很繁忙，但是他不但欣然接受了慈善會的工作，並在慈善會成立之時，在慈善會裏投入了他的部分資金。我為林金城先生此一義舉而感動，並且在內心對他產生感激之情。在林金城先生的幫助下，我終於在踏入晚年後，將自己多年來的夢想付之於實，並完成創辦慈善事業的心願。雖然直至今天，我們的慈善會規模還是很小，但是我內心是充滿喜悅和感到萬分的欣慰的。

在 2009 年 10 月 16 日，我如期地退下了立法會主席的位置，並於當日起，開始掌管同濟慈善會。在短暫的四年中，我逐漸發現，儘管我的慈善會規模還是很小，但是要做慈善，並要把自己賺來的錢妥善地花在有益社會、真正幫助有需要被幫助的他人，並不是一件非常容易的事情。而且我覺得要合理、正確地花錢，真的可能比正當地賺錢更加困難。

做善事肯定是會牽涉到金錢，並花費精力。但在這個世界裏，令人厭惡的、打着慈善旗號招搖撞騙的事例比比皆是。而由於我內心一直對那些心存不良、招搖撞騙的行為深為痛恨，因此在捐錢給慈善機構之時，總是步步為營，深怕受騙。我非常不願意看到自己辛苦積累的金錢讓人給騙走了。也因此我也往往在捐了錢做了善事之後，還會憂心重

重。因為我們實際上是沒有辦法去證實我們是否真的做到了「將賺來的錢花在有益社會之處、真正幫助有需要被幫助的他人」。從而我得出了慈善事業比做生意更不容易的結論。因為在生意來往中，一筆生意交易完成後，不論賺錢或虧本，一切都隨之而結束。但當我們做了慈善捐了錢後，我們是會擔心我們是否受騙並懷疑我們是否真的做到了「將賺來的錢花在有益社會之處、真正幫助有需要被幫助的他人」。

我對上述我提出的「我覺得要合理、正確地花錢，真的可能比正當地賺錢更加困難。」深有體會。因為對每個從商的人來說，站在從商言商的角度，在企業無法賺錢時，可將生意結束並將企業關閉。當然我這樣說並不表示結束生意和關閉企業的決定是容易作出的。不過是完全可能的。而且生意失敗，最大的受害者只是我們個人，或我們的家人。但是對真正懷有愛心的從事慈善事業的人來說，情況卻有很大的不同。因為在慈善事業中，被我們資助或幫助的團體和人士都是急切需要獲得幫助的個人或群體。我們對他們作出的每一個承諾，都是一份沉甸甸的責任。如果我們作出了承諾而不兌現的話，承受其後果的將是弱勢的個人或群體。也因此，在過去的四年中，我比在從商時更加戰戰兢兢、更加怕犯錯誤。因為我知道我犯的任何一個錯誤，都可能導致很多人遭受痛苦和損害。

除了上述的心得體會外，在過去四年從事慈善工作的過程中，我感到我最大的實際收穫是，我真切地體會到了如星雲大師所說的「除了金錢以外，還有許多東西對人生更有意義、更值得追求。」相信星雲大師上述的說話，對我們每個人應該都不是陌生的。而我也早就知道它的意思，並常常會在和他人交流時應用它。不過我對它的切身體會卻從來沒有在過去四年慈善工作期間那麼的深刻。當然直至今天，我還是感

到金錢對我們每個人都是十分重要的。因為沒有金錢，我們不但一事無成，而且維持生活也會是有很大的問題的。但是我更明白了，在這個世界上，除了金錢以外，真的還有很多其他的東西，對我們是至關重要的。

三年半前，我們的慈善會開始了中葡法律人才培養計劃。在過去的三年半中，我認識了很多和我沒有任何血緣關係和本來不相識的青年。在同濟慈善會接受他們申請的那一刻起，我向他們作出了，我將他們都當成自己的子女一樣培養的承諾。為將這份承諾付之於實，我和所有的孩子保持着緊密的聯繫，我更多次遠赴里斯本探望他們並和他們共度周末。我發覺在我對他們付出真心和無私的關愛後，他們對我也似對待他們至親的長輩一樣關心和愛護。他們對我的關心和愛護常常令我感動，更給了我精神上莫大的安慰。我深深地體會到，這份精神上的安慰給我帶來的內心歡愉和幸福絕對是用金錢買不到的。在過去的三年半中，我真正地認識到了金錢可以買到很多東西，但是它卻沒有辦法買到感情、幸福和人與人之間的愛。

讀了星雲大師「賺到歡喜」的這一節後，我回想起了自己任職立法會的十年生涯。在我 1999 年當選後，為了致力於立法會的工作，我放棄了管理自己所有的生意，我賺錢的熱忱也逐漸地減退。但是我一點也沒有後悔，因為像星雲大師所說的那樣，在那十年期間，我在工作中賺到了歡喜，賺到了尊重；從與人我相處中，賺到了禮貌，賺到了關懷；從信仰中賺到了心安，賺到了慈悲。而對我來說，最重要的是在那十年中，我賺到了自己內心的「心安理得」。

2013 年 11 月 1 日

學會做小事

　　在這幾年從事慈善事業的過程中，我認識到了，慈善事業和其他事業一樣，都必須重視實際的效果。金錢、物資上的援助只能起到「治標」的作用，而教育才能真正地「治本」。特別是在教育資源匱乏的貧困地區，一些微小的投入就能做很多很多的事情。幾年前，我們開始和另外一個組織合作「鄉鎮學校住校學生睡前故事干預項目」。項目的金錢投入很小，卻取得了令人意想不到的良好成效。這個項目的成功再一次證明了，慈善是否真的有效果，並不取決於善款的多少，而是負責的人是否真的在用心設計項目。受這件事的啟發，我更加堅定了做事業要從小事做起的想法。在我人生幾十年的經歷中，我在做任何一件事情時，都非常注意小節，也肯做小事。我也將我的這些體會分享給了同濟慈善會的學生們。我想借我的經驗告訴他們，只有勤於思考，能把小事做好的人，才能在大事上取得真正的成功。

　　自從 2009 年 10 月 16 日從澳門立法會主席位置上退下來後，我開始走上慈善之路。其實，在沒有走上慈善之路前，每逢中國內地或其他國家、地區遇到水災、旱災、地震或海嘯之時，我們澳門同胞總會組織起來向受災區的災民伸出援手，並捐出金錢和物資。而幾乎在每一次的賑災活動中，我都會積極參與其中。不過我的內心一直覺得真正的慈善，應該不僅僅限於向涉災地區捐錢和捐物資，而應該是在自己的能力和精力允許的範圍內，主動地、直接地了解被救濟對象的實際困難，以對症下藥的方式，直接參與到各項慈善活動中。不過，在 2009 年 10 月 16 日

澳門同濟慈善會於正式運作前，由於沒有時間和渠道，我無法直接參與慈善活動中，而只能用捐錢或捐物資的形式做慈善。

其實在 2009 年 10 月 16 日澳門同濟慈善會正式運作前，我只能用捐錢或捐物資的形式參與賑災。但在我的心目中一向認為「教育」才是最高意義的慈善。並且我一直覺得真正地稱得上做慈善，是在了解貧窮落後地區的老百姓的實際困難後，除了向他們提供金錢上、物資上的援助外，還要向這些地區提供教育上的援助。因為在金錢上、物資上對貧窮落後地區作出援助只能「治標」的作用，而這些地區在教育上的援助才能起到真正「治本」的作用。我認為那些貧窮落後地區，之所以貧窮落後，是由於歷史原因、自然環境和教育機制上的限制。如果我按照教育興邦的思路做慈善的話，我相信在教育程度提高後，那些地區是完全可以改變貧窮和落後的狀況。

在 2009 年 10 月 16 日我正式接掌澳門同濟慈善會後，我們同濟慈善會所做的第一個項目就是培養高端的中葡法律雙語人才。在第一個項目開始的兩年後，我們在北京開設了澳門同濟慈善會北京辦事處。我們慈善會北京辦事處以學前教育、基礎教育和關心留守兒童為重點工作。北京辦事處的同仁們，在摸索和實踐過程中，認識到了我們國家在教育上是投放了大量資源的。不過美中不足的是這些資源主要集中在大城市和發達地區。在幼兒教育上，在我們大城市中普遍存在，但是在農村的普及程度卻是不高。特別是在很多貧窮和落後地區，幼兒教育可說是根本不存在的。其實，幼兒教育在中國興起的歷史並不長，記得在我幼年時，就沒有上過幼兒園。相信幼兒教育在那個時代，即使在上海那個大城市，也是不普遍的。

在從事慈善事業的過程中，我認識到了，慈善事業和其他事業一

樣，也必須重視實際的效果。而我指實際效果往往不是和付出的金額成正比的。在沒有真正親身做慈善之前，我在每次澳門發起捐款給災區賑災的金額往往是幾十萬或幾百萬人民幣。但是由於捐了錢後，受捐的單位從來都不會將善款用在何處的報告送來給我們這些捐款的人，因此我們捐款人在捐了錢後，是根本不會知道我們所捐出的錢，是否是真正地到了我們想幫助的人手中。

不過，在我親自做慈善的過程中，我認識到了，其實在我國貧窮和落後地區不要說幾百萬人民幣是天文數字，就算幾十萬人民幣也是可以做很多很多的事情。譬如說，我們於兩三年前，曾花費了大約一百萬人民幣，在雲南山區的多個村落裏開設了 21 個幼兒班。這些幼兒班的開設，在那些地區是一件新事物，受到當地政府和老百姓的歡迎。由於這些幼兒班的效果不錯，因此在我們開辦後的一年，當地的政府就從我們手中接了過去，由政府出資繼續地辦了下去。通過這件事，讓我深深的體會到了，做慈善也必須講究「實惠」，並且也認識到了並不是付出的善款越多，其收到的實際效果就越好。

在這一刻，我想起了我們和另外一個從事慈善事業的中國非政府組織「歌路營」合作的項目。這個項目的名稱為：「新 1001 夜 —— 鄉鎮學校住校學生睡前故事干預項目」。

在此我將這個項目做一個簡單的介紹如下：這個項目的對象都是鄉鎮學校住校學生，他們中的絕大部分都是留守兒童，而且都處在調皮、活躍的年齡。因為學校的條件一般都比較差，而每一個老師都要照顧很多學生。因此老師們為了安全起見，每到天黑的時候，就會把學校大門關上，並叫孩子們集中到宿舍裏讓他們睡覺。但是由於這些孩子們的精力旺盛、活潑調皮，在被老師趕到宿舍後，根本是無法靜下心來睡覺。

也為此學生們經常在宿舍打架、鬧事。針對這些實際情況,「歌路營」設計了「新 1001 夜 ── 鄉鎮學校住校學生睡前故事干預項目」。這個項目是每天在鄉鎮學校住校學生睡前,廣播 15 分鐘的故事。

當我首次聽到我們要和「歌路營」合作這個項目時,我的心中對項目的成效存在很大的疑問。但是由於「歌路營」的項目只要求在學校安裝一套廣播器材和買一些講故事的軟件,因此所需費用很少,所以我很快就批准了項目的進行。但令我想不到的是,這個項目的成效遠遠地超過了我心目中預期的效果。

針對這一項目獲得比預期效果好的情況,我內心作了一些思考和探討。我的結論是,由於這些鄉鎮學校的學生都是留守兒童,他們中的絕大部分從小就沒有父母在他們身邊,因此他們的生活中缺少小家庭的溫馨和父母的關心。當然他們也從來沒有經歷過父母在他們臨睡前,在他們耳邊講故事,並讓他們自然地和安靜地進入夢鄉的場面。而「歌路營」設計的這個項目中的故事,都是既有趣溫馨,又有教育意義和有益身心的故事,因此獲得孩子們的喜愛。孩子們不但能專注地聆聽故事,並能讓他們在愉快的、平和的心情中進入各自的夢鄉。

由於這個項目有令我們意想不到的重大成效,所以我們澳門同濟慈善會和「歌路營」簽定了自 2014 年 10 月起到 2016 年 9 月為期兩年的合作協議。我們認捐的總金額為人民幣 199,198 元。項目地點湖北十堰鄖縣、雲南臨滄雙江縣、臨滄臨翔區、臨滄雲縣四個區縣。到目前為止我們澳門同濟慈善會北京辦事處和「歌路營」合作的這個項目總計覆蓋了湖北十堰鄖縣和雲南臨滄臨翔、雙江、雲縣四區 30 所農村寄宿舍制學校(小學部 25 個,初中部 12 個),共 1012 所宿舍和 12437 名住校生。最近得到的報告是截至到 2016 年 9 月為止,我們原定的人民幣 199,198

元尚未用完，所以雙方協議決定，在 2017 年繼續在貧窮縣城的住宿小學和中學推廣此一項目，直到善款用完為止。而據「歌路營」公佈的數字來看，截至 2014 年底，他們這個項目已經總共覆蓋了 16 省市 56 區，336 所學校，已有超過 67000 少年受惠。

上述「歌路營」設計的「新 1001 夜 —— 鄉鎮學校住校學生睡前故事干預項目」本身是一件小事情，但是通過這一件小事情，令我再一次明白，根據「歌路營」的經驗，我們只要肯從最平凡的小事情做起，然後再去其他的縣城和鄉鎮推廣的話，那就會變成一件意義非凡的了不起的大事情。這件事更讓我堅定了我們每個人，都必須願意從小事做起的想法。因為這件事，也讓我再次明白只想做大事而不會或不願做小事的人，必定是小事、大事都做不成的失敗者。也是在受了這件小事情的啟發後，我再次認識到做慈善是否有真正的效果，並不是取決於善款的多與少，而是取決於設計項目的人是否真正地用一顆大愛的心去設計項目。

大概在兩個月前，杭州政協代表團為籌備在澳門成立杭州政協之友協會事宜，登門來訪。在談話中，他們向我講述了，由於去年在香港成立的香港杭州政協之友協會，收到了良好的成效，因此他們今年準備在澳門成立政協之友協會。在會談中，我也向他們介紹了我們澳門同濟慈善會自七年前開始運作的情況。在了解我們慈善會的運作後，他們告訴我杭州有很多的大企業主，每年都捐出巨款為慈善事業作貢獻。同時他們向我詢問，將在澳門成立的澳門杭州政協之友協會是否和澳門同濟慈善會有合作的機會。當我告訴他們直到目前為至，我們澳門同濟慈善會，還沒有公開向外募集資金的打算時，他們都露出了驚訝的神態。

其實，我之所以從來不向外募集資金，是因為我對自己過去的捐款模式不太認同。如上所述，由於受捐單位從來沒有將所收的捐款用在何

處和何人身上，反饋給捐款人。所以經常引起我的懷疑。我懷疑我所捐出的錢，是否會真正到達我原本想幫助的人手中。因此在一開始時，我就想在慈善路上做一新的嘗試。我希望在把澳門同濟慈善會做大和做好後，讓有心做善事的人都能看到我們是做實事的、誠實的機構，從而能放心地將錢捐到我們的慈善會。經過我的解釋，杭州政協代表團成員明白了我的用意，即席就決定在他們回杭州後，聯繫杭州的善長們，在我們澳門同濟慈善會正在做的具體項目中，挑選若干項目作為今後合作的方式。

11 月 7 日下午 5：00 由杭州政協主席葉明帶隊的代表團再次到我的辦公室會面。這次代表團來的目的是澳門的杭州政協之友協會將在翌日正式在澳門成立。他們也在這次訪問中正式向我通報，設在浙江杭州的聖奧慈善基金會決定捐出人民幣 200,000 支持澳門同濟慈善會正在做的「新 1001 夜 —— 鄉鎮學校住校學生睡前故事干預項目」。浙江杭州的聖奧慈善基金會是由聖奧集團的董事長倪良正出資成立的。據說這位聖奧集團的董事長倪良正先生在過去的多年中，已經捐出善款數以千萬的人民幣了。我對杭州政協的積極支持我們澳門的慈善機構運作深表感謝外，也在此代表受益於「新 1001 夜 —— 鄉鎮學校住校學生睡前故事干預項目」的孩子們，向聖奧集團的董事長倪良正先生及聖奧慈善基金會致以崇高的敬意。

弟弟其鋒一直說我在一輩子中都特別的幸運。其實，我也特別慶幸我自己的一生都相對的順利。為此，我特別感恩我的父母、我的親友和一直默默在我身邊支持我的同事們。但是我認為，我做什麼事情都比較順利的根本原因，並非完全是靠運氣。而是因為我在做任何一件事前，都會對這件事是否能成功有周詳的思考和計劃。又因為我凡事都求全

美，所以當我一旦決定做某一件事後，我會非常專注和執着地一定要將事情做得最好為止。另外，因為我擁有一個非常注意小節、肯做小事、大膽細心，並喜歡面對挑戰的性格。所以我在面對挑戰的時候，會變得更專注、更執着和更有鬥志。

我經常和澳門同濟慈善會培養的學生們講我的人生經歷。當然和很多成功人士相比，我絕對算不上是一個非常成功的人。但是在我的人生中，我受到的挫折和困難實在也不算少。所以我想通過我的事例，讓他們學會為人處世的道理。也通過我的事例要求他們凡事都要動腦筋，並願意從小事做起和在困難面前經得起考驗，從而避免走我曾經走過的彎路。因為我的人生經歷讓我明白，只有善於思考的、勇於克服困難的，並願意做小事的人才會在這個世界上取得真正的成功。

2016 年 11 月 25 日

總結報告

從我踏入社會開始，我就發現了，這個世界其實是不公平的，人與人的生活水平之間存在着巨大的差距。當我涉足政界後，開始更廣泛地接觸普羅大眾，我產生了必須為社會上的貧困人群做些什麼的念頭。於是，在退下澳門立法會主席位置後，我馬上投入了慈善會的工作中。我在慈善路上從來沒有太大的理想，我只希望能夠

以有限的力量盡可能地去幫助我能夠幫助的人。慈善會成立六年以來，我們一直本着為他人謀福利的宗旨真心實意地開展工作，而從來沒有用任何的宣傳、推銷手段來提高慈善會本身的名聲。在選擇項目上，我們並不計較捐款金額的多少，而是着重於實際的效果。相比於捐錢贈物，我們明白推動和興辦教育才是改變貧困的根本，也因此將教育投入作為慈善工作的重心。六年的時間過去了，雖然離真正的成功還有一段距離，但我們澳門同濟慈善會在慈善事業上也算做出了一番小小的成績。因此，是時候對我們過去六年的工作作一份總結，也藉此再次向那些支持我們的朋友們道一聲感謝。

今年 10 月 22 日當我到達北京參加一位友人創立的私人基金會活動時，收到了澳門同濟慈善會北京辦事處發給我的，自我們成立以來的，2009 年 10 月 16 日起的六年的工作總結報告。這也是我們同濟慈善會自 2006 年成立以來的第一份圖文並茂的、中英雙語的總結報告和宣傳小冊子。

我一直主張低調做事，所以我不會輕易地和刻意地宣傳我正在做的工作。特別是在開始掌管同濟慈善會後，我更不願意宣傳自己正在開展的慈善工作。因為我覺得慈善工作的性質有別於政治活動和商業活動。

在政治和商業活動中，我們必須向外界宣傳我們的政見和推銷我們的產品，並通過宣傳和推銷，獲得他人對我們的政見和產品的認可。我認為政治和商業活動的成敗關鍵，在於如何提高知名度和令產品受他人的歡迎。因為我們的政見和由我們所生產的產品，要獲得他人的認同，必須通過宣傳、推銷，甚至於精緻包裝等手段才能達到目的。也為此我認為政治和商業的活動是「利己」的事業。而慈善事業的目的，是一個

為他人謀福利的事業，它並不是為了獲取自身利益的事業。所以無論從目的和效果來說，它都是一份「利他」的事業。也為此我認為慈善機構所做的一切，應該本着為他人謀福利為宗旨，真心實意地開展工作。慈善的機構不應該，也不需要用宣傳、推銷的手段來提高慈善機構本身的名聲。

在過去的整整六年中，我們澳門同濟慈善會既不向外界籌款也沒有向外界作出任何的宣傳。一則是因為我認為慈善機構不應該作太多的宣傳。另外也是因為當我接掌同濟慈善會初期，我對自己這條慈善路應該如何走、是否會走得順利、是否能做出成績都毫無頭緒的，因此我心裏只有一個想法，那就是我一定要將總部設在澳門的同濟慈善會做出成績。

整整的六年過去了，我們澳門同濟慈善會在慈善事業上，雖然還未能稱得上有很大的成績，且離真正的成功也還有一段距離。但是我們在過去六年中，已基本確定了我們的發展方向。在邊做邊學的過程中，我們也看到了自己在工作中的小小的成績，並對自己工作的成績抱肯定的態度。因此我們同濟慈善會的同仁們都認為，是時候對我們過去六年的工作作出一份總結，並讓社會，特別是今後可能成為我們在慈善事業上的合作夥伴們，對我們慈善會有所了解和認識。

在這份過去六年的總結報告中，我們如實地闡述了我們在過去的六年裏具體做了哪些工作。

在這份報告中，我們除了報導了以澳門為基地，直接資助並運作的兩個項目 —— 中葡法律雙語人才培養項目、澳門同濟慈善會屬下的長青長者活動中心以外，還詳細報導了在中國內地在學前教育（3-6歲）、基礎教育（小學、初中）、其他教育（高中、職業教育、高等教育）的參與並推動公益行業發展的研究。

　　在這份報告中，我們詳細列出了 17 項學前教育項目、21 項基礎教育項目、5 項其他教育及 8 項推動公益行業發展的研究，及這些項目的合作夥伴和項目執行的地點。在短短的六年中，我們同濟慈善會工作人員除了在首都北京執行公務外，還不辭辛勞地涉足貴州、湖北、廣西、陝西、甘肅、四川、青海、雲南、廣東、深圳、湖南、河北、寧夏、遼寧、江西、河南等省。

　　在總結報告的首頁中，在會長致辭一欄中，我寫下了，我決心投身於慈善事業的心路歷程：

　　我出生在一個相對富裕的家庭，因此從小就不缺錢花，更不愁穿愁吃。我從來沒有想過世界上有些人是過着貧窮的生活，甚至是吃不飽、穿不暖的。我小學、中學和大學的教育都是在中國內地完成的。我的童年、少年時代是在很平穩、安定的環境下度過的。

　　到了 1959 年至 1963 年我的大學時期，正好是中國自然災害嚴重的年代，我過上了吃不飽的生活。但由於周圍的人和我一樣是過着吃不飽的日子，所以我認為那是因為國家遇上了百年不見的自然災害，只要大家咬緊牙關、齊心協力地抗災，我們的好日子一定會來臨。那段日子雖然吃不飽，但還是過得很幸福，並且對金錢也沒有任何追求，也可說毫無概念。

　　1967 年初我到巴黎後，天真地認為一定能以自己的勞動養活自己，因此拒絕了父親的資助，開始了勤工儉學的生活。從那一刻起，我雖然靠自己自食其力，但是我發現原來賺錢是那麼的辛苦，而貧窮是如此的痛苦。我開始覺得這個世界是不公平的。1968 年初秋，我來到澳門接手了一個接近倒閉的公司，並開始了老闆生涯。當時由於公司面臨倒閉，

為了自己的生存問題，我開始有了必須把公司做好做大的念頭。因為只有把公司做大做好，我才能改變自己收入低、生活條件差的現實。在我埋頭苦幹了多年後，公司做大了，並且賺了大錢，我自己的財富也逐漸增加，並過上了相對富裕的生活。但那時我的內心出現了矛盾，因為我公司的員工雖然有了一份穩定的工作，可是他們的生活和我相比卻出現了巨大的差距。我再次覺得社會是不公平的。

當我涉足政界後，開始更廣泛地接觸了普羅大眾。我發現社會上有很多人還在溫飽線上掙扎着，有的甚至還過着貧窮的生活。我開始產生自己必須為貧窮和尚未解決溫飽問題的人們做些什麼的念頭。

在退下澳門立法會主席位置後，我也進入了人生的老年階段。當時我的生活非但無憂，並且一輩子辛勤工作的結餘也日漸豐裕。那時我迫切地感到必須將自己積累的金錢回饋給社會，讓在這個世界上需要被幫助的貧窮人群獲得幫助。當然我也知道我個人的力量有限，所能幫助的人也不會太多，但我要盡自己所能去幫助我能夠幫助的人。

上面所述的就是我為什麼投身慈善事業的心路歷程。我並沒有偉大的理想，我只是想將我積累的財富回饋給社會上最需要幫助的人。

正如上述會長致辭中所說的那樣，我在慈善路上並沒有太大的理想。所以我們所做的上述各個項目並不是金額特別巨大的，和有些慈善機構的投入相比，甚至可說是微不足道的小項目。不過我不計較捐款金額的多少，而是着重於實際的效果。只要認為值得我們做的，哪怕很微小的、瑣碎的項目，我都願意做。

因為我覺得自己的一生受老天爺的特別眷顧，所以和他人相比，我的一生是相對順利和安穩的。因此我除了想將我在大半生中積累的財富

回饋給社會外，也想通過我微薄之力，深入細緻地了解那些還在貧窮中生活的人群的生活，並改變他們的現狀。

在展開自己的慈善事業前，我一直認為做慈善無非是送錢、贈物給需要金錢和物資的人群。當然直到今天，我還不否認它是一種最直接解決貧困的方法。但是在慈善路上六年後的今天，我認識到了，要真正地、徹底地改變那些還在貧窮中生活的人群的生活現狀，我們除了給他們金錢和物資外，還必須大力推動和興辦教育。讓所有的人能接受平等的、良好的教育。並讓這些貧窮的人群在提高文化水平的同時，從小受文明、道德教育的熏陶。並最後達到憑他們自己所掌握的知識、靠他們的實力改變他們的貧窮現狀。

因此我現在認識到，推動和興辦教育是人類最高層次的慈善。也為此我要竭盡全力地全心投入教育事業，以達到我做慈善的最終目的。

寫到這一刻，我不得不慨歎時間過得太快。在此刻，我覺得我必須寫下內心對好友並是同濟慈善會副會長林金城先生的最誠摯的感謝。因為沒有林金城先生對同濟慈善會的支持，我的慈善路不可能走得如此的順坦，而且同濟慈善會也不可能在短短的過去六年間發展得如此的快速。

其實澳門同濟慈善會，並非是我退下澳門立法會主席位置後的 2009 年才成立的。它正式成立的時間是 2006 年。

2006 年我得了一場怪病。當時醫生們都認為我得了癌症。當然在最後只是虛驚一場，而且病症也在不治自愈的情況下消失了。不過這場怪病還是令我感到人生的脆弱。並令我產生了在未完成立法會主席任期時提前成立慈善會的意願。

在病後的某一天，我約林金城先生一起喝咖啡。並將我有意用我在立法會主席位置上的全部收入成立慈善會的想法告訴了他。不過我亦

向他表示，由於我當時在立法會任主席，所以不便出面主持工作，想請他幫忙先把慈善會的成立工作肩負起來，然後等我退下立法會主席位置後，再由我接手管理。林金城先生聽此言後，對我的提議表示非常讚同和支持。並即時承諾他出資澳門幣 300 萬作為慈善會的啟動資金。那天，就在我倆喝咖啡的過程中，我們決定了我們倆合辦的慈善會命名為澳門同濟慈善會。

2009 年 8 月份我致電林金城先生，告訴他我將於 10 月 16 日卸任。並且我想於卸任的那一天開始接管澳門同濟慈善會。林金城先生即時同意由我從 10 月 16 日起接管他從 2006 年開始管理的同濟慈善會。並問我是否已找到了辦公地址。當我告訴他我還未來得及找地方時，林金城先生主動告訴我，他在澳門世界貿易中心六樓有半層空置的單位，如果我想將澳門同濟慈善會總部設置在那裏的話，他願意在不收房租的條件下，讓我將慈善會設在他擁有的半層空置單位裏。

當然他的提議對我來説，實在是求之不得的好主意。不過我覺得雖然林先生是我們同濟慈善會的創辦人之一，但是在他私人的物業中設立同濟慈善會的總部，而不繳房租卻是萬萬不可的事情。最後，在林金城先生的堅持下，我們協定了同濟慈善會只向林金城先生繳付象徵式的租金。

不知不覺中，我從澳門特別行政區立法會主席的位置上退下來已經是足足六年了。2009 年 10 月 15 日是我在澳門立法會辦公的最後一天，那天以後我就順利地開始在澳門世界貿易中心的澳門同濟慈善會辦公室辦公了。

如上所述，在過去整整六年的時間裏，我能全心全意地投入於澳門同濟慈善會的工作，首先要歸功於我的好朋友林金城先生。我也必須要説的是，林金城先生也為我實現 20 年從商、20 年從政，和 20 年從善的

生涯提供了堅實的基礎。為此，我衷心感激林金城先生為澳門同濟慈善會的貢獻和他對我個人實現理想的幫助。

另外，我不得不在此一提的是，當林金城先生獲知慈善會意欲在澳門辦一個長者活動中心時，亦馬上主動向慈善會提出在他剛建好的、全新的五層商住大廈裏辦活動中心，並且也只收取象徵式的租金。

當然林金城先生的上述行為並非為博得我們的讚賞。但是我認為，我們同濟慈善會的全體同仁和學生卻萬萬不能忘記林金城先生為我們所作出的貢獻。我們一定要遵循做人最基本的，懂得感恩和飲水思源的道理。

從我們澳門同濟慈善會的成立至今，並能夠如此快速的發展的過程中，我們可以體會到在人生中，我們所處的世界中是充滿溫暖和友情的。這也是我不斷向學生們灌輸廣結善緣的重要性。因為人與人之間的真誠友誼，可說是照亮我們人生道路上的明燈，它不但為我們順利走上成功創造條件，並且也給我們的人生增添了無限的溫暖。

2015 年 10 月 26 日

人生目標

我從小便以成為父親那樣的公司經理作為自己的目標。然而，在我踏入中年的那段時間裏，雖然公司事業已有小成，我卻陷入了對人生的迷茫之中。在不斷的自我分析中，我逐漸認識到金錢和地

位並沒有增加我的幸福和內心的安寧，我必須重新制定人生目標。因此，我要求自己比以往更加關心愛護我周圍的人，我也督促自己通過努力求知而增加面對新的挑戰的智慧和勇氣。我的人生觀和價值觀在不知不覺中由追求純物質和權力逐步地轉向了追求心靈上的和諧與博愛。現在的我已不再為自己的「根」在何處而煩惱。我知道，任何能為人類服務的地方，都是我可以生根的地方。我和所有人一樣，隨着年齡增長和人生經歷的波折起伏，自己的人生觀和價值觀也在不斷地形成並改變。在幾十年的人生道路上，我終於認識到，相比於金錢和權力，人更應當追求一種「人格完整、知識豐富和充滿內在的人生」。

　　自從我從立法會主席的位置上退下來後的一年多時間裏，我的生活中多了很多空餘的時間，在我的人生中第一次真正感到自由自在的可貴。我利用以前難得有的獨處機會，在短短的一年中對自己的一生作了比較全面的反省。而如何令自己的餘生過得更有意義就成了我心目中最迫切需要答案的問題。熟悉我的人一般都認為我的年齡雖然已不小，但是我是一個熱愛生活，並且是一個比較積極跟隨時代進步的人。特別是我和年輕人在一起時非常刻意地將自己的年齡忘掉，儘量和他們一起輕鬆地說笑、耍樂甚至唱歌和跳舞。和他們相處基本上是不會令他們感到我和他們之間存在代溝。我喜歡和他們在一起，因為和他們的相處一般也都令我感覺愉快並特別地逍遙自在。但是儘管如此，在我心底裏我還是明白歲月不饒人這個道理，我也十分清楚地知道，在我人生中能維持高質量生活的歲月已經是很有限了。也因此我一直督促自己儘量將這些時間利用好，我告訴自己必須要跟時間賽跑，要在很短的餘生，完成自

己想做而還未能做的事。我目前最大的願望是我一方面繼續服務社會，另一方面也覺得是時候讓自己好好地享受一下人生，幾十年的辛苦工作有時也會令我的身心感到有些勞累。但是在我的心目中，我還是認為更重要的是希望能通過對自己人生的反省和觀察分析我周圍的人的人生，用文字將我悟出的一些人生道理記載下來，為我們下一代人在他們的人生道路上摸索時起些拋磚引玉的作用。

其實從人生的角度看，我認為上天對每個人都是公平的，因為無論人是富貴的或貧賤的、每個人的一生必經之路都是能用「生老病死」這四個字來概括的。那就是出生、長大成熟、完成學業、踏上社會工作、賺錢養家、結婚生子，最後到達死亡。當然每個人的人生經歷都是不相同的，而且每個人的人生必然會無可避免地經歷生活方面和情感方面的波折起伏。我認為造成人與人之間的人生差異主要是取決於每個人不同的人生觀和價值觀。而我們每個人在經歷人生波折起伏的過程中，思想和身心不斷成熟，人生觀和價值觀也隨之建立並不斷變化，人生觀和價值觀的建立、變化和成熟決定了人一生的命運和結局。回顧我自己的一生，我和所有的人一樣，隨着自己的年齡增長和人生經歷的波折起伏，我的人生觀和價值觀也在不斷地形成並改變中。在我年輕時我認為衡量人是否成功的標準是人的財和權，也因此我的人生目標是做一個財權雙全的成功之人。但是今天的我在經歷了人生中的風風雨雨、波折起伏後，我徹底地認識到了這種看法不是完全正確的。

我幼年時，每當我隨父親到他開設在上海旗盤街的呢絨店的辦公室玩時，我總覺得父親坐在辦公桌上寫東西簽支票是那麼的威風。我常常向父親要紙和筆，然後學他一樣在紙上亂劃假裝自己是在簽支票，我告訴自己長大以後我一定要像父親一樣做經理，而且一定要簽很多很多的

支票。記得我大學畢業來香港後我的首要任務是學英文。在那接近一年的時間裏，我非常用功地學習英文。有一天在 Mrs. Sieh 的英文補習班的課堂上，我第一次接觸到 Tycoon（企業大亨）這個詞彙。英文老師 Mrs. Sieh 在解釋這個詞彙後要求學生用這個字造句，我沒有絲毫猶豫地造了一句「I want to become a tycoon and I am confident that I will be one.」（我希望我會成為一個企業大亨，我有信心有一天我會真正成為一個企業大亨）。當時我還不到 24 歲，而且身無分文，大學畢業後還靠父親供養。Mrs. Sieh 聽了我的造句後，把眼睛瞪得像桂圓一樣大，一臉驚奇地問我「Are you Sure？（你肯定？）」那一次我又很自信地答覆她說：「I am not only sure，I am absolutely certain .」（我不但肯定，而且我堅信有一天我一定會成為一名企業大亨的。）在我和 Mrs. Sieh 後來幾十年的交往中，Mrs. Sieh 常常和我說起這件事。她說在她幾十年教學生涯中，她教過無數的學生，但她很少遇見一個像我這麼自信並且知道自己想要什麼的年輕人，她說從那天起她對我的好感和好奇也因為這次的造句而增加了不少。現在每當我想起這些事時，我會為當時自己那種「初生牛犢不怕虎」的幼稚覺得可笑。但在當年成為一名公司經理和 tycoon 的確是我心目中追求的人生目標。但在我的人生走了一大截的今天，我雖然早做了經理，也自知離成為 tycoon 還有一段很大的距離，而且一生都不可能成為一個真正的 tycoon。不過這對我已經不重要了。因為成為 tycoon 早已不再是我一心追求的人生目標了。在我幾十年的人生道路上，我逐漸地認識到，在人生中除了追求金錢和權力外，更重要的追求目標應該是「人格完整、知識豐富和充滿內在美的人生」。

在我由青年踏入中年那段時間裏，我的事業可說已有小成，自己也已不用再為生活中的所需而發愁，可以說那段時期本來應該是人生逐步

走向完美的階段。但卻偏偏在那段時間裏我覺得在人生道路上自己很迷茫。我雖然感到我的人生中已不缺金錢，也不缺社會地位，但我的人生變得特別乏味和枯燥。我也常常感到自己是一個沒有「根」的人，我為自己不知自己的「根」在哪裏而感到特別苦悶。我也試圖想象自己離開我早已習慣的港澳，去歐美或其他地方另起爐灶，尋找幸福和快樂。當然要真正走出這一步實在是談何容易，而且我也意識到要真正這樣去做很不現實的，也可能根本不會真正解決我的煩惱。最後我告訴自己必須調整自怨自艾的心情，理性平靜地研究並找尋令我煩惱苦悶的原因。在不斷自我分析的過程中，我發現令我煩惱苦悶最主要的原因是我為自己設下的人生追求目標太狹窄。因為我逐漸認識到金錢和地位雖然能令我在生活中減少了為「開門七件事」發愁的痛苦，但它們並沒有增加我的幸福和內心的安寧。這令我開始對有財有權就是成功象徵的想法產生懷疑。因為我一直堅信一個成功的人，一定是一個心靈上安寧的人，我從對自己當時的情況的分析和評估後，得出了我追求「財和權」的人生目標並不是那麼完美的結論。從那時起我明白如果我想找到自己的快樂，就必須從尋求心靈安寧着手，逐步調整自己追求金錢和權力的心態，並且重新制定人生目標。

從此之後我要求自己比以往更加關心愛護我周圍的人。我也督促自己通過努力學習豐富自己在各方面的知識，並且將學習心得用於工作，並且不斷提高自己的工作水平和效率。另一方面也盡可能讓自己學到的好的東西轉授給我周圍的人。我發現關心愛護別人雖然需要付出，有時甚至還需要為此作出一些犧牲，但它給我帶來的是無窮的快樂，和心靈上的充實和安寧。在此同時我也發現努力求知不但能令我奮發求進，也能令我的心胸開闊坦蕩，更令我增加智慧和勇氣去接受人生道路上新的

挑戰。我的人生觀和價值觀在不知不覺中由追求純物質和權力逐步地轉向了追求心靈上的和諧與博愛。現我已不再為自己的「根」在何處而煩惱，因為我悟出了任何能為人類服務的地方，都是自己可以生根的地方的道理。我的親友們都說他們看到我在過去的廿年左右時間的變化，他們都說我在待人接物方面變得比以前寬厚、理性且容易接近。當然我十分樂意見到自己有這樣的變化，因為我相信這種變化不但有益於我周圍的人，也令我自己變得快樂和合群。今天的我，早就不再刻意地追求金錢和權力，但是當我擁有它們時我還會很小心地處理它們，因為今天我已充分地認識到金錢和權力雖然是人人希望得到的好東西，但是如果我們毫無節制地貪圖它們，它們就會是侵蝕我們靈魂的最危險的毒品。為了讓自己人生的最後一程走得真正的無怨無悔，我下定決心在任何時候都不能讓自己掉入貪錢和貪權的陷阱。

2010 年 12 月 11 日

第五編

閱讀

書中自有黃金屋

　　我從懂事起就與閱讀結下了不解之緣。青少年時期母親給我的零花錢絕大部分都被我用來買了小說。1965年回到香港定居後，在Mrs. Sieh的引導下，我養成了終身閱讀英文小說的習慣。通過閱讀，我進入了一個由我自由選擇的世界。在閱讀中，我常常忘記了現實生活的煩惱，也學習到了日常生活中學不到的知識。書中自有黃金屋，無論是增長見識、陶冶情操，還是提升工作和學習能力，閱讀對人的成長都是大有裨益的。令人遺憾的是，現今社會閱讀風氣漸薄，孩子們很難在家庭和學校的教育中養成閱讀的習慣。少年智則國智，下一代的閱讀狀況決定了我們國家在未來國際競爭中的成敗利鈍。父母和老師應當在尊重孩子興趣愛好的基礎上，正確引導他們養成讀好書、好讀書的習慣。

　　3月24日下午我的辦公室來了兩位稀客。他們是澳門日報副總編輯廖子馨小姐和編輯吳未艾先生。因為過去我長時間擔任澳門立法會議員，在澳門回歸祖國後又擔任了特別行政區立法會主席之職長達十年之久，所以我和長期採訪立法會的澳門日報記者們都很熟悉，但是對在澳門日報內部任編輯的卻是十分的陌生。這次兩位在澳門日報任幕後工作的，亦從未見過面的編輯來訪，無疑令我覺得很有新鮮感。當他們兩位在我辦公室坐定後，在他們遞上他們的卡片的那一刻，看到上面印着的名字，心中暗自思忖為什麼這兩個名字都似曾相識，特別是廖子馨小姐的名字，更有腦海中 ring a bell 的感覺，但由於他們的訪問隨即開始，

因此我也沒有詳問細究。

那天兩位稀客到訪的目的是和我探討「閱讀」心得。經過那麼多年的從商和從政，我早已習慣記者的採訪。但過去採訪的內容都是有關我在立法會的工作，或者是和我私人經營的公司業務有關。因此類似這次有關生活話題的訪問以前幾乎是沒有過的。所以這次的訪問對我可以說是別出心裁的。他們在來前其實也向我祕書提供了幾條題目，但我這人一向講話喜歡跟隨自己的思路，想到哪裏就講到哪裏，不愛受條條框框的束縛。所以當吳未艾先生開了一個頭後，我們的話匣子就打開了。

我首先向他們介紹了我是個書迷。我在過去的幾十年中，幾乎是一有空就書不離手。我從小就養成喜歡看書的習慣。我青少年時幾乎每個月都將母親給我的零花錢中的絕大部分花在買小說上。我從小就可以為了一本我喜歡的書而廢寢忘食。我在小學五年級就把《水滸傳》看完。小學六年級時看了《三俠五義》。初中三年中看完了《紅樓夢》《三國演義》《封神榜》《儒林外史》《官場現形記》《家》《春》《秋》和翻譯本《基度山恩仇記》等書籍。高中三年我將金庸先生和梁羽生先生在當時已經出版的所有武俠小說都看了一遍。在大學期間我看的書基本上是由英文翻譯成中文的世界名著，如：雨果的《巴黎聖母院》、狄更斯的《雙城記》、「苦海孤雛」，海明威的《戰地鐘聲》《老人與海》和全部當時可以買得到的福爾摩斯偵探小說等等。總之，從我開始懂事起，我就和閱讀結下了不解之緣。

1965 年回來香港定居後，我開始學英文。由於我在 1965 年前，從來沒有學過英文，而我又急於快速掌握英語，以便繼續去美加深造，所以算起來正正式式學習英文總共大約 10 個月時間。當我於 1966 年離開香港前，我的英文老師 Mrs. Sieh 告訴我，她本想我跟她多學一年英

文，但因為我堅持説自己年齡已不小，所以必須離開香港前赴加拿大讀書。Mrs. Sieh 看我主意已決，她怎麼説都已無用，所以就千叮萬囑地吩咐我必須多讀英文書。她説我雖然是一個她少見的好學生，而且我學英文的速度也是她學生中最快的一個，但我必須明白，我讀英文的時間終究只不過不到一年，所以英文的基礎太差，詞彙積累得也太少。唯一能改變我狀況的辦法，就是不斷地閱讀英文書籍。我告訴她我也想看英文書籍，但是適合兒童看的書籍我不感興趣。而寫給成年人看的書籍對我來説要看懂還是比較困難，特別是我發現書中的生字太多，所以閱讀速度太慢，往往看得發悶、着急。Mrs. Sieh 聽完我這番話後告訴我，學語言，首重熟能生巧，她從來也不重視教我文法規則，是因為她覺得死背文法中的條條框框沒用。她認為閱讀時在一句句子中有個別的字不識不奇怪，重要的是能否明白句子要表達的意思。如果我們在不同的句子裏重複地看到同一個不識的字，只要我們明白句子的意思，那麼當我們重複不斷地看到這個字，我們對這個字的意思慢慢也就明白了。也是因為這個理由，她不允許她的學生依靠查中英字典來幫助閱讀。不過她覺得重要的是必須選擇適合自己閱讀的書籍。她隨即帶我去了尖沙咀專賣英文書籍的書店。在書店中她挑了三本由英國著名的女作家 Agatha Christie 寫的小説。她説她相信我會喜歡看這幾本書的，因為 Agatha Christie 的英文正宗，她的文筆純樸精簡、她用的詞彙通俗易明、她寫的故事容易引人入味。我離開書店後回到家裏就立刻翻開其中一本。從那一刻起，我開始了長達 45 年的英文小説的閱讀。Mrs. Sieh 説得一點也沒有錯，Mrs. Agatha Christie 寫的英文不復雜，她也不用刁鑽難懂的詞彙，她在她的書中創造了兩個截然不同的偵探人物，她書中描寫的都是懸疑的偵探故事，每個故事都具有特別強的邏輯和推理。而邏輯性和

推理性強的故事恰恰是我這個讀物理的年輕人特別喜歡的。當然在開始
閱讀它們時，我感覺十分吃力，閱讀的速度也特別慢，不過我告訴自己
要堅持下去，一定不能停下來。逐漸地我有了進步，我閱讀的興趣增加
了，並養成了每天必定閱讀的習慣，在不斷積累詞彙的過程中，我閱讀
的速度也在不斷地增快。我就這樣地一本接着一本地看了幾十本 Agatha
Christie 寫的小說。慢慢地我開始閱讀別的作家寫的英文小說，在過去的
45 年期間，我每天都閱讀英文小說，而且從來未曾間斷。我相信我閱讀
過的英文小說累計超過 1000 本。

我從小就喜歡閱讀，因為我對閱讀特別有興趣。通過閱讀，我接觸
到我在日常生活中無法接觸到的人和事。而且通過閱讀，我進入一個由
我自由選擇的世界，我與作者和他寫作中所創造的人物的思想感情產生
共鳴，我和他們同生存、共呼吸。書中的人和事令我忘懷日常生活中的
煩惱，並找到無窮無盡的樂趣。於此同時，我感覺到通過閱讀，我的知
識和常識也不斷地增加着。1966 年，我開始閱讀英文小說，這並不是因
為興趣使然，而是被環境所迫。Mrs. Sieh 的囑咐我一刻也不敢忘懷。我
知道我自己的英文基礎差，所以即使對我來說，閱讀英文書本是一件非
常困難的事，在當時對我來說，要堅持將一本書從頭到尾讀完、讀懂，
需要有極大的恆心和毅力，但我知道我必須當閱讀是一項任務來完成。
無論是多麼的辛苦，我都要克服一切障礙和困難，通過閱讀來惡補我的
英文，否則，我是無法應付學習和工作的需要。現在每當我回想那段經
歷，我都會慶幸我遇見了 Mrs. Sieh 這樣的好老師。她對我的正確指引和
耐心教導，令我一生受用。我對她除了尊敬外，更多的是對她的感恩。
她為我選擇的三本書不但故事引人入勝，簡單易明。而且英文寫作水平
也十分高超。這三本書在我的生命中意義非凡，它們是我打開閱讀英文

書籍大門的鑰匙。它們激起了我對英文書籍閱讀的興趣，也促使我養成了在後來的 45 年中從未間斷的閱讀習慣，逐漸地除了音樂外，英文書籍也成了我生命中的良師益友。我在幾十年的閱讀中感受到無限的樂趣，學到了各種在學校中、家庭中、社會中學不到的知識和常識。

今天我的英文水平絕對不能算是精通，而且和從小就念英文的人比較，我的英文底子還是顯得薄弱，但是我通過閱讀英文書籍學到了很多歐美國家的人文、藝術、生活、思維方式和風俗習慣。我在百分之百的中國社會裏成長和求學，從小受中國人文思想的影響很深，也因此我身上存在着深厚的中國傳統文化底蘊。但是今天我知道我的思維、我的為人處世也深受着西洋文化的影響。當然我在法國居住和學法文的一年零三個月的生活和後來長期接觸歐美客戶也對我在這方面有着不可抹煞的影響，但是我知道對我影響最大的還是來自我那麼多年從未間斷的書本閱讀。我常常會想起中國的那句話「書中自有黃金屋」。我們通過讀書，可以足不出戶地了解發生在世界各個國家和各個城市中的人的生活細節、家庭倫理關係、思維方式和社會狀況。雖然我讀的書是小說，而小說家們的筆下難免會因為要吸引讀者的興趣，而從藝術角度對故事作出加工，甚至誇大。但是它們的內容還是貼近社會現實和反映人們真實生活和思維方式的。所以我們除了當閱讀是娛樂身心的消遣外，如果我們真正能夠用心去體會作者所要反映的社會現實和狀況，並深入故事中人物的思維方式和情感，我們是可以從發生在不同的歷史背景、不同的國家和城市、不同的故事和作家筆下不同的人物中學到無窮無盡的知識和常識的。當然由於我工作的需要，我除了閱讀小說外，也長期閱讀大量的商業法律文件和書籍。雖然說我對閱讀這類文件和書籍的興趣不如由我自己挑選和喜愛的小說。但是通過閱讀這些文件和書籍，我的商業知

識、法律知識和葡文水平都獲得了不斷的提高。這再次證明了「書中自有黃金屋」的道理是那麼的正確。

令我感到遺憾和可惜的是，現今社會上閱讀風氣淡薄。我們的家長和師長們自己不閱讀，更不會鼓勵他們的子女和學生們閱讀。我們的很多家長和師長拿起報紙只看娛樂版，當然娛樂版所以存在，必定有它們存在的必要和市場。但是在我看來，身為家長和師長只對娛樂版感興趣的話總是有點欠缺。另外，我認識不少的家長和師長，他們長期生活在狹窄的生活圈子裏，他們每天忙於工作、應酬和社會活動，他們不接觸新的事物，不了解社會現實，不學習新的知識，而且也沒有閱讀的習慣。他們每天都吃着在學校裏學到的老本，滿足於在學校畢業時掌握的有些可能已經有些過時的知識。我對這樣的家長和師長能否引導教育好下一代真的非常的懷疑。我也認識有些家長自己不閱讀，也不讓孩子們閱讀，認為讀課外的「閒書」會影響孩子們正常的學習，而且認為閱讀課外「閒書」是無益孩子成長的。當然我認為孩子們讀什麼「閒書」值得家長們關注，也決不能讓孩子們閱讀有害身心健康的書。但我認為我們的關注必須建立在尊重孩子們的興趣愛好的基礎上。在這個基礎上，鼓勵他們挑選他們喜歡閱讀的，並無害於他們身心健康的書籍。因為我們必須明白，每個孩子都有不同的，所以每個孩子的興趣愛好也會不同。我們千萬不能強迫孩子讀自己喜愛的，而且認為有益孩子的書籍，因為這樣做的話，我們反而達不到我們想讓孩子養成閱讀的好習慣的目的，其效果也一定是適得其反的。譬如，我從小就不喜歡看童話、神話和科幻故事，如果我的父母當年想當然地，強迫我看那類書籍的話，我相信我不可能養成一輩子閱讀的習慣。而我認為人之所以會養成習慣，其先決條件是興趣和愛好的驅使。我們任何人都不會願意接觸我們不感興趣

和不愛好的事物。閱讀當然也不例外，如果我們對作者所寫的故事和人物完全不感興趣，那麼我們是不可能養成喜愛閱讀習慣的。Mrs. Sieh 不愧是一個好老師，她知道我喜歡的是哪一類故事，而適合我閱讀的又是哪一類書籍。所以說家長和師長對我們下一代人的正確引導是非常非常重要的。

那天的訪問歷時一個半小時。在採訪結束前，澳門日報副總編輯廖子馨小姐從口袋中掏出一本薄薄的書，然後遞給我說，這本是她寫的，並由一位法國人翻譯成法文的小說。她知道我懂法文，所以特地拿來送給我。我接過書本一看是出名的澳門本地作家廖子馨寫作的「澳戈的幻覺世界」的法文翻譯本。這時我才突然醒覺為什麼當她遞上她的名片時，我會有似曾相識的感覺。看着眼前的這位澳門著名的年輕女作家，我心中真有「班門弄斧」的感覺。原來我在真正的「行家」面前賣弄了將近一個半小時的閱讀心得。

在完成這篇文章但尚未發表時，偶然地在澳門日報 3 月 29 日 F2 版上看到一篇題為「閱讀，我們要的是……」的文章。在文章中，作者「翠菊」引用了劉校長有關閱讀的文章中的三句話，作者說這三句話震撼他（她）的心靈。其實在我讀它們時也一樣感到它們的震撼力。我感到我一定要將它們放入我的博文中和網友們分享，並且也便利我日後經常閱讀—

閱讀現況是一面鏡子，照出社會主流文化和人口素質的概貌；閱讀現況是一副掃描機，勾勒出社會行政、立法、司法層面的智力水平；青少年、兒童，甚至嬰幼兒的閱讀現況還是一個水晶球，能預測地區在未來國際競爭中的成敗利鈍！

2011 年 4 月 5 日

馬拉拉和法齊婭‧庫菲

　　馬拉拉和法齊婭‧庫菲是我非常敬佩的兩位女性。年僅 15 歲的巴基斯坦少女馬拉拉和阿富汗國會議長法齊婭‧庫菲不畏暗殺威脅，為塔利班統治下的婦女兒童爭取權益作出了傑出的貢獻。相比於馬拉拉和法齊婭‧庫菲，我的人生是非常幸運的。在我生長的家庭和社會環境中，男女平等是天經地義的事情。我從未為自己是一個女性而感到絲毫的委屈和不自信，我始終堅信「男孩能做的事女孩一定能做」。有如法齊婭‧庫菲所說，在重男輕女的社會裏，女人最大的損失莫過於失去夢想。在選擇人生道路時，不要為性別的刻板印象而束縛，要自信勇敢，堅持自己的人生理想。

　　去年 10 月 10 日從報章的報導中獲悉，巴基斯坦少女馬拉拉在乘校車回家途中遭塔利班槍手企圖暗殺，頭部和頸部中槍的消息。當時我內心的震驚無法形容。我震驚的原因是這位生活在巴基斯坦西北部開伯爾 - 普赫圖赫瓦省瓦特市 Mingora 城的少女年僅 15 歲。我心中無法明白，誰會和一名如此年輕的小女孩結下如此的深仇大恨，並能用如此冷血的手段在光天白日下，對她下此毒手。馬拉拉中槍後，曾一度情況危殆，但是經醫生搶救後，大難不死，並在脫離危險後，轉送到英國治療。據報導今年 2 月初馬拉拉在英國接受了用鈦板修補顱骨、左邊頭部植入人工耳蝸的手術。令人高興的是馬拉拉在手術後康復理想，而且相信今後亦不會留下認知後遺症。

　　今年 2 月 5 日的電視新聞播放了馬拉拉在病床上的視像講話。雖然

在視像中馬拉拉戴着頭紗，而且是側着面，但是從她的語音清晰、表達自如中，我相信她的思維還是十分敏捷，思路也十分正常。為此我感到特別的高興。據說馬拉拉是用三種語言錄的視像。當然我看到的視像中她說的是英語。令我感到驚奇的是她的英語說得非常好，她用的詞彙也十分恰當。在視像中的馬拉拉看上去精神不錯、神情淡定。雖然她的臉上還帶有一絲稚氣，但她顯得特別的成熟和老練。她的雙眼炯炯有神，在她臉上找不到一絲驚慌，從她從容的表面下，我們完全無法想象她曾遭遇暴行，並不能想象她有「劫後重生」的經歷。就憑這一點我對這位年僅 15 歲的少女，心中產生了極高的敬意。在我心目中，她堪稱是一位有膽識的、有理想的、有使命感的和堅強過人的年輕英雄。在視像中她強調她在恢復健康後將一如既往地繼續為婦孺爭取權益；她希望在世界上的每一名女童，都享有接受教育的權利。馬拉拉之所以遭受槍擊是因為她敢於向塔利班政權挑戰，並在巴基斯坦以爭取婦女接受教育的權利而聞名。她通過博客向世人介紹她在塔利班政權下的生活。她的頑強和鬥志令她贏得巴基斯坦第一屆全國青年和平獎。但也在同時引起塔利班政權要殺害她。為表彰馬拉拉不畏塔利班威脅，積極為巴基斯坦女童爭取受教育權利所作出的傑出貢獻，聯合國於 2012 年 11 月 10 日表示，將每年的 11 月 10 日定為「馬拉拉日」。

看了上述的新聞報導，我心中真的是感慨萬千。我除了為馬拉拉的成熟、勇敢、堅毅的性格而折服外，更對她追求理想、不服強權的精神感到無比的敬佩。想到自己在 15 歲時，還是一個稚氣未脫的小女孩，當時唯一需要操心的是學習成績合格。而那時心中想的也僅是「什麼好吃」和「什麼地方好玩」。馬拉拉的事跡令我再一次感到自己的幸運，因為，我一直認為入學就讀是天經地義的和不容置疑的事。在那時我甚至常常

想如果不需要上學該是多麼快樂和幸福的事情。

在此，我還要寫另一位了不起的、但是不是我們很熟悉的阿富汗婦女兒童權益活動家法齊婭·庫菲的事跡。事關，最近我讀了一本由一位小朋友送給我的書。這本書由阿富汗女國會議長法齊婭·庫菲撰寫的，名為《我不要你死於一事無成：給女兒的 17 封告別信》的書。作者生於 1975 年阿富汗北部巴達赫尚省。這個省是阿富汗最窮、最偏遠和文化最保守的地區之一。她通過她的親身經歷，描述了阿富汗人民的苦難，特別是女性的悲慘生活。由於作者代表阿富汗最貧窮地區人民的利益和正義的力量。並致力於為廣大阿富汗婦女和兒童創造教育機會，改善她們的生活。她的言行和塔利班統治者不准女孩讀書和婦女工作的理念有違，所以引起了塔利班分子對她的痛恨。塔利班分子對她進行了一次次的暗殺。但她在生命受到威脅時非但沒有退縮，反而越戰越勇。由於她每次去上班前，都無法保證自己是否能平安返回家中。所以她會在走出家門前，給兩個女兒留下一封告別信。全書總共有 17 封告別信。作者法齊婭·庫菲將她自己的人生故事穿插在這 17 封告別信的間隙中。由於她的書寫筆法細膩、故事引人入勝，並且通過她的親身經歷勇敢地揭露了造成阿富汗充滿血腥和殺戮的原因。因此在閱讀時我雖然內心充滿恐懼和緊張的情緒，但在閱讀完畢後，我對在戰亂年代中的阿富汗人民的艱難生活，尤其是對阿富汗婦女生活在水深火熱的情境也充滿了同情和憐憫。在此摘錄書中的一些文字和大家分享如下：

那天是星期五，正是禱告日。報道說塔利班強迫人們去清真寺，不去就要捱打。到了這一刻，我們終於明白了，他們既不是共產主義者，也不是拯救天使。那他們是誰呢？他們是我們阿富汗歷史上從來沒有經

歷過的恐怖。很顯然，他們是一股奇怪的勢力，不受阿富汗控制。他們做事那麼極端，也不可能受阿富汗控制。

他們（注：塔利班）洗劫了博物館，毀壞成千上萬的阿富汗歷史文物——年代久遠的佛像、昆旦裝飾品、亞曆山大大帝時代的飲食器具、早期伊斯蘭教國王時期的文物。這幫人是在以真主的名義破壞我們的歷史。

他們燒掉學校和大學教學樓、燒毀書本，封了文獻資料。我剛開始學習心愛的醫學課程，那個周末我本該參加考試的，還精心準備過。但後來得到消息說不用去了，因為醫學院已經關門了。女性已經不被允許在大學裏學習醫學，更別提當醫生了。

戰爭已經正式告一段落，世界也開始照常前進。冷戰結束了，強大的蘇聯解體了。阿富汗對蘇聯的戰爭也不再與西方國家有關係，晚間國際新聞也不再有這方面的消息。我們的內戰結束了，全世界也認為塔利班現在是我們的政府。但這並不意味着我們的悲劇走到了盡頭，在很多方面這其實只是個開始。接下來的幾年裏，世界遺忘了我們，而這幾年恰恰也是阿富汗最淒涼的時期，是最需要幫助的階段。

他們（注：這裏指計程車司機）都是因為載了沒人陪伴的女乘客而被捕的。最具諷刺意味的是，儘管司機會被關進監獄，可女乘客因為「引誘」司機，情況會更糟糕。

塔利班剝奪了婦女工作的權力，於是，這些已經失去很多的婦女被迫去乞討，靠着陌生人的慈悲施捨度日。

在閱讀這本書之前我對阿富汗這個國家的一切都十分陌生。當然自從蘇聯和阿富汗開戰後，我從新聞中常常會獲悉一些這個國家的情況，但由於這個國家似乎對我來說是遠不可及，所以也不會刻意地去搜查有

關它的資料。加上自己對伊斯蘭教不熟悉，特別是在美國 911 事件發生後，心中更對阿富汗和阿富汗文化產生了負面的看法，認為阿富汗不是「塔利班」恐怖分子就是宗教激進主義者。所以對伊斯蘭教總有一種說不出的恐懼感。但是通過這本書的閱讀，我對伊斯蘭教有了一種新的認識。因為法齊婭‧庫菲在她的著作中通過她給女兒們的信中敍述了真正的伊斯蘭教和「塔利班」分子的伊斯蘭教義是全然不同的。她說：

如果說戰爭年代我們生活在黑暗裏，那麼接下來的幾年完完全全地把我們投到地獄的深淵。這樣的人間地獄是一群自稱為真主和伊斯蘭教徒的人（注：塔利班）所創造的。但是根據我以及千千萬萬的其他阿富汗人的生活經驗判斷，這些人一點都不像伊斯蘭教徒。我們的信念中有和平、寬容和慈愛，與人類的權利和價值相符合。

作為婦女，真正伊斯蘭教會賦予你們政治和社會權利。它給你尊嚴，賦予你們自由受教育的權利，讓你們有權追逐夢想，過你自己想過的生活，它還要你舉止端莊、態度謙卑、待人友善。我認為在這俗世，伊斯蘭教義能夠引導一個人走上正途。

這些自稱塔利班的人，彷彿來自另一星球。他們的伊斯蘭教義對我來言完全陌生，他們關於伊斯蘭教的許多觀點來自不同文化，這幫人開着卡車、扛着槍，向阿富汗人民承諾會保護街道安全、恢復秩序、促進社會公平正義和局部和諧。但很快這種寄託在他們身上的希望變成了恐懼和厭惡，對阿富汗的婦女和女孩尤其如此。

其實法齊婭‧庫菲的書中還有很多段落值得引用，不過限於篇幅，不能在此盡錄。當我放下書本時，我快速地回憶了自己的一生。我感到自

己真是太幸運了，我慶幸自己在和平、穩定和幸福的環境長大。我是在大家庭長大的人，我們家的兄弟姐妹眾多，雖然我知道在母親心中是多麼希望多生幾個男孩。但是她對我們，她的女兒們在學習上的要求是和兒子一樣的。母親可能對個別子女有些偏愛，但是她卻從來沒有讓我們姐妹們感到家中是存在着重男輕女的。另外，我是基本上在新中國成立後受的教育，我們的憲法充分保障婦女權益，提倡男女平等。因此，在我的思想中，特別是在青少年時代，從未為自己是一個女性而受過絲毫的歧視和委屈。也因此我也沒有因為自己是個女性，而對自己的前途有過一絲的擔心。我一直認為男性能做的，我們女性也一定能做，而且男女之間的平等是天經地義和不容置疑的事情。也可能正是這個原因，所以我也從來沒有把「為爭取女權而奮鬥」列為自己的人生目標。

在我的生活經歷中也曾有幾段小故事。如：在升大學前，高中的數學老師希望我去念數學，物理老師囑我去念物理，而語文老師就推薦我去念文學。我在不知應該如何選擇的情況下，趁父親回上海探望我們時，詢問父親我究竟應該念什麼好，父親在不假思索的情況下，隨口說了一句「女孩子還是念文科輕松些」，我聽了這話，心中怪不是滋味，也由此我報考大學填寫的 24 個志願全部清一色的是理科。其實，父親並不是認為女孩子不能念理科，也沒有輕視我是一個女孩的意思，而只是希望我不要太辛苦罷了。不過儘管如此，他的話還是刺傷了我堅信的「男孩能做的事女孩一定能做」的信念。又如：記得初來香港定居時我結識了一些朋友，有時我會和朋友們一起外出，而在回家稍遲時兄長總會對我說「女孩子在晚上不能太晚回家」，我對此除了不理解外，還感到有些反感。當然兄長是出自好意，但他的話對我來說還是刺耳的。再如：在到澳門前，父親向我說：「你是女孩，加上身體又不好，去做個總經理的

祕書算了。」這話令我這個內心非常驕傲的人，聽了感到大不以為然，因此在心中默默立誓我一定要做總經理，而不是任祕書。巧合的是在三個月後，總經理辭職了，而我也趁機在公司老闆們還沒有來得及任命他人的情況下，自己坐上了總經理的位子。由於當時公司情況比較混亂，所以誰都對我自動霸佔了總經理的位置沒有異議。反而是當時的澳門大西洋銀行總經理說因為我是一個女性，所以我不能出任公司總經理，如果我們公司堅持讓我出任總經理的話，那麼銀行將收回向公司借出的貸款。當然女性不能任經理的話對我有如晴天霹靂。我的心中除了委屈外，更多的是憤怒（具體情況在《女總經理》一文中有交待）。這是我一生中一件真實的，也是我真正的第一次親身經歷的歧視女性的事件。在此之前，我萬萬沒有想到在歐洲文明的國家中還會有此等歧視女性的事情存在。這件事後，我才逐漸了解到原來在西方很多國家的男女是不平等的。例如在葡萄牙，從 1931 年起，能讀會寫的男人就有選舉權，而女人就必須是受過中等或高等教育的才有選舉權。葡萄牙的女人直到 1976 年才全部擁有選舉權，所以重男輕女絕非是我們中國的特產。當然後來「總經理風波」很快平息，我也順理成章地做了幾十年的總經理。否則的話，我相信我的總經理夢，只能到他鄉才能圓，而我的人生也會是非常不同的，也可能我從此會做個爭取女權的鬥士。寫到這裏，我再一慶幸自己沒有出身在一個重男輕女的家庭，更感恩父母讓我和我的姐妹們都享受接受教育的權利。

據稱法齊婭·庫菲是 2014 年阿富汗總統大選的主要候選人之一。而我是多麼希望她能成功當選，特別是讀了她在其中一封告別信中寫到的那段話，我更覺得她是一位非常不平凡並是一個能擔當重任的女性。她說：

　　對一個女人來說，或許最糟糕的莫過於迷失了自己。如果不能清楚地認識自己，沒有任何夢想，那麼這才是女人最大的損失，這本來不是無法避免的，而是那些阻礙我們去追求夢想、去追求成功的人強加給我們的。我祈求上蒼，你們（注：兩個女兒）千萬不要失去夢想。

2013 年 3 月 4 日

自信和獨立

　　人有自信才能獨立，才能相信自己而不是過分地依賴別人。遇到困難時，不退縮、不害怕，才能在一次次克服困難的過程逐漸培養起對自己的信心。我從小就是一個特別有自信且非常獨立的人。這一方面，母親給予了我很好的教育，讓我認識到了在困難面前決不能自暴自棄。因此，在我剛開始發展自己的事業時，面對學習語言的難題，我以堅持不懈的努力經受住了考驗。在澳門生活的 48 年中，我的人生經歷了無數次的挫折和挑戰。我的經驗使我明白，挫折是不可避免的，但只要我們能端正態度，找對方法，挫折都是可以戰勝的。當然要做到這些不僅需要勇氣，而且更要不斷訓練自己正確的邏輯思維，並建立自信、獨立的和無堅不摧的人生觀。在這一點上，相信自己永遠比依賴別人重要。

最近我在網上讀到一篇禪學智慧，讀後覺得非常受益。其中的幾個段落，我認為特別的有道理。我現將這段落的內容摘錄如下。

在「相信自己比依賴別人重要。」那一段裏，作者寫道：

做一個人，必須要有思想，有社會責任感，相信自己比依賴別人重要。不同的人做事肯定不一樣，上司一般都會看出來的。只要盡心盡力做事，就不會被埋沒，除非你對自己的能力有懷疑。關鍵是要擺正心態，有機會時就為社會多做點兒什麼，沒機會時要記住「為自己打工」，積累更多的有形無形資本，為自己做再多的事情也不過分，不論人生給予際遇如何，及時努力都不會錯。

是的，不論怎麼用盡心機，都不如靜心做事。尤其是多做一些能夠體現自身價值的事，這會讓我們終生受益。

我特別認同上述這些內容中的「做一個人，必須要有思想，有社會責任感，相信自己比依賴別人重要。」和「不論怎麼用盡心機，都不如靜心做事。尤其是多做一些能夠體現自身價值的事，這會讓我們終生受益。」這兩句話。

我出生就是一個個性樂觀、脾氣急躁且好勝性特別強的人。但是由於我從小就受愛國愛家教育的熏陶，所以自幼年起就樹立了人生在世必須對社會有責任感的思想。除此之外，我是一個特別有自信的，且非常獨立的人。即使在年齡還很小時，我就認為一個具有完整人格的人，是不能過分依賴別人的。而且我覺得即使對父母的依靠也必須適可而止。我還覺得一個成功的人，絕對不會是在挑戰、挫折和困難前，退縮、害怕並自暴自棄的人。

其實，我特別需要感謝的是我的母親。在母親的影響下，我養成如此的人生觀。我的母親雖然讀書不多，但是她性格非常堅強和獨立，她對我們一眾子女的管教非常嚴格。她經常教導我們要愛國、要吃得起苦。她更要求我們在挑戰、困難面前不言退縮、害怕，和絕對不能自暴自棄。

記得大概在上海念初中一時，常住在香港的兄長趁暑假回上海度假。兄長帶了幾盒拚搭塑膠風帆船隻的模型。這些船隻在拚搭成型後，都顯得非常的漂亮。因此我心中一直希望兄長能在他搭模型時讓我也能參與其中。可惜的是兄長不讓我染指，因為他說模型的圖紙上全是英文，而我從未學過英文，連英文中的 26 個字母都認不全，所以囑我別亂碰他的模型。但是兄長在回香港時，尚有一盒沒有來得及拚搭的模型，因此就將它留在了上海的家中。兄長離開後，母親將它放在了她房間裏高高的五鬥櫃上。每次當母親不在她的房間時，我都會搬一個小小的板凳，並站在小板凳伸手去觸摸這個盒子。有一次當我站在小板凳上伸出手時，剛巧母親回到她的房間，母親看到這個情景，馬上喝停我對模型盒子的觸摸。我清楚地記得母親說，你一個英文字都不認識，怎麼可能搭成這個模型。

在情急之下，我告訴母親，只要她允許我搭這個模型，我是一定能夠把它搭成功的。其實在我旁觀兄長搭船時，發現這盒模型中的圖紙上標誌的雖然都是英文，但是每一件塑膠零件上都有數字，所以我是相信憑這些數字的標記，我一定能把船隻砌成的。那天母親可能是看到了我的決心和信心，最後將模型交到我手。但是她的條件是，如果我最終搭不成這個模型的話，她會罰我一個月沒有零花錢。我聽此言真可說是心花怒放，不要說一個月沒有零花錢，就算三五個月沒零花錢，我也會答應的。那天晚上，我開了夜車。當然由於我不識英文，所以將一些碎片砌成一條船這件事對我來說是存在很大的困難的。但是我終於在半夜時

分把模型船搭成了。當時我看着放在我眼前漂亮的模型船，除了無比欣喜外，還嘗到了從來沒有嘗到過的成功感。

這件事是在我的記憶中第一次完成在旁人看來是不可能完成的事情。它不但讓我明白世上無難事、只怕有心人的道理，並且也認識到了在困難面前我們需要的是克服困難的堅強意志和毅力。另外，在這件事上我特別要感激我的母親。母親雖然知道要做成這件事對我來說是極其困難的，而且我也可能因為做不成而半途而廢，並糟蹋了一盒當時在上海無法買到的模型。不過儘管如此，她還是讓我做了。當然，這件事雖然並不是一件什麼了不起的大事，而且還是陳年舊事。但是這件事在我的一生中卻是一件意義非凡的大事。因為它令我增加了對自己能力的信心。並且還讓我認識到了只有勇敢地面對人生中的挑戰，我們才能取得最後的勝利。因此直到現在，每當我回憶起這件事時，我內心還是非常感激我的母親，因為是母親給我創造了機會，讓我肯定自己的能力，和認識了在困難面前我們應該採取什麼樣的態度。

在我初中畢業升高中那年，我自以為自己初中的學習成績良好，因此在內心產生了輕視初中升高中的考試。最終以三分之差而沒能如願地順利進入高中求學。為此，我停學在家足足一年（在《母親》那篇博文中我有詳述當時的情況），當然，「落榜」的打擊對我這個一向自信心特別強，並非常驕傲自大的少年來說，可說是常人不能理解的。當時母親對這次事件的反應大大出乎我的意料。她不但一句也沒有責備我，並且對我的態度比平時還要溫和。母親的態度不但令我感動，並且更令我自責。而且她的態度真也幫助了我，讓我從痛苦中走了出來。母親也令我明白了，她的不責備、不鄙視的態度，對我來說是一種最好的激勵。而這種激勵在我身上起到了不可想象的、一生受用的積極作用。因為它讓

我認識到了人需要自信，但絕不可以自大。由於那一次是我在人生中受到的第一次最大的挫折，所以對我的影響特別大。而這個事件也讓我認識了人在挫折、困難發生時，首先要總結挫折和困難發生的原因，但是絕對不能被挫折和困難壓倒，並自暴自棄。自從在那次事件後，每當我在學習和工作中有些小成績時，我都會及時地告誡自己，我絕對不能為小小的成績而驕傲自大。

1965 年，我在一個很特殊的機遇下，回到香港定居。在未來香港定居前，我以優異的成績畢業於安徽大學的物理系，因此被分配到上海的一所研究所從事探傷儀器的研製工作。研究所的領導和同事都對我特別好，因此我在那段時間裏很有成就感。但是到了香港後，因為我從未讀過英文，也不懂廣東話，所以不但不能和外界溝通，而且和同住的只懂英文和廣東話的嫂嫂也無法交流。再加上我們在中國內地所有大學的畢業證書都不獲任何一個大學承認。所以我頓感前途一片黑暗。我當時確實非常的後悔，在不了解香港的實際情況下，貿貿然地辭去了上海的工作。但是後悔並不能幫助我，因為我已無法再回到上海研究所工作了。在前無進路、後無退路的情況下，我陷入了人生中的低谷。而且我一向都自以為比周圍人強的，和自高自大思想的作祟下，我在人生中首次嘗到了自卑的味道。不過，幸好我在成長的過程中，曾經歷的挫折也不算少。因此我告誡自己絕對不能被自卑打倒，在同時，我重複地告訴自己，我並不比任何的同齡人差，因此我必須重拾自己能克服困難的信心。也一定能克服語言的障礙。

上天果然不負有心人，在我來港定居後的三年時間裏，我不但學會了廣東話，而且也學會了足以和他人溝通的英語和法語。在學習廣東話、英語和法語的過程中，我不但體會到了語言是我們和外界溝通最好

的工具，而且也是我們打開世界大門不可缺少的工具。在這三年中，我雖然在學習英語和法語的過程中感到格外的辛苦。但是我再一次體會到，只要我們腳踏實地、對自己有信心，並且擁有堅強意志和懷着努力上進的心，世界上是沒有其他人能做到的，而自己做不得的事情的。

我在懷着對自己充滿信心的心情下，來到澳門工作。到澳門後，我發現要在澳門站住腳跟並發展事業的話，和葡萄牙人溝通暢順是至關重要的。因此我決心在最短的時間裏，掌握能和葡萄牙人順暢溝通的工具 —— 葡萄牙語言。在自己的努力和堅持下的一年後，我基本上掌握了葡萄牙口語，並掃除了和葡萄牙人溝通的障礙。

很多人看到我學外國語言的速度很快，所以都說我有語言天分。但是我自己知道，我並沒有什麼天分。在中學時期，我曾學習過的唯一外語是俄語。雖然俄語考試的成績不能説太差，但是也不能説很好。因為我對學習俄語一點都不感興趣，只是為了應付考試。但是到了香港後，由於不會説廣東話和英語令我寸步難行，並且有和世界隔絕的感覺。

我可説是在和外界溝通非常暢順的環境長大的，因此突然面對無法和他人溝通的情況對我的打擊是巨大的。這是我人生中再一次面對挫折。

但是在這次面對挫折的過程中，我明白了我們在面對每一次挫折的時候，都是我們經受考驗和挑戰的機會。如果我們積極面對挫折、迎難而上並堅韌不拔地克服困難的話，我們一定是會進步，並且在成功道路上又邁進了一步。當然如果我們在挫折面前採取畏懼並退縮態度的話，那麼我們在人生中一定會是一事無成的。

在澳門這個城市生活的 48 年中，我的人生又經歷了無數次的挫折和挑戰。但是我的經歷讓我明白了，每個人的人生都不可避免遇到挫折、挑戰，甚至失敗。所以只要我們能端正態度、並找到正確的方法，面對

這些挫折、挑戰，甚至失敗，那麼我們最後都能順利走出挫折、挑戰，甚至失敗帶給我們的困境。當然要做到這些，不但需要我們的勇氣，而且更重要的是我們要不斷訓練自己正確的邏輯思維，並需要建立自信、獨立的和無堅不摧的人生觀。

至善有限公司開始運作已整整一年。在過去一年中，我帶領着一些有志，但沒有工作經驗的青年，去完成在澳門從未有人做過的，搭建中國和葡語系國家商貿平台的工作，實在是需要很大的勇氣和決心。而且在過去一年中，我們的確也遇到了一些挫折和困難。但是我總覺得在我們腳下的路，都是前人不辭辛勞地、一步一步地走出來的。所以我們的團隊如果能將這條路走出來，也未嘗不是一件大好的事情。當然今天我們說腳下已經有路這句話，可能還是言之過早。但是我對自己和工作在我周圍的青年充滿信心，因為我們所做的事情不但是有意義的，而且是非常有益於社會。所以我相信只要我們認清方向、走對路子的話，我們在不久的將來一定會大功告成的。

2016 年 11 月 15 日

知識和文化

近來，我常思考有關「學歷」的問題。我認為，學校的教育雖然重要，但過分地追求「學歷」而忽略掉書本之外的知識是得不償

失的。通過課堂上的學習，我們獲取到的知識只是他人的經驗，這對我們來說是「死板」的東西。唯有通過親身體會總結出的經驗和道理才是「活生生」的知識。而這些課本之外的「活知識」是需要我們在專業學習之外通過不斷地體驗多元文化而獲得的。因為不同的文化就是世界上不同人民的生存之道，學習文化就是學習做人處世的態度。所謂做學問要先做人，為人處世的態度才是決定我們成敗的決定因素，相比於專業知識是更為重要的。追求高學歷無可厚非，但千萬不能被高學歷所害，成為無法適應社會生活，在社會上難以立足的人。

2015 年 8 月 12 日也正是我和友人們一起到北海道旅遊的第二天，我收到了同事楊範孫先生從電郵上發來的、在 2015 年 4 月 9 日在解放日報登載的、由我國著名學者鮑鵬山先生撰寫的《別培養高學歷的野蠻人》。那天由於和我同遊的朋友病了，所以在收到電郵的時候，我正好坐在自己的房間裏看電視，因此我很快地將鮑先生的文章仔細閱讀了一遍。讀完後，這篇文章的內容不但令我產生了深深的共鳴，並且也引起了我的深思。因此，我把它連續地讀了很多遍。並且在讀完後，發了一個郵件給祕書，囑她將文章轉發給澳門同濟慈善會的每一個學生。

我之所以這麼做的原因是，因為我認為這篇文章是，給真正的「知識」下了一個很好的定義。我不是學者、更不是一個高學歷的人。但是在漫長的人生中，我的人生經驗告訴我，在課堂上學習書本知識固然很重要，高學歷也並非壞事，但是真正要能在社會上生存自如並佔有一席的人，卻並非一定是高學歷的人。

環顧我們的周圍，我們不難發現在港澳社會真正成功的人士，他們

幾乎全部不是高學歷的人。遠的不說，近的如我們的前輩包玉剛、李嘉誠、李兆基、鄭裕彤、何鴻燊等等都並非高學歷的人士。在我的曹氏家族中，我的父親曹光彪和弟弟曹其鋒就可說是最成功的典型人物。我的父親高中未畢業，而弟弟也只是一名高中畢業生。但他們倆都在人生中創造了輝煌的奇跡。父親的奇跡，我曾在過去的多篇博文中都有提及，在此就不再重述。而弟弟曹其鋒在現實生活中也是屢創奇跡的人。在現今世界時裝界，曹其鋒這個名字可說是無人不知、無人不曉的。他和朋友們創建的 Tommy Hilfiger 和 Michael Kors 的故事，更成了目前世界時裝界的神話。作為父親的女兒和其鋒的姐姐，我對他倆的了解自然不在話下。他倆的智慧、毅力、思維能力、談吐行事和為人處世的態度都是超然的。而他們掌握的知識絕對是超過一般的常人，也是絕大多數的高學歷的學者所不能及的。為此雖然我不喜歡在我的朋友圈內，宣揚他們的事跡，但是在內心我卻常常以他倆為榮。

在我年輕時，我曾為自己未能進入名牌大學而感到遺憾和不快。但是在走上社會後，我逐漸地認識到了我的那些想法是片面的，甚至是錯誤的。特別是我的父親和弟弟的事跡更令我認識到學校教育並非沒用，但是過分追求學歷和進名校卻是沒有必要，甚至是錯的。當然我不得不承認，如果能進名牌大學當然是好事。因為名牌大學的師資好、學生的水平普遍較高，因此學生之間的競爭較為劇烈。畢業於名牌大學的學子們，在走上社會時比較容易找到理想的工作。但是也往往有很多青年因為出自名校，因此會帶三分驕傲且自我感覺良好。也因此他們在現實社會的職場中，反而顯示不出他們為求生存，而必須具備的強烈競爭力，有的甚至因為先天條件優越之故，而缺少了刻苦奮鬥的精神。

我以前忙於商場和澳門立法會的工作，所以從來沒有從事過青年工

作。但自從我開始了澳門同濟慈善會中葡法律雙語人才培養計劃後，我接觸到了很多學習成績十分優異、品德也非常良好的年輕人。我常常暗自為同濟能招到這麼優秀的學生而感到自豪。我也會常常在外人面前對他們讚不絕口，並且在心中以他們為榮。

不過近年來，當我和這些優秀的學子們近距離接觸後，我發現儘管他們都是學習成績優異、道德品質良好，而且對我更是言聽計從的乖孩子，但是在我的內心深處，我總覺得他們都似乎缺少了一些東西。現在我明白，他們所缺少的是，我一心以為他們早就掌握了的課本以外的「活知識」及做人最基本的「生存之道」。為此今年 8 月初，我由歐洲探望學生回來後，撰寫了那篇《眼觀四面、耳聽八方》。在文中我說：「我從他們身上發現了一個共同的缺點，那就是他們都相對幼稚，他們不大懂什麼是正確的待人處世態度和禮貌，也非常缺少社會經驗。當然我亦知道要求才 20 多歲的青年不幼稚並富有豐富的社會經驗，可能是對他們的要求有些過分了。但是我相信由於他們在短短的 20 幾年的人生道路上，處於相對順利的環境，所以根本不知道我們這個社會是一個『弱肉強食』的社會。也為此我內心產生了一陣陣的擔憂。因為如果由澳門同濟慈善會培養出來的學生們，在走上社會時，不具備在這個社會上生存的足夠條件的話，他們即使在專業上掌握了大量的書本知識，但是他們在社會上是會非常吃虧，並在人生道路上會走得非常艱難和辛苦的。」

上面我已說過鮑鵬山先生的那篇《別培養高學歷的野蠻人》是我認為，在我讀過的同類文章中，寫得最好的一篇文章。我下面引用文章中的一段文字如下：

今天，我們從中小學到大學的教育，更多的是在教知識、技術、專

業，唯獨缺少文化。我們培養了很多精緻的利己主義者，很多高學歷的野蠻人，他們是冷冰冰的。

　　我非常認同上面這一段文字。正如上所述，我們澳門同濟慈善會的學生，幾乎都是學習成績優異的、掌握大量知識、技術、專業的青年。但是在他們身上我看到的真如鮑鵬山先生所說的那樣，是獨缺文化的。我雖然不至於用「利己主義者」或是「野蠻人」來形容他們，也不會覺得他們是「冷冰冰」的。在我眼中，他們最多是一群在不同程度上，「不食人間煙火」並是有些「木獨」的書呆子。

　　自從開始了澳門同濟慈善會的人才培養計劃，在五年半的時間裏，我不斷地向同濟的學生們強調，他們必須在學習專業知識的同時，學習世界上人類的各種不同文化。我要求他們將多元文化潛移默化地印在腦海裏，刻在心靈中。我更要求他們盡情吸收不同的多元文化，將這些吸收到的多元文化融入他們的生命中，並成為他們生命中不可缺少和不可分隔的一部分。因為只有將他們吸收到的多元文化融入他們生命時，他們才可說是真正地學會了為人處世的正確方法，從而成為一個文化素養高的和知識豐富的人。

　　環顧世界上擁有多元文化的高素養的人，我們會感到奇怪的是，他們中絕大部分是和高學歷沾不到邊的人。不過他們基本都是在人生的態度上積極和樂觀，他們的生活情趣和興趣都是超強的，他們的思維、想象力和溝通力是活躍、敏銳和豐富的，他們的視野和見識亦是廣闊的，而我們更不難發現他們在待人處世方面一定是怡然自若的。也因此，他們在這個世界上一定是活得很自在、自由和自信的。而他們有的這些優點，並不一定是所有高學歷的人都擁有的。

　　由此，我們可以得出的結論是，通俗地說學習文化，就是讓我們學會在這世界上的生存之道。因此簡單的說也就是通過學習文化而懂得「生活」。當然無可否認的是，我們每個人在這個世界上都是在「生活」着的。而生活的好與壞也沒有一定的標準和定義。但是我認為，令我們不能否認的是，在社會上人與人的活法是存在很大差異的。因為有一些人比較成功和快樂，而有些人卻是終生陷於失敗和不快樂之中。

　　我認為，人與人之間有的人成功、有的人失敗的最主要原因，是因為每個人都有不同的處世態度。為此我們可以肯定，為人處世的態度是決定我們成敗的決定因素。換言之，我們的成敗是，取決於是否具有在世界上必須掌握的生存之道。而掌握在世界上的生存之道的人，在一生中必然都會具有較正確的人生觀、價值觀和是非觀。並將他們的長處、智慧在別人面前表露得淋漓盡致，從而令他們成為別人心目中的英雄和領導人物。

　　如上所述，我並不是反對上學讀書，更不會反對力求高學歷的人士。但是我認為，如果為了追求高學歷而忽略學習多元文化是得不償失的。因為我們在課堂上學得的知識是，我們的前輩在生活中辛苦總結出來的經驗和研究成果。我們可以通過課堂和書本的學習，獲得前輩的經驗和研究成果，但是在一定程度上，它們對我們來說還是「死板」的東西。而在學習多元文化的過程中，我們是憑藉通過親身的體會，總結出我們自己在社會上如何能生存得更好的經驗和道理。因此對我們來說它是「活生生」的東西。也是我們用自己的心靈和頭腦感染到的東西，所以它們是不會輕易被我們忘掉的，也必定成為我們在人生中不可分割的一部分。通過多元文化的學習，我們一定是能成為一個適應各類不同生活環境的「人」。而我堅信，只有成為適應不同生活環境的人後，我們才

能真正地立足於天地社會，並令我們的人生充滿生命力、戰鬥力和競爭力。

不過我並不認為很多高學歷的人是「冷冰冰」的。在我眼中他們只不過是「木獨」而已。在我一生中，我認識不少高學歷的高級知識分子。他們的專業知識肯定是豐富的，但是他們對其他的生活知識和常識卻是相對缺乏的。而且他們中的絕大部分，並非性格和內心都是冷冰冰的。某些高學歷的人，在和他人相處時，他們除了開口談他們的專業外，根本找不到其他的話題。為此他們雖然擁有高學歷，但是也受到高學歷的局限。他們一方面因為不善於不恥下問，另一方面又對別人的交談插不上嘴，因此他們在人前常常會流露出索然無味的神態，也因此給別人留下他們是冷冰冰一族的印象。為此很多高學歷的人，實在是為高學歷所害，也因此而付出了沉重的代價。

我們同濟的學生們雖然不能算是真正的高學歷的一群。但是他們都是學習中的尖子。我也常常為他們在考試中獲得高分而感到驕傲和得意。但是和他們相處時，我發現他們除了專業知識豐富外，嚴重缺乏常識、通識。他們雖然都不粗魯，但是不大懂得為人處世的基本原則和道理。他們在和人交談時找不到話題，更不知道該說什麼和不該說什麼。由於受這些因素的影響，因此他們在人面前常常手足無措、表情木訥並顯得神情特別緊張。在大家一起輕松交談和聚會上，他們不要說插不上嘴，有時要命的是，還會聽不懂別人交談的內容。因此他們常常給別人留下他們是淡然無味的一群的印象。但是我並沒有氣餒，更沒有一絲放棄引導他們改善狀況的決心。因為他們都還很年輕，並且都很聰明和刻苦。我相信他們的人生道路還很漫長，他們在人生中遇到的挫折、受到磨練的機會一定還會很多，所以在實際生活中，他們一定會健康地成長起來的。

在結束本文前，我在此還要摘錄由鮑鵬山先生撰寫的《別培養高學歷的野蠻人》中的另一段文字，因為該段文字是值得我們深思和細心體會的：

首先，知識是無限的。什麼叫知識？知識是對這個世界所有事實的認知。既然世界是無限的，那麼知識也是無限的，可悲劇的是人生是有限的。莊子就說過：「吾生也有涯，而知也無涯；以有涯隨無涯，殆矣。」世界是無限的，我們的生命是有限的，用有限的生命去追求無限世界所包含的無限知識，那我們的人生就會廢掉。當知識不成體系時，它是無用的，只是碎片。

2015 年 8 月 22 日

圓融

在以往的思維中，我習慣將人分為「正直」「圓滑」「虛偽」三類。實際上，在「圓滑」和「正直」之外，還應當有另一種「圓融」的處世態度，而這也恰恰是最難做到的一種境界。首先，「圓融」不是「圓滑」，不是沒有原則。我們不能為了慈悲而無限度地忍讓他人，最終使得自己無法生存。「圓融」是從「正直」出發的，但它也不是一味的「耿直」。過去母親常說「有理可打太公」，又說「吃虧

就是便宜」，這令我感到非常的矛盾和不解。直到學習到「圓融」這個詞，我才明白，人在正直之外，還要學會包容。這麼多年來，我在為人正直上一直堅持了自己的原則，但是我也常常會「得理不饒人」，甚至盯着別人的一個「小瑕小疵」不放。在這一點上，我必須時刻提醒自己心存理解和包容，從「正直」出發，爭取做一個「圓融」的人。

　　前幾天比較空閒，而外面下着雨，所以如無必要，沒有心思出去亂逛。在家裏一邊品着茶，一邊聽着音樂，一邊上網瀏覽着聖嚴法師著作吸收精神糧食，倒也能稱得上是人生中的一大樂事。在查閱聖嚴法師的著作時，偶然地看到一句這樣的話，心中覺得很困惑和不解。它是「真正的圓融一定先講『正直』，有所為、有所不為，同時又能有一種包容性，即使自己受到些許損害，也能包容。」首次看到這個詞彙「圓融」時，我真的不知道「圓融」究竟何解！因為在我的思想裏，沒有這個詞彙，更沒能理解它指的是什麼。以往在我的思維中，我將人分成「正直」、「圓滑」和「虛偽」這三類。正直的人是積極向上、心存正義之人。這樣的人見到社會上出現不公、不合理的現象時，不會首先考慮個人得失，而會挺身而出抵制惡勢力、並會幫助弱小、見義勇為。這種人一般是受人尊敬的。虛偽的人一般都是自私之「小人」，他們不存正義之心，為獲取個人利益不惜顛倒黑白是非，見人講人話、見鬼說鬼話。而每當見到社會上出現不合理和不公平現象時，不但不會為伸張正義而挺身而出，反而會為扶持強者、欺壓弱小，做出落井下石的事情。而「圓滑」的人就是指那些八面玲瓏，見風轉舵，膽小怕事，而且抱着永遠不得罪他人的心態處世的人。那一種人的自我保護意識特別強，所以總怕惹禍上身，因此不會輕易在人面前表露他們內心真正的想法或發表他們的意見。他

們雖然不一定是壞人，但是他們在我心目中並不能算是一個伸張正義的好人。因為這樣的人即使看到社會上出現不合理和不公平現象時，或是在他們聽到一些不符合事實的誹謗或惡意抹黑的話時，他們心知肚明誰是誰非，但是往往會因為事不關己，而不敢挺身而出，更不敢公開主持正義，最多在人背後或事過境遷時才敢議論。

因為在我腦海中，沒有「圓融」這個詞彙，所以如果不是看到聖嚴法師的那句自在語，一定會主觀地將它當成是「圓滑」的同義詞。為了能正確理解其中的意思，我花了不少時間上網再查閱聖嚴法師的著作。

在他的一段「正面看生活」裏的「職場的進退智慧」我找到了答案：

在人際關係和個人修養方面，很多人都以為「圓融」是和「正直」對立的，其實不是如此。「圓融」是非常不容易達到的境界，而且「圓融」應該是要從「正直」出發。「圓融」要是覆蓋了「正直」，就不能算是圓融，而變成「圓滑」、「鄉愿」了。

人一定要「正」、「方」，才能「圓」。要是連「正」、「方」的基礎都沒有，所講的「圓融」一定會變成「沒有原則」。「沒有原則」的人，多半對於他人有害的。真正的圓融一定先講「正直」，有所為、有所不為，同時又能有一種包容性，即使自己受到些許損害，也能包容；更不會動輒「得理不饒人」，擴大別人的不是，盯着別人的缺點不放。

所以「圓融」就是不去計較「小瑕小疵」。當然，假如是很大的問題，就還是要處理。例如，今天有一個人來找我，他說自己很掙扎，有一件事不曉得該不該做？要是做了，會覺得自己「不慈悲」，不做，又覺得自己會蒙受損失，於是遲遲下不了決斷。我對他說：「阿彌陀佛。我們講慈

悲，自己損失一點沒有關係，但要是損失的程度讓自己都不能生存了，還要講慈悲嗎？那是害人，不是真正的慈悲。」

為什麼呢？我們講慈悲，自己損失一點沒有關係，但要是損失的程度讓自己都不能生存了，還要講慈悲嗎？那是害人，不是真正的慈悲。

聖嚴法師的這段話，不但解釋了「圓融」和「正直」並不是對立的，而是從「正直」出發的。也講出了「圓滑」就是當「圓融」覆蓋了「正直」而出現的。從聖嚴的解釋我明白到，我過往把人分成「正直」、「圓滑」、「虛偽」這三種的看法是不全面，也是狹隘的。人是應該分成「圓融」、「正直」、「圓滑」、「虛偽」的。而且做人要做到聖嚴法師所指的「圓融」的境界，在我看來實在太不容易了。

我早說過，在沒看聖嚴法師的著作前，我雖然不會反對別人信教，但我自己對宗教裏的有些東西很難接受。因為我認為宗教教人「行善為樂、奉公守法、安分守己、與世無爭」雖然不是壞事，但是宗教，特別是佛教，強調「因果和輪迴」，教人接受命運、安於現狀。並宣揚人今世之不幸，完全是因為上一世作的孽，種下的惡果，是自作自受。也因此人要認命。而如要改變命運，並在來世享福，就必須在今世存善心、做善事。當然我不可能反對人們存善心、做善事。但我對人必須接受命運、安於現狀、並把今世的不幸歸咎於上世作的孽的說法，總有些困惑和感到無法接受。因此在我的心目中總覺得佛教是消極的，甚至是愚昧的。當然看了聖嚴法師這段文字的解釋，我開始認識到佛教並不是我原來想象的那麼消極，相反的它在一定程度上是積極的和進取的。不過儘管如此，我還是不能接受我們今世做了善事、種下福因，能在下一輩子收到福報、享受福果的說法。

聖嚴法師在上述的文章中強調了：

1. 人一定要「正」、「方」，才能「圓」。要是連「正」、「方」的基礎都沒有，所講的「圓融」一定會變成「沒有原則」。「沒有原則」的人，多半對於他人有害的。

2. 我們講慈悲，自己損失一點沒有關係，但要是損失的程度讓自己都不能生存了，還要講慈悲嗎？那是害人，不是真正的慈悲。

從這兩點來看，聖嚴法師教導我們做人要講原則，對別人的忍讓也應該是有限度的，也不是人家打了我左邊的臉，自動地讓他再打右邊的臉。我們不能因為慈悲而讓自己無法生存。我認為這樣的觀點恰好是反映了佛教並不消極，也不是不進取的。因為聖嚴師父明確地指出我們對別人的忍讓要有限度。否則，過分慈悲非但不好，還會是會害人的。我是一個在待人接物方面很執着的人，我也很討厭沒有原則和斤斤計較得失的人。我從小就聽信仰佛教的母親教導我說，「做人要學會忍讓，要知道得饒人時且饒人的道理。也要明白凡是人都會犯錯，因此要懂得『上半夜想別人錯的地方，下半夜要想自己不足的地方』，盡可能不要有理無理都和別人爭吵。另外，做人一定不能存妒忌和報復心理，而且要明白『冤冤相報何時了』和『冤家易結不易解』的道理。因此，即使別人對自己有些不好，但是我們還是要以慈悲為懷的心態原諒他並對他好。」母親還常說「吃虧就是便宜」和「有理可打太公」這兩句話。母親的這些觀點常常令我年幼的心靈感到非常困惑和不解，我常覺得母親說的話有些自相矛盾。當然隨着我年齡的增長，我慢慢地在建立了我自己的是非觀、價值觀和養成了一套為人處世的看法後，我沒有再去多想母親的那

些話。但聖嚴法師的上述對「圓融」再加上他 108 句自在語中的其中一句「甘願吃明虧，是仁者；受辱吃暗虧，是愚蠢。」的解釋令我又想起了母親的那些教誨。其實母親雖然沒有受過很高的學校教育，也沒能像聖嚴法師那樣把做人的道理說得那麼透徹和有條理，但是，母親說的那些話，實際上都很符合聖嚴法師的解釋，而且也不是我小時候腦中想象的那麼自相矛盾的。

我這一輩子的人生中一直都在積極爭取做一個正直的人。而為了做一個正直的人，我一直堅持以真誠的態度待人。我主張人不犯我、我不犯人，我不會以手中的權勢欺侮別人。但我也不容許別人壓迫得我無法生存。對沒有原則的圓滑的人，雖然我相信他們可能並不一定是壞人，但我從心底裏不喜歡他們。因為我覺得他們不講原則、活得窩囊、可憐。而我對虛偽的人就從心底裏感到討厭，我除了不容許自己成為一個虛偽的人外，我甚至不願和他們相處、相交。

最近從聖嚴法師處，我懂得了「圓融」這個詞彙。也懂了「圓融」必須從正直開始的道理。我對自己過去一生的為人作了認真的反思和檢討，我發覺我在為人「正直」方面基本上是做得還算可以的。但我認識到了我的缺點，因為我常常會自己受了一些損失，而對他人不存包容之心。我也常常會「得理不饒人」，甚至盯着別人的缺點不放。更會去計較別人的一些「小瑕小疵」。所以我必須承認自己離聖嚴法師文章中所指的「圓融」實在還有很大的距離。我下決心在今後，時時刻刻地提醒自己將我的這些缺點改正過來。從正直出發不斷要求自己提高對別人的包容心，把爭取做個「圓融」的人作為今後的最終人生目標。

2011 年 12 月 6 日

孤獨也是一種享受

　　人到老年，難免覺得孤獨。但實際上，如何面對孤獨，這不僅僅是老年人的問題。相比於觀感上的孤獨，心靈上的孤獨更能使人陷入極度痛苦的深淵。對於精力旺盛的年輕人而言，心靈上的孤獨是特別難以接受的。因此，年輕人比老年人更加缺乏獨處的能力。以我年輕時為例，在很長一段時間內，繁忙的工作使我感到生活枯燥無味。我失去了生活的方向，身處在人群中，卻感到那麼的孤獨。幸好我一有空餘時間，就會通過閱讀小說和聽音樂來排解憂愁。久而久之，我明白了要消除孤獨的感覺只能依靠自己。要真正解決問題，必須先充實心靈，也必須接受現實。我不斷要求自己學會境隨心轉，既然人生不如意之事十之八九，為何不嘗試接受和熱愛現在的工作和生活。面對年輕的朋友的求助，我只能告訴她，雖然朋友和家人能夠提供外在的幫助，但最終調節心態還是要靠自己。在排解孤獨這件事上，真正能幫助你的只有你自己。

　　日前曾讀了劉永曉先生整理 2011 年 11 月工程院院士秦伯益先生，就他個人對老年生活的感悟，在中國工程院的一篇講話後，有感而發寫了一篇「智者和強者」的博文。今天我想再就秦伯益院士的「孤獨也是一種享受」寫一些自己的感想。秦院士說：

　　老年有孤獨之樂。

　　老年有成熟之樂、天倫之樂、發展個性之樂、領受興趣之樂，還有孤獨之樂。孤獨時有廣闊的思想空間，有充分的行動自由，有全額的可

支配時間，有不受干擾的心靈天地。

「無絲竹之亂耳，無案牘之勞形」，「可以調素琴，閱金經」。蘇東坡寫過：「與誰同坐？明月、清風、我。」很多大思想家、大科學家、大文學家、大藝術家的不朽作品往往是在孤獨的境遇中創作出來的。

我不是提倡老人過孤獨的生活，而是說明孤獨也是一種享受，一種美。要善於享受孤獨，不必懼怕。

我非常欣賞秦佰益院士說的這段話，因為它充滿智慧。特別是對我這樣的已踏入老年的人來說，他的話真是有很大的啟發作用。我將它來來回回地細讀了好幾遍。經仔細咀嚼和慢慢體會它的含意後，我發覺這些話其實並非是只適合於老年人，而是適用所有年齡段的人。所以我們應該將它們廣為宣傳，以便讓所有的人了解這些話裏的真諦。因為如果我們每個人都能認識到孤獨非但不是一件可怕的事，而且也是一種享受的話，那麼人生中的苦惱就會少去很多。當然隨着人的苦惱減少，人的幸福感就必然會相應地增加。我完全讚同秦伯益院士從一個老年人的親身體會出發，到達晚年時應該如何面對孤獨、無助處境的正確態度。不過我認為在這個世界上活着的人，不論他們是年長的、年輕的、少年的或甚至幼年的，他們是有學識的或沒學識的，和他們是有錢的或沒錢的，在人生中都會或多或少地出現孤獨和無助的情況。因此我認為正確面對孤獨是我們人類生活中值得研究的重要課題。

老年人，特別是那些經歷風風雨雨、事業有成、權高位重的老年人在退休後，在心理上一時三刻無法接受，他們由曾經風雲叱咤一時的自己變成一個無所事事的閒人的事實是可以理解的。另外，隨着年齡的增長，老年人除了在健康上會多少出現一些問題外，也會面臨精力不斷

衰退的情況。更會因為隨着精力和體力的不斷衰退，而出現同齡朋友的相繼去世或生病情況。在這種情況下，老年人會被迫逐漸疏遠，甚至失去投契相交的朋友。正因為這些客觀原因令老人的活動能力和生活圈子不斷地縮小，並促使老年人普遍過着相對深居簡出和孤獨的生活。這些都令老年人感到非常無奈和無助的事實。不過除了以上所述的客觀原因外，在主觀上，由於隨着年齡的增長，老人對新事物的接受能力和好奇心都會轉弱，對物質生活的需要和追求更會相應減少和淡化，所以對生活的熱忱也會逐漸變弱，就算那些即使體能還仍然比較好的老人，也會選擇比較幽靜的生活。這些主觀和客觀的原因，都會帶給老人心理上的憂鬱。不過我覺得老年人的精力和體力不斷衰退雖然是不能避免的事實。但是主觀上的心理障礙，只要我們認識自然規律、接受現實，並抱正確的態度去面對它，那麼很多問題是應該可以避免的。秦伯益院士就這一問題有非常精闢的見解。我除了非常認同他的觀點外，並在此呼籲所有的老人們，在退休前務必為退休後的生活作好充分的準備，以避免和減輕退休後的無奈和痛苦。秦伯益院士說：

人難有自知之明，常見的現象是，當齡時不抓緊工作，總覺得來日方長，結果蹉跎歲月，過齡後卻戀棧不去，空憾壯志未酬。在這方面，應該提倡有點超前意識，提前作好年齡段轉換期的心理準備和物質準備。只有及早明白這些自然規律，才能在晚年活得自由自在。

其實根據我的經驗，和對周圍環境的觀察，我認為秦伯益院士的另一段話，雖然是針對老年人所言，但是它卻是適用於所有年齡的人的。他說：

　　老年有成熟之樂、天倫之樂、發展個性之樂、領受興趣之樂，還有孤獨之樂。孤獨時有廣闊的思想空間，有充分的行動自由，有全額的可支配時間，有不受干擾的心靈天地。

　　在上述這段話中，我認為除了那句「老年有成熟之樂」外，其他的那些話都是值得年輕人借鑒的。在我看來年輕人因為精力和體力都很旺盛，所以在正常情況下社交活動比較多、生活圈子也比較廣，所以他們比老年人更難面對「孤獨」的處境。我的經驗令我明白，人的孤獨可分「心靈上」和「觀感上」的兩種。觀感上的孤獨令人感到寂寞、無聊、甚至感到生活毫無樂趣。這種感覺當然是很不好受的。但是心靈上的孤獨更會令人陷入極度痛苦的深淵。其實任何人都不願意過孤獨的生活，但是老年人由於精力和體力都不再旺盛，所以相對精力充沛的年輕人，還是會相對容易接受孤獨的生活，而且「獨處」的能力也會比較強。相比之下，年輕人就特別難以接受孤獨的生活，一般也缺乏「獨處」的能力。對「心靈」上的孤獨更是特別難以接受。

　　以我年輕時為例，在很長一段時間內，我雖然工作特別繁忙，我每天和我周圍的一大群人在一起忙碌工作上的事。在那段時期裏，我在一天 24 小時裏，腦子裏除了工作，還是工作。我起早摸黑、擔心焦慮的只有幾件事，那就是我需要有足夠的訂單來維持工廠開工、定期完成生產任務、公司有足夠資金周轉、按時發工資給員工……我沒有太多時間考慮自己生活上、感情上、學習上的事情。我活得像隨着馬達轉的一台機器，每天重複地做着同樣的事。因此我本來急躁的性格，變得更急躁、也更不安於現狀，我感到我的生活苦燥乏味，我厭煩那沒有新鮮感的工作慣例。我甚至討厭我的工作和職業。在別人羨慕和讚揚我「少年得志」「事業有成」時，我卻認為我的生活一團糟，我失去了生活方向，我也

覺得自己沒有前途，我更為無法實現心目中的理想而感到憂傷和遺憾。我找不到傾訴心事的對象，我內心的需求也無人能理解。我身處在人群中，卻感到那麼的孤獨和無奈。現在回顧當時的情況，我知道那是我一生中「心靈上」最孤獨的一段時期。幸好，只要我有一些空閒的時間，我就會閱讀小說和聽音樂。我也經常會墮入小說所描述的環境中和音樂的旋律中。我的思想感情也不斷隨着作者筆下的人物的喜怒哀樂和作曲家的每一個音符而改變。我好像是不斷地和書中的人物及音樂家們對話、溝通、並進行思想交流。而當我讀完一本小說後，那些作家筆下的人物和音樂家作的每一首曲，都自然地成了我的好朋友。久而久之，我明白了要消除孤獨的感覺只能依靠自己。因為家人、朋友、同事可以陪伴在你身邊幫你消除觀感上的孤獨，陪你逛街、吃飯、談天和你一起消磨和打發時間，但是這些都無法幫你消除心靈上的孤獨。要真正解決問題，必須先充實心靈，也必須接受現實，用「即來之、則安之」和「隨遇而安」的態度對待自己的工作和生活。更要要求自己不但要盡心盡力想法在自己的能力範圍將工作做得最好，而且要嘗試熱愛你的環境、工作、和生活。另外更重要的是人不能為環境所困擾，要讓「境隨心轉」。並一定要學會獨處。因為正如秦伯益院士說的那樣，我們不能害怕孤獨，並要把孤獨當成一種享受。因為「孤獨時有廣闊的思想空間，有充分的行動自由，有全額的可支配時間，有不受干擾的心靈天地。」

　　我們經常聽到年輕人酗酒、打架、鬧事、吸毒、嚴重的甚至自殺。我相信這些青年人的行為完全是因為心靈空虛、寂寞所致。而心靈空虛、寂寞造成他們身處茫茫人海有深感孤獨難忍的感覺，也因此他們必須四處尋求刺激。但是就像我上面所說的那種觀感上的刺激只是暫時的，那種刺激並不能解決人們心靈上孤獨無助的感覺。相反地，在短暫觀感的刺激過後，心靈上的寂寞會更加變本加厲的。最近我收到一位年

輕朋友的來郵，她是一位被人稱為「女強人」的成功人士，她也是事業上如日中天的人物。但她在來郵中説：

　　旁人都說我的工作，和所謂的事業「如日方中」。也正如主席也說的。的確，我不能否認，我趕上了好幾個晉升的機會，賭權開放，公司在嚴重缺人的情況下，我永遠來者不拒，只是抱着打基礎多學多做的態度，很多事情也就自自然然跑到我面前來。基本上就是這樣，我從來不覺得這是什麼事業，更不要說是如日方中了，只是每天營營役役，應付着永遠沒完沒了的工作。當中也有令自己有個人滿足感但不為外人道的時候，但更多的是我認為有點浪費時間的事情。

　　雖然，我還年輕，但我想做的事情似乎不是這些，我想把握自己僅有的光陰，做些真正能燃點生命的事情。事實上，我一直有憑自己一雙手，自己的專業知識去幫助別人，去將我認為的正能量帶給別人。想趁自己現在還有氣有力，若等有心冇力時也就太遲了。

　　奈何工作消耗我絕大部份的心情和精力，就連家庭瑣事也忽略了，孩子好像昨天還在我肚裏面，今天就已經和我討論安排每天的行程和節目了，這些都給我有點透不過氣來的感覺。也是我的矛盾所在：如何取得那內在的平衡點？

　　想來想去，問自己該如何珍惜人生，享受人生，最後我終於明白到，生命只是一個過程。現在，這些都是一種修煉的過程，我把這些看成一個修煉，靜待下一個時機的出現，為下一次出發儲存更多的能量。

　　下一個問題是，如何享受及珍惜這修煉的過程？我想是可以的，只是自問智慧有限，望能指教，因為這實屬世間法的部份，以主席多年在世修行世間法，懇請賜教！

當我讀這封來函時，我似乎見到了我往日的自己，我深深地感到這位年輕朋友的彷徨和她心靈上的孤獨。她像我當年一樣陷入了日複一日、重複不斷的生活軌跡，她像我當時一樣，對沒有新鮮感的生活、工作慣例感到厭煩和苦惱。也慢慢地開始感到心靈上的孤獨。在那一刻，我毫不猶豫地，揮筆為她回了如下的一個電郵，我說：

在你的年齡時，很多很多人都羨慕我事業有成，但我卻長期處在不滿、焦慮、彷徨、不歡的狀態。所以這可能是每個人的共通點。說真的，這世上沒有良丹妙藥醫人的心病。而且我認為你的想法，是人性的正常表現，在人生道路上幾乎人人會遇到。並不奇怪，更不陌生。我也長期埋怨我的工作不理想，我的奮鬥目標達不到，我的一切並非如我所願。我不知前途，並迷失方向，我一天一天走着自己不想走的路，過着自己不想過的生活，幹着自己不想幹的活。有段時期我甚至覺得生活意義不大，我是在虛度光陰並浪費生命中寶貴的時光。當我發覺生活上亮起紅燈後，我告誡自己，這個本來不完美的世界，在我的眼裏變得更不美好，這是我自己的心理上出現了問題。人生本來是十有八九不如意，我們一定要既來之，則安之。埋怨焦慮過一輩子，開開心心也是一輩子。我不斷要求自己下決心要學會讓境隨心轉。因為我相信人在什麼位置、過怎麼樣的生活都會碰到不愉快的事情。人生苦短，何不隨遇而安，在自身工作崗位上發揮最大能量。我發現心境轉後，一切變得不再灰暗，自身的能量也發揮得更自如了。所以說小妹妹，要幫你的和能幫你的僅是你自己。我這過來之人也只能說這麼多了。

2012 年 1 月 24 日

過猶不及

我在過去的三年時間中，曾無數次告訴同濟的孩子們，在為人處世時，必須堅守做人的「本分」。做任何事情都要掌握好一個「度」，要明白「過猶不及」的道理，事情做過了頭，就跟沒做一樣。我們每個人在客觀條件上都是存在差別的，有些事別人能做的，我們未必能做；而我們能做的，別人也未必能做。雖然我們不能改變現實，但是我們可以通過自身的努力，認識自己和創造條件以適應我們的環境和處境，從而做我們能做的和應該做的事情。對我來說，「守本分」就是要充分了解自己的能力和身處的環境。做任何事情，要善於「揚長避短」，不要做沒把握的事情。在從商和從政的路途中，我一向很清楚自己的優缺點，也因此不會去做不大可能成功的事情。很多的時候，我們成敗的關鍵並不在於事情的難度，而是我們是否能在做事時，正確地掌握「分寸」和「度」。有「舍」才有「得」，太過貪心往往什麼也得不到。本分做人，才能做一個高尚、純粹、堂堂正正的人。

以前我也曾多次讀過《論語》，並且也觀看過不少于丹教授在百家講壇上講述「論語心得」的 DVD。其實儒家思想在中國已有兩千多年的歷史，所以它多多少少地，早就在我們每個中國人的心中紮了根。而即使像我這樣並非出生於書香門第，和從未系統地學習過孔孟思想的人，也自幼年起就深受儒家思想的影響。不過，由於我從未認真地學習和研究儒學，加上對《論語》中的精髓的理解不足，和以前在讀《論語》時的人生經驗不足，因此對《論語》弘揚的一些基本精神一直是未能正確地

掌握和理解。其中很明顯的一個例子是,以前我對儒家所提倡的「中庸之道」一直有些不以為然的感覺。因為我一直認為《論語》中「中庸之道」的解釋是,我們為了顧全大局,因此在處事時,必須採取委曲求全的態度。但是這次讀了弘一法師在《淡定》中引述《論語》思想的一節「適可而止,過猶不及」中說的:「《論語‧先進》中說:『過猶不及』意思是說:事情做過了頭,就跟不做一樣,是不適合的。這就要求我們做事情要適度,即儒家所倡導的中庸之道:待人接物採取不偏不倚,調和折中的態度」這段文章後,我對《論語》中庸之道的精髓 —— 過猶不及有了比較正確的了解,也認識到了自己過去對中庸之道的理解是不正確的。在這本《淡定》中,還有一些有關描述儒學思想精彩的段落。如:

誠信過了頭,就變成了迂腐;敏捷過了頭,就變成了圓滑;勇敢過了頭,就變成了魯莽;莊重過了頭,就變成了呆板。因此,做人做事要學會適度,凡事要盡力而為,也要量力而行。

凡事量力而行,適可而止,過猶不及。這個道理適用於社會生活的各個領域。一個人要想有所成就,就必須做到適可而止,恰到好處。

人生的智慧可以羅列出千萬條,但最重要的一條是凡事有度,過猶不及。

孔子說:「君子務本,本立而道生。」意思是說:君子應該恪守本分,做好自己應做的事才是天地正道。

本分做人,既是中華民族的傳統美德,也是對每個人修養的基本要求,是做人的道德基石。萬丈高樓平地起。追求高尚的品格,首先就要安守本分。因此,要想做「一個高尚的人,一個純粹的人,一個有道德的人,一個脫離低級趣味的人」,就應該從守本分做起。

　　守本分就是要明白自己是誰，找到最適合自己的位置，找到最適合自己所做的事，把一生中所有重要的精力、所有重要的時間、所有重要的資源，都放在這件事上，以這件事作為生活的軸心，一心一意地去把它做好，而非異想天開，去追求那些不屬於自己的東西。

　　守本分是對於自己無能為力的事情及時放棄，以免打擾正常的生活和愉快的心情；而不思進取是對於自己力所能及的事情輕易放棄，導致本該擁有的成功與自己擦肩而過。

　　其實，在我閱讀這本《淡定》一書前，雖然我無法像上述段落中那樣正確地描述「過猶不及」和「君子務本，本立而道生」。但是相信因為自己在成長過程中不斷地受到長輩在有意無意地向我灌輸的儒學思想的影響，因此，上述文章中所說的這一切早就在我的思想意識中生了根，並成為我人生觀和價值觀的一部分，和我為人處世的準則。

　　和我上述摘錄的《淡定》中的一些語句不謀而合的是，我在過去的三年時間中，曾無數次地告誡同濟的孩子們，在為人處世時，必須要堅守做人的「本分」，和在做任何的事情時都要掌握好一個「度」。因為為人「本分」和凡事有「度」，在我看來是一個人在這世上為人時應守的準則，和我們謀求成功的基本條件。

　　我曾告訴同濟的孩子們，自從來到這個世界，我就覺得上天造人可以說是不太公平的。因為我們每個人在出生時，在先天上就有智力的差別，再加上後天的成長環境和條件的差異，因此我們每個人在這個社會上的起點都是存在着差距的，和在競爭中存在着不公平的因素的。但是在人生的道路上，我逐漸地明白了，我們必須接受這個客觀的事實，因為有很多事情根本不會隨我們的意願而改變的。不過我也逐漸明白了，

雖然我們不能改變現實，但是我們能通過自身的努力，認識自己和創造條件以適應我們的環境和處境，從而做我們能做的和應該做的事情。這就是我向孩子們強調的，為什麼我們在做人方面要「守本分」和把握正確的「度」的原因。

對我來說「守本分」就是要知道自己的能力和身處的環境。這也就是我經常告訴同濟孩子們一定要充分了解自己，不能過高估計自己的能力，但是也不能對自己採取妄自菲薄的態度。要根據自身的條件，憑藉自己的本領做事。在做任何事情時，要善於「揚長避短」，也就是說我們要儘量在別人面前顯示自己的長處，和掩蓋自己的短處。因為我認為我們每個人都是不一樣的，而且每個人都有自己的長處和短處，所以我們千萬不要和別人攀比，因為人與人是不同的。別人能做的，我們未必能做；而我們能做的，別人也未必是能做到的。我向孩子們經常強調的是，在做任何事情時，必須把握好「分寸」，也就是我常常提到的這個「度」字。因為在很多的時候，我們成敗的關鍵並不在於事情的難度，而是我們是否能在做事時，正確地掌握「分寸」和「度」。

曾有人問我，為什麼我做什麼像什麼，並且在別人的眼中，我過去做的事幾乎都是成功的。其實，在這個世界上，是不存在全能和沒有弱點的人的。我是一個普通的人，因此我和其他人當然也是一樣的，是有弱點的。不過在我的人生路上，我特別注意「揚長避短」和做事掌握正確的「度」。我對自己很了解，我很清楚自己的優點和缺點，因此我不會嘗試去做我有很大可能不會成功的事情。

譬如說，我在初到澳門時，因為對商業和財政方面的工作完全不熟悉，所以為了增加自己的知識，我先後報讀了英國一些大學的商業英語、工商管理學、微觀經濟學和財政管理學的函授課程。其中的商業英

語、工商管理學對我來說一點也不難，所以我很順利地完成了全部課程。但是微觀經濟學對我來說就有了很大的難度，我比較吃力地將它讀完了。而財政管理學對我來說簡直是太難了，也因此我在剛開始學習這門學科的不久後，就將它放棄了。

從那時起，我知道我對財政管理中的數字特別的不敏感，並且還會常常被那些財政分析圖表搞得頭昏腦脹和不知所措。也為此在幾十年從事公司管理的過程中，我除了學會閱讀公司的資產負債表以外，基本上是不接觸和不過問公司具體賬戶操作過程的。也因為這個原因，在過去的幾十年中，我從未涉足股票和期指市場。就算是我個人的儲蓄，在過去的幾十年中，也是交由我的一位相處多年，並深得我信任的同事代我保管和投資的。

又譬如說，在澳葡時代文禮士任澳督期間，澳門政府計劃推出電召的士服務。當時這項計劃由澳督辦公室策劃並由當時任澳督辦公室主任山度士先生負責。澳督文禮士先生和他的辦公室主任山度士先生和我的私人關係都非常不錯。因此山度士先生在策劃推出該服務的初期，就向我介紹了政府對該服務的構想。他告訴我，澳門政府對我的實力和能力都很有信心，因此建議我成立公司，將政府的該項服務付之於實。

其實，當時正是適逢我接手管理一家澳門土生家族創辦的綜合性服務公司。在我接手初期，由於這家公司長期存在着經營和管理不善的原因，公司面臨着倒閉的厄運。因此當時正是我為該公司幾近倒閉和尋找商機而感到頭痛的時候。記得那時我經常對員工們説「除了黃、毒和賭及其他違反法律的不做外，只要能賺錢的生意，我們都應該做」。從這句話中可以想象到的是，我內心對公司前途焦急的程度。

在我冷靜考慮了澳督和山度士先生的好意後，我拒絕了他們的邀

請。聽到我的回絕，山度士先生表示十分的驚奇和不解。他多次向我詢問我拒絕的原因。其實，在山度士先生向我提出創立電召的士公司之時，我是看到這是一個可以賺錢的項目，也隱藏着巨大的商機。但是我考慮到，的士行業是面向為全澳門市民服務的公共事業，我除了沒有這方面專業管理知識外，還是一個公眾人物。而公眾人物的一舉一動在澳門這個小社會中，都是特別惹人注目的。由我主持的這樣的公司，作出的任何決定即使本來是符合商業常規的，也可能因為我是公眾人物而遭到非議。而這種服務全澳的公共事業，一旦遭受非議的話，不但可能會令我聲譽全毀，並極有可能是不會成功的。也因此我主動放棄了對我來說可能是得不償失的生意機會。

再譬如，我在當選澳門特別行政區立法會主席後，立刻停止了參與我自己公司的管理工作。在十年任職立法會主席一職期間，我除了為了搬遷公司辦公室而回到公司一次外，再也沒有踏足公司半步，更沒有再過問公司的大小事務。其實，按法律規定，行政部門的官員是不能再經營私人營利的商業活動，而立法會的議員卻是不受限制的。但是我覺得立法會不但要擔當澳門的立法責任，並且也是監督政府施政的重要機構。所以雖然法律並沒有規定立法會主席不能參與營利的商業活動，但是在現實中，是不可能不惹來公私不分和利用立法會主席位置賺取私利的非議的。當然對於這類是否放棄對公司的管理的問題，不是比較容易作出決定的。但是為了維護立法會的尊嚴和我個人的聲譽，我在再三權衡利和弊後，作出了放棄公司管理的決定。並在十年時間中，我沒有為我的私事而約見過任何一位政府官員。

我除了十分認同上述我摘自《淡定》書中的每一句話外，還對那一段「本分做人，既是中華民族的傳統美德，也是對每個人修養的基本要

求，是做人的道德基石。萬丈高樓平地起。追求高尚的品格，首先就要安守本分。因此，要想做『一個高尚的人，一個純粹的人，一個有道德的人，一個脫離低級趣味的人』，就應該從守本分做起。」特別的認同。

在此我要特別強調的是，我知道我們同濟的孩子們，都有看我博文的習慣。我的博客現在可說，也已成了我和他們之間交流思想的平台，所以我希望他們都能從這篇文章中體會到為人處世的正確道理。因為我花費不少的精力和金錢，供同濟的孩子們讀書，並教他們做人的目的，無非就是要想培養一批高尚的、純粹的、有道德的和脫離低級趣味的堂堂正正的人。

2014 年 8 月 5 日

堂堂正正

人的一生，各有不同的經歷和際遇。但毫無疑問，大家的終點都是一樣的。在面對死亡時，相信每一個有良知的人，都會像保爾·柯察金那樣捫心自問，他們在這世上是否留下了「悔恨和羞愧」。為了做到無怨無悔的人生目標，從開始懂事起，我在每一個人生階段中，都會不斷地提醒自己必須堅持做一個堂堂正正的人。記得在我被選為澳門特區第一屆立法會主席時，記者問我，我的人生目標是什麼。當時我的回答是「不枉此生」，希望我能夠為社會作出貢獻，希望我的人生是有意義的。現在回首，我的人生雖然不是十全十美

的，但令我自己感到欣慰的是，在這個私欲充斥的大千世界中，我在一生中始終堅持了自己訂下的為人處世「不貪、不私」的原則。我時常用我的親身經歷告訴同濟的孩子們，人生之路不易走，世界上總是有形形色色的誘惑。在培養他們時，我的唯一要求就是，絕不能為「貪念」和「私利」的誘惑所動。在什麼時候都不能忘記做人的原則，一定要做個堂堂正正的人。

日前，在完成了《恬淡以處世》的那篇博文後，我又再次拿起了弘一法師的《淡定》這本書。我真的是太喜歡這本書了。因為在這本書中的每一句話在我看來都是精句，並且都是充滿着人生大智慧。相信任何人在閱讀他的這本書後，都會受益匪淺。下面我把在此書中的另外一些段落摘錄如下和網友分享：

生命短暫，只在一呼一吸之間。所以在有限的生命裏，我們要提醒自己不要虛度擁有的每一分、每一秒。珍惜生命中的所有，不斷前進，才能不枉度此生。

人生說短不短，長壽者完全能活到百歲有餘；說長不長，彈指一揮間。如果直到走到生命的終點那一刻，才後悔所走過的人生，就為時已晚了。與其到那時後悔，不如今天多做一點，至少回首的時候苦樂參半，眼淚與笑臉並存。少一分遺憾，就會多一分回味。

保爾・柯察金說：「人最寶貴的是生命。生命屬於我們只有一次。人的一生應該這樣度過：當回憶往事的時候，他不會因為虛度年華而悔恨，也不會因為碌碌無為而羞愧。」我們捫心自問，能否能問心無愧地說：「我把握住了生命裏的每一分鐘」？

生命到底是什麼？生命就像一個括號，左括號代表出生，右括號代表死亡，而我們要做的事情就是填充括號中的空白，括號填滿了，生命也就終結了。因此，我們要把握好生命的分分秒秒，把生命的括號填充成彩色，這樣我們的生命才能絢麗多姿、五彩紛呈！我們才能體會到生命的意義，體會到生存的價值，體會到幸福快樂的滋味！

正如我在《恬淡以處世》一文中所說的那樣，在弘一法師這本《淡定》中的任何一句話都是值得反覆閱讀和仔細推敲的。最近我又多次反覆地閱讀了上述的那幾段話。而每當我再一次讀到它們時，心中都會有受益匪淺的感覺。可能因為受《淡定》這本書中內容的啟發，我最近常常在獨處時，會反思自己在一生經歷中的點點滴滴。而書中引述的保爾·柯察金說的「人的一生應該這樣度過：當回憶往事的時候，他不會因為虛度年華而悔恨，也不會因為碌碌無為而羞愧。」這句話也不斷在我的腦海中徘徊。

我在漫長又似乎特別短促的人生中，常常感到時光流逝的速度快得令人吃驚。我的長輩和同齡人中有的相繼死亡，有的身患重病常常引起我的情緒的波動。雖然我目前的健康還是比較良好，但是我對自己在不經不覺中，抵達了古稀之年還是常常有唏噓不止的感覺。我對「光陰如箭」這四個字，可說是有了特別深切的體會。我也更清楚地明白到，在我們生命中悄悄溜走的每一分鐘和每一秒鐘，都是永遠無法再追回來的。也為此，我常常督促自己要更珍惜生命中的每一時刻。

我是在一個家中長輩信奉佛教的環境中長大成人的，我深受佛教中的輪迴和轉世思想的影響，所以我一直對輪迴和轉世是確信無疑的。由於我相信世上真有輪迴和轉世這回事，所以我也常常很希望知道，我上一輩子是誰和我下一輩子又會是誰。但是我明白這些都是我永遠都不可

能知道的。也因此我告訴自己，既然生命有限，那麼目前對我最重要的是，我應該儘量珍惜這一輩子的時間，讓自己的生活過得幸福快樂。並且還要讓我的人生活出意義和活出精彩。

怎樣才能令自己在這個世界上活得幸福快樂，並讓人生活出意義和活出精彩這個問題是我近年來經常思考的題目。《淡定》一書中引用的保爾·柯察金的話「人的一生應該這樣度過：當回憶往事的時候，他不會因為虛度年華而悔恨，也不會因為碌碌無為而羞愧。」給了我很大的啟發。我清楚地認識到，真正要將自己的一生活得有意義的話，就必須像他說的那樣，在回憶往事時，心中不存絲毫悔恨和羞愧。

其實如果我們仔細觀察我們的四周，我們是不難發覺，在我們每個人寶貴的生命歷程中，都有着各不相同的經歷和際遇。我們中有些人功成名就，發了財或做了官；有些人平平淡淡、寂寂無名地過了一輩子；更有些人悲悲戚戚、痛苦不堪地度過了一輩子。但是，我覺得無論我們是怎樣度過我們的一生，每一個人在最後的結局都是面臨死亡這個問題。而我相信在面臨死亡時，每一個有良知的人，都會捫心自問，他們在這世上是否會留下「悔恨和羞愧」。我也相信發現自己在回憶往事時心存「悔恨和羞愧」的人，一定是會很痛苦的。

從我開始懂事起，在每一個人生階段中，我都不斷地提醒自己必須堅持自己做個堂堂正正、無怨無悔的人的宗旨和原則。因為我的最大願望是一生做個堂堂正正的好人，並且我也不能允許自己帶着太多的遺憾而離開這個世界。

和很多人比較，我是一個相對幸運的人。在我的人生歷程中，雖然也充滿荊棘、挫折和艱辛，但是和很多人比較，我的人生路是相對平坦和順利的。在很多人的眼中，我甚至是一個名利雙收的、令人羨慕的

人。不過儘管如此，我卻並不是一個非常幸福和快樂的人。在我硬朗的外表下，我的內心常常會產生對現實不滿的情緒。我自己對這種不滿情緒常常感到不解。隨着年齡和閱歷的增長，我逐漸明白「名利、權位」根本不是我追求的人生最終目標，因為「名利、權位」雖然豐富了我的物質生活、滿足了我的成就感和自尊心，但是它是不會為我增添幸福和快樂感覺的。

記得在澳門回歸前夕，我被選為澳門特別行政區第一屆立法會主席時，很多來自各地的傳媒到澳門採訪我。在採訪時不少記者向我提出了同一個問題，那就是我在人生中追求的目標是什麼。我當時的回答是，我追求的是「不枉此生」這四個字。當然我也對我說的這四個字作出了解釋。因為「不枉此生」這四個字，對我來說並非是指個人的功成名就，而是指我的人生是否有意義，和我為社會是否作出了貢獻。擔任澳門特別行政區立法會主席的那十年，可說是我一生中事業最輝煌的時期，我除了感到自己肩負的責任重大外，也毅然地放棄了參與一切私人營利的活動。我的目的一方面是為避免被人指責公私不分的嫌疑，另外也是為更好地將自己的時間和精力全部回饋給澳門社會。當然我不能誇口說我在那十年中，是一個非常稱職的立法會主席，但是我的確是盡了我最大的努力。在那十年中，我雖然常常會對工作上有所進取而感到欣慰和快樂，不過那種欣慰和快樂並沒有帶來我心靈上真正的安寧和平靜，因為我總覺得我必須在人生中做多一些更有意義的事情。

自從我退下澳門特別行政區立法會主席位置後，我開始了我計劃和嚮往的 20 年從善生涯。我也將我早在任立法會之時已不參與管理的澳門商業營利活動全部結束，從此全心投身在我的慈善事業中。我的慈善事業，雖然並沒有，也不會給我帶來「名利、權位」，但是看着同濟慈善會

的不斷壯大，和同濟孩子們的逐漸成長，我的內心充滿欣喜感、滿足感和成就感。我在過去的不到五年時間中，真正地感到了人生中的快樂和幸福。我也在心靈上獲得了從來沒有過的平靜和安寧。

現在我終於明白了，人的快樂和幸福是來自我們自身的心靈平靜和安寧。而心靈的平靜和安寧與否，並不是「名利、權位」所能帶給我們的。我現在也更明白，為了達到心靈上的平靜和安寧，我們必須首先斷絕追求私己名利的念頭，並真誠地將自己的一切奉獻給社會。因為只有在將自己的一切奉獻給社會的前提下，我們的心靈才能真正的感受到平靜和安寧給我們帶來的快樂和幸福，而我們的生命才會充滿真正的意義。

如上所述，最近我常常在獨處時想到《淡定》這本書中的內容。我也會用它來作為驗證我的一生究竟是否有意義的標準。我得到的結論是，直到目前為止，我感到我的一生是有意義的。因為我沒有為自己虛度年華而感到悔恨，我更沒有因為自己的碌碌無為而感到羞愧。當然我知道，我的人生並非是十全十美的。我曾犯過無數的錯誤，也得罪過不少的人。但是我的錯誤基本上都能得到及時的糾正，而且在我一生中，我從未有過害人之心，更沒做過一件傷天害理的事情。令我自己感到欣慰的是，在這個私欲充斥的大千世界中，我雖曾受到無數次名和利的誘惑，並且在那些誘惑面前，我也曾有過內心劇烈的鬥爭和痛苦的掙扎，但是最終還是理智令我克服了內心的貪念和私欲，並在一生始終堅持了自己為自己訂下的為人處世時「不貪、不私」的原則。

在那一刻，我又想起了在 7 月中旬時，在我為多位即將離澳赴葡的同濟孩子們送行的晚餐上的情景。在晚餐結束前，我用我的親身經歷為例，告訴他們人生路不容易走，因為路上充滿荊棘和艱辛。而這個社會

也不是他們想象的那麼簡單，社會上充滿險惡和誘惑。我雖然不能預測他們的將來，但是我可以斷定他們在這個世界上，肯定會受到各種各樣和形形色色的誘惑，因此我要求他們不能為「貪念」和「私利」的誘惑所動，而做出令自己有朝一日悔恨和羞愧的事情。因為無論他們將來是名利雙收或是平平庸庸地過上一輩子，如果他們有朝一日有悔恨和羞愧之意的話，到時已後悔莫及也是無濟於事的了，並且也會給他們帶來莫大的痛苦。那晚我向他們重申了，我對他們的栽培不求任何回報，但我對他們提出了唯一的要求，就是他們在任何時候，都不能忘記要堅持正確的為人處世的原則，並一定要做個堂堂正正的人。

其實我曾經，特別在年輕時，是一個追求完美的理想主義者。我不但執着地要求自己做到十全十美，甚至也會用自己的標準，來要求我周圍的人在做人做事方面都要十全十美。隨着年齡的增長，我逐漸明白我的這種要求是不合理的，也是強人所難的。因此，我對同濟的孩子們不再存有奢望，也不要求他們做個十全十美的人。不過我想要求他們做個不枉此生的堂堂正正之人，還是不算過分的。

最後我想引用一段摘自作者不詳的，《在做人中完美，在完美中做人》中的一段說話，作為我這篇文章的結尾和大家共享。它是：

一個人可以生得不漂亮，但是一定要活得漂亮。無論什麼時候，淵博的知識、良好的修養、文明的舉止、優雅的談吐、博大的胸懷，以及一顆充滿愛的心靈，一定可以讓一個人活得足夠漂亮，哪怕你本身長得並不漂亮。但活得一定要漂亮，就是活出一種精神、一種品位、一份至性的精彩。

2014 年 7 月 30 日

明天越來越少

　　我們在人生中總會面臨着大大小小的選擇。相比於作出選擇的過程，其實真正困難的是作出選擇後，我們是否能接受自己的選擇。我也曾經有過「舍而不棄」的痛苦，在作出選擇後又後悔，並常常設想那條我未選擇的路是否會比現在要好。幸運的是，我最終選擇了「放下」。我深深地感悟到了在我們的人生中根本不存在「假設」和「如果」，因為時間永遠無法倒流。既然當時作出了選擇，那麼我就必須無怨無悔地根據自己的選擇而活。今天當我回想過去的糾結時，我很慶幸我及時地作出了堅持走下去，並將自己從念念不忘的困擾中解放出來的決定。對於我們每一個人來說，從我們出生那一天起，就注定面臨着「昨天越來越多，明天越來越少」的問題。因此，我們必須要學會珍惜生命的每分每秒，要懂得向前看，而不是用執着和糾結擾亂自己前進的步伐，為自己徒增煩惱。

　　日前我在網上閱讀時，讀到了一些非常有道理的語句。我將它們及時地從網上摘錄了下來，並及時粘貼在我的文檔中。今天我在整理文檔時，再次將它們閱讀了一遍。閱後，心中還是覺得它們的正確和令我受益匪淺。隱含在語句中的意思，再次促使我對自身的一生作出了深刻的反思。那些語句是：

　　善良比聰明更難。聰明是一種天賦，而善良是一種選擇。

　　不管發生什麼，都不要放棄，堅持走下去，肯定會有意想不到的風景。也許不是你本來想走的路，也不是你本來想登臨的山頂，可另一條

路有另一條路的風景，不同的山頂也一樣會有美麗的日出，不要念念不忘原來的路。

走到生命的哪一個階段，都該喜歡那一段時光，完成那一階段該完成的職責，順生而行，不沉迷過去，不狂熱地期待着未來，生命這樣就好。不管正經歷着怎樣的掙扎與挑戰，或許我們都只有一個選擇：雖然痛苦，卻依然要快樂，並相信未來。——白岩松

總會有人說你好，也會有人說你不好，但只要做人做事問心無愧，就不必執着於他人的評判。無須看別人的眼神，不必一味討好別人，那樣會使自己活得更累。當有人對你施不敬的言語，請不要在意，更不要因此而起煩惱。因為這些言語改變不了事實，卻可能攪亂你的心。心如果亂了，一切就都亂了。

昨天越來越多，明天越來越少。

快樂不在於擁有得多，而在於計較的少。該舍去的時候，就要勇敢地舍去，因為學會放棄，放棄是一種智慧的美麗。懂得放棄，才更懂得擁有，懂得珍惜。學會舍是一種智慧的美麗。

學會舍，是一種人生哲學，敢於放棄，是一種生存魄力，更是一種良好心態，有所舍，才會有所為，有所不為。

舍，是一種境界，是自然發展的一種必由之路。

舍，不是躲避，不是怯弱，舍是一種豁達的處事態度。一個人如果不懂得舍，怎麼可能迎接明天。

每一個人應該學會舍，舍是一種智慧的美麗。

選擇與放棄，是一種心態、一門學問、一套智慧，是生活與人生處處需要面對的關口。昨天的放棄決定今天的選擇，明天的生活取決於今天的選擇。人生如演戲，每個人都是自己的導演。只有學會選擇和懂得

放棄的人，才能贏得精彩的生活，擁有海闊天空的人生境界。

人卻往往覺得已經到手的不是最好的，凡是有機遇路過，都想一把抓住，創造一個奇跡。人一輩子都在追尋，一輩子都在選擇，等到發現已經快走到人生盡頭，才像掰玉米的猴子，隨便對付一個了事。所以把一件事情做透，是人生成功的關鍵，不要以為機會遍地都是，人一輩子大量的活動其實都只是鋪墊，真正起決定作用的就只有幾次。當你抓住一個機遇時，再難也不要松手，也許完成這一件事，就奠定了一生的價值。

學會放棄，才會讓人生體會雲淡心清，做好自己擅長的事，快樂的事。學會放棄，才能讓自己面對實際。學會放棄，才能保證所需的精力，學會放棄，才能讓自己真正的夢想不被湮沒，才會在第一時間抓住真正的機遇。

我之所以在文檔上收藏了上述的語句，不但是覺得它們正確，而且是因為它們令我回想起我的人生經歷。

在讀到「不管發生什麼，都不要放棄，堅持走下去，肯定會有意想不到的風景。也許不是你本來想走的路，也不是你本來想登臨的山頂，可另一條路有另一條路的風景，不同的山頂也一樣會有美麗的日出，不要念念不忘原來的路。」那一段時，我想到了當年在我離開內地赴香港定居，然後來澳門工作初期時的心情。當時我心中懷着的是對香港、澳門的社會和人事極度不滿的情緒。我感到委屈、孤獨，更感到前途茫茫。我覺得自己走上了一條既難走，又無盡頭的泥濘路。我陷入了在我的人生中，從未有過的迷茫和痛苦中。在我的腦海中，甚至出現過生不如死的念頭。但是最後我選擇了「堅持走下去」的態度，並選擇了放棄對原來的「人生規劃」的執着。當然我一路走來，時常有非常艱辛的感覺，

但是在這條人生道路上，最後我還是走出了困境，並且也是越走越順暢了。令我慶幸的是，在一路上，我不但看到了出現在我眼前的「意想不到的風景」和到達了另一座不在我人生規劃中的「山頭」。今天當我回顧這一切時，我感到特別的高興。因為我及時地作出了堅持走下去，並令自己從念念不忘原來的道路的困擾中解除了出來。

在讀到「走到生命的哪一個階段，都該喜歡那一段時光，完成那一階段該完成的職責，順生而行，不沉迷過去，不狂熱地期待着未來，生命這樣就好。不管正經歷着怎樣的掙扎與挑戰，或許我們都只有一個選擇：雖然痛苦，卻依然要快樂，並相信未來。——白岩松」這一段時，我內心感到無限的遺憾和深深的自責。因為在我生命中有很長的一段時間裏，雖然我在他人眼中名成利就，但是我過得很不愉快，而且我也非常不喜歡我的人生。

在那段本來應該令自己引以為傲的人生歷程中，我非但未為我事業略有小成而感到高興，相反地，我的心中不斷地為自己可能作了一個非常錯誤的選擇而後悔。也因此在那一段很漫長的人生歷程中，我內心充滿痛苦和掙扎。我一直沒有順生而行，並沉迷和徘徊在已成過去的追憶中。我在那個時候，完全不懂得「該捨去的時候，就要勇敢地捨去，因為學會放棄，放棄是一種智慧的美麗。懂得放棄，才更懂得擁有，懂得珍惜。學會捨是一種智慧的美麗。」正因為不懂得這個道理，令我長期地處在「捨而不棄」的痛苦境地。

在我 30 歲左右，和正在澳門的事業略有蒸蒸日上之跡象時，我面臨了必須在事業和感情中進行選擇的難題。為了能留在澳門，繼續追求我個人在事業上的成功，我放棄了一段美好的感情，並且選擇了一個不是我內心十分心儀的人結婚。對我來說，在當時我作出這個決定是非常艱

難的。因為在事業和個人感情方面，我只能選擇其中的一個。

在當時我的處境是，如果我選擇繼續留在澳門發展事業的話，就必須放棄那段個人感情。而如果我選擇個人感情的話，那我就必須離開澳門並放棄我在澳門已略見曙光的事業。最後，在幾經掙扎和痛苦的情況下，我作出了留在澳門發展事業並放棄那段個人的感情的選擇。當然我的那段美好感情，也隨着我的選擇而宣告結束。但當那段感情結束和事業上略有所成後，我內心深處卻泛起了濃濃的對那段感情難棄難捨的感覺。也因此我常常質疑自己當時的選擇是否正確，更常常「假設」如果我在當時作出選擇個人感情而放棄留在澳門的話，我可能會活得快樂一些。當然在「假設」的條件下，我無法獲得自己是否會活得快樂一點的答案。但是因為我的內心一直糾結於此一問題，也因此雖然我獲得了羨煞旁人的名和利，我的內心卻一直處於不快樂的狀態。在那種情況下，可以想象我的婚姻生活根本無法圓滿，而這場婚姻也只能以離婚而告終。除此以外，我還常常為自己陷入痛苦的深淵，為同時傷害了兩個無辜的人而自責。其實我很少也很不願意向任何人提起這段往事。我一直將它深深地埋在我心底的深處。在漫長的歲月中，每當我回首往事時，我經常會被這個埋在心底深處的祕密刺得隱隱作痛。

當我在讀了《一輩子，三萬天》那篇文章和由友人從微信發給我的《一段極漂亮的話》中的兩段話「路，不通時，選擇拐彎；心，不快時，選擇看澹；情，漸遠時，選擇隨意。」「人生就像蒲公英，看似自由，卻身不由己。有些事，不是不在意，而是在意了又能怎樣。人生沒有如果，只有後果和結果。命運只有自己掌握，別人掌控不了。成熟了，就是用微笑來面對一切事情」後，我決定執筆撰寫那篇名為《善待自己》的博文。因為我意識到了，在快速流逝的歲月中，我不是一個非常善待

自己的人，而因為不善待自己的關係，我一手造成了自己長期地生活在不太愉快的境況中。

最近當我讀到上述的那些我從網上摘錄下來的語句時，特別是讀到那幾段「人卻往往覺得已經到手的不是最好的，凡是有機遇路過，都想一把抓住，創造一個奇跡」「學會捨，是一種人生哲學，敢於放棄，是一種生存魄力，更是一種良好心態，有所捨，才會有所為，有所不為」和「選擇與放棄，是一種心態、一門學問、一套智慧，是生活與人生處處需要面對的關口。昨天的放棄決定今天的選擇，明天的生活取決於今天的選擇。人生如演戲，每個人都是自己的導演。只有學會選擇和懂得放棄的人，才能贏得精彩的生活，擁有海闊天空的人生境界」時，我深深地感悟到了在我們的人生中根本不存在假設這回事。也明白了既然在當時我作出了選擇，那麼我就必須無怨無悔地根據自己的選擇而活。可惜的是我一直沒有做到順生而行，並且因為沉迷在過去而浪費了很多生命中寶貴的時間。也因此在我本來應該快樂的人生中，增加了無謂的煩惱和不快樂。在那一刻，我更深刻地領悟佛學中的「隨緣」和「放下」的重要。

最近在報上看到一個青年謀殺親生父母的事件時，我想到了上述在網上摘錄的那句話「善良比聰明更難。聰明是一種天賦，而善良是一種選擇。」從報導上獲知，這個青年並非沒有受過教育，也不是一個精神病患者，因為他在謀殺雙親前曾作出了周詳的計劃。當然我這個例子有些特殊，而且謀殺雙親的個案不但令人無法置信，而且在這世界上也應該是絕無僅有的。但是我覺得在這個例子上我們可以領悟到的是，他雖擁有有生而來的聰明天賦，在他的人生中他卻選擇了邪惡和冷血。

我一直堅信人性是本善的，但是我們生活的社會上存在着太多邪惡的東西和風氣。所以在我們成長過程中邪惡的東西和風氣，會不斷侵

蝕我們的靈魂和思想，而當我們不能在善良和邪惡之間作出正確的選擇時，在一念之差的情況下，我們的身心都會被邪惡佔領，最後犯下不可彌補的錯誤，甚至罪惡。所以我們要堅持不懈地向我們的下一代灌輸揚善去惡的人生觀和價值觀。因為在這個世界上善良的人越多的話，我們的生活就會變得越快樂，而我們的世界也會隨之變得越來越美好。

最後，我想說的是對我們每一個人來說，從我們出生那一天起，就注定了面臨着「昨天越來越多，明天越來越少。」的問題。因此我們每個人都必須要珍惜在我們生命中逐漸流逝的每一分鐘和每一秒鐘。因為只有懂得珍惜，我們每個人才能拋棄無謂的煩惱，而讓我們的每一天都充滿歡樂和陽光。

2014 年 9 月 1 日

活到老，學到老

很多年以來，我一直以為自己與詩詞無緣。小時候貪玩好動，沒有養成靜下心來讀詩詞的習慣，直到近年在老師和網友的影響下，我才開始逐漸體會到中華詩詞的意境優美與意涵豐富。特別對於愛國詩人陸游與妻子唐婉的詩詞，我產生了巨大的共鳴。我一向認為自己不喜歡詩詞，想不到認真讀來它卻能對我的心靈產生如此的震撼力。在萬分驚奇的同時，我也為自己多年的固執和封閉感到

後悔。人的愛好是可以不斷地發掘和培養的,過去的一年中我也突破了以往的自我局限,開始學習上網,探索網絡世界。生命有涯,而學無涯。因此,我們必須建立起終身學習的目標。活到老,學到老,以不斷的探索和學習豐富有限的人生,真正做到不枉此生。

　　我從小就認為自己和詩詞無緣。我一直不愛讀詩詞,其實可能不是我不愛讀,而是因為我根本看不懂,也因此根本不想讀。我兒時非常貪玩、好動,從來不肯坐定下來讀書。我中學的語文老師張珍懷女士對我特別偏愛,曾試圖培養我在詩詞創作方面的興趣。她常常鼓勵我閱讀中國古代詩詞集,但是我就是無法靜下心來閱讀。我拒絕了她的好意,也辜負了她對我的期望。我總覺得,我這一輩子是不會喜愛詩詞的了。幾個月前,收到張老師的女兒從美國寄給我的張老師的詩詞集。我翻閱後才知道我的老師是中國詩詞名家,並號稱「飛霞山民」。我覺得很好奇,因為對老師的這一切我都一無所知,因此決定上網看一看能否找到多一些老師的資料。真是不看不知道,一看嚇一跳。原來在網上只要寫張珍懷三個字,就可以查到很多我的張老師的生平資料和著作。特別是她的詞更是為我國詩詞界推崇。我對自己有這麼一位老師感到光榮和驕傲外,也真的後悔當時我沒能抓住機會,好好地用心學習寫作詩詞。因為我發覺我雖然不掌握創作詩詞的技巧,而且自己可能在這輩子已經沒有掌握它的可能了。並且一直到目前為止我對有些詩詞甚至還是看不懂的,但是我發現只要我能靜下心來細心地閱讀,我的內心還是能被很多詩詞作品的優美旋律所感動。我暗暗自責為什麼當時沒有抓住那麼好的機會並「走了寶」。否則今天的我,可能在空閒時也能吟詩作詞,並藉作詩詞創作盡情地表達和抒發內心情感,令凡俗的人生增添精彩,也能讓

自己的心靈常常沐浴在詩情畫意的寫意境界中。並可能藉此沖淡自己心靈中的任何不如意的感受，使自己生活得更愉快、更輕鬆，也可令自己能懷着一顆平和與寬厚的心去看待和接受世界上的人和事。

最近看了網友秦時明月的博文，對他博文上刊登的詩歌十分喜愛和欣賞，所以在我的博文「遊戲規則」中引用了他其中的兩首詩。博文發表後，另一位網友蟲洞時空在那一篇文章的留言中評論了唐詩宋詞，並引述了我國宋代愛國詩人陸游的幾首詩詞。其實我雖不諳詩詞，但我對我國歷史上著名詩人、詞人如李白、杜甫、白居易、陸游、屈原、李清照等等的名字早就如雷貫耳。受了蟲洞時空網友的影響，我最近在空閒時頻頻地上網查看這些我國偉大人物的詩詞作品。當然憑我在詩詞方面的淺薄知識，我還不能完全理解它們作品中的每一句和每一字的含意，更未能深刻地領會作者在作詩和作詞時的意境，但是我卻深深地喜愛上它們了。其中我特別對李白的「關山月」「靜夜思」「夜宿山寺」、杜甫的「旅夜書杯」「夢李白兩首」「貧交行」、陸游的「示兒」「夜吟」等等更是愛不釋手，讀而不厭。我發覺這些詩詞大家們真是太神奇、太偉大了。我簡直無法想象他們能藉如此優美的詩詞展示他們豐富多感的內心世界。他們留給我們子孫後代的是我們中華民族最了不起的、是永恆不朽的，而且永遠不會因為時代的變遷而失色的最偉大的文化精粹。

最近我在上網查資料的時候也看到陸游的生平，我除了對他的愛國情懷佩服得五體投地外。更讓我為他和他第一任妻子唐婉之間刻骨銘心的愛情故事而感動。他們這段不可思議的愛情不但深深地觸動我的心，也令我為故事中的兩個主人公的遭遇感到萬分的悲哀。我從小就不愛看卿卿我我的愛情小說，我總以為世上雖有愛情，但不可能像小說家筆下形容的那麼天長地久。但陸游和唐婉的故事改變了我的看法，因為他們

之間的愛情絕對是真實的和天長地久的。在網上我們可找到很多關於陸游和唐婉故事的文章。他們倆寫在沈園牆上的詞「釵頭鳳」和陸游的詩「沈園二首」也幾乎能在所有的網上看到。在網上有很多由不同的網友書寫的關於他倆的故事。我現在將諸多關於他倆故事文章中一篇由網民「貓兒」撰寫的文章摘錄如下：

陸游二十歲（紹興十四年）與唐婉結合，不料唐婉的才華漾溢與陸游的親密感情，引起了陸母的不滿（女子無才便是德），在封建禮教的壓制下，雖種種哀告，終歸走到了「執手相看淚眼」的地步，孰料，緣深情淺的這一對戀人竟在紹興二十年，與城南禹跡寺的沈園意外邂逅，陸游「悵然久之」，於沈園內壁上題一首《釵頭鳳》，滄然而別。唐婉讀此詞後，和其詞，不久即鬱悶愁怨而死。此後，陸游北上抗金，又轉川蜀任職，幾拾年的風雨生涯，依然無法排遣詩人心中的眷戀，在他六十七歲的時候，重遊沈園，看到當年題《釵頭鳳》的半面破壁，事隔四十年字跡雖然已經模糊，他還是淚落沾襟，寫一首詩以記此事，詩中小序曰：「禹跡寺南有沈氏小園，四十年前嘗題小闋壁間，偶複一到，而園主已三易其主，讀之泫然」，在詩中哀悼唐婉：「泉路憑誰說斷腸？斷雲幽夢事茫茫。」後陸游七十五歲，住在沈園的附近，「每入城，必登寺眺望，勝情」，寫下絕句《沈園》：「夢斷香消四十年，沈園柳老不吹綿，此身行作稽山土，猶吊遺蹤一泫然」，就在陸游去世的前一年，他還在寫詩懷念：「沈家園裏花如錦，半是當年識放翁，也信美人終作土，不堪幽夢太匆匆！」這是一種深摯無告，令人窒息的愛情，能在死後四十年裏仍然不斷被人真心悼念，真是一種幸福了。

下面我將陸游和唐婉的詞「釵頭鳳」和陸游的「沈園二首」引述如下：

釵頭鳳

陸游

紅酥手，黃縢酒，滿城春色宮牆柳。東風惡，歡情薄。一懷愁緒，
幾年離索。錯！錯！錯！

春如舊，人空瘦，淚痕紅浥鮫綃透。桃花落，閒池閣。山盟雖在，
錦書難托。莫！莫！莫！

釵頭鳳

唐婉

世情惡，人情薄，雨送黃昏花易落。曉風乾，淚痕殘。欲箋心事，
獨倚斜欄。難！難！難！

人成個，今非昨，病魂常似鞦韆索。角聲寒，夜闌珊。怕人詢問，
咽淚裝歡。瞞！瞞！瞞！

沈園（一）

陸游

城上斜陽畫角哀，沈園非復舊池台。

傷心橋下春波綠，曾是驚鴻照影來。

沈園（二）

陸游

夢斷香消四十年，沈園柳老不吹綿。

此身行作稽山土，猶弔遺蹤一泫然。

我無論是對「釵頭鳳」還是「沈園二首」都是百讀不厭，我甚至將
它們放在我電腦的「我的至愛」一欄。只要我每次上網只要一點擊，它
們就會出現在我眼前。每次看到它們都會令我傷感，但是它們也會同時

激起我內心的共鳴。這種以前只有在我聽到優美動聽，且令我心儀的音樂時才會出現的情況，想不到竟然會發生在當我讀我一向認為我不喜愛的詩詞時。這不但令我感到萬分的驚奇，也更令我後悔沒能早些發現，原來詩詞對我的心靈也能產生如此如瘋如靡的震撼力。自從我發現我對詩詞是可以如此喜愛那一刻起，我就告訴自己以前我是多麼的錯誤。我悟出了一個人的愛好是可以多元的道理。每個人愛好其實是可以不斷地培養和發掘的。很多時候因為我們的固執和自我封閉，我們把我們自己的興趣、愛好局限起來，總覺得我們自己這個不會，那個也不懂，因而令我們的人生失去了很多本來可以享受的樂趣，令我們本來凡俗和煩惱的人生變得更庸俗和單調失色、平淡無味。就像我以前一直以為電腦世界是年輕人的世界，到了我這個年齡是學不會的，也不必學了。但是過去一年中，我告訴自己，我必須嘗試。當然一年後的今天我仍稱不上是電腦好手，但我越來越喜歡坐在電腦前，並熱衷上網搜索資料，因為我發覺通過上網增加我的知識，豐富我的生活。無疑電腦世界是一個虛擬的世界，但是它絕對不是一個只為年輕人開放的世界。它是神奇的，但是絕對不是深不可測的。我們只要有心去學、去探測，是一定能和年輕人一樣感到它能令我們樂趣無窮的。我們中國人有句老話，「活到老，學到老」，我現在真正體會到了它的意義。我更加覺得在短暫的人生中，我們不能也不應該浪費任何的一分鐘一秒鐘，我們必須盡情地發掘自己的興趣和愛好，不斷地探索新的事物、不斷地學習新的科技知識，讓自己的生命豐富多彩，而且真正地不枉此生。

2010 年 11 月 4 日

結　語

給同濟慈善會、至善公司年輕小夥伴們的一封公開信

親愛的小夥伴們：

　　半年前的某一天突然發覺我說話的時候，腦子裏面想的事情，口中表達不出來。好像喉嚨總是有粘液，而且發音總是不準確。當時我認為老年人身體上總會出現一些小毛病，所以我不以為意。但是今年7月份去歐洲探望我會學生的時候，我發現把英語、法語和葡萄牙語混合在一起，後來發現普通話、上海話、廣東話也一樣，而且發音也極不正確。從那時候起我有些擔心了。

　　歐洲回來以後，我去看家庭醫生，跟家庭醫生說了我的症狀。醫生的回答是：「你不需要太擔心。你現在說話的時候表達正確，這表示你的腦子很清醒。年齡大了，身體上肯定會出現一定的小毛病。你以後喝水的時候，喝溫暖水。如果你還喝冰凍水、吃冰凍的水果的話，會加劇喉嚨產生粘液的。」我是一個特別聽醫生話的人。按照醫生的吩咐，我就不喝冰凍的水、不吃冰凍的水果和不吃冰淇淋了。

　　我現在要跟小夥伴們說的是，我的人生經驗告訴我：

　　趁你們年輕的時候，儘量多學點其他國家的文化，學會文化以後，與其他國家的人士會溝通自如，還會改掉你成長過程中養成的不良習慣。還有，年輕的時候儘量增長你們各方面的知識、鍛煉你們克服困難

的意志力。我的人生告訴我，人一生過得太順利不是一件好事。只有在生命中不斷有挫折和困難的人，在面對挫折和困難時，勇敢、堅強地想方設法克服困難的人，反而成功的機會會增加。面對挫折和困難時沒有勇氣，用逃避和退縮的方式來接受挑戰的人，一定不會成功。

年輕的時候，我是天不怕地不怕，意志很堅強，也很樂觀的人。而且碰到挫折和困難的時候，我跟自己說：「千萬不能太着急，只要有勇氣面對挫折和困難，拿出解決的方法，挫折和困難一定會解決的」。當時的我，只要睡一覺，讓腦子清醒一下，面對困難的時候拿出解決的方案，那些困難不久後，都會很快被解決。而且面對挫折和解決困難這個過程中，我學到很多書本上學不到的知識和人生哲理。

其實在我的人生中，不斷遇到挫折和困難的事情。其他小的挫折和困難的事情我就不一一列舉了。以下列舉的事情，是我一生中遇到最困難的事情，譬如：

1955 年初中升高中的時候，考試的時候差了三分，停學一年。其實我平時成績不是太差。但因為我驕傲自大，也好玩，在考試以前沒有好好地複習，特別是歷史和地理科考得太差了，導致了我差三分而停學一年。幸虧我的母親在一年裏面沒有對我惡言惡語，如果母親有的話，我連死的心都有。那年的事件是我在人生中，第一次受到的嚴重挫折。從那年開始，我學會了在人生中「不能驕傲自大的大道理」。

1959 年高中畢業時，我的成績好是老師們和全班同學都認同的。我當時有信心可以入中國科技大學、清華大學及北京大學等等中國名牌大學。但是我偏偏被安徽大學錄取了。我當時是很怨恨命運對我的不公平。當時我的母親知道我心裏不願意去安徽大學上學，她曾經勸說讓我

等多一年，你明年一定會考上一個名牌大學的。但是我去了安徽大學。畢業的時候拿了一個好成績，被分配到一機部的上海材料研究所。在四年的大學學習過程中，我學會了「努力才是戰勝命運最好的武器」。

1959 年中國遇到三年嚴重的自然災害，我們安徽大學學生們都吃不飽，但是，我和我的同學每天心裏面想的是期盼我們中國能強大起來，讓老百姓過上豐衣足食的生活。雖然生活艱難，但也沒有打擊我們的愛國胸懷。「在愛國主義教育下長大成人，我感恩做一個中國人。」

1965 年回到香港時，因為不會講廣東話、英文，而且我的大學文憑不被香港承認的事情，我找不到工作，當時的我很煩惱和揪心，甚至後悔再也回不到以前的生活，因為我把上海材料研究所的那份工作辭掉了。從零開始學英文的人，在學了十個月以後，我的老師跟我說：你一直想到美加去念你的專業，你現在可以去了。我當時體會到的是「堅持奮鬥才會得到最後的勝利」。

1967 年初到法國的時候，為了負擔自己的生活費用而煩惱和焦急（後來終於找到巴黎玉泉樓的收銀員工作）；為了當時沒有過上好生活而糾結和煩惱（1967 年之前，我以為養活自己很容易）；在巴黎生活十五個月中，我學會的是「養活自己不容易。以後的日子裏，一直告誡自己生活上要簡單和樸素地生活在這個世界裏。」

1968 年秋天到了澳門以後，我看到工廠沒有生產的能力我很揪心、很煩惱。但是我在不到半年時間裏把公司整頓好，並且在一年裏面學會了葡萄牙語言。這件事情讓我明白了「努力的付出，是美好生活的開始。」

1975 年離開澳門針織有限公司後，為了開辦澳門紡織品有限公司，好像心上壓了一塊大石頭。當時的我感到有一天如果我失敗了以後怎麼辦？那時我煩心、又操勞。開辦公司的初期，我是非常辛苦的。但是我

挑選的員工比我還辛苦。我悟出一個道理，那就是「沒有員工是沒有老闆的，從此我更愛惜和善待員工了。」

1999 年我當選澳門特別行政區的立法會主席，因為怕做不好立法會主席，得不到立法會議員和立法會員工支持，所以我是非常苦惱和煩心的。後來因為我對所有的立法會的議員及員工們的工作付出而心存感恩，所以立法會的議員及員工們都對我好。我做立法會主席十年期間，是我最開心、最愉快的十年。從中我學到的是「懷着感恩的心對待每個人和每件事，最後是會讓自己過上開心和愉快的日子。」

2009 年 10 月 16 日來到澳門同濟慈善會辦公的時候，我感到迷惘和失落，因為我沒有從事過慈善事業，我根本不知從哪裏做起，我當時的煩惱是誰都想不到的。我從那時起，除了寫博文以外，根本是無所事事。

我真的是很幸運。同濟培養中葡雙語人才計劃、三年後北京開設辦事處、澳門開設長青長者活動中心和至善公司這四個項目開始時都很困難，但是進行得很順利。我在十年裏面學到的是「做事情的時候開頭難」的道理。

但是我每次都會順利地渡過難關的，我在人生中體會到生命的意義。它就是「人生中總會有不如意的事情發生。遇到困難的時候，要堅強地、想方設法地解決困難，從困境中突圍出來。我們解決困難以後，不但感覺到興奮、開心，而且在解決困難的過程中，學到很多書本上沒有教過我們的知識和為人處世的道理。」

隨着年齡的增加，我內心變得柔軟和脆弱了。現在遇到煩心事情的時候，我變得焦慮和急躁，我會好幾天睡也睡不着、吃也吃不下。自從 2010 年初開始同濟慈善會培養中葡雙語人才以來，我每天都會擔心學生們學習好嗎？身體好嗎？工作順利嗎？我在開辦至善公司以後，每天擔心那些初入社會的年輕人，有沒有做錯事？在理論上，我知道年輕人是

沒有人生經驗，一定會犯些小錯誤的。

澳門同濟慈善會和至善公司的小夥伴們，我以前沒做過慈善事業，我在幾近 70 歲才邊學邊做慈善的工作。而且為了我創立的慈善事業在我身後仍能持續下去，才開辦至善公司搭建中葡平台的企業。這兩件事情應是我人生最後做的兩件事情了。我現在年齡真的很大了，我不能跟你們這些小夥伴們一起拚搏了。在這裏拜託你們，我把這兩件事交給你們，懇請你們做好我最後的兩件事情，好嗎？

2019 年 9 月 3 日

功就名成

悟釋大愛

—— 澳門同濟慈善會主席曹其真女士

羅香珠　邢榮發

曹其真是澳門同濟慈善會會長，現任全國人大常委會澳門基本法委員會副主任、香港永新企業有限公司副董事長、至善有限公司董事長。曾任第八、九、十屆全國政協委員、第十一及第十二屆全國政協常委、澳門特別行政區政府籌備委員會副主任委員；澳門第一、三、四、五、六屆立法會議員；澳門特區第一、二、三屆立法會主席、澳門世界貿易中心董事局主席和法國駐澳門名譽領事。

曹其真是浙江寧波人，1941 年出生於上海，通曉粵語、普通話、上海話和葡、英、法三國語言。父親是有「香港毛紡大王」、「世界毛紡大王」之稱和創立港龍航空公司的曹光彪；十兄弟姊妹中曹其真排行第二。父親上世紀四十年代在上海經營呢絨生意，1949 年因躲避戰亂舉家輾轉移居香港。因覺得香港的環境遠不如上海，父母將曹其真送回上海接受教育。1963 年她在安徽大學物理系畢業，不滿因「家庭成分」問題工作安排受到不公待遇，毅然返港。1965 年到香港學了英文，1966 年底去加拿大，1967 年春天去了法國巴黎。從 1965 年到 1968 年，在三年裏面學了廣東話、英語和法語。1968 年來到澳門之後，一年裏面學了葡萄牙語。來澳是源於 1968 年 7 月底回到香港時，由父親安排到澳門針織有限公司任職，從而走上從商之路。1976 年參加澳門首屆立法會直接選舉並當選。自 1989 年參加起草澳門基本法時起逐漸淡出商圈，全心從政。2006 年與友人合作創立「同濟慈善會」，走上愛心充盈的從善之路。

一、格物致知誠其意

曹其真出生後由家中的保姆阿香姆媽（姆媽是上海話「媽媽」的

意思）帶大，兩人結下「親如母女的情緣」[1]。阿香姆媽在曹光彪 13 歲時便到了曹家打工，沒有讀過書，但聰明好學，常常給曹家小孩講戲裏的故事，貫穿着做人的道理。在曹其真向她訴説心事時，給予耐心的解釋和開導，叮囑她「做人要講道理，要厚道」，「要做一個既忠又孝、既有情又有義的人」[2]。曹媽媽對兒女的管教十分嚴格，各方面要求很高。有一個管教嚴格的母親，又有既疼愛又耐心教育的阿香姆媽，故曹其真從小在人生觀、價值觀方面都得到十分正面的教育。

1959 年，曹其真以優異的成績畢業於上海市的名牌學校第二女子中學，但是由於父親是資本家，在講究「家庭成分」的那個年代，作為多年被評為品學兼優的學生，卻沒有得到心儀的北大、清華等校錄取，只能入讀安徽大學物理系，這件事使曹其真遭受很大的挫折。

四年大學生活，正好遇上我國遭受三年自然災害的時期，曹其真經歷了人生中最艱苦的時日。面臨糧食嚴重短缺，大家都不能吃飽。從鹹菜粗鹽送稀粥、到蒸兩次使米粒膨大的「雙蒸飯」，從表面浮滿密密麻麻小蟲子的爛菜葉，到用番薯粉等粗糧做的硬幫幫灰黑色「鐵餅」，都是曹其真大學時期的食物。雖然生活艱苦，但曹其真在精神上還是愉快的。經過四年艱苦生活的鍛煉，她從一位在溫室中長大的「大小姐」磨練成了生活中的「鬥士」，使她得以「在後來的人生道路上，堅持保持勇往直前的奮鬥精神」[3]。

曹其真 1963 年畢業後，進入第一工業機械部設在上海的材料研

1　曹其真博客文章《阿香姆媽》。
2　曹其真博客文章《阿香姆媽》。
3　曹其真博客文章《寫在回歸母校的前夕》。

究所工作。儘管有熱情、有幹勁，而且與所裏的領導、同事都相處合作得十分愉快，但仍然因為「家庭成分」問題被禁足於某些研究領域之外。心高氣昂的她委屈和傷心到了極點，下決心另覓出路，不到兩年即向研究所辭職，移居香港。

到了香港，曹其真陷入了另一個困境。她的學歷不被承認，不懂英語，又不懂廣東話，無法和人溝通，生活上感到極不習慣。一向自滿自傲的曹其真此時感到自尊和自信都受到嚴重打擊。於是她努力學習，發奮求進，用三年時間學會了廣東話。她又報讀了一家英文補習學校學習英文，經過十個月的忘餐廢寢地學習，英文進步神速。通過努力發奮，她為出國學習打下了英文基礎，最終走出了消極的困境。

1966 年，曹其真到了加拿大蒙特爾市，準備在那裏讀書，但不到一個月父親從巴黎來電，讓她飛過去看看並陪伴他一段時間。豈料她一到巴黎，就被這個充滿藝術氣息的美麗城市深深吸引住，再也不想回加拿大。於是她乾脆就報讀了法國文化和語言課程，獨自開始了在巴黎的留學生活。

曹其真不願依賴父親，在巴黎開始了「獨立自主、自力更生的人生道路」[4]。每天除了上課，她還在一家中國飯店「玉泉樓」打工當收銀員，賺取自己的生活費。她每天早上八點到巴黎大學上課，十點半趕到飯店吃午飯，十二點飯店開始營業，下午四點前趕到法國文化協會繼續學習，傍晚 7 點再次返回飯店，吃過晚飯開始工作，一直到深夜十二點，所有客人離開後才能下班。即使如此辛勞，所賺到的工資亦只夠勉強支付房租、交通費、學費和一些必要的支出。這樣艱辛的生

4　曹其真博客文章《消費》。

活她堅持了一年多，終於有一天，她因為過度勞累昏倒在收銀台上。

在父親的催促下，曹其真結束了在法國勤工儉學的生活，於 1968 年 7 月底回到香港，並被安排到父親在澳門開辦的「澳門針織有限公司」當總經理祕書。

二、初涉商海顯義勇

到了澳門，曹其真租了一個單位居住，而為了有足夠的錢交租和雇一名鐘點傭工，她將單位裏的一個房間租給了小舅舅。因為沒錢，使用的床、櫃子和桌椅等家具都是非常殘舊，且是向公司宿舍借用的。澳門針織有限公司在葛地利亞街一棟破舊的三層樓房，辦公室在一樓，二樓和三樓是工廠廠房，簡陋的環境與父兄在香港太子大廈的舒適、敞亮的辦公室相差太遠，她感到十分沮喪而想儘快回去巴黎。豈料一個月後因公司人手不足，她便暫時留下來，三個月後曹其真不但仍是走不了，還當上了公司總經理，在公司面臨倒閉危機的時候挑起了重擔。

由於公司的財務管理出錯，公司面臨嚴重虧損、甚至倒閉的危機。為了公司的生存和業務發展，曹其真臨危受命，下決心對公司進行大幅度的改革。她首先對工廠進行深入的調查，每天到各個部門了解情況，觀察工廠的生產環境和運作，尋找生產效率低下的原因。又找來廠裏的老師傅共同研究，最後決定整頓無紀律、低效率的織機部。經過仔細推敲，擬就了一份三十多名最不守紀律、生產效率最低的工人名單，準備予以解雇，並事先與工會代表進行說明和溝通，取得理解。解雇計劃執行前夕，曹其真親自用毛筆寫了一張「大字報」，內容是：為整頓廠風，榜上有名的工人即日起被公司解雇，不得進入

工廠。第二天清早貼在工廠大門並親自守門，把所有名單上的工人堵在門外。其後曹其真邀請這批工人開會，提出讓他們組織起來，選出一名負責人租地方作廠房，由她借出針織機和提供訂單；負責人承擔工人工資和其他一切開支，曹其真則按給工人的計件工資加 30% 付給負責人，問題順利地得到了解決。隨後，曹其真再次用貸款、借出機器等方式支持其屬下員工創業，建立下游的「山寨廠」，以大廠與「山寨廠」合作的方式，保障生產訂單的完成。

初掌公司大權，年輕的曹其真毫無管理經驗，對毛衫生產業務也一竅不通，公司的廠長和大師傅均待以輕蔑的態度。心高氣傲的她，自尊受到深深的傷害，決心用自己的努力改變別人對她的看法和態度。她虛心向同事學習公司業務，在工作時間之外，利用僅餘的業餘時間修讀函授的企業管理學、微觀經濟學、商業英語和葡萄牙語，不斷用與業務相關的知識裝備自己。

三、馳騁商場憑智慧

1975 年，34 歲的曹其真開始創業，與父親、兄弟一起開設澳門紡織品有限公司。從此，曹氏家族的事業版圖迅速擴大。八十年代，曹家的永新集團成為在香港和澳門兩地最大的毛紡毛織集團，公司一度是澳門最大的進出口和製造工廠，還曾成為製造業中最大的雇主。

上世紀七十年代，美國和歐洲一些成衣進口國家對澳門實施配額制度，澳門紡織品有限公司成立不久，所得配額十分有限。為了生存和發展，也為了不與同行陷入惡性競爭的圈子，曹其真定下了「不爭客，不爭單」的策略，帶領公司走了不一樣的路：一是進攻對澳門毛衫不設出口限制的日本市場，二是進攻對澳門實施配額國家的中、高

級市場。曹其真還不時帶領管理人員和技術人員外出參觀學習，逐步解決產品質量參差等問題。其次，公司建立福利制度，設立勤工獎等各種獎項，在穩定工人隊伍方面下功夫。在短短的兩年多時間裏，公司員工上下一心，帶着極高的熱情，發揮聰明才智，以大膽創新的精神，克服了種種困難，屢建奇跡，在澳門紡織業中闖出了一片新天地。

1978 年初，曹光彪得到中央即將實行對外開放政策的訊息，出於對國家的感情和為國家建設貢獻力量的願望，他決定與中國紡織品進出口公司合作，在珠海香洲投資興建毛紡廠，並得到中央的批准。

曹光彪把籌辦香洲毛紡廠開幕儀式的任務交給了曹其真，並千叮萬囑地告訴她，「這是中華人民共和國成立後，境外資本首次進入中國大陸境內投資」，其意義重大遠遠超過我們公司的成敗。他親自擬定賓客名單，邀請各國駐香港澳門的領事團成員和內地、境外的各報章雜誌編輯和記者。他要求儀式辦得規模大而隆重，還要讓客人都「吃得好」。

父親的這些要求，委實給曹其真出了兩大難題。首先是被邀嘉賓的入境問題。當時廣東省公安局沒有向各國駐港澳領事和傳媒這兩類人發出簽證的權限。曹光彪就寫信給廣東省省長楊尚昆，囑曹其真親赴廣州呈遞，並向省長當面報告被邀人士出席工廠開幕式的重要性。到了廣州幾經周折，曹其真終於見到在醫院休養的楊尚昆，向他呈了父親信函並面陳要求。由於曹其真不達目的的誓不罷休的堅持，楊尚昆最後給了她一封致珠海邊防和海關的親筆簽署信，請他們對前來參加香洲毛紡廠開幕式的外賓採取特別放行措施。11 月 7 日，香洲毛紡廠開幕這天，曹其真和邊防及海關人員一起，對到來的外賓按名單資料一一核對後放行。嘉賓們都順利、快速地過了關參加了開幕儀式。

第二大難題是讓客人在開幕儀式上「吃得好」。七十年代末，珠海特區尚未成立，沒有較具規模的餐飲業，要提供 600 人的午餐，還要「吃得好」，簡直天方夜談。為了達到曹光彪的要求，曹其真決定從澳門訂餐運過去，經過精心策劃，在供應餐飲的酒店和珠澳兩地海關的合作下，運送過程中保持了食物的新鮮和質量，出席開幕式的賓客們在參觀廠房後享受了一頓豐富美味的午餐，有不少內地的來賓還是生平第一次品嘗自助餐。

1979 年 11 月 7 日，香洲毛紡廠的開幕儀式堪稱是「珠海歷史上第一次規模龐大」[5] 的儀式。經過曹其真的有效管理，工廠運作也逐漸走上正軌。香洲毛紡廠在投產兩年後便收回成本，並按照協議，將工廠和設備上交國家。因香洲毛紡廠的合作模式為推進改革開放起了積極和示範作用，致 1984 年鄧小平第一次南巡時參觀了香洲毛紡廠。

開幕式還意外地成就了曹其真後來被法國領事館邀請擔任他們的名譽領事。由於法國駐香港澳門的商務參贊出席了香洲毛紡廠的開幕儀式，對曹其真留下了深刻印象，並向總領事 Mr. Egal 報告了有關情況。1980 年，Mr. Egal 親自出面邀請，並代表法國政府向曹其真頒發了名譽領事證書。作為一名年輕女性，成為首次被邀擔任外國駐澳領事的澳門居民，當時在港澳引起過不小的轟動。曹其真擔任法國駐澳門名譽領事歷時 19 年，一直到 1999 年 12 月 20 日當選為澳門特區立法會主席，為免角色衝突，她向法國政府請辭。

1985 年，曹其真的公司開辦製造牛仔布的工廠，而且訂單源源不絕。於是他們投入巨資增購價格昂貴的牛仔布織布機，又開設技術

5　曹其真博客文章《香洲毛紡廠》。

先進的染色工廠，打算進軍歐洲高質量牛仔布市場。正當公司上下摩拳擦掌，準備大施拳腳之時，突然接到政府通知，説是歐共體懷疑他們工廠向歐洲國家輸出低於生產成本的牛仔布，若屬實將會對他們的產品徵收高昂的懲罰性附加進口關税，曹其真焦急萬分。1986 年春節，她約晤澳門政府經濟司司長，請求自行前往布魯塞爾找歐洲共同體的反傾銷委員會談判，得到同意後，曹其真聘律師、查數據，研讀法律和資料，做了大量的調查研究工作，然後帶同大批檔案飛往布魯塞爾，與歐共體反傾銷委員會進行了兩次會議，向他們送交了所需的檔案和數據。十天後該委員會派出三名專員蒞臨澳門，在工廠裏仔細查看核對所有的生產紀錄、報表和賬目，用了五天的時間完成工作，返回歐洲。半個月後，曹其真終於接到律師通知，歐共體反傾銷委員會決定撤銷對他們公司牛仔布傾銷的有關控訴。曹其真為維護企業正當利益，以智慧和堅韌的精神，憑籍法律和事實，打了一場漂亮的勝仗。

四、心懷大我叱政壇

曹其真的從政生涯與從商之路同樣的豐富多彩。

1974 年 4 月 25 日，葡萄牙爆發「鮮花革命」，推翻薩拉查政權，新政府在非洲實行非殖民化政策，承認其海外屬地民族自決和獨立的權利，同時將澳門視為特殊地區，1976 年 4 月頒佈生效的《葡萄牙共和國憲法》承認澳門是葡萄牙管理下的中國領土。1976 年 2 月，《澳門組織章程》頒佈生效，澳門建立了新的政治體制，其中規定在澳門成立的立法會由 17 名直選、間選和澳督委任的議員組成，澳門人首次得以選舉立法會議員。

1976 年 8 月，澳門土生葡人領袖、著名大律師宋玉生邀請曹其真加入「澳門公民協會」，參加第一屆澳門立法會選舉，曹其真予以婉拒。宋玉生便請曹光彪出面勸說，終於說服了曹其真接受邀請。結果公民協會的宋玉生、曹其真、費文安和羅朗日當選，共獲得四個議席。曹其真是直選中唯一當選的女議員。

踏進立法會的殿堂，不懂法律的曹其真在宋玉生督促和幫助下，勤奮地惡補法律知識。由於事業上的發展，曹其真當時雖然只有三十多歲，在社會上已小有名氣。年輕氣盛加上倔強的個性，「常常在立法會會議上發表語驚四座的言論」[6]，毫無保留地批評政府一些不當的政策，她尖銳的言辭常常使官員尷尬不已。

1987 年，中葡兩國簽署關於澳門問題的《中葡聯合聲明》，中國政府將於 1999 年 12 月 20 日恢復對澳門行使主權。1988 年 1 月 15 日《聯合聲明》生效，澳門進入回歸祖國前的過渡期。曹其真參與了為確保政權順利移交，也為確保「一國兩制，澳人治澳」方針落實的歷史性重要工作。

1988 年 9 月，澳門基本法起草委員會成立，曹其真被邀擔任委員，參與起草這部澳門回歸後的「小憲法」。

1998 年 5 月 5 日，澳門特別行政區籌備委員會在北京成立，作為全國人大下屬的一個權力機構和工作機構，負責籌備成立特區的有關事務，制定第一屆政府、立法會和司法機關的具體產生辦法。籌委會由錢其琛副總理擔任主任委員，曹其真是九個副主任委員之一，而且是唯一的女性。

6　曹其真博客文章《前任總督》。

　　澳葡時期的立法會，曹其真除了第二屆沒有參選外，到特區成立前，她總共擔任了五屆立法會議員。在 1999 年 12 月 20 日凌晨，她與其他十多位議員以「直通車」形式直接過渡成為澳門特別行政區的第一屆立法會議員，在宣誓就職後，議員們隨即舉行首次會議，進行「午夜立法」。通過了《回歸法》等一系列特區成立的必備法律，為特區籌委會和行政長官在特區成立前所進行的一系列準備工作，提供了法律依據和基礎，保障了政權的順利過渡。實際上，工作早在三個月前已啟動，立法會祕書處派出十四位工作人員協助曹其真，她和全體議員以及工作人員一起，日以繼夜地工作，才得以在 12 月 20 日凌晨之前，及時地完成所有的準備工作。1999 年 10 月 12 日，曹其真當選為特區第一屆立法會主席，她辭去法國名譽領事等職務，退出家族生意，全付身心投入立法會工作。其後連任兩屆，直至 2009 年退休。其時，她撰寫了長達數萬字的「立法會主席十年工作情況的總結報告」，為特區總結寶貴的十年工作經驗。

　　早在 1993 年，曹其真已開始擔任中國人民政治協商會議委員，其後她歷任第八、九、十共三屆全國政協委員。2003 年起擔任第十一、十二屆全國政協常務委員，同年被委任為全國人大常委會澳門基本法委員會委員。二十多年來，她每年都要赴京出席政協召開的全體會議和常委會會議，到不同省份參加視察活動，參與有關國家大政方針、以及政治、經濟、文化和社會各方面的重大決策出台前的討論和協商；參與監督法律法規的實施和重大方針政策的貫徹執行；參加涉及上述各方面問題的調查研究，以會議發言、視察和提交提案等方式，履行政協委員參政議政的職責。曹其真認為，政協委員不是個人榮譽和地位的象徵，更重要的是要有責任感和使命感，委員應該發揮

積極作用，廣泛團結澳門市民，為澳門長期繁榮做出貢獻，才能不辜負國家和人民的期望和重托。

為表彰曹其真長期以來為澳門在政治、經濟、社會等各方面的貢獻，特區政府於 2004 年向她頒授了最高榮譽的大蓮花榮譽勳章。除此，在 1983 年至 2007 年間，曹其真因其在各方面的突出貢獻，先後共七次獲得葡萄牙、法國頒授的各種勳章：

1983 年	獲葡萄牙總統頒發「工農業功績（工業級）司令級勳章」
1994 年	獲法國總統頒發「法國國家騎士勳章」
1994 年	獲澳門總督頒發「工商業功績勳章」
1999 年	獲澳門總督頒發「英勇勳章」
1999 年	獲葡萄牙國總統頒發「功績大十字勳章」
2002 年	獲法國總統頒授「法國榮譽軍團騎士勳章」
2007 年	獲法國總統頒授「法國榮譽軍團軍官勳章」

五、悟道大愛獻公益

經過大半輩子的辛勞打拚，曹其真晚年過着寬裕的生活，而且對國家、父母、社會，對澳門和澳門人都心存感恩。她在年輕時就立志賺錢做大事業，因為從小受到雙親和阿香姆媽「助人為樂」思想的灌輸和教育，賺錢的目的除了改善自己和家人的生活外，還決心回饋社會，「把錢花在有益社會和幫助有需要被幫助的他人」[7]。以下兩例足以

7　曹其真博客文章《心安理得》。

證明她的從善之心早已在其奮鬥人生之中初露端倪。

曹其真認為創造財富應該靠奮鬥和智慧，不能靠刻薄員工，埋沒良心、不擇手段來掠取。1979 年到 1980 年間，大批新移民蒞澳，澳門勞動力供過於求，有的公司趁機壓低工人的工資，而且隨意借故解雇工人。曹其真的公司堅持工人的正常工資水平。雖然公司的生產成本因而比其他公司高，表面上削弱了競爭力，但是員工們工作努力，生產質量良好，效益也很高。後來情況發生變化，市場上出現了勞動力短缺，她公司的員工隊伍卻保持着相對的穩定。

1981 年的春節，有兩間電子廠突然關閉，老闆欠下工人共 18 萬元的薪金，逃之夭夭。工人既失業又領不到應得的工資，陷入彷徨無告的困境。曹其真看到新聞報道，想起讀大學時，在三年自然災害期間挨饑受餓、嚴寒中跳入冰冷的河水撈豬草充饑的情景，夜不能寐，下決心幫助這些工人。翌日，她去找了政府官員洽商援助工人的方案：由曹其真想法籌措十萬元委託工聯會代為發給工人，政府發放價值總共八萬元的援助物資，這些舉措為工人渡過難關提供了很大的幫助。

2006 年，曹其真生了一場大病，病中深刻感悟到生命的脆弱，也深切體會到「身體健康和精神愉快比權和錢都重要」[8]。她通過閱讀佛學書籍，得到深刻的啟發，進一步感悟到「『用有』比『擁有』還要重要和實際」[9]。病愈之後，她下決心要利用身體健康的每一分鐘和具備的經濟條件，去做一直想做，而還沒來得及做的事。

2006 年曹其真創辦的「同濟慈善會」成立了，以「救急不救貧」

8　曹其真博客文章《心安理得》。
9　同上。

和「為社會培養人材」[10] 為工作方向。她把十年的立法會主席薪金投入
慈善會，儘管當時的任期還未滿十年。她的好友林金城不但也投入了
資金，而且在她退休前協助主持會務。三年後，曹其真如期退下立法
會主席的位置，開始親自主持慈善會的工作，而且由於非常不願自己
辛苦積累的金錢被心存不良的人騙走，在處理會務時，她比從事自己
的生意「更加戰戰兢兢、更加怕犯錯誤」[11]。

　　在「從善之路」上培養人才和幫助弱勢群體，是曹其真為自己設
定的目標和理想。十年立法會工作使她對澳門缺乏中葡雙語法律人才
有深刻的感受，又由於澳門承擔了中央賦予的打造「中國與葡語系國
家商貿合作服務平台」的任務，退休後她決心為推動這項工作貢獻力
量，故「中葡法律雙語人才計劃」便成為同濟慈善會的重點項目。曹
其真對這個項目投入的不止是資金，她對參與項目的青年學生傾注了
真誠無私的關愛和殷切的期望，不時抽空飛往里斯本看望在那裏學習
的學生，向他們講述自己的奮鬥經歷，與他們分享寶貴的人生經驗，
告誡他們要牢牢記住自己是中國人，要努力學習，要為國為民爭光。

　　2012 年 8 月 11 日，「同濟長青會」(長青長者活動中心) 成立
了。得到林金城父子的支持，把一座全新的五層大樓以象徵式的租金
租給同濟慈善會作為長青會會址。中心不向政府申請資助，也不向社
會籌募經費，免費向會員提供各種服務。曹其真創辦長者活動中心的
目的是讓「老年朋友們感受生命的寶貴價值和擺脫消極生活態度」[12]。
中心成功舉辦了各種活動，活動使長者們的生活增添色彩，精神積極

10　澳門同濟慈善會網頁。
11　曹其真博客文章《心安理得》。
12　曹其真博客文章《長青長者活動中心》。

樂觀，內心充滿歡樂和喜悅。中心如曹其真所願，成為老年朋友「充滿溫暖活力和愛心的家。」[13]

此後同濟慈善會會務繼續有系統地發展。2013 年在北京設立辦事處，與內地的公益慈善機構合作，開展的項目更加多樣化，覆蓋面更加廣泛而具戰略意義。主要項目包括有學前教育類、基礎教育類、推動行業發展類、困境兒童教育類、青年人才培養類和閱讀推廣類等多個大類別。

同濟慈善會從來不作宣傳，不在社會上集資。自 2006 年成立至 2015 年，慈善會的開支是 4,600 萬，其中有 1,600 萬是曹其真的朋友因為認同慈善會的工作，主動送上支票。其餘的 3,000 萬便是曹其真自己的投入。

六、放下眷念自在心

2010 年，曹其真開啟了自己的網志，她執筆為文，回顧自己成長、求學、從商、從政、從善的豐富經歷，以真摯的內心感受，與讀者分享。從小父母師長教育曹其真「要以真摯誠懇的態度待人」[14]，「要講真話，做實事」[15]，所以為人處事「真和誠」成為她「人生道路上的座右銘」[16]，寫文章也一樣。曹其真在文章中歷數自己的難忘經歷，也「月旦家事、國事、天下事」[17]，文章中不脫其真本色，不乏針砭時弊的

13　同上。

14　曹其真博客文章《講真話，做實事》。

15　同上。

16　同上。

17　鄭宏泰，梁佳俊（編）：斯世多偽，吾曹其真：曹其真與澳門，《才德之間：華人家族企業與婦女》，香港中華書局，2003 年。

鋒利言辭。同時，在文章的字裏行間也經常流露出對國家、對澳門的熱愛情感。

2011 年起，曹其真經常閱讀佛經和佛門大師的著作，其中已故聖嚴法師的著作對她產生了巨大的影響。在她心目中，聖嚴法師是一位偉大的思想家、哲學家和文學家，她在閱讀聖嚴法師的著作時，感受到強烈的震撼，甚至在某種程度上改變了自己「對人生、對生命、對自己和對別人的要求和態度」[18]，對自己的反省多了，對別人的包容心大了。她也醒悟到人生在每一個階段，都有不同的使命，從而放下對過去工作的牽掛和眷念，精神上變得輕鬆自在。

結語

曹其真自 1968 年菳澳進入澳門針織有限公司，開始從商；1989 年參與起草基本法工作，開始從政；2009 年退任立法會主席。全力投入慈善事業。曹其真期待着能夠完美地完成自己 20 年從商，20 年從政，20 年從善的人生目標。曹其真大半生都在拚搏和忙碌的日子中度過，在積累了財富，進入老年時，沒有肆意享受悠閒富裕的生活，卻選擇了「退而不休」，是為了繼續追逐自己的夢想，這個夢想就是：「世界變得越來越美好」[19]。

18　曹其真博客文章《我為什麼看佛經》。
19　曹其真博客文章《2015 年春節歐洲行》。

吾曹其真

饒戈平 ── 主編
曹其真 ── 著

> > > > > > > > >

責任編輯　王春永
裝幀設計　林曉娜
排　　版　黎　浪
印　　務　林佳年

出版　　中華書局（香港）有限公司
　　　　香港北角英皇道 499 號北角工業大廈一樓 B
　　　　電話：（852）2137 2338　傳真：（852）2713 8202
　　　　電子郵件：info@chunghwabook.com.hk
　　　　網址：http://www.chunghwabook.com.hk

發行　　香港聯合書刊物流有限公司
　　　　香港新界荃灣德士古道 220-248 號
　　　　荃灣工業中心 16 樓
　　　　電話：（852）2150 2100　傳真：（852）2407 3062
　　　　電子郵件：info@suplogistics.com.hk

印刷　　美雅印刷製本有限公司
　　　　香港觀塘榮業街 6 號海濱工業大廈 4 樓 A 室

版次　　2020 年 11 月初版
　　　　2022 年 2 月第三次印刷
　　　　© 2020 2022 中華書局（香港）有限公司

規格　　16 開（240mm×170mm）

ISBN　　978-988-8676-01-9